KARA ATKIN
Forever close
San Teresa University

KARA ATKIN

FOREVER

close

SAN TERESA UNIVERSITY

Roman

LYX in der Bastei Lübbe AG
Dieser Titel ist auch als E-Book erschienen.

Originalausgabe

Copyright © 2021 by Bastei Lübbe AG, Köln

Textredaktion: Stephanie Janek
Covergestaltung: Sandra Taufer, München,
unter Verwendung von Motiven von Shutterstock
(© Tonktiti; ©Kathie Nichols; ©LuckyDesigner)
Satz: Greiner & Reichel, Köln
Gesetzt aus der Adobe Caslon
Druck und Einband: GGP Media GmbH, Pößneck
Printed in Germany
ISBN 978-3-7363-1332-3

3 5 7 6 4 2

Sie finden uns im Internet unter: lyx-verlag.de
Bitte beachten Sie auch: luebbe.de und lesejury.de

Für Frauke

Distanz ist bedeutungslos. Was zählt, ist die Erinnerung,
die wir teilen, die Freundschaft, die uns verbindet, und das
Wissen, dass wir immer füreinander da sein werden.
Danke, dass du an meiner Seite bist.
Ohne dich wäre die STU noch immer nichts weiter als
eine Idee, die in meiner Schublade verstaubt.

»Absence is to love what wind is to fire;
it extinguishes the small, it inflames the great.«

Roger de Bussy-Rabutin

PLAYLIST

Jeremy Zucker – all the kids are depressed
SHAUN feat. Conor Maynard – Way Back Home
Ruel – As long as you care
Eric Nam – Trouble With You
CHUNG HA feat. pH-1 – My Friend
Music Travel Love – Lean on Me
Shawn Mendes – Wonder
Standing Egg – Friend to lover
Lauv – I Like Me Better
Sik-K – Skip And Kiss
Wolftyla feat. Jay Park – Butterflies
Ruel – Real Thing
Steve Aoki feat. BTS – Waste It On Me
DEAN feat. Syd – Love
H.E.R. – Damage
Etham – Safety Pin (Stripped)
Ben Platt – Grow As We Go
James TW – Suitcase
Sleeping At Last – Already Gone
Jay Park – 곁에 있어주길 (Stay With Me)
ONE OK ROCK – One Way Ticket
James Arthur feat. Chasing Grace – Certain Things
BOY – Drive Darling
Ben&Ben – Ride Home

PROLOG

April

Tag der Freshman-Tränen, Freshman-Jahr

»Hast du alles, Munchkin?«

Bei der Frage meines Vaters, dessen Stimme heute ein wenig brüchig klang, begutachtete ich die zwei Reisetaschen und den kleinen Pappkarton zu meinen Füßen, in denen ich in knapp zwei Stunden meine wichtigsten Habseligkeiten verstaut hatte. Eigentlich sollte es mich nicht überraschen, dass die letzten achtzehn Jahre meines Lebens mühelos da hineinpassten, dennoch hinterließ der Anblick bei mir einen fahlen Beigeschmack.

In unzähligen YouTube-Videos plagten andere Freshmen überlebensnotwendige Entscheidungen, was sie von ihrem heiß geliebten Kram bloß mit an die Uni nehmen sollten und was nicht – ihre Zimmer wie Zeitkapseln voller Erinnerungen, die sie nicht verlassen wollten.

Dieses Problem kannte ich nicht, denn alles, was ich besaß, passte in besagte zwei Reisetaschen und einen Pappkarton. Mein Leben war, dank meiner Mutter, stets zu unstet und chaotisch gewesen, um Dinge anzusammeln, die anderen als Erinnerungen dienten.

»Ja.« Ich schulterte eine der Taschen, bevor ich noch weiter im Sumpf meiner trübsinnigen Gedanken versinken konnte.

Heute war ein guter Tag, und den würde ich mir auf keinen Fall von den Regenwolken in meinem Kopf versauen lassen. Ich drückte die Schultern durch und griff mir dann den Pappkarton, während mein Dad sich die andere Tasche schnappte. »Ich hab alles, Dad.«

Seine moosgrünen Augen, die mich bereits mein Leben lang begleiteten und die mir vertrauter waren als meine eigenen, sahen mich besorgt an. »Sicher?«

»Ganz sicher.« Ich stieß meinen Dad aufmunternd mit der Schulter an und steuerte auf meine Zimmertür zu, ohne einen Blick zurückzuwerfen. »Außerdem muss ich langsam los, wenn ich noch pünktlich zur Zimmerverteilung in San Teresa ankommen will.«

»Okay.« Ich hörte, wie die alten Holzdielen unter den Sohlen meines Vaters knarrten, was bei seiner Körpergröße und massigen Statur, die er allein meinem großen Bruder Noah vermacht hatte, kein Wunder war. »Und ich soll wirklich nicht mitkommen?«

Ich verkniff mir einen sarkastischen Kommentar darüber, dass ich gezwungenermaßen schließlich schon mehr als einen Neuanfang hinter mir hatte und nicht ausgerechnet jetzt auf fürsorgliche Unterstützung angewiesen war. Stattdessen beschleunigte ich meine Schritte, die mich ohne Umschweife direkt zu den Treppen brachten, die uns vom dritten Stock bis ganz nach unten in das große Foyer der *Kings Lodge* führen würden. Diese Lodge war der ganze Stolz meines Vaters, der sie ganz allein, ohne jegliche Hilfe, leitete, obwohl wir ständig ausgebucht waren. Er ging vollkommen darin auf, sich um die Gäste aus aller Welt zu kümmern, während meine Mom ihre Tage im Nationalpark verbrachte, jetzt, wo sie endlich mal einen Arbeitsvertrag bekommen hatte, der länger lief als eine lausige Saison. Hatte ja auch nur über zwanzig Jahre gedauert.

»Das ist lieb, aber ich komme schon klar. Außerdem sind wir ausgebucht.«

»Niemand bezweifelt, dass du allein klarkommst, Munchkin. Aber das ist ein großer Schritt«, murrte mein Vater hinter mir, und ich lächelte freundlich, als uns auf der Treppe ein Pärchen entgegenkam, welches gestern Abend bei mir eingecheckt hatte.

»Für dich oder für mich?« Als er nicht antwortete, blickte ich schmunzelnd über die Schulter, meine Schritte weiterhin schnell und federnd, während Dad seine Füße praktisch hinter sich herschleifte. Seitdem ich die Zusage der San Teresa University bekommen hatte, hatte er keinen Hehl daraus gemacht, dass er mich nur zähneknirschend gehen lassen würde.

Ganz im Gegensatz zu Mom, sie hatte sich heute früh schon mit einem wohlwollenden Lächeln und einer kurzen und unbeholfenen Umarmung verabschiedet, bevor sie in ihre heiß geliebte Natur verschwunden war. So war es schon vor vier Jahren gelaufen, als Noah nach seinem Abschluss zum Militär gegangen war. Meine Mutter hatte stolz gegrinst, so als hätte sie irgendetwas mit unserer Erziehung zu schaffen gehabt, anstatt alles ihrem Ehemann zu überlassen, und war zur Arbeit gefahren, während mein Dad und ich Noah zum Flughafen gebracht hatten.

»Dad, ich bin nicht aus der Welt«, erinnerte ich ihn mit einem Zwinkern. Das war eins der wenigen Argumente, das ich hatte vorbringen können, um Dad von meinem Studium zu überzeugen. Mit aller Macht hatte er versucht, mich zu einer soliden Ausbildung zu drängen, damit meine Zukunft gesichert war und ich nicht zu einem ähnlichen Vagabundenleben wie dem meiner Eltern verdammt war.

»Du weißt, dass du immer nach Hause kommen kannst, oder?« Dad, der mit seinem Vollbart, den schwieligen Händen und der wettergegerbten Haut zwar aussah wie ein Waldschrat, aber ein deutlich weicheres Herz hatte, als viele auf den ersten Blick vermuten würden, klang tatsächlich verletzt. »Komme, was wolle.«

»Das weiß ich, Dad.« Ich nickte im Vorbeigehen ein paar Gästen zu, die es sich an diesem brütend heißen Tag im kühlen Empfangsbereich gemütlich gemacht hatten, und stieß die schwere Eingangstür mit den aufwendigen Schnitzereien gekonnt mit der Schulter auf. Sie passte zum Charme des in die Jahre gekommenen Holzhauses, und die massive Klinke ließ sich kinderleicht herunterdrücken, wenn man nur wusste wie. »Aber wir waren uns doch einig, dass ich erst mal nicht komme, bis ich mich ein bisschen eingelebt habe.«

»Ich weiß, Munchkin. Ich weiß.« Der Kies der Auffahrt knirschte unter meinen Schuhen und klang dabei fast wie prasselnder Regen. Dads hingegen glichen einem Donnergrollen. »Es wird echt komisch sein ohne dich.«

Ich stellte die Kiste auf dem Boden ab und kramte den Schlüssel von meinem alten, leicht verrosteten Polo hervor. Meine Eltern hatten ihn mir vor zwei Jahren für den Schulweg geschenkt, weil die Lodge mitten im Wald versteckt lag und kein Schulbus mich hier abholen kam.

Ich öffnete den Kofferraum, und mit ein paar gezielten Handgriffen klappte ich die Rückbank um und trat einen Schritt beiseite. »Du wirst dich schneller dran gewöhnt haben, als du denkst.«

Mein Dad stellte die Tasche mit einem Kopfschütteln in den Kofferraum, seine Grabesmiene war herzzerreißend. »Hab ich bei Noah bis heute nicht.«

Ich schluckte leise, als ich an den Tag zurückdachte, an dem Noah uns verlassen hatte. Nie würde ich vergessen, wie mein Vater in Tränen ausgebrochen war, sobald mein Bruder außer

Sichtweite gewesen war. Und mir wurde die Kehle eng, wenn ich daran dachte, wie bitterlich er weinen würde, sobald ich fort war – ohne jemanden, der bei ihm war, um ihn zu trösten. Meine Mom hätte wenigstens heute mal freinehmen können, aber wie immer hatte sie ihren Job vor alles andere gestellt. Mir war es echt schleierhaft, wie das zwischen meinen Eltern überhaupt funktionieren konnte.

Als Kind hatte ich den Gedanken, dass mein Dad für die Liebe seines Lebens alles aufgegeben hatte, noch irgendwie romantisch gefunden. Heute, mit achtzehn Jahren und mit den Folgen ihrer Entscheidungen so häufig konfrontiert, sah ich das Ganze etwas anders. Und kein Händchenhalten, keine gemurmelten Liebesschwüre und keine rührenden Gesten konnten diese Selbstaufgabe wettmachen.

Das war wohl die Definition der bitteren Desillusionierung des Erwachsenwerdens.

Entschlossen stopfte ich meine Tasche neben die andere, während mein Dad sich nach der Kiste bückte und sie ins Auto lud. Als die Kofferraumklappe zuschlug, hatte das Echo eine so schmerzhafte Endgültigkeit, dass es mir die Tränen in die Augen trieb. Verstohlen blinzelte ich sie weg und wandte mich meinem Dad zu. Ich streckte die Arme aus und schluckte den Kloß in meinem Hals herunter. Ich würde nicht heulen und die ganze Sache nur noch schlimmer machen. Auf gar keinen Fall. »Krieg ich noch eine Umarmung, bevor ich verschwinde?«

Mein Dad nuschelte etwas in seinen Bart, das verdächtig nach *Was für eine blöde Frage!* klang, dann zog er mich fest an sich. Seine massigen Arme zerquetschten mich dabei fast, und ich atmete tief seinen vertrauten Geruch von Aftershave und Politur ein. Ich vergrub mein Gesicht an seiner Brust und krallte die Hände in den Stoff seines Flanellhemdes, als würde ich für diesen neuen Lebensabschnitt Kraft aus ihm schöpfen können.

Mein Dad war stets die einzige Konstante in meinem Leben gewesen, wie der Fels von Gibraltar, der tapfer den Gezeiten trotzt. Er war immer für mich eingestanden, hatte mich verteidigt, wenn ich es gebraucht, und mich angeschnauzt, wenn ich es verdient hatte. Ihn zu verlassen, tat höllisch weh, aber ich musste es tun.

Ich wollte nicht den Rest meines Lebens einer Arbeit nachgehen, die ich hasste. Oder mich von einem Gelegenheitsjob zum nächsten hangeln. Ich wollte das tun, was ich liebte, und dabei auf eigenen Füßen stehen. Und falls ich ernsthaft vorhatte, mit Geschichten meinen Lebensunterhalt zu bestreiten, dann brauchte ich nun mal ein Studium, das mir, wie ich meinem Dad versprechen musste, einen sicheren Bürojob garantieren würde, in dem ich ohne ständige Geldsorgen meiner Passion nachgehen konnte. In welcher Form auch immer.

»Ich sollte dann mal los.«

Mit einem Räuspern löste mein Dad sich von mir, in seinen Augen erkannte ich ein verräterisches Schimmern, das mir den Atem raubte. »Okay. Fahr vorsichtig, hörst du?«

»Mache ich doch immer.« Ich wich seinem Blick aus, während ich um den Wagen herum zur Fahrertür ging. Wie ferngesteuert schloss ich auf, stieg ein und schnallte mich an. Meine Hände stellten routiniert den Rückspiegel ein, und als Dad niedergeschlagen, mit herabhängenden Schultern darin auftauchte, startete ich schnell den Motor und fuhr los. Starr heftete ich meine Augen geradeaus auf die Waldstraße vor mir, die sich den Berg hinabschlängelte, mied den Blick in den Rückspiegel, in dem mein Vater langsam verschwand.

Ich wusste nicht, wie lange ich schon unterwegs war, bis meine Sicht völlig verschwamm und ich eilig das Fenster herunterkurbelte. Die warme Luft des kalifornischen Spätsommers strömte in den Wagen und umfing mich sofort wie eine tröstliche Umarmung, die meine Tränen versiegen ließ. Ich drehte das Radio auf, ohne darauf zu achten, welcher Song lief, und lenkte den Wagen die Straße entlang, die zum Highway führte. Meine feuerroten Locken wehten wild im Fahrtwind, und zum ersten Mal, seit ich die Zusage der Uni bekommen hatte, erlaubte ich mir ein strahlendes Lächeln.

Die STU wartete auf mich, und auch wenn ich keine Ahnung hatte, was die nächsten vier Jahre wohl bringen würden, machte sich das zuversichtliche Gefühl in mir breit, dass mein Studentenleben so viel besser werden würde, als ich mir jetzt gerade ausmalen konnte.

1. KAPITEL

April

Drei Jahre später

»Ich hasse Montage.«

Ich sah von meinen Unterlagen auf, die ich nun nach der Vorlesung in meinen Jutebeutel stopfte, und begegnete Stephans gepeinigtem Gesichtsausdruck. Obwohl ich gerade die erste Vorlesung des Semesters hinter mir hatte, die ab sofort jeden Montag um acht Uhr morgens auf mich warten würde, brachte mich seine übertrieben gequälte Miene zum Lachen. »Nicht nur du.«

»Wie kannst du so ekelhaft wach sein?« Stephan, der nicht nur wie ich Literatur studierte, sondern auch mit mir im selben Schwimmteam war, rieb sich die Augen und blinzelte ein paarmal hektisch. »Du warst doch gestern auch im *Nightingale*, oder?«

»Jup. Aber im Gegensatz zu dir bin ich zu einer einigermaßen christlichen Zeit nach Hause gegangen.« Ich schulterte meine Tasche und schnappte mir den roségoldenen Thermobecher, der eindeutig Kate gehörte. Ich war heute Morgen anscheinend noch nicht richtig wach gewesen, sonst hätte ich mich wohl nicht vergriffen. »Außerdem habe ich einen so starken Kaffee intus, mit dem du locker einen Elefanten zum Leben erwecken könntest.« Ich klopfte ihm mit einer lässigen Selbstgefälligkeit auf die Schulter, die drei Jahre Studentenleben, ungesund viele Nachtschichten, diverse Partys und höllische Deadlines mit sich brachten. Das kleine bisschen Müdigkeit war da gar nichts. »Koffein ist an der Uni dein bester Freund. Begrab einfach jegliche Hoffnung auf einen halbwegs gesunden Lebensstil und vertrau mir.«

»Gesprochen wie ein echter Senior.«

»Den Ratschlag gibt es sogar gratis.« *Senior*. Ich kicherte, es klang noch immer ungewohnt, und mein Hirn war nach wie vor unwillig zu akzeptieren, dass dies tatsächlich mein letztes Jahr an der STU sein würde. Seit geraumer Zeit schlug ich mich mit Bewerbungen und Vorstellungsgesprächen für mein zukünftiges Leben herum, das sich nicht wirklich wie mein eigenes anfühlte.

»Miss King?« Ich drehte mich zu Professor James um, der der einzige Professor an dieser Uni war, der mich dazu kriegen konnte, so früh montagmorgens auf der Matte zu stehen, nur um an einem Kurs über *World Building* teilzunehmen. Ich hatte im Laufe meines Studiums so viele Seminare und Vorlesungen bei ihm belegt, dass meine Creditliste fast aussah wie ein heimlicher Liebesbrief. »Haben Sie einen Moment?«

»Natürlich.« Ich trank den letzten Schluck von meinem Kaffee und warf den Becher zu den anderen Sachen in meinen Jutebeutel, ehe ich mich von meinem Leidensgenossen abwandte, der noch immer bedröppelt die Schultern hängen ließ. »Bis dann, Stephan.«

»Bis dann, King.«

Ich hob die Hand zum Gruß und beeilte mich dann, von meinem Tisch in der letzten Reihe nach vorn zu gelangen, um Professor James nicht zu lange warten zu lassen.

»Miss King.« Als ich ihn erreichte, stand er hinter seinem Pult auf und kam um den Schreibtisch herum, genauso locker und freundlich wie immer, sodass ich mich sofort entspannte. Ich steckte also nicht in Schwierigkeiten. Das war doch schon mal ein Anfang. »Ich hatte gehofft, Sie wieder in meinem Kurs zu sehen.«

Obwohl ich von der ausschweifenden Semestereröffnungsparty gestern noch ein bisschen erledigt war, konnte ich mir das Grinsen und einen Kommentar nicht verkneifen. »Wenn Sie sich bei mir einschmeicheln wollen, um mich erneut dazu zu überreden, für Ihren Lehrstuhl zu arbeiten, dann können Sie sich die Mühe gleich sparen. Ich schreibe nämlich immer noch für das *Gaming Magazin*, von dem ich Ihnen erzählt habe.«

»Keine Sorge, ich habe meine Lektion gelernt.« Professor James, der mich seit meinem Freshman-Jahr kannte und an meine Art gewöhnt war, lachte und lehnte sich an die Tischkante. »Läuft es damit noch gut?«

»Ja, auch wenn ich jetzt als Senior etwas kürzertreten muss.« Ich war froh, dass Professor James keinen Wert auf akademische Förmlichkeiten legte, es war angenehm, mit ihm zu quatschen. Ich richtete meine Snapback, die ich über meine widerspenstigen Locken gestülpt hatte. »Was kann ich denn für Sie tun, Professor?«

»Erinnern Sie sich an die Präsentation, die Sie im letzten Semester in meinem Kurs ausgearbeitet haben?«

Ich zog eine Augenbraue hoch und dachte an letztes Jahr zurück, als ich ihm am liebsten den Hals umgedreht hätte, ganz gleich wie spannend seine Vorlesungen und Vortragsreihen auch waren. »Welche genau der zwanzig, die Sie uns aufs Auge gedrückt haben?«

»Touché.« Er überschlug lässig die Beine, die in einer hellen und locker sitzenden Jeans steckten und die in der kollektiven Wahrnehmung nicht wirklich zu dem Aufzug eines typischen

Literaturprofessors passten. Da hatte man eher einen älteren, bärtigen Herrn mit Lesebrille und Anzug vor Augen und keinen hochgewachsenen, lebenslustigen Mann Anfang vierzig, der mit seiner offenen und gewinnenden Art den ganzen Campus ins Schwärmen brachte. Mir war er jedenfalls tausendmal lieber als diese verkalkten Klappergestelle, die irgendwo in den Fünfzigern stecken geblieben waren. »Ich meine die letzte kurz vor Semesterende. Die, die Sie anstelle einer Klausurleistung einreichen mussten.«

»Ach ja, die. Wieso?« Ich erinnerte mich noch ziemlich gut daran, weil ich mir unzählige Nächte gemeinsam mit Kate und Raelyn in der Bibliothek um die Ohren geschlagen hatte, um alles noch rechtzeitig fertig zu bekommen und parallel für die Abschlussprüfungen zu pauken. Da wir drei jetzt zusammen in einer WG wohnten, würden wir unsere Nachtschichten hoffentlich auf unsere Couch verlegen können. »Bin ich doch noch durchgerasselt?«

Verdattert sah er mich an. »Wie kommen Sie denn darauf?«

»Kann doch sein, dass Sie in der Zeile verrutscht sind.« Ich zuckte mit den Schultern. Mein Durchschnitt würde auch so gut genug sein, auch wenn mein GPA nicht so exzellent war wie der von Raelyn. »Wie sagen Sie immer so schön? Professoren sind auch nur Menschen.«

»Wohl wahr, aber ich bin nicht in der Zeile verrutscht. Ihre ausgezeichnete 4,0 bleibt bestehen.« Professor James verschränkte die Arme vor der Brust und nickte nachdenklich vor sich hin, bevor er seine Brille von der Nase nahm. »Ihre Präsentation war mit Abstand die beste des ganzen Kurses. Ich habe selten eine so detaillierte und stimmige Ausarbeitung gesehen wie Ihre. Obwohl es nur ein Videospiel-Pitch war, haben Sie es geschafft, mich völlig in diese Welt mitzunehmen. Das passiert mir nur sehr selten.«

Stolz erfüllte mich, und am liebsten wäre ich aufgeregt auf und ab gehüpft. Das war genau die Art von Kompliment, die ich nach einem Sommer bei meinen Eltern gebraucht hatte, in dem ich meine Arbeit versteckt gehalten hatte, anstatt sie wie an der STU offen zu teilen. Besser konnte das letzte Jahr gar nicht losgehen. »Vielen Dank, Sir.«

»Ich war so frei, Ihre Arbeit einem von mir sehr geschätzten Kollegen vorzulegen, und er teilt meine Ansicht. Sie haben ein sehr gutes und vor allem geschultes Auge für diese Dinge.« Professor James sah hinter sich und schob ein paar Dokumente auf seinem gewohnt unordentlichen Schreibtisch hin und her, bis er schließlich fand, wonach er wohl gesucht hatte. Denn als er sich wieder in meine Richtung drehte, hielt er ein paar Zettel in der Hand. »Mein Kollege hat mich gebeten, Ihnen das hier zu geben.« Er drückte mir die Zettel in die Hand, und meine Augen weiteten sich, als er mit seinen langen Fingern auf die oberste Zeile deutete.

University College Dublin: Game Writing and Narrative Design (Master of Arts).

»Das ist die Universität, an der mein Kollege unterrichtet«, begann Professor James, und ich gab mir alle Mühe, ihm zu folgen. Verflucht, vielleicht hätte ich besser einen zweiten von Alecs grauenhaft starken Kaffees trinken sollen. »Wir haben zwar noch nie über Ihre Zukunftspläne gesprochen, aber als ich von diesem Studiengang gehört habe, musste ich sofort an Sie denken. Der wäre wie gemacht für Sie. Mein Kollege hat geholfen, dieses neue Masterprogramm in Dublin mit aufzubauen, und meinte, dass Sie eine vielversprechende Kandidatin für den ersten Jahrgang wären.«

Die Farben Hellblau, Dunkelblau und Grün schienen vor meinen Augen zu explodieren, während ich auf das schlichte Wappen der Universität starrte. Bevor mein Herz jedoch zu wilden Purzelbäumen ansetzte und meine Gedanken mit mir durchgehen konnten, faltete ich den Zettel in der Mitte zusammen.

»Vielen Dank, Sir. Aber ich strebe keinen Master an.« Die Worte kamen automatisch über meine Lippen, perfekt einstudiert und passend zu dem aufgesetzten Lächeln, das ich stets auflegte, wann immer man mich auf meine Zukunft ansprach. Jetzt, wo ich das Wappen nicht mehr direkt vor meiner Nase hatte, fiel es mir leichter, mich in der Realität zu verankern, in der ein Bürojob und kein Posten als Narrative Designer auf mich wartete. »Ich habe nächste Woche ein Vorstellungsgespräch für eine Anstellung als Juniorlektorin.« Meine Zähne fühlten sich wie zusammengeklebt an, als die Worte sich über meine Lippen stahlen, während ich den Zettel trotzdem in meinen Jutebeutel stopfte. Auch wenn das alles für mich sowieso nicht infrage kam und meine Zukunft längst für mich geplant worden war.

»Das ist sehr schade.« Bildete ich mir das nur ein, oder klang Professor James tatsächlich ein wenig enttäuscht? »Lektorin zu sein ist auf andere Art sehr anspruchsvoll und fordernd, und ich bin mir sicher, dass Sie auch diese Aufgabe meistern werden.«

Ich nickte ruckartig, dankbar, das Thema so schnell wie möglich ad acta legen zu können. Das Gesicht meines Vaters tauchte vor meinem inneren Auge auf. Er hatte den halben Sommer damit verbracht, nach Stellenanzeigen für mich zu suchen, damit ich einen der heiß begehrten Jobs als Juniorlektorin ergatterte, die als so viel sicherer galten als das Leben einer Freelancerin. »Danke, Sir.«

»Aber«, setzte er an und zeigte auf meinen Beutel, in dem ich den Zettel hatte verschwinden lassen, »sollten Sie es sich anders überlegen, dann lassen Sie es mich wissen, Miss King.

Ich bin gerne bereit, Ihnen das für die Bewerbung erforderliche Empfehlungsschreiben auszustellen.« Wachsam glitten seine freundlichen Augen über mich, und ich fühlte mich durchschaut. Sein Blick blieb an meinen vielen verschiedenfarbigen Armbändern hängen, die sich über die Jahre angesammelt hatten und von denen einige Geschenke meiner Eltern waren. Ich hatte nicht einmal bemerkt, dass ich angefangen hatte, an ihnen herumzuzupfen. Sofort hörte ich damit auf und legte meine Finger stattdessen um den Schulterriemen meines Beutels. »Lassen Sie es sich einfach durch den Kopf gehen, und fragen Sie sich, ob Sie lieber die Welten anderer perfektionieren oder Ihre eigenen erschaffen wollen.« Mit einem verständnisvollen Lächeln stand er auf. »An Potenzial oder Talent mangelt es Ihnen auf keinen Fall. Weder für das eine noch das andere.«

»Vielen Dank, Sir«, presste ich hervor, während meine Gefühle ins Straucheln gerieten und von Freude zu schlechtem Gewissen wechselten, ohne dass ich etwas dagegen unternehmen konnte. Nervös fuhr meine Hand über den weichen Stoff des Jutebeutels, und eine beklemmende Stille breitete sich zwischen uns aus. Ich verlagerte mein Gewicht von einem Fuß auf den anderen und war mir des eindringlichen Blicks meines Professors nur allzu deutlich bewusst, der offenbar noch nicht vorhatte, mich aus unserem Gespräch zu entlassen. Ich trat einen kleinen Schritt zurück und schaute demonstrativ auf mein Handgelenk, obwohl ich nicht einmal eine Uhr trug. »Wenn Sie mich jetzt entschuldigen würden? Ich habe gleich noch eine Vorlesung.«

Das war zwar gelogen, aber das musste mein Professor ja nicht wissen.

»Natürlich.« Professor James ging hinter das Pult und fing an, seine Unterlagen zu ordnen. »Schönen Tag noch, Miss King.«

»Danke, wünsche ich Ihnen auch, Professor James.« Ich drehte mich auf den Hacken um und beeilte mich, hier schleunigst rauszukommen, beinahe so, als wäre ich auf der Flucht. Ob vor mir selbst, vor Professor James oder vor den Erwartungen meines Vaters, wusste ich zwar nicht, wollte mich allerdings in diesem Moment auch nicht näher damit befassen. Nicht, nachdem ich diverse Jobangebote abgelehnt und deshalb den ersten handfesten Streit zwischen Dad und mir heraufbeschworen hatte, der meinem gesamten Sommer einen ordentlichen Dämpfer verpasst hatte, obwohl ich normalerweise sehr gerne Zeit mit meinem Dad in der Lodge verbrachte.

Mit schnellen Schritten hastete ich über den Campus. Unsere Wohnung lag ungefähr zwanzig Gehminuten von der STU entfernt, heute würde ich allerdings garantiert einen neuen Rekord aufstellen. Auf meinem Weg kamen mir unzählige Studenten entgegen, und um mich von dem Chaos in meinem Kopf abzulenken, spähte ich flüchtig nach jedem einzelnen von ihnen, in der Hoffnung, einem gewissen Paar dunkelbrauner Augen zu begegnen. Leider Fehlanzeige.

Als ich den Campus hinter mir ließ, fischte ich mein Handy aus der Hosentasche und öffnete den Gruppenchat, der um diese Uhrzeit noch verdächtig still war. Sonst herrschte dort meistens ein reger und vor allem recht derber Austausch, der mich schon mehr als einmal durch grässlich langweilige Vorlesungen begleitet hatte. Meine Augen glitten über die Fotos von gestern Nacht, die unsere Semesterstartparty im *Nightingale* dokumentierten, ehe ich die Übersicht öffnete und die Namen der Chatmitglieder las: Dean, Alec, Raelyn, Hunter, Kate, ich und … Tyler.

Mein Lauf wurde von einer Ampel unterbrochen, und ich nutzte die Zeit, um auf Tylers Namen zu klicken, was mich direkt zu seinem Profil führte. Ich betrachtete sein Profilbild und seufzte leise, weil es noch immer ein Foto einer farbenfrohen Pagode war, obwohl ich insgeheim darauf gehofft hatte, endlich mal wieder einen Blick auf sein Gesicht erhaschen zu können. Zwei Jahre – eins davon in Tokio und ein weiteres ungeplantes in Seoul. Eigentlich hätte man meinen können, dass ich mittlerweile von meiner lächerlichen Verliebtheit geheilt wäre, aber anscheinend war dem nicht so. Meine Gefühle waren sich die ganze Zeit über treu geblieben.

Juhu. Lucky me.

Meine Augen blieben an einem kleinen Detail unter seinem Status hängen, und sofort steckte ich das Handy mit einem unguten Gefühl in der Magengegend wieder weg.

Zuletzt online vor 5 Tagen.

Eigentlich hätte ich längst daran gewöhnt sein müssen, nichts von Tyler zu hören. Die letzten zwei Jahre waren von gelegentlichen Skype-Gruppenanrufen und sporadischen Nachrichten geprägt gewesen, und gerade in den letzten sechs Monaten war es sehr still um ihn geworden. Er hatte ab und an mal ein Lebenszeichen in Form von einem Foto seines Essens oder seiner Umgebung in den Gruppenchat gestellt, aber das war auch schon alles gewesen. Ich wusste weder, wie es ihm ging, noch, wie er aussah oder ob er überhaupt, wie geplant, jetzt zu Semesterbeginn zurückkommen würde. Unser letzter Skype-Cliquenanruf war Monate her, und da hatte er uns allen noch versprochen, im September endgültig heimzukehren, um seinen Abschluss zu machen. Aber heute war der erste Tag des neuen Semesters, und niemand wusste bisher, ob er wieder amerikanischen Boden unter den Füßen hatte oder ob er doch beschlossen hatte, für immer in Seoul zu bleiben.

Entschlossen schob ich diesen Gedanken sofort von mir, weil er eine Welle an Emotionen in mir aufwallen ließ, mit denen ich mich genauso wenig befassen wollte wie mit dem Zettel in meinem Beutel. Als unser Haus in Sicht kam, zückte ich meinen Wohnungsschlüssel und stieg die Stufen der außen liegenden Treppe zum zweiten Stock hinauf, in dem unsere WG lag. Kate hatte die Idee gehabt, eine Mädels-WG zu gründen. Zuerst war ich dagegen gewesen, weil sich der Aufwand, noch mal umzuziehen, für ein Jahr eigentlich nicht lohnte, aber jetzt war ich froh, dass sie mich letztendlich – mit Raelyns tatkräftiger Unterstützung – doch dazu überredet hatte. Wir wohnten zwar erst wenige Tage in der hübschen Vierzimmerwohnung, aber schon jetzt fühlte ich mich total zu Hause.

Ich schloss die Tür auf und vernahm augenblicklich Kates Stimme, die leise von irgendwoher aus der Wohnung an mein Ohr drang, und unwillkürlich musste ich lächeln. Es war schön, nach Hause zu kommen, und jemand war da.

Ob sie telefonierte? Kate war wahnsinnig beschäftigt, seitdem sie ihren eigenen Onlineshop eröffnet hatte. Wenn sie nicht nähte oder in der Uni war, telefonierte sie mit Models, Zulieferern oder sonst irgendwem, um ihre Marke voranzubringen, die schon wenige Wochen nach Ankündigung durch die Decke gegangen war.

Ich streifte mir die Schuhe von den Füßen und entdeckte ein Paar weiße, offensichtlich teure Sneakers, die ich vorher noch nie bei uns gesehen hatte und die der Größe nach zu urteilen definitiv einem Mann gehören mussten. Aber weder Dean noch Alec trugen solche Schuhe, darum zögerte ich kurz, bevor ich ins Wohnzimmer trat. Ich war nämlich grad nicht besonders scharf darauf, eins der Models zu treffen, die bei uns, so kurz vor dem Fotoshooting für Kates erste kleine Kollektion, täglich ein und aus gingen. Zum Glück würde dies nur ein vorübergehender Zustand sein. Ich seufzte ergeben und drückte die Klinke herunter. Doch im Wohnzimmer war niemand.

»Kate?« Sofort verstummte ihre Stimme, und ich schmiss meine Tasche auf unser großes Sofa.

»In der Küche.«

Ich sah zur Küchentür, die nur angelehnt war, durchquerte den Raum und schob sie auf. Mein Blick fiel zunächst auf Kate, die mit einem breiten Grinsen und einem aufgeregten Funkeln in ihren warmen Augen auf der Arbeitsplatte hockte. Und bevor ich sie fragen konnte, wer ihr um diese Uhrzeit schon die Mundwinkel festgetackert hatte, bemerkte ich den hochgewachsenen Kerl, der mir den Rücken zukehrte und den ich definitiv noch nie zuvor bei uns gesehen hatte. Ich blieb wie angewurzelt auf der Türschwelle stehen und musterte den Fremden genauer.

Er war ungefähr so groß wie Dean, aber deutlich drahtiger als der vorlaute Fotograf, was durch seine weite Jacke mit dem großen Aufdruck auf dem Rücken, die bis zur Mitte seiner durchäderten Unterarme reichte, und seine enge schwarze Jeans, die die Knöchel frei ließ, nur noch mehr betont wurde. Sein Haar war silbern und glänzte im Sonnenlicht, das zum Fenster hereinfiel, so auffällig, dass er zweifelsohne alle Blicke auf sich ziehen würde, wenn er das Haus verließ. Lässig lehnte er mit der Hüfte an der Arbeitsplatte und strahlte ein unverkennbares Maß an Selbstvertrauen aus.

Als er sich nun zu mir umdrehte, blieb mir fast die Luft weg. Ein paar dunkelbraune Augen mit zwei verräterischen Schönheitsflecken darunter funkelten mich spitzbübisch an.

Mein Hirn brauchte einen kurzen Moment, doch dann realisierte ich, wer da nur wenige Meter entfernt vor mir stand. Das Herz begann wie wild in meiner Brust zu klopfen, atemlos flüsterte ich seinen Namen. »Tyler.«

Die Lippen, an die ich in den letzten zwei Jahren viel zu oft gedacht hatte, verzogen sich zu einem schalkhaften Grinsen, das ich mehr vermisst hatte, als ich jemals zugeben würde. »Hallo, Zwerg.«

2. KAPITEL

Tyler

Hier steht die Zeit echt still.

Das war mein erster Gedanke, als ich meinen SUV durch die Straßen von San Teresa lenkte, die mir selbst nach zwei Jahren Abwesenheit sofort wieder vertraut waren. Ich ließ die Fenster herunter und genoss die salzige Brise, die vom Meer herüberwehte und die den heißen Tag einigermaßen erträglich machte. Das Navigationsgerät wies mich mit monotoner Stimme an, links abzubiegen. Wegen des Krächzens der Möwen, das sich mit dem leisen Song aus dem Radio mischte, hätte ich es beinahe überhört, und so setzte ich den Blinker einen Augenblick zu spät. Anders als in Seoul brachte mir das nicht sofort ein wütendes Hupkonzert ein, die Straße war an diesem Montagmorgen wie leer gefegt, was aber nicht weiter verwunderlich war. Es war schon fast zehn Uhr, und die meisten Bewohner der Stadt arbeiteten längst, während die Studenten, die die Einwohnerzahl dieses verschlafenen Nests überhaupt erst nennenswert machten, entweder schon ihre Vorlesungen besuchten oder jetzt erst aus ihren Träumen erwachten. Ab morgen würde ich wieder einer von ihnen sein, gefangen im akademischen Hamsterrad, was mir jetzt schon die Luft aus den Lungen presste. Doch bevor ich mich wieder in die Zwangsjacke der STU und einen zermürbenden Alltag begeben würde, hatte ich ein ganz anderes Ziel vor Augen. Ich verließ die Hauptstraße und ließ mich vom Navi über kleine Nebenstraßen immer näher in Richtung Ozean leiten. Die Geschäfte wurden weniger, dafür reihten sich beschauliche kleinere und größere Häuser aneinander. Nach weiteren fünf Minuten verkündete das Navi, dass ich mein Ziel erreicht hatte, und ich hielt nach einer Parkmöglichkeit Ausschau, bis ich die Parkplätze direkt vor dem kleinen Apartmentkomplex entdeckte, dessen Adresse Hunter mir zugeschickt hatte, sobald ich ihn in meinen Plan eingeweiht hatte.

Ich lächelte und lenkte meinen SUV in die freie Bucht direkt neben den grauen, verrosteten Polo, in dem ich schon viele Male auf dem Beifahrersitz gesessen hatte, und schaltete den Motor ab. Ich stieg aus, ließ meine Hand über die Beule vorn am Kotflügel der kleinen Rostlaube gleiten, die April sich auf dem Parkplatz von Target eingefangen hatte, als wir vor einer gefühlten halben Ewigkeit etwas für Kate besorgt hatten und ihr jemand reingefahren war. Ich erinnerte mich noch gut an ihre zornesroten Wangen, als sie dem armen Tropf auf dem Parkplatz fast den Kopf abgerissen hätte, weil dieser damals der Meinung gewesen war, die Vorfahrtsregeln wären optional. Ob sie wohl auch zu Hause war? Plötzlich spürte ich so etwas wie Nervosität in mir aufsteigen.

Meine Augen glitten über den zweistöckigen Apartmentkomplex, und ich bemerkte die kleinen Risse in der rostroten Fassade, die zu dem dunklen Ziegeldach und der industriell anmutenden Außentreppe passte. Der Komplex war L-förmig, und Hunter hatte mir am Telefon gesagt, in welche Einheit Raelyn, Kate und April gezogen waren. Eigentlich hatte ich geglaubt, dass es eine coole Idee war, die drei einfach zu überraschen, aber jetzt gerade war ich mir nicht mehr so sicher. Um Kate machte ich mir keine Sorgen. Sie würde mich mit offenen Armen empfangen. Raelyn würde sich vielleicht anfangs ein bisschen schüchtern in ihr Schneckenhaus zurückziehen, doch Hunter hatte gemeint, dass sie sich vermutlich schnell wieder einkriegen würde. Aber April mit ihrem hitzigen Temperament und ihrer losen Zunge war null einzuschätzen. Wahrscheinlich würde sie mich zum Teufel jagen und ein Feuerwerk ihrer kreativen Verwünschungen auf mich abschießen. Solange ich wie ein Vollidiot hier draußen stand und mir über irgendwelche hypothetischen Szenarien den Kopf zerbrach, würde ich das allerdings nicht herausfinden.

Ich verschloss meinen Wagen und ging zielstrebig auf die Stufen zu, von denen ich immer zwei auf einmal nahm, bis ich das zweite Stockwerk erreichte und den Zettel hervorzog, auf den ich die Apartmentnummer gekritzelt hatte. Vor der schwarzen Tür mit den goldenen Ziffern warf ich einen Blick auf das Klingelschild und stopfte den Zettel zurück in meine Hosentasche. Dann klingelte ich.

Ich hielt den Atem an, als ich Schritte hinter der Tür vernehmen konnte, und wischte mir schnell die Hände an der Jeans ab, während ich versuchte, so gelassen wie möglich zu wirken, obwohl meine Nerven mit jeder Sekunde mehr und mehr mit mir durchgingen.

In den letzten zwei Jahren war eine Menge passiert, wir alle hatten uns verändert, waren erwachsener geworden und hatten unser Leben gelebt. Und obwohl Kate und ich regelmäßig telefoniert hatten, wusste ich nicht wirklich, was auf der anderen Seite der Tür auf mich wartete. Was Kate passiert war, hatte sie zweifellos gezeichnet, und ich war nicht hier gewesen, um ihr beizustehen. Ob das zwischen uns stehen würde? Ob sie mir mit der gleichen Wärme und Offenheit begegnen würde wie früher?

Als die Tür mit Schwung aufgerissen wurde, hatte ich keine Chance mehr, mir weiter den Kopf darüber zu zerbrechen, und beim Anblick dieses vertrauten und gerade sehr nassen braunen Schopfes wollte ich das auch gar nicht. Ich drängte meine Nervosität mit aller Macht zurück und ließ die Freude zu, die mich jetzt vollkommen übermannte, weil ich nach zwei Jahren endlich wieder der Frau gegenüberstand, die ich meine beste Freundin nannte.

Kates aufgesetztes, professionelles Lächeln, das sie vermutlich für den Typen vom Paketdienst aufgelegt hatte, verrutschte auf der Stelle, und es war ziemlich lustig, dabei zuzusehen, wie ihre großen Augen sich nur noch mehr weiteten, während ihre Lippen ein stummes O formten. Ihre braunen Augen mit den unverkennbaren goldenen Flecken starrten mich mit einer Mischung aus absolutem Unglauben und einer gehörigen Portion Verwirrung an.

Ich genehmigte mir ein paar Sekunden, um sie zu betrachten. Es lag also nicht an der Webcam allein, dass Kates Gesicht mir beim letzten Mal runder vorgekommen war. Ihre vorher beinahe eingefallenen Wangen sahen jetzt gesund aus und nahmen ihrem Gesicht die scharfen Kanten, ließen sie weicher wirken, was viel besser zu ihren braunen Rehaugen passte. Es war beruhigend zu sehen, dass ihre Schlüsselbeine unter der weißen Seidenbluse mit dem tiefen V-Ausschnitt, die sie in einen schwarzen Lederrock gesteckt hatte, nicht mehr so stark hervorstachen und dass auch ihre Oberschenkel nicht mehr an Zahnstocher erinnerten, auch wenn sie nach wie vor sehr schlank war. Ihre Haut hatte eine gesunde goldene Bräunung, ihr Haar war noch immer wahnsinnig lang, und sie schien von innen heraus zu strahlen. Sie sah glücklich aus, und das war ein schöner Anblick. Ich wusste, dass es nicht allein an Alec lag, aber wenn ich dem Typen endlich mal persönlich begegnete, würde ich ihm trotzdem dafür danken. Er hatte einen großen Anteil daran gehabt, Kate vor sich selbst zu retten, während ich am anderen Ende der Welt und nicht für sie da gewesen war.

Auch nach diesem ewig langen Moment rührte Kate sich keinen Millimeter. Ich lachte leise und nahm eine ihrer klatschnassen Strähnen zwischen die Finger. »Ist der Wet-Hair-Look plötzlich wieder in, oder siehst du einfach nur zum Spaß aus wie ein begossener Pudel?«

Das Kreischen, das sie ausstieß, als sie endlich aus ihrer Schockstarre erwachte, war ohrenbetäubend. Ich taumelte überrascht ein paar Schritte zurück, nachdem Kate sich urplötzlich in meine Arme geworfen hatte. »Ty!« Sie drückte mich so fest, dass meine Wirbelsäule ein lautes Knacken von sich gab. »Oh mein Gott.«

»Hallo, Kitty Kat.« Ich lächelte und hielt sie ganz fest. Ihr unverwechselbarer Duft von Sandelholz und Jasmin stieg mir in die Nase, und ich atmete tief ein. »Mein Rückgrat brauche ich übrigens noch.«

»Kannst du mal nicht den Moment ruinieren?« Ich war wenig überrascht, für meinen dummen Spruch einen Schlag zwischen die Rippen zu kassieren. »Es ist so schön, dich zu sehen! Komm rein, komm rein.« Sie löste sich gerade genug von mir, um mich mit sich über die Türschwelle zu ziehen. In der Wohnung hielt sie mich mütterlich eine Armeslänge von sich weg und musterte mich. »Warum hast du nicht gesagt, wann du ankommst? Ich hätte dich doch vom Flughafen abholen können.«

»Ich wollte dich überraschen.« Dass ich nicht in Los Angeles, sondern in San Francisco gelandet war, verschwieg ich. Sie ließ mich los, und ich zog meine Schuhe aus und stellte sie zu den unzähligen anderen Schuhpaaren, die sich in dem kleinen Flur aneinanderreihten. »Und deinem dummen Gesicht nach zu urteilen, ist mir das auch gelungen.«

Kate verdrehte die Augen. »Charmant wie immer.«

»Hattest du was anderes erwartet?«

»Nicht wirklich.« Ich schluckte schwer, als sie mich erneut in ihre Arme zog und ihr Gesicht an meiner Schulter vergrub. »Aber kannst du es mir verübeln? Ich meine … Wow!« Ihre Augen scannten mich von Kopf bis Fuß. »Du siehst so anders aus. Ich hab dich im ersten Moment fast nicht erkannt.«

Ich zog eine Augenbraue hoch. »Das nächste Mal schicke ich einen Steckbrief vorweg.«

»Ach, halt die Klappe!« Sie schenkte mir ihr typisch warmes Lächeln, das es so verdammt leicht machte, Kate zu mögen. »Ich hab dich echt vermisst, du Idiot.«

Mir wurde die Kehle eng, und ich räusperte mich unbehaglich. Ich dachte an all die verpassten Anrufe und Nachrichten der letzten zwei Jahre. »Ich dich auch, Kitty Kat.«

Kate hielt mich noch einen Moment lang fest, bevor sie mich wieder losließ. Sie wischte sich verstohlen über die Wangen, und ich ließ ihre Tränen ebenso unkommentiert wie das Chaos aus Schuhen zu meinen Füßen. »Kommst du direkt vom Flughafen?«

Ich folgte ihr ins Wohnzimmer, das mit vielen warmen Erdtönen und jeder Menge grüner Pflanzen richtig einladend und gemütlich wirkte. Allein der zarte Geruch von frischer Farbe verriet, dass die WG noch nicht lange bewohnt war. Sonst war alles fertig und perfekt eingerichtet, ganz im Gegensatz zu meinem eigenen, vollkommen kargen, weißen Zimmer, das vermutlich auch genauso bleiben würde. Es gab schlicht und ergreifend keinen Grund, einen allzu großen Aufwand zu betreiben, wenn meine Tage an der STU eh gezählt waren. »Nee, ich hab erst meine Sachen im Wohnheim abgeladen.«

»Ergibt Sinn.« Kates lange Finger schlangen sich um mein Handgelenk, und sie zog mich weiter in den Raum hinein, in dem unzählige Fotos hingen, auf denen auch ich drauf war. »In welchem Wohnheim bist du gelandet?«

»Ginsburg Hall.« Hunter hatte die STU verlassen, und mich mit irgendwelchen neuen Mitbewohnern herumzuschlagen kam nicht infrage, weshalb ich die horrende Miete billigend in Kauf nahm. »Da hast du letztes Jahr auch kurz gewohnt, oder?«

»Ja, genau.« Kate ließ mein Handgelenk nicht los, stattdessen strich ihr Daumen über meinen Handrücken. »Alec und Dean wohnen da immer noch. Welches Zimmer hast du?«

»217.«

»Also ein Stockwerk unter den beiden.« Sie klang eindeutig etwas zu enthusiastisch, aber ich wusste auch, wie sehr sie darauf brannte, mir Alec und Dean endlich mal persönlich vorzustellen anstatt nur über Skype und Textnachrichten. »Ich sag den Jungs nachher Bescheid, sie können dir bestimmt den ein oder anderen Tipp geben.« Strahlend wandte sie sich in Richtung einer angelehnten weißen Tür. »Willst du einen Kaffee?«

»Bitte keine Umstände. Ich wollte nur kurz reinschneien, um dir Hallo zu sagen.«

»Du glaubst doch wohl nicht, dass du nach zwei langen Jahren einfach nur mal kurz durchgrüßen kannst, oder?« Vehement schüttelte sie den Kopf, bevor sie durch die Tür verschwand, hinter der ich eine Küchenzeile erkennen konnte. »Ein Kaffee ist das Mindeste.«

»Du musst echt nicht extra –«

»Ups. Schon angestellt.«

»Danke.« Ich folgte ihr in die Küche und pfiff anerkennend durch die Zähne. Nichts stand herum, alles war ordentlich in Hänge- und Unterschränken verstaut. An einer Halterung an der Wand hingen Pfannenwender, Suppenkellen und Schneebesen, und ein schicker Messerblock schmückte mit ein paar dicken Schneidebrettern aus Holz die Arbeitsplatte. Die gute

Ausstattung ließ vermuten, dass in dieser kleinen Küche tatsächlich gekocht wurde.

Ich ignorierte die drei Barhocker, die erstaunlicherweise in dem schmalen, schlauchartigen Raum ebenso noch ihren Platz fanden wie unzählige Pflanzen in schlichten Messingtöpfen, und lehnte mich mit der Hüfte gegen die anthrazitfarbene Arbeitsplatte. Mir fiel auf, dass die weißen Fronten der Küchenzeile wohl foliert worden waren, denn an der ein oder anderen Stelle erspähte ich ein paar Luftbläschen. Ich konnte mir gut vorstellen, wer von den dreien diese Deko-Idee gehabt hatte, und augenblicklich musste ich schmunzeln. Diese Wohnung trug Kates unverkennbare und stilsichere Handschrift.

»Wo ist denn der Rest?«, fragte ich.

»Raelyn hat Frühschicht beim Radio, und April ist bei einer Vorlesung. Sie müsste aber gleich zurück sein.«

Amüsiert beobachtete ich Kate, wie sie sich auf die Zehenspitzen stellte, um zwei Tassen aus einem der Hängeschränke zu nehmen. Sofort kam mir April in den Sinn, und unauffällig sah ich mich nach einem Tritt um, fand aber keinen.

»So früh schon?« Ich warf einen prüfenden Blick auf mein Spiegelbild in den glänzenden Fronten der Schränke und richtete meine Haare hektisch. Doch als ich Kates Blick auf mir spürte, ließ ich die Hände sofort wieder sinken.

»Ja, sie hat dieses Semester richtiges Pech gehabt.« Das laute Gurgeln der eindeutig teuren Kaffeemaschine erinnerte Kate daran, uns beiden einzuschenken. Ein schokoladiger und bitterer Geruch breitete sich in der Küche aus, und ich fragte mich, wann die drei Mädels zu derartigen Kaffeefeinschmeckerinnen mutiert waren.

»Die Arme.« Ich nahm die Tasse entgegen, die Kate mir hinhielt, und musterte die tiefschwarze Flüssigkeit. »Hat bei dir denn alles geklappt?«

»Ja, ich kann die Kurse einfach wiederholen, die ich letztes Jahr nicht gepackt habe. Ich habe also bis zu den Midterms ein echt entspanntes Semester vor mir.« Kate zog einen goldenen Löffel aus einer Schublade heraus und gab etwas Zucker in ihren Kaffee. Das war neu. »Aber darüber können wir auch ein anderes Mal reden. Wie war dein Flug?«

Bei der Erinnerung an den Inlandsflug vorgestern von Detroit nach San Francisco rumorte mein Magen sofort wieder. Ich hatte danach Stunden gebraucht, bis ich überhaupt wieder an so etwas wie Essen hatte denken können, und ich war alles andere als zimperlich, was die Fliegerei anging. »Holprig. Ich hatte zwischenzeitlich etwas Sorge, dass meine Sitznachbarin mir auf den Schoß kotzt.«

Kates gönnerhaftes Kichern klang genauso bösartig, wie ich es in Erinnerung hatte, und zauberte mir automatisch ein Lächeln auf die Lippen. »Wäre aber eine Story wert gewesen.«

»Auf jeden Fall.« Ich trank einen Schluck Kaffee und musste mir ein Husten verkneifen. Räuspernd klopfte ich mir auf die Brust, in der mein Herz gerade zu einem Marathon ansetzte, und überspielte meine Überraschung, indem ich eine Handbewegung machte, die die ganze Küche miteinschloss. »Ihr drei habt euch ja ziemlich ins Zeug gelegt, was?«

Kates Blick folgte meiner Hand, und sie grinste stolz, wobei sie ihre perfekten weißen Zähne zeigte, die noch letztes Jahr unzählige Kooperationen geziert hatten. »Kann man so sagen. Wir sind alle ein paar Tage eher zurückgekommen, um die Wohnung zu renovieren und einzurichten. Hunter ist sogar extra aus New York angereist, um zu helfen. Du hast ihn nur um wenige Tage verpasst.« Sie stellte die Kaffeetasse auf der Arbeitsplatte ab, ehe sie einen kleinen Hopser machte und sich daraufsetzte. »Gefällt es dir?«

Ich wusste schon jetzt, dass ich mir dafür ordentlich was

würde anhören müssen, wenn ich meinen besten Freund das nächste Mal anrief. »Ist schön.«

Kate zog eine Augenbraue hoch. »Aber?«

»Ist das nicht ein bisschen viel Aufriss für die letzten paar Monate, die wir noch hier sind?« Mir war sofort klar, dass ich zu viel gesagt hatte, als Kate den Kopf senkte und auf die Tasse in ihren Händen hinabsah. »Was ich sagen wollte, war –«

»Ich weiß auch, dass wir nicht mehr viel Zeit hier zusammen haben.« Sie blickte auf und warf mir ein trauriges Lächeln zu, das mir das Herz brach, auch wenn ich ihre Gefühle nicht teilte, denn ich konnte es kaum erwarten, dieses Nest hinter mir zu lassen. »Im Mai werden wir getrennte Wege gehen. Das ist uns allen bewusst. Manche von uns gehen vielleicht sogar schon vorher, weil sie frühzeitig Jobs bekommen und nur für die Abschlusszeremonie zurückkehren. Aber genau deshalb war mir das hier so wichtig. Nach letztem Jahr«, sie schniefte leise und blinzelte hektisch, »nach letztem Jahr wollte ich einfach einen Ort, an dem wir uns alle zu Hause fühlen können. Selbst wenn es nur für kurze Zeit ist.«

»Kitty Kat, es –«

»Ist schon okay, Ty. Ich weiß, du hast es nicht so mit dem ganzen gefühlsduseligen Gelaber über Heimat und so, aber ich hoffe, dass du dich bei uns wohlfühlen wirst.« Sie stieß mich sanft mit ihren albernen Krümelmonsterpuschen an. Einer von ihnen war verrutscht, und um mich mit irgendwas abzulenken, damit dieses Ziehen in meiner Magengegend verschwand, spielte ich daran herum, bis er wieder richtig saß. »Auch wenn du mit diesem ganzen Kram nichts anfangen kannst, weißt du hoffentlich, dass bei mir immer ein Platz für dich sein wird, ganz egal auf welchem Kontinent du dich herumtreibst.«

Meine Hand erstarrte an ihrem Knöchel, und ich rang nach Fassung, während das Gefühl der Beklemmung mit jeder Sekunde schlimmer wurde. Das Wort *Heimat* mochte bei anderen vielleicht so etwas wie Wärme oder Geborgenheit hervorrufen, mir wurde davon allerdings nur schlecht. Stille breitete sich zwischen uns aus, in der nichts weiter zu hören war als das Ticken der Wanduhr und das leise Rauschen der Klimaanlage, die die kalifornische Hitze draußen hielt. Mechanisch richtete ich Kates Puschen und zupfte das rechte Auge am Krümelmonster zurecht. Ich lachte angespannt in der Hoffnung, diesen Moment der schweren Stille irgendwie überspielen zu können. Diese Stille, die uns beiden entgegenschrie, wie sehr ihre Worte mich überforderten. Sie trafen einen Nerv in mir, der schon sehr lange offen lag. »Wenn du hier irgendwo Bier und Pizza versteckst, dann ziehe ich vielleicht direkt mit ein.«

»Habe ich, aber wir haben leider kein Zimmer mehr für dich frei.« Sie hielt kurz inne, ehe ihr belustigtes Schmunzeln sich in ein diebisches Grinsen verwandelte. »Wobei, wenn du ganz lieb bitte sagst, darfst du bestimmt bei April mit im Bett schlafen.«

Wenn sie glaubte, mich mit so einem Kommentar aus der Reserve locken zu können, hatte sie sich geschnitten. Ich trank betont gelassen einen Schluck Kaffee und ließ eine dramatische Pause zu, bevor ich zu meiner ironischen Antwort ansetzte. »Wenn ich bei ihr im Bett lande, dann sicherlich nicht, um zu schlafen.«

Anders als ich erwartet hatte, lief Kate nicht rot an. Stattdessen warf sie den Kopf in den Nacken und lachte laut. »Gott, Ty.«

Ich zuckte mit den Achseln. »Das war eine Steilvorlage, Kitty Kat.«

»Wo du recht hast.« Ihr Lachen verklang zu einem Glucksen, und sie strahlte mich an. »Ich hab das echt vermisst.«

»Was? Deinen wunderschönen Spitznamen?«

»Den auch.« Sie schüttelte belustigt den Kopf. »Aber ich meinte mehr, dich hierzuhaben.«

Gespielt schockiert riss ich die Augen auf und verkniff mir ein Grinsen, als Kate melodisch zu kichern begann. »Okay, ich muss dringend mit diesem Alec reden. Er hat dich offensichtlich total weichgespült.«

»Du bist so ein Idiot.«

»Das sagtest du bereits.« Ich leerte die Kaffeetasse und stellte sie auf der Arbeitsplatte ab, erleichtert darüber, die schwere, emotionale Atmosphäre verdrängt zu haben. »Wir müssen mal an der Kreativität deiner Verwünschungen arbeiten, sonst wird es langweilig.«

»Wie wäre es, wenn ich bei April in die Lehre gehe? Du weißt, wie kreativ sie sein kann, wenn –«

»Kate?« Aprils leise Stimme traf mich bis ins Mark, und ich verkrampfte mich total, während Schritte sich langsam näherten. Kate war ein kalkulierbares Risiko. Der kleine Feuerteufel war eine ganz andere Liga. Kate warf mir einen wissenden Blick zu und begann aufgeregt, mit den Füßen zu baumeln. Gott, ich hatte ganz vergessen, wie schadenfroh diese Frau sein konnte.

»In der Küche.« Sie legte einen Singsang in ihre Stimme, für den ich ihr später den passenden Kommentar an den Kopf werfen würde. Aber jetzt musste ich mich für das Temperament von Rotlöckchen wappnen, das sicherlich nicht so gastfreundlich sein würde wie ihre Mitbewohnerin. Ich drückte die Schultern durch. Die Tür wurde aufgeschoben, und ich stellte mich innerlich auf ein gehöriges Donnerwetter ein, als ich mich zu ihr umdrehte.

Der Satz, den mein Herz bei ihrem Anblick machte, traf mich völlig unvorbereitet und wie aus dem Nichts. Klar, ich hatte sie immer schon ganz gut gefunden, aber eigentlich hatte ich angenommen, dass sich das nach den zwei Jahren erledigt hatte. Offensichtlich war mein Unterbewusstsein da anderer Meinung. Denn alles, woran ich gerade denken konnte, war, wie wunderschön April aussah, obwohl ihre feuerroten, widerspenstigen Locken unter einer schlecht sitzenden Snapback mit Batman-Logo hervorlugten, sie zerknitterte Klamotten trug und dunkle Augenringe ihr Gesicht zierten. Ihre niedliche kleine Stupsnase und die vollen Lippen katapultierten mich direkt zurück zu diesem Moment vor einer halben Ewigkeit in der Mensa, als Kate uns einander vorgestellt hatte. Damals hatte ich sofort gedacht, dass ich meinen rechten Arm dafür geben würde, sie einmal zu küssen. Dann waren wir Freunde geworden, und ich hatte diesen Gedanken in die hinterste Ecke meines Bewusstseins verbannt.

In den letzten zwei Jahren waren jegliche kindliche Züge aus ihrem Gesicht gewichen, und die erwachsene Frau, die mich jetzt mit großen Augen anstarrte, war … verdammt, sie war schön. So schön, dass es verflixt schwer werden würde, in ihr nur eine Freundin zu sehen. Ihr vertrauter Geruch von Sonnencreme und Zitrone stieg mir in die Nase, und es kostete mich eine ordentliche Portion Selbstbeherrschung, nicht einfach zu ihr hinüberzugehen und sie in meine Arme zu schließen. Wahrscheinlich hätte unsere Freundschaft das sogar erlaubt, trotzdem verschränkte ich jetzt locker die Arme vor der Brust, um entspannt zu wirken, auch wenn all meine Nervenenden gerade auf Empfang gestellt waren und irritierenderweise nur einen einzigen Kanal zu kennen schienen: April King.

»Tyler.« Sie flüsterte fassungslos meinen Namen, und ich schluckte schwer, während ich meine Hände unter meinen Achseln festklemmte.

Doch egal wie sehr ich mich auch zusammenriss, das Lächeln, das sich auf meine Züge schlich, weil ich nun bemerkte, dass sie mich nicht weniger interessiert musterte als ich sie, konnte ich nicht zurückhalten.

»Hallo, Zwerg.«

3. KAPITEL

April

Mein Kopf war wie leer gefegt, ich betrachtete Tyler, suchte nach dem Kerl mit den pechschwarzen, wirren Haaren, der ständig über seine eigenen Füße stolperte. Doch vor mir stand nur dieser perfekt gestylte Fremde, der mit dem Tyler aus meiner Erinnerung so gar nichts zu tun hatte. Ich ballte die Hände zu Fäusten und musste mich regelrecht davon abhalten, einen großen Schritt rückwärts zu machen. Ein ungutes Gefühl ergriff Besitz von mir und ließ sich nicht zurückdrängen, sosehr ich mich auch bemühte.

Tyler war ein vollkommen anderer. So was von anders.

Einiges war zwar noch vertraut an ihm, zum Beispiel seine gerade Nase, die dunklen Augen, in denen schalkhafte Funken tanzten, und seine leicht spitz zulaufenden, unverwechselbaren Ohren. Doch die stark hervortretenden hohen Wangenknochen, die maskuline Linie seines Kinns und die silbernen Haare waren neu.

Wir hatten öfters mal mit allen geskypt, aber anscheinend hatte die Kamera seines Laptops einen eingebauten Weichzeichner, und ohne diesen Filter kamen jetzt all seine Veränderungen zum Vorschein, und ich wusste nicht, was ich von ihnen halten sollte.

Ganz ähnlich war es mir mal mit meinem Handy ergangen, mit dem ich überglücklich gewesen war, bis es über Nacht ein allumfassendes Systemupdate und damit auch ein neues Interface verpasst gekriegt hatte. Ich hatte es wiedererkannt. Natürlich hatte ich das, immerhin war es ja kein neues Gerät gewesen, dennoch war es mir plötzlich total ungewohnt und fremd vorgekommen. Und genau wie bei meinem Smartphone wusste ich gerade nicht, ob mir das Update gefiel und ob ich mich jemals an Tyler 2.0 gewöhnen konnte. Oder wollte.

Ich bemerkte die bleierne Stille in der Küche erst, als Kate leise hüstelte. Ich musste eine Weile bewegungslos im Türrahmen gestanden und die beiden schamlos angegafft haben. Peinlich. Hektisch blinzelte ich und sah zwischen Kate und Tyler hin und her, während meine Lippen sich ohne mein Zutun bewegten. »Wie ... Also, ich meine, wann ... Also ...«

Kate hob abrupt die Hand, und ich hielt sofort den Mund, so als wäre meine Auffassungsgabe mit jeder klitzekleinen Kleinigkeit haltlos überfordert. »S.O.S., King! Sammeln. Ordnen. Sprechen.« Dass sie sich köstlich amüsierte, nahm ich nur am Rande wahr, erstellte mir aber innerlich eine Notiz, sie dafür heute Nacht im Schlaf zu strangulieren. »Das Gestammel versteht sonst keine Sau.«

Tyler zog eine seiner dunklen, perfekt geschwungenen Augenbrauen hoch, von denen ich mir sicher war, dass sie vorher nicht so eine makellose Form gehabt hatten. »King?«

»Hab ich von Alec.«

»Verstehe.« Tyler schien einen Moment lang über etwas nachzudenken, ehe er bekräftigend nickte. »Gefällt mir irgendwie.«

»Mir auch. Passt zu ihr, oder?« Kate schenkte mir wieder ihre ungefilterte Aufmerksamkeit, und ich fragte mich, ob ich die Einzige war, die Probleme damit hatte, darüber hinwegzukommen, wie anders Tyler aussah. »Also, versuch's noch mal, April.«

Ich wollte ihr den Mittelfinger zeigen, aber das so vertraute, neckische Grinsen auf Tylers Lippen brachte mich total raus. »Genau, und am besten, ohne diesmal wegen meines unverschämt guten Aussehens über deine eigene Zunge zu stolpern.«

Hitze schoss mir in die Wangen, und ich hob drohend den Zeigefinger, als Kate zu kichern begann. »Ihr könnt mich beide mal.«

»Da bin ich keine vierundzwanzig Stunden zurück, und schon machst du mir solche Angebote.« Tyler zwinkerte mir zu, und ein Stromstoß fuhr durch mich hindurch. »Also ich bin dabei, aber ich weiß nicht, wie Kate zu einem Dreier steht.«

Genau wie mir fiel Kate die Kinnlade herunter, bevor ein Rotschimmer sich auf ihre Wangen schlich. Sie schüttelte schicksalsergeben den Kopf. »Und ich hatte echt gehofft, du hättest dir in Seoul endlich die Hörner abgestoßen.«

»Weit gefehlt, Kitty Kat. Weit gefehlt.«

Okay, wurde langsam Zeit, sich auf sichereres Terrain zu begeben, bevor Tyler weiterhin die Oberhand in diesem Gespräch behalten und mich noch weiter aus dem Konzept bringen konnte. »Seit wann bist du wieder in der Stadt?«

Er warf einen Blick auf die Uhr an seinem Handgelenk, die ziemlich neu und mit ihrem großen schwarz-silbernen Ziffernblatt auch sehr kostspielig aussah. »Seit knapp zweieinhalb Stunden.« Als Kate ihm einen vorwurfsvollen Blick zuwarf, hob er abwehrend die Hände. »Nach den Fotos, die ihr gestern Nacht in die Gruppe geschickt habt, dachte ich, ich gebe dir noch etwas Zeit, deinen Rausch auszuschlafen, anstatt direkt hier aufzuschlagen. Außerdem brauchte ich auch echt eine heiße Dusche und Frühstück.«

»Du hättest auch mit mir frühstücken können. Dann hätten wir etwas mehr Zeit zusammen gehabt.« Sie zog einen Schmollmund und sprang von der Arbeitsplatte herunter. »Ich muss nämlich jetzt leider zu einer Vorlesung.« Als sie Tyler die Hände auf die Schultern legte und ihm einen Kuss auf die Wange drückte, dämmerte mir, dass sie allen Ernstes vorhatte, mich mit Tyler allein zu lassen. Sie schlenderte betont gelassen zu mir herüber und besaß sogar noch die Dreistigkeit, mich frech anzulächeln, ehe sie auch mich flüchtig auf die Wange küsste, während sie weiterhin munter mit ihrem besten Freund weiterplauderte. »Wir müssen feiern, dass du wieder da bist. Ich schreibe nachher mal in die Gruppe und frage, wer heute Abend Zeit hat, mit uns was essen zu gehen. Wäre dir das *Ikigai* recht?«

»Du weißt, ich sage nie Nein zu Ramen.« Tyler stellte seine Tasse in die Spüle und wusch sie routiniert mit seinen großen Händen ab. Er stand jetzt mit dem Rücken zu mir, und mein Blick ruhte auf seinen breiten Schultern.

»Wie steht's mit dir, April?«

Ich brauchte einen Moment, bis ich schnallte, dass Kate mich angesprochen hatte. Das hatte natürlich nichts mit Tylers Anwesenheit in unserer Küche zu tun, wie er Tassen abspülte, als gehörte er zum Inventar. Kein bisschen. »Was?«

Kate presste kurz die Lippen aufeinander und musste sich augenscheinlich ziemlich anstrengen, sich ihr Lachen zu verkneifen. »Kommst du heute Abend mit?«

Ich runzelte die Stirn. »Ja, klar.«

»Super.« Kate wandte sich ab, hielt dann aber inne und drehte sich noch mal zu Tyler um. »Ty, ich erwarte heute Abend übrigens einen ausführlichen Bericht, wie es so am anderen Ende der Welt war. Du darfst nichts auslassen.«

Gott, wenigstens sein Lachen klang noch genauso wie damals. »Du weißt doch längst alles.«

»Noch lange nicht genug.« Kate klopfte mir auf die Schulter und nickte unauffällig in Tylers Richtung. Sie wollte tatsächlich gehen? Ich hielt sie am Handgelenk zurück, aber sie streckte mir nur die Zunge raus und befreite sich geschickt aus meinem Griff, ehe sie mit hastigen Schritten Richtung Wohnungstür eilte. »Bis später, ihr zwei.«

Kurz darauf fiel die Tür hinter Kate ins Schloss, und die bleierne Stille kehrte mit voller Wucht zurück. Ich öffnete den Mund, um etwas zu sagen und an das freundschaftliche Geplänkel von gerade anzuknüpfen, aber als mein Blick auf Tylers Unterarme fiel, deren Haut so hell und blass wie Mondlicht war, schwieg ich. In meiner Erinnerung war Tylers Haut golden, gebräunt von der Sonne bei seinen Wanderungen und Surfausflügen. Er war immer auf dem Sprung, wechselte stets unruhig von einem Bein aufs andere und tippte mit seinen Füßen auf dem Boden herum, wenn er saß.

Dieser Tyler hier vor mir wusch in aller Seelenruhe die Kaffeetassen ab. Seine Finger waren geschickt und vorsichtig, seine Schultern gerade und seine Füße fest im Boden verankert. Keine Spur von Ruhelosigkeit, Hektik, die ihn immer voran- und mich manchmal in den Wahnsinn getrieben hatte. Er war der Inbegriff von Gelassenheit und Ausgeglichenheit. Beides fühlte sich für mich wie ein Schlag ins Gesicht an.

War das wirklich Tyler? Dieser Typ da, der sich bedacht und gründlich die Hände abtrocknete, statt alles nur hastig zu erledigen, mit einem Bein schon halb zur Tür hinaus, um schleunigst zum nächsten Punkt auf seiner endlos langen Liste mit all den Dingen zu gelangen, die er heute noch erleben wollte?

»Vorsicht, Zwerg. Sonst starrst du mir noch ein Loch in den Kopf.«

Ertappt zuckte ich zusammen. Mist. »Entschuldigung.«

»Kein Problem.« Tyler wischte über die Armatur der Spüle, ehe er das Handtuch zurück an seinen ursprünglichen Platz hängte. Als er sich zu mir umdrehte, glaubte ich einen kleinen Augenblick so etwas wie Unsicherheit über sein Gesicht huschen zu sehen, doch so schnell, wie sein lockeres Lächeln zurück war, konnte ich mir das auch durchaus nur eingebildet haben. Er lehnte sich mit dem unteren Rücken gegen die Arbeitsplatte und breitete die Arme aus. Abwartend sah er mich an. »Also, kriege ich jetzt endlich eine Umarmung, oder willst du mich lieber weiter so anstarren, als wäre ich deinen Träumen entstiegen?«

Ich schnaubte belustigt, bevor ich mich vom Türrahmen abstieß und auf ihn zuging. Das war der Tyler, mit dem ich umgehen konnte. Der unverschämte Schwachmat, den man nur schwer ernst nehmen konnte. Ich knuffte ihn für seinen dummen Spruch in die Seite, sobald er in Reichweite war. »Wohl eher meinen Albträumen.«

Tyler schlang seine große Hand um meinen Unterarm, und ich keuchte erstaunt auf, als er mich an seine Brust zog. Ich legte ihm die Hände auf die Seiten, um etwas Abstand zwischen uns zu bringen, aber Tyler ließ mich nicht, sondern drückte mich nur noch fester an sich, sodass ich fast keine Luft mehr bekam.

»Ty…« Sogar sein Duft hatte sich verändert, er roch nach Salbei und Bittermandel. Allein der Geruch seiner Haut hatte noch immer etwas Vertrautes, was mich ein wenig beruhigte.

Ich spürte seine Hand an meinem Hinterkopf und musste unwillkürlich lächeln, als er sich weiter zu mir herunterbeugte und seine Wange auf meinen Kopf legte. »Du hast mir gefehlt, Zwerg.«

Ich stellte mich auf die Zehenspitzen, damit es wegen unseres enormen Größenunterschieds nicht zu unbequem für ihn wurde. Meine Wangen glühten regelrecht, und ein bis zwei Schmetterlinge wagten sich langsam, aber sicher in meine Bauchgegend. »Nenn mich noch mal Zwerg, und dir fehlt gleich dein Schneidezahn.«

»Noch immer dieselbe scharfe Zunge.« Er strich mir über den Hinterkopf, und sein sanfter Tonfall brachte mich dazu, die Wange an seine Brust zu schmiegen und mich gegen ihn sinken zu lassen. »Schön, dass ein paar Dinge sich nicht verändert haben.«

»Das kann man von dir allerdings nicht behaupten, Mister Supermodel.« Ich löste mich gerade genug von ihm, um zu ihm aufsehen zu können. Seinem verständnislosen Blick nach zu urteilen, hatte er keine Ahnung, was ich meinte, und demonstrativ wedelte ich an seiner Jacke herum und deutete auf sein silbernes Haar. »Als du vor zwei Jahren hier weg bist, waren deine Haare schwarz, und dein Kleiderschrank bestand nur aus Basics.«

»Ach so, das.« Er zuckte mit den Schultern, als wäre es keine große Sache, dass er problemlos auf den nächsten Laufsteg hätte springen können, ohne aufzufallen. »Das ist eine optische Täuschung.« Er zwinkerte mir zu, und mein Herz machte einen verräterischen Hüpfer. »Ich verspreche dir, ich bin innerlich noch der gleiche Vollidiot.«

Ich wollte ihm glauben. Wirklich. Aber ich konnte nicht. Nicht, wenn er plötzlich so anders aussah. Wenn er so anders roch. Wenn er sogar so anders klang, so erwachsen und ruhig.

Ich lächelte schwach und löste mich aus seiner Umarmung. Auf einmal wurde mir nämlich schmerzhaft bewusst, dass ich mir heute Morgen nicht einmal die Mühe gemacht hatte, frische Klamotten anzuziehen, sondern mich im Dunkeln an dem Haufen auf dem Fußboden bedient hatte. Ich räusperte mich und schob etwas hilflos meine Hände in meine Hosentaschen. »Möchtest du noch einen Kaffee?«

»Und mir von dem Zeug einen Herzkasper holen? Nein danke.« Tyler streckte die Hand aus und steckte eine meiner verirrten Locken wieder zurück unter meine Snapback, anscheinend kein bisschen davon abgeschreckt, dass ich offensichtlich heute früh noch nicht geduscht hatte. »Ganz im Ernst, wie könnt ihr das Gesöff trinken?«

»Alec hat es angeschleppt. Man gewöhnt sich irgendwann dran.«

Tyler verschränkte die Arme vor der Brust, als er nachlässig in Richtung Kaffeemaschine nickte. »Ich dachte, ich wäre von Hyun-Joon einiges gewöhnt, aber Alec scheint entweder keinen Puls oder aber keine Geschmacksnerven mehr zu haben.«

Der Name kam mir bekannt vor. »Trinkt dein Cousin auch so starken Kaffee?«

Tyler stieß sich von der Arbeitsplatte ab und legte mir den Arm um die Schultern, während er mich ganz selbstverständlich ins Wohnzimmer führte. »Du machst dir kein Bild.«

Mein Blick fiel für einen Moment auf seine Hand, die locker auf meiner Schulter lag. »Bist du gut mit ihm klargekommen?«

»Ja. Wir liegen alterstechnisch nur fünf Jahre auseinander.« Tyler nahm den Arm weg und ließ sich auf das große Sofa fallen, auf das Kates Großeltern bestanden hatten, damit wir alle zusammen schöne Abende hier verbringen konnten. »Bei Hyun-Ah und Hyun-Sik war das schon ein wenig anders.«

Interessiert setzte ich mich neben Tyler, als ich die Namen seiner anderen beiden Cousins wiedererkannte. Er hatte während der Skype-Sessions kaum über seine Verwandten gesprochen. Häufig war es mehr um seinen Alltag gegangen, oder er hatte uns erzählt, was er zuletzt besichtigt hatte. »Sind die beiden denn sehr viel jünger?«

Tyler lachte und lehnte sich zurück. »Na ja, Hyun-Ah wird dieses Jahr fünfzehn, und Hyun-Sik ist jetzt das letzte Jahr im Kindergarten.«

Ich blinzelte. »Oh, wow.«

»Genau. Es war häufig sehr …« Tyler machte eine Grimasse, die keinen Zweifel daran ließ, dass es ihm manchmal wohl einfach etwas zu viel gewesen war. »… lebhaft.«

»Das kann ich mir vorstellen.« In unserer Lodge hatte ich stets mit Gästen aller Altersgruppen zu tun, und gerade mit Kindern hatte ich mich oft schwergetan. »Wie war es denn so in Seoul? Hat es dir gut gefallen?«

»Seoul ist der Wahnsinn. Die Stadt schläft nie, und an jeder Straßenecke gibt es irgendwas zu entdecken. Es ist schwer zu erklären, aber da treffen so viele Kontraste aufeinander.« Seine Stimme überschlug sich, als er wie ein aufgeregtes Kind zu erzählen begann, und ich konnte nicht anders, als mich in seine Erzählung fallen zu lassen, auch wenn ich die Stadt noch nie mit eigenen Augen gesehen hatte. »Moderne knallt auf Tradition, Wolkenkratzer auf Natur, und irgendwo dazwischen bist dann du und weißt gar nicht, was du zuerst und zuletzt machen sollst. Die Stadt ist einfach überwältigend, und selbst nach einem Jahr hatte ich das Gefühl, nicht alles gesehen zu haben. Ähnlich ging es mir in Tokio, wobei ich da echt häufig aufgeschmissen war. Das bisschen Japanisch, das ich kann, hat mich gerade so über Wasser gehalten.« Tyler rieb sich mit den Händen über die Oberschenkel, ehe er den Blick durch unser Wohnzimmer schweifen ließ und seine Augen an unserem großen Fernseher mit all den Konsolen darunter hängen blieben. Seine Mundwinkel zuckten, doch bevor ich fragen konnte, was genau er so lustig fand, sprach er schon weiter. »Wie läuft's denn bei dir? Kate hat mir erzählt, du schreibst jetzt Reviews für ein Spielemagazin?«

»Ja. Bringt gutes Geld und macht Spaß.« Ich fasste mich kurz, denn ich wusste genau, dass Tyler nur Small Talk betreiben wollte. Der Mann verstand so viel von Videospielen wie ich von Japanisch – nämlich herzlich wenig.

»Klingt so, als wäre es absolut das Richtige für dich.« Er legte den Arm locker auf der Rückenlehne des Sofas ab, und seine Lippen verzogen sich zu einem so unverschämt attraktiven Grinsen, dass ich mich dafür verfluchte, mich so dicht neben ihn gesetzt zu haben. Wieso funktionierte denn ausgerechnet jetzt die Klimaanlage nicht mehr? »Hyun-Sik hat versucht, mir den ganzen Kram etwas näherzubringen, aber irgendwie ist das einfach nicht meine Welt. Aber sollte ich es noch mal mit Videospielen probieren, dann weiß ich ja, wen ich um Rat fragen kann.«

Ich schnaubte, unfähig, mir Tyler mit einem Controller in der Hand vorzustellen. »Wer hat gesagt, dass ich dir helfen würde?«

»Würdest du nicht?« Er zog eine seiner dunklen Augenbrauen hoch und lehnte sich näher zu mir herüber. Unauffällig krallte ich meine linke Hand in die Polsterung des Sofas, meine Haut fing an zu kribbeln. Automatisch fiel mein Blick auf die beiden kleinen Schönheitsflecken unter seinem Auge, und ich konzentrierte mich darauf, um meine Nervosität in den Griff zu kriegen. Selbst nach zwei Jahren brachte mich sein müheloses, spielerisches Herumgeflirte immer noch aus dem Konzept. Das konnte ja heiter werden. »Ich kann ziemlich überzeugend sein, wenn ich will.«

Oh, das glaubte ich sofort. Ich hob die rechte Hand, legte sie auf seine Brust und schob ihn weg. Meine Wangen glühten, und es fiel mir zunehmend schwer, einen kühlen Kopf zu bewahren. Nur Tyler war imstande, solch ein Gefühlschaos in mir auszulösen. Genau wie früher. Nichts Neues von der Front also. Diese Erkenntnis traf mich mit aller Wucht. All das kam mir nämlich kein bisschen fremd vor, sondern nur allzu vertraut. »Mach mal halblang, Don Juan.«

»Sorry, es macht einfach zu viel Spaß, dir beim Rotwerden zuzusehen.« Er lehnte sich wieder zurück und zuckte mit den

Achseln. »Jetzt, wo Kate so abgebrüht ist, werde ich meinen ganzen Charme bei dir spielen lassen müssen.«

Ich musterte ihn von der Seite, und als er übertrieben mit den Augenbrauen wackelte, machte etwas in mir klick. Er war wirklich noch derselbe, er sah nur anders aus. Ein bisschen wie das Remake von *Final Fantasy X*. Aufgemotzte Grafik, aber sonst war alles beim Alten.

Tylers Lächeln wurde mit einem Mal ganz weich, und ich schluckte schwer. »Schon besser.«

»Was?«

»Dass du mich nicht mehr ansiehst, als wäre ich ein Fremder.«

Ich schnalzte leise mit der Zunge. Anscheinend hatte ich mein Unwohlsein nicht besonders gut vor ihm verborgen. »Kannst du es mir verübeln?«

»Ich bin doch immer noch derselbe, April.« Er klopfte sich wie ein hirnloser Macho auf die Brust und brachte mich damit zum Lachen. »Ich sehe jetzt nur noch besser aus als vorher.«

»Und dein Ego hat sich offensichtlich einer Anabolikakur unterzogen.«

»Autsch.« Er fasste sich ans Herz, und ich fühlte mich augenblicklich zurückkatapultiert zu unzähligen Abenden in seiner und Hunters Wohnung, in denen es weder Distanz noch Zukunftsängste, dafür aber viele Lacher und unzählige Spitzfindigkeiten gegeben hatte. »Ich hab auch Gefühle, weißt du?«

Als ich Tylers altbekannte Phrase hörte, ließ die eisige Faust der Angst, die sich fest um meinen Magen gelegt hatte, endlich los, und ich gluckste vor Erleichterung, ehe ich zu einer schnodderigen Antwort ansetzte. »Komisch, ist mir noch gar nicht aufgefallen.«

»Weil du nicht darüber hinwegkommst, wie fantastisch ich jetzt aussehe.«

Das kam ich tatsächlich nicht, aber das würde ich diesem Trottel nie im Leben auf die Nase binden. »Nein, ich denke, dass bei deinem winzigen Gehirn einfach die Synapsen für Emotionen fehlen und man sie gegen eine Direktverbindung zwischen Mund und Kleinhirn getauscht hat. Ohne Filter, versteht sich.«

Er legte grübelnd den Zeigefinger an sein Kinn und zog die Stirn in Falten, bevor er seufzend nickte. »Vielleicht hast du recht.«

»Womit?«

»Na ja, wenn ich ein normal funktionierendes Hirn hätte, dann hätte ich es nicht so sehr vermisst, mich von dir beleidigen zu lassen.«

Leere. Da war nichts weiter als gähnende Leere in meinem Kopf und mein wummernder Herzschlag, der dumpf in meinem ganzen Körper widerhallte. Ich wusste, seine Worte hatten keinerlei tiefere Bedeutung, wusste, dass sie nichts weiter waren als eine Spielerei, dennoch brachte allein die Vorstellung, dass Tyler mich genauso sehr vermisst haben könnte wie ich ihn, mein dämliches Herz ins Schleudern. Ich wollte etwas Schlagfertiges erwidern, doch als er mich ansah, konnte ich nicht anders, als mich in seinen Augen zu verlieren, auf die ich sehnlicher gewartet hatte, als ich jemals zugeben würde.

»Dass ich das noch erleben darf. Die große April King ist mal sprachlos.« Tyler nahm mir die Snapback vom Kopf und warf sie achtlos auf den Couchtisch. Er zögerte kurz, und ich wollte ihn schon fragen, was er vorhatte, als er wie wild mit einer Hand durch meine Locken wuschelte. »Wobei, tauschen wir groß lieber gegen großartig.«

»Größe ist nicht alles«, sagte ich gedankenlos und funkelte Tyler wütend an, als ich realisierte, dass ich ihm eine Steilvorlage für seine Zweideutigkeiten geboten hatte. »Wehe.«

Abwehrend hob er die Hände, das Grinsen auf seinen Lippen verriet ihn jedoch. »Ich hab nichts gesagt.«

»Brauchtest du auch nicht.« Ich presste mir die kühlen Hände gegen die heißen Wangen. Ich war schon fast so schlimm wie Raelyn. Wann war das denn bitte passiert? »Du bist echt unmöglich.«

»Das fällt dir jetzt erst auf?«

»Nein, leider nicht.« Um schnell das Thema zu wechseln, griff ich nach meinem Beutel, der nach wie vor da auf dem Sofa lag, wo ich ihn nach meiner Ankunft eben hingepfeffert hatte. »Wenn du dein Hirn dann mal freundlicherweise aus der Gosse holen würdest, damit ich etwas mit dir besprechen kann.«

»Wird es jetzt ernst?« Tyler überschlug die Beine und legte den Kopf schief, versprühte vollkommene Gelassenheit, gepaart mit einem übersteigerten Maß an Selbstbewusstsein. »Gestehst du mir jetzt endlich deine unsterbliche Liebe, Rotlöckchen?«

»Rotlöckchen? Echt jetzt?«

»Stimmt, da muss ich noch dran feilen.« Er winkte ab und deutete auf den Jutebeutel, den ich in meinen Schoß gezogen hatte. »Also, worüber willst du mit mir reden?«

»Über Kates Geburtstag.« Dankbar für den Themenwechsel öffnete ich den Beutel und zog meinen dicken dunkelgrünen Planer heraus. Als ich ihn aufschlug und mich an den vielen Post-its am Rand orientierte, hörte ich Tyler laut auflachen. Sofort verengte ich die Augen und funkelte ihn drohend an. »Was?«

»Nichts«, sagte er wenig überzeugend mit einem belustigten Unterton in der Stimme. »Ich bin nur froh, dass du noch immer ganz die Alte bist.«

»Klingt aus deinem Mund nicht unbedingt nach einem Kompliment.«

»Ist es aber.« Er warf einen schnellen Blick auf seine Uhr, ehe er auf den Planer tippte. »Lass dich von mir nicht stören. Zieh dein Ding durch, Monk.«

»Ich bin nicht wie Monk«, murrte ich, schob seine Hand weg und strich die Seiten glatt, die wohl bei meinem überstürzten Abgang aus der Vorlesung ein paar Knicke abbekommen hatten.

»Sicher.« Der Sarkasmus troff nur so von Tylers Zunge. »Wenn dich diese Lüge besser schlafen lässt.«

Genervt stöhnte ich auf. »Darf ich jetzt?«

»Was? Über mich herfallen? Immer.«

Allmählich gewöhnte ich mich wieder an Tyler, denn sein Kommentar brachte mich diesmal überhaupt nicht aus der Ruhe, vermutlich auch, weil ich wusste, dass er das nie im Leben ernst meinen konnte. Meine Gefühle für ihn waren unerwidert, und das würden sie auch immer bleiben. »Bist du eigentlich stolz darauf, so eine Nervensäge zu sein?«

Er nickte feierlich. »Ist das so offensichtlich?«

»Sehr.« Ich schlug die Seiten im Planer auf, auf denen Raelyn und ich Stichpunkte bei unserem gemeinsamen Brainstorming für Kates Geburtstag notiert hatten. »Also, weil wir nicht wussten, ob du kommst oder nicht, haben Raelyn und ich die Planung einfach allein in die Hand genommen. Ich hoffe, das war okay.«

»Klar war das okay. Du kleiner Feldwebel hast eh wieder alles und jeden im Griff.« Er zog sein Handy aus seiner Hosentasche und tippte gegen das Display. »Aber du hättest mir einfach schreiben können.«

Ich schnaubte nur. »Um mich dann darüber aufzuregen, dass ich tagelang auf eine Antwort warten muss?«

»Punkt für dich.« Tyler legte sein Handy auf den Couchtisch und setzte sich dann etwas gerader hin, bevor er näher an mich heranrutschte, um auf den Planer auf meinem Schoß sehen zu können. »Also, was ist der Plan, und wie kann ich helfen?«

»Also, nach allem, was letztes Jahr passiert ist, dachten wir an etwas ganz Kleines ohne große Überraschungen. Ich dachte, dass wir sie von der Vorlesung abholen und dann alle zusammen zum Strand gehen. Raelyn hat nachmittags frei und könnte ein paar Sachen vorbereiten. Was meinst du?«

Ich sah einen Schatten über sein Gesicht huschen, als ich die letzten Monate erwähnte, und ich verfluchte mich selbst für meine ungeschickte Ausdrucksweise. Ich hätte wissen müssen, dass Tyler noch immer daran zu knabbern hatte, dass er während Kates Instagram-Skandals nicht hatte für sie da sein können. Zumal Hunter so was angedeutet hatte, als wir vor wenigen Tagen am Strand darüber gesprochen hatten. Ich nahm Tylers Hand in meine und drückte kurz zu. Genauso schnell ließ ich ihn wieder los und tippte mit dem Zeigefinger auf die Einkaufsliste, die ich schon zusammengestellt hatte. »Wenn wir etwas am Strand machen wollen, dachte ich an ein paar einfache Knabbereien und eine Menge Bier. Das wäre am einfachsten.«

Tyler rollte mit den Schultern und räusperte sich, bevor er mit mir über das Für und Wider von Lieferdiensten diskutierte und vorschlug, Feuerholz für ein großes Lagerfeuer am Strand zu besorgen. Wir redeten und redeten, und als Tyler sich schließlich verabschiedete, weil ich zurück zur Uni musste, zog mein Herz sich einen kleinen Moment lang schmerzhaft zusammen. Doch dann breitete sich ein Lächeln auf meinen Lippen aus, weil ich etwas ganz Wesentliches realisierte: Ich würde Tyler schon heute Abend wiedersehen, denn er war zurück.

Endlich.

4. KAPITEL

»Untersteh dich!«

Das Funkeln in Tylers dunklen Augen war so diebisch, dass ich genau wusste, es würde kein Entrinnen für mich geben. Als dieser Mistkerl dann auch noch die Frechheit besaß, nach der Shōchū-Flasche zu greifen, die zwischen all ihren leeren Artgenossen mitten auf dem Tisch stand, wusste ich genau, dass ich verloren hatte. Mal wieder.

»Neunundzwanzig. Dreißig.« Tyler goss den japanischen Alkohol in das Shotglas, das ich heute schon viel zu oft an meine Lippen gehoben hatte, und reichte es mir mit einem gönnerhaften Grinsen. »Wohl bekomm's, Däumeline.«

Das Glas fühlte sich kühl an meiner Haut an, die nicht allein vom Alkohol glühte, und ich murmelte recht unzufrieden: »Einunddreißig.«

Allerdings ging das in dem grölenden Gejubel meiner Freunde total unter, was uns mehr als nur einen belustigten Blick von den anderen Gästen einbrachte. Mein Kopf schwirrte, als ich ihn in den Nacken legte, um das Glas in einem Zug zu leeren. Der Alkohol war bitter, erdig und auch ein wenig nussig, und mein ganzer Körper schüttelte sich, obwohl ich mich längst an den Geschmack hätte gewöhnen müssen, so oft, wie ich ihn heute Abend auf der Zunge gehabt hatte.

»Ich will Plätze tauschen!« Ich widerstand dem Drang, mir mit dem Handrücken über die Lippen zu wischen, und verengte die Augen, als Kate, die mir schräg gegenüber und damit in sicherer Entfernung von Tyler, dem Meister aller Trinkspiele, saß, zu kichern begann. »Ich hab von Anfang an gesagt, dass es eine dumme Idee ist, mit Tyler seine komischen koreanischen Trinkspiele zu spielen. Aber auf mich wollte ja mal wieder keiner hören.«

»Das sagst du nur, weil du bei diesem …« Dean runzelte die Stirn und sah Hilfe suchend zu Tyler. »Wie hieß dieses Spiel noch mal, wo du bei bestimmten Nummern klatschen musst?«

»*Sam Yuk Gu.*«

»Genau. Das.« Dean hielt Tyler die Faust hin, und die beiden Hyänen, die sich für meinen Geschmack schon viel zu gut verstanden, grinsten einander während ihres Fist Bumps verschwörerisch an. »Das sagst du nur, weil du dabei hoffnungslos versagt und deshalb jetzt ganz schön einen im Tee hast.«

»Ich bin nicht betrunken.«

»Ich trag sie nicht nach Hause.« Alec, der seinen Arm locker um Kates Schulter gelegt hatte, nahm seine Essstäbchen in die andere Hand und steckte sich damit eine der Gyoza in den Mund, die Toru zur Feier von Tylers Rückkehr spendiert hatte. Sie waren der klägliche Rest von unserem fürstlichen Festmahl, an das jetzt nur noch die sechs Ramenschüsseln und diverse kleine Beilagenteller erinnerten.

Ich schnaubte und schob eine der Strähnen zurück hinters Ohr, die sich rebellisch und trotz Tonnen von Haarspray aus meinem mühsam gedrehten Dutt gelöst hatten, für den ich von Raelyn und Kate mindestens genauso viele dämliche Kommentare kassiert hatte wie für die Tatsache, dass ich mich umgezogen hatte. Von dem bisschen Lipgloss mal ganz zu schweigen. »Als hättest du das jemals tun müssen, du Armleuchter.«

»Und ich bin auch gar nicht scharf drauf, wenn du genauso zappelig bist wie Raelyn«, murrte Alec kauend und schluckte den letzten Bissen runter. »Ich bin kein Packesel.«

»Hey!« Raelyn, deren aquamarinblaue Augen verdächtig glänzten, als sie an Tyler vorbeispähte, hob mahnend den Zeigefinger. »Das ist Rufmord. Außerdem hast du doch gesagt, dass du mehr Gewichtstraining machen willst.«

»Ja, aber damit meinte ich nicht, zappelnde Schnapsleichen nach Hause zu schleppen, die auch noch meine Ohren zum Bluten bringen.«

Ich fächelte mir unauffällig Luft zu, als Tylers umwerfendes, raues Lachen dazu führte, dass mir in dem überfüllten Restaurant noch heißer wurde, obwohl die Klimaanlage auf Hochtouren lief. »Singt Raelyn immer noch Arien, wenn sie sturzbetrunken ist?«

»Natürlich ni– «

»Die sind noch schlimmer geworden, Mann.« Alec verschränkte seine Finger mit denen von Kate, während sie ihm gespielt mitleidig die Hand tätschelte. Ihre Fingerspitzen strichen über den schmalen Goldring an seinem Daumen. Typisch. Kates Hände mussten immer etwas zu tun haben, wenn sie nicht gerade nähte oder zeichnete. »Keine Ahnung, wie Hunter das aushält. Er muss Nerven wie Drahtseile haben.«

»Nee, das ist es nicht.« Alle sahen fragend zu Tyler, und er zog die dramatische Stille in die Länge, während das Zucken seiner Mundwinkel verriet, wie sehr er die ganze Aufmerksamkeit genoss. »Liebe macht halt nicht nur blind, sondern glücklicherweise auch taub«, sagte er dann nonchalant.

Ich konnte nicht anders, als mit den anderen in schallendes Gelächter auszubrechen, während Raelyn Tyler in die Seite boxte und er sich übertrieben die Rippen hielt und laut aufjaulte. Ich wusste nicht, ob es daran lag, dass mir der Shōchū schon so die Rübe vernebelt hatte, aber es war schön, mitanzusehen, wie mühelos Tyler sich wieder in unserer Mitte einfand, als wäre er nie fort gewesen. Die Jungs hatten ihn sofort warmherzig aufgenommen, und auch wenn ich mir anfänglich mit Kate den Kopf darüber zerbrochen hatte, ob Dean und Tyler nicht eine zu explosive Mischung sein würden, hatte dieser Abend alle meine Bedenken weggefegt. Es war leicht, sich in dieser Atmosphäre aufgehoben und geborgen zu fühlen, die an unserem Tisch zu spüren war. Keine Ahnung, ob das nun an Tylers gewinnender Art, Deans losem Mundwerk oder an dem in Strömen fließenden Alkohol lag, ehrlich gesagt war es mir auch vollkommen egal. Ich war einfach nur erleichtert, dass es nicht steif oder krampfig zuging. Im Gegenteil, es fühlte sich vielmehr so an, als wäre es nie anders gewesen. Der Einzige, der fehlte, war Hunter. Raelyn schien gerade dasselbe zu denken, denn sie sah verstohlen in die Runde und räusperte sich mehrmals.

»Wie wäre es mit noch einer Runde *Baskin Robbins 31*?«

Bei Tylers Vorschlag schüttelte Kate sofort den Kopf, und ich hätte mich über den Tisch lehnen und sie für ihren Protest knutschen können. »Gott, nein. Ich brauch erst mal das eine oder andere Wasser, sonst sterbe ich morgen in der Vorlesung.«

»Ich bin auch für eine kleine Pause.« Raelyn presste sich die Hände gegen die glühenden Wangen, ihre glasigen Augen waren ein klares Indiz dafür, dass wir es ab sofort langsamer angehen mussten, wenn wir morgen alle einigermaßen funktionieren wollten. »Oder auch eine größere Pause.«

»Wie wäre es, wenn ich uns noch ein paar Kleinigkeiten bestelle?«, fragte Tyler in die Runde und erntete dafür von allen ein zustimmendes Murmeln.

Er winkte die Kellnerin an unseren Tisch. Das Lächeln, das sie ihm zuwarf, als er wie schon zuvor auf Japanisch bestellte, sorgte dafür, dass mein Magen sich grundlos zusammenzog. Sie lachte über etwas, das ich nicht verstand, und ich griff schnell nach meinem Wasser, um diese lächerliche Verliebtheit hinunterzuspülen, die mich schon seit drei Jahren fest im Griff hatte und die sich anscheinend verzehnfacht hatte, jetzt, wo Tyler zurück war.

»Ich finde, es wird langsam Zeit, dass du mal ein bisschen von Tokio und Seoul erzählst.« Kate lehnte sich etwas mehr in Tylers Richtung. »Kann ja nicht sein, dass du außer Trinkspielen nichts Interessantes zu berichten hast.«

Tyler schraubte die Wasserflasche auf und schenkte mir nach. Er lächelte mich an, als ich ihm dankbar zunickte. »Was willst du denn wissen?«

»Alles, was du erzählen möchtest.«

»Ja, Mann.« Dean streckte sich und machte es sich auf der kleinen Sitzbank bequem, und ich fragte mich, wie Kate zwischen den beiden massigen Schwimmern nicht klaustrophobisch wurde. »Lass dir nicht alles aus der Nase ziehen.«

»Das hat mit Aus-der-Nase-Ziehen nichts zu tun.« Tyler kratzte sich am Hinterkopf, ehe er betreten auflachte. »Ich hab nur keine Ahnung, wo ich anfangen soll.«

Raelyn schmunzelte und stieß ihn mit der Schulter an. »Fang einfach irgendwo an.«

»Genau.« Ich drehte mich etwas mehr in Tylers Richtung und stützte das Kinn auf dem Handballen ab, um ihm zu signalisieren, dass wir gespannt auf seine Geschichten waren. »Wir sind alle superneugierig, also, schieß los!«

Kurz glaubte ich, so etwas wie Unsicherheit über Tylers Gesicht huschen zu sehen, doch sie verschwand genauso schnell, wie sie gekommen war. Stattdessen trat ein Leuchten in seine dunkelbraunen Augen, sie glühten förmlich, sobald er losgelegt hatte. Tylers Erzählungen waren wirr, sprangen zwischen sei-

ner Zeit in der koreanischen Hauptstadt und seinem Auslands-
semester in der japanischen Metropole hin und her. Ich hing
wie gebannt an seinen Lippen, als er mich mit seinen Worten
mit auf die Reise in die engen, lebhaften Gassen von Shinjuku
nahm und ich den starken Alkohol der Clubs von Roppon-
gi auf meiner Zunge fast schmecken konnte, während die zu-
ckenden Neonlichter vor meinem inneren Auge genauso zum
Leben erwachten wie die alten Schreinanlagen, die atemberaubend schön sein mussten. Es war offensichtlich, dass Tyler total
darauf gebrannt hatte, uns alles zu erzählen. Man hatte beinah
das Gefühl, zusammen mit ihm durch die überfüllten und lebhaften Straßen von Itaewon zu ziehen, in denen ein multikul-
turelles Durcheinander herrschen musste, und seinen Cousin
Hyun-Joon persönlich zu kennen, der jemand ganz Besonderes
für Tyler zu sein schien, so warmherzig und brüderlich, wie er
über ihn, aber auch die beiden anderen Cousins Hyun-Ah und
Hyun-Sik sprach.

Ich bemerkte nicht, dass das Essen kam, unfähig, mich von
Tyler loszureißen, dessen Hände wild durch die Luft flogen,
während er beschrieb, wie er mit seinem brasilianischen Mit-
bewohner Davi vor ein paar Yakuza geflohen war. Dass er in
Seoul sogar mal seinen Pass verloren und bei der Botschaft hatte vorstellig werden müssen, beruhigte mich absurderweise fast
ein wenig. Denn das bewies eindeutig, egal wie aufpoliert Tyler
jetzt aussehen mochte, er war anscheinend trotzdem nach wie
vor der gleiche tollpatschige Chaot, den ich kannte. Jemand, der
dann irgendwann wohl auch mal mitten in der Nacht in Shi-
buya gestrandet war und sich ein Hotel hatte suchen müssen,
weil er die letzte U-Bahn verpasst hatte und nicht auf die Idee
gekommen war, sich ein Taxi zu nehmen. Oh Mann, ernsthaft?

»Echt jetzt?«, wunderte sich auch Dean lachend und schüttelte den Kopf. »Gleich am zweiten Abend?«

»Ja.« Tyler nickte Alec dankend zu, der ihm mit einem belustigten Schmunzeln Shōchū nachschenkte. »Wer kommt denn auch bitte auf die Idee, dass in einer Metropole wie Tokio irgendwann die U-Bahn nicht mehr fährt? Ich hab reichlich dämlich geguckt, als ich plötzlich ganz allein am Bahnsteig stand.«

Ich schüttelte mich bei der Vorstellung, selbst in seine Lage zu geraten. »Gott, das könnte ich nicht.«

Er sah mich etwas verwirrt an, und ich hatte Probleme, mich von dem Leuchten in seinen Augen loszureißen. »Was jetzt genau?«

»Das alles«, sagte ich, ohne weiter darüber nachzudenken.

Ich vermochte den Ausdruck auf Tylers Gesicht nicht zu deuten, als er in seinen Shōchū hinabsah. »Schon mal ausprobiert?«

»Nein.« Wir hatten nie genug Geld für irgendwelche Reisen übergehabt, und auch wenn Tylers Erzählungen so etwas wie Fernweh in mir weckten, blieb da ein Rest Unwohlsein. Allein einen Koffer nur anzusehen sorgte dafür, dass meine Laune in den Keller fiel. Für mich waren diese kleinen viereckigen Dinger nichts weiter als ungute Vorboten, denen ein erneuter Umzug folgte. Jeden. Verdammten. Sommer.

Zumindest bis meine Eltern die Lodge im Zuge von Moms überfälliger Festanstellung gekauft hatten, die sie noch jahrzehntelang abbezahlen würden.

»Dann weißt du auch nicht, ob du es könntest oder nicht.« Seine Stimme klang mit einem Mal sehr eindringlich, und als er mich ansah, hatte ich das Gefühl, dass er enttäuscht von mir war, auch wenn ich keine Ahnung hatte, wieso. »Wer weiß, vielleicht würde es dir sogar gefallen, dich einfach mal am anderen Ende der Welt zu verlieren.«

Ich lachte unbeholfen, um so die Enge in meiner Brust etwas zu lockern. »Du weißt schon, mit wem du gerade sprichst, oder?«

»Ja.« Tyler stürzte den Alkohol hinunter und zischte leise, bevor er das Glas zurück auf den Tisch stellte. »Was genau der Grund ist, warum ich es sage.«

»Du spinnst doch.« Ich winkte hektisch ab, nicht gewillt, meinen wilden Gedanken zu folgen, die mich automatisch an endlose Strände und atemberaubende Berge mit Tyler brachten. »Ich hab bis jetzt ja nicht mal Kalifornien verlassen, und du redest schon vom anderen Ende der Welt.«

Tyler zuckte mit den Schultern. »Dich über die Staatsgrenze zu kriegen, ist nicht das Problem.«

»Nein danke, kein Bedarf.« Ich schluckte, um diese Beklemmung loszuwerden, die ich direkt spüren konnte, wenn ich nur daran dachte, das Versprechen zu brechen, das ich meinem Vater gegeben hatte, und stattdessen die Welt bereisen würde. »Ich bin kalifornisches Inventar, und das darf auch gern so bleiben.«

Er beäugte jetzt das Glas in seiner Hand und nicht mehr mich, und ich entspannte mich ein wenig. Sein intensiver Blick, der die ganze Zeit auf mir geruht hatte, hatte es mir unmöglich gemacht, auch nur einen klaren Gedanken zu fassen. Als er diesmal zu sprechen begann, klang seine Stimme angestrengt und irgendwie erschöpft. »Ist das dein Traum? Einmal Kalifornien, immer Kalifornien?«

»Auf jeden Fall.« Nein. Ach, ich wusste es doch auch nicht.

Tyler atmete hörbar aus, ihm wurde gerade wohl genau wie mir schlagartig bewusst, wie grundverschieden wir waren. Auf jeder Ebene. Der Schmerz, der mich bei dieser Erkenntnis erfasste, war betäubend, und ich presste die Lippen fest aufeinander. Keine Ahnung, was ich insgeheim erwartet, worauf ich gehofft hatte, als er heute Morgen auf einmal in unserer Küche gestanden hatte. Aber egal was es auch gewesen sein mochte, es war gerade in tausend Scherben zersprungen.

Tyler räusperte sich. »Also geht es für dich nach dem Abschluss zurück nach Three Rivers?«

»Mal sehen.« Ich zuckte mit den Schultern, wollte mir den Kummer nicht anmerken lassen, der mich von jetzt auf gleich überfiel und gegen den ich schnell noch ein Glas Shōchū trank. Dieser stieg mir augenblicklich zu Kopf, die Stimmung drohte zu kippen, vor allem, weil ich mich jetzt auch an Professor James' Worte erinnerte. Hätte er mir nur nicht diesen Floh ins Ohr gesetzt.

Mir fiel ein Riesenstein vom Herzen, als Raelyn mit ihrer nächsten Frage den Fokus von mir nahm. »Was hast du denn nach der Uni vor, Dean?«

»Ich jetzt?« Dean runzelte die Stirn, doch als sein Blick von Raelyn zu mir und zurück huschte, schien er zu begreifen. »Ich will ein Fotostudio aufmachen. Ich hab noch keinen Schimmer, wo genau, aber ich denke, irgendwo hier an der Westküste. Vielleicht sogar in L.A., mal schauen.«

Alec zog Kate noch näher an seine Seite und murmelte ihr etwa ins Ohr, bevor auch er in das Gespräch einstieg, das sich mit jeder Sekunde mehr verselbstständigte. »Ich finde es immer noch scheiße, dass du das Schwimmen an den Nagel hängen willst.«

»Du kannst auch einfach zugeben, dass du dich nicht von mir losreißen kannst, Liebling«, sagte Dean in einem nervigen Singsang, ehe er Alec auch noch einen Kussmund zuwarf, der mich aber gerade, anders als sonst, nicht zum Lachen bringen konnte. »Aber dann sollten wir uns vorher erkundigen, ob Polygamie in Colorado überhaupt legal ist. Wenn ich dir schon mitten ins Nirgendwo folge, dann will ich auch einen Ring.«

Alec schien davon wenig beeindruckt zu sein, denn er schnaubte nur gleichgültig. »Klar, dann suchen wir einfach eine Wohnung für drei anstatt für zwei. Kein Problem.«

»Colorado?«, fragte Tyler an Kate gerichtet, die ihren besorgten Blick nur langsam von mir löste. Sie nickte. Es war offensichtlich, dass Tyler gerade zum ersten Mal von diesem Plan hörte.

»Ja, da ist das Trainingszentrum der Nationalmannschaft. Alec zieht nach dem Abschluss dahin, und je nachdem, ob ich bei diesem Designer in L. A. unterkomme oder nicht, gehe ich mit. Ich meine, ich kann mit dem Onlineshop von überall arbeiten. Alec nicht.« Kate lehnte sich zurück, nachdem ich ihr mit einem unauffälligen Nicken zu verstehen gegeben hatte, dass ich okay war, und schmiegte sich an ihren Freund, der ihr einen Kuss auf den Scheitel drückte. »Wie sieht es eigentlich bei euch mit der Wohnungssuche aus, Raelyn? Ihr habt schon angefangen, oder?«

»Frag bloß nicht. Etwas Bezahlbares zu finden ist so gut wie unmöglich, und da meine ganzen Vorstellungsgespräche erst im Dezember sind, wissen wir nicht mal, wo ich lande und was ich so verdienen werde.« Raelyn rieb sich die Schläfen und erinnerte mich mal wieder an Hunter, der heute Abend ganz besonders fehlte. »Ich sehe eh schon kommen, dass wir aus lauter Frust irgendwo im Nirgendwo landen und beide jeden Tag ein oder zwei Stunden mit der Bahn zur Arbeit gurken müssen. Aber alles ist besser als dieser Schuhkarton. Wenn wir da wohnen bleiben, dann schwöre ich euch, trennen wir uns schneller, als Hunter seinen Namen schreiben kann.«

»So schlimm?«, fragte Dean, und Raelyn nickte und seufzte resigniert.

»Viel, viel schlimmer, als du dir vorstellen kannst. Wenn diese ganzen Hipster nicht …«

Ich blendete das restliche Gespräch aus und spähte zu Tyler, dessen verwirrter und besorgter Blick mich direkt ins Mark traf. Er hob zögerlich seinen Arm und legte ihn vorsichtig um meine Schulter, so als wäre er sich unsicher, ob das wirklich okay war, ehe er mich aufmunternd anlächelte. Seine Finger gruben sich sanft in meinen Nacken, als er versuchte, die Anspannung dort zu lösen.

Ich wusste, er wollte nur helfen, wusste, dass diese kleinen Berührungen nichts zu bedeuten hatten, die für Tyler so selbstverständlich wie Atmen waren. Ich hatte das immer an ihm gemocht, aber leider verfehlten sowohl sein Lächeln als auch seine liebevolle Aufmerksamkeit glatt ihre Wirkung, denn ich fühlte mich mit einem Mal noch beschissener als vorher. Langsam dämmerte mir nämlich, worauf ich wohl gehofft hatte, als ich ihn heute Morgen in der Küche gesehen hatte.

Ich hatte auf eine Chance gehofft. Eine Chance, die sich mit Tylers ziemlich offensichtlicher Enttäuschung über meine Zukunftsvorstellungen vor wenigen Augenblicken endgültig in Luft aufgelöst hatte.

5. KAPITEL

April

Das hier war absolut perfekt.

Ich ließ meinen Blick über den menschenleeren Strand schweifen, an dem die Wellen heute gemächlich und ruhig angerollt kamen. Dann wandte ich mich nach links und lächelte die Mitarbeiterin der Stadt dankbar an, mit der ich mich heute vor Ort getroffen hatte, um alle Brandschutzrichtlinien durchzugehen und die Genehmigung für das große Lagerfeuer einzuholen, wie Tyler vorgeschlagen hatte. »Vielen Dank noch mal, dass wir das machen dürfen.«

»Gar kein Problem.« Sie zuckte mit den Schultern. »Solange sie alle Brandschutzrichtlinien einhalten, sind wir gern bereit, Lagerfeuer zu genehmigen.«

»Auf jeden Fall.« Ich steckte die offizielle Genehmigung und die dicke Broschüre über Brandbekämpfung in meine Tasche und verabschiedete mich von der netten Frau. Nun war endgültig alles geklärt, jeder Punkt auf meiner langen To-do-Liste konnte abgehakt werden, und morgen musste dann nur noch alles wie am Schnürchen laufen, damit Kates vierundzwanzigster Geburtstag ein voller Erfolg werden würde. Das Wetter schien auf jeden Fall schon mal mitzuspielen, für die kommende Woche waren warme, aber nicht unerträglich heiße Temperaturen angekündigt, genau richtig für ein gemütliches Picknick am Meer.

Ich spazierte am Strand entlang zurück zur Promenade, auf der, wie immer an so schönen Tagen wie heute, ordentlich was los war. Bei Brenda im *The Saint's Cafe* holte ich mir einen Erdbeermilchshake und genoss die Sonne auf meiner Haut, als ich den Holzsteg in Richtung Heimweg hinunterlief.

Die warme Luft war herrlich, das Wellenrauschen klang wie eine Symphonie, und der süße Milchshake, der heute wie Ambrosia schmeckte, war der krönende Abschluss dieses Wohlfühlmoments, in dem ich an nichts denken musste und einfach nach getaner Arbeit die Seele baumeln lassen konnte. Denn auch wenn ich für die Ablenkung dankbar war, die ich nach dem desillusionierenden Abend im *Ikigai* dringend gebraucht hatte, war es auch schön, einen Moment lang mal abzuschalten, anstatt mich um Partyvorbereitungen, Reviews und die Uni kümmern zu müssen.

Zurzeit schwirrten mir unfassbar viele Dinge im Kopf herum. Nachts krochen sie zu mir ins Bett und hielten mich vom Schlafen ab, ganz egal wie sehr ich mich zuvor beim Schwimmtraining ausgepowert hatte. Ich hätte im Leben nicht gedacht, dass ich das mal sagen würde, aber jetzt gerade fehlte mir das knallharte Training von Alec, das immer dafür gesorgt hatte, dass ich selbst dann noch wie ein Baby geschlafen hatte, als Kates Instagram-Skandal unser aller Welt auf den Kopf gestellt hatte. Damals hatte es sich so angefühlt, als würden die Dinge nie wieder ins Lot kommen. Aber am Ende des Tages war es das dann doch, weshalb es mich umso mehr irritierte, dass mich jetzt Kleinigkeiten umtrieben, die objektiv gesehen nicht wirklich von Bedeutung waren. Und trotzdem ließ mich Tylers enttäuschter Blick an dem Abend im *Ikigai* nicht mehr los.

Ich hasste es, Menschen, die mir nahestanden, zu enttäuschen. Das hatte ich schon immer. Und Tyler war da leider keine Ausnahme, auch wenn mir schleierhaft war, warum es mich sogar um meinen wohlverdienten Schlaf brachte. Aber hey, so schaffte ich es zumindest, ein paar Reviews mehr zu schreiben, während ich darauf wartete, dass die Erschöpfung des Tages mich doch noch übermannte.

Vielleicht sollte ich Tyler dafür danken, denn mit einem einzigen Blick hatte er dafür gesorgt, dass ich gerade mehr Geld auf dem Konto hatte als jemals zuvor. Und das war doch mal ein netter Nebeneffekt, obwohl ich auf die nagenden Schuldgefühle durchaus hätte verzichten können.

Mein Gedankenkarussell wurde zum Glück vom Klingeln meines Handys zum Stillstand gebracht, und als ich auf dem Display den Namen des Anrufers sah, lächelte ich und hob sofort ab.

»Hey, Dad.«

»Hallo, Munchkin.« Die tiefe Stimme meines Vaters war wie eine warme Umarmung, von der ich nicht einmal gewusst hatte, dass ich sie brauchte. »Wie geht's dir?«

»Gut.« Ich trank einen Schluck von meinem Milchshake und genoss die Kälte auf meiner Zunge, ehe ich mir meine Sonnenbrille auf die Nase schob. »Tut mir leid, dass ich mich so lange nicht gemeldet habe. Die Uni hat mich wieder voll im Griff.«

»Das macht nichts. Ich weiß doch, dass du immer schwer beschäftigt bist.« Ich hörte im Hintergrund das Klappern von Pfannen und spähte über die Straße zum Juwelier, der ein großes Ziffernblatt im Schaufenster hatte. Zwölf Uhr, also bereitete Dad gerade den Lunch für die Gäste vor. »Ich wollte auch nur mal hören, ob du noch lebst, und wollte wissen, wann du das nächste Mal nach Hause kommst, damit ich mir ein bisschen Zeit freischaufeln kann.«

»Dad, ich war doch gerade erst drei Monate lang zu Hause.«

»Und?«

Ich lachte leise und blieb stehen, um meinen Milchshake auf der niedrigen Mauer abzustellen, die den Strand von der Promenade trennte, und meinen Terminplaner aus meinem Jutebeutel zu fischen. »Ich dachte, alle Eltern sind froh, wenn sie endlich ihre Kinder los sind.«

»Bin ich auch. Deshalb muss ich mich ja seelisch auf den nächsten Besuch von dir kleinem Wirbelwind vorbereiten.«

»Ja, nee, ist klar.« Ich schmunzelte bei seiner dreisten Lüge und schlug den Planer auf, aus dem sofort ein paar Zettel herausfielen. »Verfluchter Mist.«

»Ist alles okay, Munchkin?«

»Ja, alles okay.« Ich warf einen schnellen Blick in meinen Planer und ging dann in die Hocke, um meine Notizen aufzulesen. »Nur das übliche Chaos. Ich denke, ich könnte es vielleicht im November schaffen, bevor die Midterms –«

Ich brach ab, als mir das Wappen des University College Dublin ins Auge sprang. Scheiße, ich hatte ganz vergessen, dass ich den Zettel, zusammen mit Einkaufslisten und Stundenplänen, ganz hinten in meinen Planer gesteckt hatte. Sofort trat ein bitterer Geschmack auf meine Zunge, und ich schluckte die Übelkeit hinunter, die sich in mir breitmachte. Ich hätte den Zettel wegwerfen sollen, als ich meine Tasche an dem Tag ausgepackt hatte. Warum zum Teufel hatte ich ihn überhaupt behalten?

»Munchkin?«

Wütend über mich selbst knüllte ich den Zettel mit einer Hand zusammen und stand ruckartig wieder auf. »Ich komme im November, bevor die Midterms anfangen«, sagte ich, und auch mir fiel auf, wie schroff mein Tonfall klang. »Wenn das für dich okay ist, versteht sich.«

»Natürlich ist das okay. Die Hauptsaison ist dann eh vorbei, also mach dir keinen Kopf. Außerdem bist du hier immer willkommen. Das weißt du doch.« Ich hörte das Zischen von Öl in der Leitung und starrte weiter auf den Zettel in meiner Hand, der sich so schwer anfühlte wie ein Backstein. »Wie läuft es eigentlich mit deinen Bewerbungen?«

»Gut«, presste ich einsilbig hervor, in der Hoffnung, dass mein Dad meine Lüge nicht bemerken würde, denn wenn ich ehrlich war, hatte ich in den letzten zwei Wochen keine einzige abgeschickt. »Ich hab ja noch eine offen.«

»Das ist kein Grund, sich auszuruhen.« Die sonst so warme und ruhige Stimme meines Vaters klang mit einem Mal angespannt. »Das ist die letzte, die du noch offen hast. Du kannst es dir jetzt nicht mehr erlauben, so furchtbar wählerisch zu sein.«

»Ich weiß.« Ich dachte an unseren Streit zurück, als Dad herausgefunden hatte, dass ich unzählige Jobangebote abgelehnt hatte, und schmerzhaft gruben sich meine Zähne in meine Unterlippe. »Ich finde schon noch was. Versprochen.«

»Das will ich hoffen.« Dad seufzte schwer. »Wir hatten eine Abmachung, Munchkin. Du darfst Literatur studieren, wenn du dir danach einen festen Job suchst.« Er murrte leise etwas, das ich nicht verstand, und das Papier gab ein leises Rascheln von sich, als ich meine Faust fester darum schloss. »Ich verstehe immer noch nicht, warum du dir so viele Angebote hast durch die Lappen gehen lassen.«

Das wusste ich auch nicht, aber das konnte ich meinem Dad ja wohl schlecht auf die Nase binden. Ich wusste nur, dass mir jedes Mal, wenn ich ein Angebot bekommen hatte, kotzübel geworden war, und ehe ich michs versah, hatte ich eine Absage versendet, ohne so richtig darüber nachgedacht zu haben. »Ich hab dir doch gesagt, dass immer irgendwas nicht gepasst hat, Dad.«

»Dann musst du deine Ansprüche runterschrauben, Munchkin. Für noch mehr Traumtänzereien hast du keine Zeit.« Mein

Vater schnaubte leise. »Du weißt doch, dass man nicht immer alles haben kann.«

Oh, das wusste ich nur zu gut, immerhin hatte ich mein Studium nur im Austausch gegen das Versprechen auf einen Bürojob anfangen dürfen, aber diese sarkastische Spitzfindigkeit behielt ich für mich. Es würde niemandem etwas nützen, wenn ich jetzt mit zynischen Bemerkungen um mich warf, und wenn ich ehrlich war, hatte ich weder die Energie noch die Lust, erneut mit meinem Vater aneinanderzugeraten. Das letzte Mal hatte mir schon all meine Energie geraubt, und beim Gedanken daran, wie wütend und verständnislos Dad mich angesehen hatte, wurde mir schwindelig.

»Ich weiß.« Ich griff nach meinem Milchshake und verzog das Gesicht, weil ich durch das Plastik hindurch spüren konnte, wie sehr er sich aufgewärmt hatte. »Ich werde meine Ansprüche runterschrauben. Versprochen.«

»Gut.« Mein Dad räusperte sich leise. »Das Vorstellungsgespräch ist übermorgen, oder?«

»Ja.« Ich stopfte den Planer zurück in meinen Jutebeutel und ging mit großen Schritten zum Mülleimer. »Ich sag dir danach, wie es gelaufen ist.«

»Mach das bitte.« Als ich Stimmen im Hintergrund hörte, wusste ich, dass die ersten Gäste gekommen sein mussten. »Munchkin, ich –«

»Du musst los. Schon verstanden.« Ich hatte den Mülleimer erreicht und bemühte mich um einen betont fröhlichen Tonfall. »Viel Spaß mit den Gästen, Dad. Ich hab dich lieb.«

»Danke, Munchkin. Ich hab dich auch lieb. Und ruf bald mal wieder an, okay?«

»Mach ich. Bis dann, Dad.« Ich legte auf und sah auf das Display meines Handys hinab, das noch für den Bruchteil eines Augenblicks *Dad* ♡ anzeigte, bevor der Bildschirm schwarz wurde und ich das Handy dann schnell zurück in meine hintere Hosentasche stopfte.

Wütend pfefferte ich den jetzt warmen Milchshake in den Mülleimer, ehe mein Blick auf den zerknüllten Zettel in meiner Hand fiel. Ich sollte ihn wegschmeißen. Jetzt sofort. Bevor mein Gehirn noch auf irgendwelche wahnwitzigen Ideen kommen konnte, die nur zu Streit und Tränen führen würden. Ich hielt den Zettel über die Öffnung. Jetzt musste ich nur noch loslassen. Und diesmal endgültig.

»Buh!«

Ich schrie überrascht auf, als ich eine Stimme dicht an meinem Ohr vernahm, und machte einen Satz zurück. Sofort geriet ich ins Straucheln, doch eine große Hand hielt mich fest, bevor ich der Länge nach auf dem Holzsteg landen konnte. Wütend riss ich den Kopf herum und befreite mich von meinem Retter, der mich überrascht betrachtete.

»Verflucht noch mal, Ty, musste das sein?« Ich drückte mir eine Hand auf mein rasendes Herz und funkelte ihn zornig an. Ausgerechnet den Mann, der für meine Gesamtsituation absolut nichts konnte. »Wenn du willst, dass ich abkratze, erschieß mich bitte einfach. Dann brauch ich keinen halben Herzkasper zu kriegen.«

»Sorry.« Er trat etwas näher an mich heran und strich mit der Hand zaghaft über meinen Rücken. »Ich war mir sicher, dass du mich bemerkt hast.«

»Hab ich nicht.«

»Ist mir aufgefallen. Setz dich erst mal.« Bedächtig manövrierte er mich Richtung Mauer, bevor er seine Hände behutsam an meine Taille legte und mich hochhob. Ich rutschte etwas zurück, bis ich bequem saß, und sah zu, wie Tyler eine kleine Wasserflasche aus seiner ledernen Umhängetasche fischte, aufschraubte und mir unter die Nase hielt. »Trink was.«

Ich griff nach dem Wasser und trank einen großen Schluck, während ich Tyler näher unter die Lupe nahm. Er kam, seitdem er vor einer knappen Woche zurückgekehrt war, jeden Abend gemeinsam mit Dean und Alec zu uns zum Essen, und trotzdem hatte ich mich noch nicht an seinen neuen Look gewöhnt, der immer alle Blicke auf sich zog. Heute trug er eine cremefarbene Hose mit hohem Bund und ein weit aufgeknöpftes weißes Hemd, wodurch nicht nur meine Augen automatisch auf seine schmale Taille und seine muskulöse Brust gelenkt wurden. Aber vielleicht lag es auch einfach an seinem unverschämt hübschen Gesicht, wer wusste das schon so genau.

»Danke.« Ich seufzte leise. »Und tut mir leid, dass ich dich so angeblafft habe.«

»Schon okay. Ist alles in Ordnung?« Sein besorgter Tonfall fuhr mir direkt durch Mark und Bein, und ich schloss die Hand wieder fester um das zusammengeknüllte Stück Papier in meiner Hand. »Du siehst ziemlich geknickt aus.«

»Ja, alles okay.« Ich räusperte mich und gab Tyler die Flasche zurück. Krampfhaft überlegte ich, was ich ihm sagen sollte, damit er sich keine allzu großen Gedanken meinetwegen machte. Ich entschied mich für den Bruchteil der Wahrheit, etwas, das ich mühelos herunterspielen konnte, ohne gleich ein Riesenfass aufzumachen, das ich besser fest verschlossen halten sollte. Obwohl ich aus irgendeinem mir unerfindlichen Grund auch gern mit ihm über all die Dinge geredet hätte, die schon eine Weile auf meinen Schultern lasteten. »Nur ein bisschen Ärger mit meinem Dad. Nichts Wildes.«

»Sicher?« Tyler sah wenig überzeugt aus, als er die Flasche zuschraubte und zurück in seine Tasche steckte. Dann verschränkte er die Arme vor der Brust.

»Ja, ganz sicher.« Ich rang mir ein Lächeln ab, aber als Tyler das Gesicht verzog, wusste ich, dass es wohl nicht sonderlich überzeugend gewesen war. Also beschloss ich, schnell das Thema zu wechseln, bevor unser zufälliges Zusammentreffen in einer Therapiestunde enden würde. »Was tust du hier? Hast du keine Vorlesungen?«

»Keine, die wichtig wären. Außerdem muss ich ein paar Besorgungen machen.« Er legte den Kopf schief und zog seine dichten dunklen Augenbrauen grüblerisch zusammen. »Sag mal, hast du grad was vor?«

»Nicht unbedingt.« Ich hatte zwar eine Vorlesung, war aber drauf und dran, mich von Tylers geringem akademischen Enthusiasmus anstecken zu lassen. »Wieso?«

»Ich könnte deine Hilfe brauchen.« Er grinste mich schelmisch an und schob die Hände in seine hinteren Hosentaschen, sodass ich schnell meinen Blick auf seine dunklen Augen fixierte, um nicht auf seine Brust zu starren. »Ich lasse auch einen Milchshake springen.«

»Okay«, stimmte ich zu, ohne weiter nachzudenken, und legte meine Hand in Tylers, die er mir anbot, um mir von der Mauer zu helfen. »Wobei überhaupt?«

Tyler lächelte nur, und mich überkam ein ungutes Gefühl. Doch als er seinen Arm um meine Schultern legte, war es für einen Rückzieher eindeutig zu spät, und wenn ich ganz ehrlich war, dann wollte ich das auch gar nicht. Zeit mit Tyler zu verbringen, vor allem allein, klang so viel verlockender, als mich mit dem Chaos in meinem Kopf zu befassen, auf das ich jetzt gerade eh keine Antwort finden würde. Also stopfte ich den zerknüllten Zettel in meinen Beutel und ließ zu, dass Tyler mich mit jedem Schritt weiter weg von meinen Problemen führte, die ich, zumindest für heute, auf der Mauer an der Promenade zurücklassen würde.

6. KAPITEL

»Das ist nicht dein Ernst, oder?«

»Wieso?« Nachdenklich drehte ich das Spiel in meiner Hand, von dem ich null Ahnung hatte, und hielt es April unter die Nase, die mich so ansah, als hätte ich komplett den Verstand verloren. »Ist es so schlecht?«

»Nein, das Spiel ist ausgezeichnet. Aber hast du schon mal auf die Altersempfehlung geschaut? Das Kampfsystem ist sehr anspruchsvoll, und generell ist die Thematik eher nichts für Kinder.« April schüttelte den Kopf und tippte auf das Symbol unten rechts, auf dem ein fettes T prangte, das ich vollkommen übersehen hatte. »Hattest du nicht gesagt, du suchst was für Hyun-Sik? Der ist doch noch im Kindergarten, oder nicht?«

»Ja. Im letzten Jahr.«

»Dann ist er ungefähr fünf, oder?«

Ich zögerte einen Moment, nickte dann schließlich, als ich mir sicher war, bei der Umrechnung keinen Fehler gemacht zu haben. »Ja. Er wird im Dezember sechs.«

April musterte mich über die ganzen farbenfrohen Spiele hinweg skeptisch. »Das hat jetzt aber gedauert.«

»Ich musste kurz überlegen. Das koreanische Alterssystem ist anders«, erklärte ich schlicht und betrachtete das Spiel noch mal, das ich wegen der gezeichneten Figuren auf dem Cover aus dem Regal gezogen hatte, und stellte es mit einem Seufzen zurück. Ich hatte von diesem ganzen Mist echt so gar keine Ahnung, und auch wenn ich mir ein bisschen wie ein Idiot vorkam, weil das jetzt schon das vierte Spiel war, dem April einen Riegel vorschob, war ich froh, sie mitgenommen zu haben. Denn ohne sie hätte ich meinem kleinen Cousin ein Spiel geschickt, für das Hyun-Joon mich vermutlich bei meinem nächsten Besuch aufgeknüpft hätte. Außerdem war es schön zu sehen, wie April aufblühte, hier zwischen all den Videospielen und Konsolen. Anscheinend war mein Versuch erfolgreich, sie damit von den Dingen abzulenken, die sie an der Promenade noch so fest im Griff gehabt hatten.

»Inwiefern anders?« April begutachtete die Spiele, und ihre Finger durchforsteten flink die überraschend große Auswahl des kleinen Elektronikfachmarkts, in den ich zuvor noch nie einen Fuß gesetzt hatte. Sie jedoch war von dem Typ an der Kasse mit Vornamen begrüßt worden, als würde sie zum Inventar gehören. »Korea hat doch die gleiche Zeitrechnung wie wir, oder nicht?«

Als sie mich mit einem interessierten Funkeln in den Augen musterte, lächelte ich und trat einen Schritt näher an sie heran, um über ihre Schulter zu linsen und einen Blick auf die Spiele zu erhaschen, die sie näher unter die Lupe nahm. Es war offensichtlich, dass sie sich für viele verschiedene Dinge interessierte, die Designs der Verpackungen wechselten zwischen gemäßigten Tönen, düsteren Variationen und beinahe explosiv kindlichen Farbkombinationen. Sie betrachtete eins der Spiele genauer und warf es in ihr Körbchen, in das, seitdem wir den Laden betreten hatten, schon zwei Spiele, eine kleine Figur und ein grünes Pokémon-Plüschtier gewandert waren.

»Ja. Es ist nicht so wie in Thailand. Aber das Alter wird anders berechnet. Ich zum Beispiel bin in Korea schon siebenundzwanzig.« Verwirrt runzelte sie die Stirn, und ich schmunzelte, bevor ich mit dem Daumen die steile Falte glättete, die sich zwischen ihren Augenbrauen gebildet hatte. »Keine Sorge, das hat mich auch erst aus dem Tritt gebracht.«

»Warum ist das so?« April sah mich fragend an, dann lief sie mit einem Mal feuerrot an und machte einen großen Schritt rückwärts. Sie richtete ihren Blick wieder auf die Auswahl an Videospielen, zog eins heraus und hielt es mir hin.

»In Korea bist du, wenn du geboren wirst, bereits ein Jahr alt. Die Zeit im Mutterleib wird da mitgerechnet.« Ich nahm ihr das Spiel aus der Hand und sah auf die niedlichen Figuren, die darauf abgebildet waren und die mir entfernt bekannt vorkamen, weshalb ich es zurückstellte. Ich war mir sicher, es in Hyun-Siks Zimmer gesehen zu haben. »Außerdem werden in Korea kollektiv alle am ersten Januar ein Jahr älter anstatt individuell am Geburtstag. Kate ist hier ja noch dreiundzwanzig, aber in Korea wäre sie seit Januar schon fünfundzwanzig.«

»Wie spannend.« In ihrer Stimme war nicht der kleinste Hauch von Sarkasmus zu hören, und ich konnte beobachten, wie die Zahnrädchen in ihrem Kopf sich zu bewegen begannen. »Warte mal.« Aprils Finger stoppten mitten in der Luft, in ihrer Hand ein weiterer Spielevorschlag, den ich interessiert musterte. Sein Titel kam sogar einem Laien wie mir bekannt vor, auch wenn das Spiel recht neu zu sein schien. »Wenn er erst im Dezember Geburtstag hat, warum suchen wir dann jetzt ein Spiel für ihn aus?«

»Weil bald Chuseok ist, also schicke ich Geschenke, weil ich weder zu meinen Eltern noch zu meiner Tante fliegen kann. Die werden mir zwar die Ohren langziehen, weil man eigentlich nicht jedem etwas schenkt, aber was solls. Ich darf auch mal aus der Reihe tanzen.« Ich schnappte mir die Verpackung und überprüfte schnell die Untertiteloptionen, da

Hyun-Sik zwar Englisch sprach, seine Fähigkeiten aber für ein Videospiel vermutlich nicht ganz ausreichen würden. »Ist das gut?«

»Also, ich fand es sehr gut, und die Neuauflage ist auf jeden Fall gelungen. Außerdem ist es ein Klassiker, den ich jedem empfehlen würde.« April folgte mir, als ich mich mit dem Spiel in der Hand zur Kasse aufmachte. In ihren Augen lag wieder dieses interessierte Glimmen, das mich nach dem Abend im *Ikigai* unvorbereitet traf und irgendetwas tief in mir zum Summen brachte. Ich ließ ihr den Vortritt beim Bezahlen und lachte mir innerlich ins Fäustchen, als sie sich mir zuwandte, anstatt sich von dem Verkäufer in ein Gespräch verwickeln zu lassen. Sie nahm die Tüte mit ihren Sachen entgegen und reichte ihm ein paar Scheine. »Was ist Chuseok?«

»Chuseok ist einer der wichtigsten Feiertage in Korea. Am ehesten kann man ihn mit Thanksgiving vergleichen. Normalerweise macht man da Essens- oder Geldgeschenke, beides kann man allerdings recht schlecht verschicken, darum gibt es von mir etwas anderes.« Ich legte das Spiel auf den Tresen und bezahlte es mit meiner Kreditkarte. Demonstrativ legte ich den Arm um Aprils Schultern, als der Typ hinter der Kasse einen Moment zu lange auf ihre Beine in ihren Jeansshorts starrte, bevor er das Spiel auf meinen Wunsch hin einzupacken begann. »Es ist traditionell ein Feiertag, an dem die Familie zusammenkommt, um Zeit miteinander zu verbringen, die Vorfahren mit bestimmten Riten zu ehren und sie um eine gute Ernte zu bitten.« Ich schluckte, als ich mich an das letzte Chuseok erinnerte, und nahm mir vor, Hyun-Joon an dem Tag anzurufen. Schnell ging ich wieder zu meiner Erklärung über, anstatt darüber nachzudenken, dass ich diesen Feiertag, der mir noch bis letztes Jahr so grässlich lästig vorgekommen war, nicht mit meiner Familie verbringen konnte. »Es geht über drei Tage und ist meist ziemlich stressig, so wie jeder andere Feiertag mit der ganzen Familie.«

»Das klingt wirklich wie Thanksgiving.« April schmunzelte ein wenig, und ich stellte mal wieder fest, wie niedlich sie aussah. »Musst du dir da auch die Greatest Hits der unnötigen Fragen anhören, oder bleibst du als Mann davon verschont?«

Ich lachte in mich hinein, während ich an die anderen koreanischen Familien dachte, mit denen wir in Detroit Chuseok gefeiert hatten und die mich schon mit achtzehn darüber ausgefragt hatten, was ich mit meinem Leben anfangen und wann ich heiraten wollte, so als einsames Einzelkind, das den Familiennamen weitertragen musste. »Die muss ich mir leider auch geben, aber ich hab gelernt, sie unauffällig zu überhören.« Ich nickte dem Typ dankbar zu, als er mir das eingepackte Spiel reichte, und steckte es in meine Tasche, bevor ich April aus dem Laden heraus zurück in die kleine Einkaufsmeile manövrierte, in der es jetzt nach der Mittagszeit etwas belebter als eben war. »Außerdem sind meine Eltern beim Thema Zukunft recht entspannt, weshalb ich mir da keinen Stress machen muss und tun und lassen kann, was ich möchte, was gerade an solchen Tagen ein echter Bonus ist.«

Ich spürte, wie April sich neben mir schlagartig verkrampfte, und sah zu ihr hinunter. Ihr zuvor noch so entspanntes Schmunzeln war mit einem Mal verschwunden, und sie starrte nachdenklich auf den Boden, genau wie vorhin, als ich sie auf der Promenade entdeckt hatte. Offensichtlich hatte ich ungewollt einen Nerv getroffen, und ich rieb sanft über ihre Schulter und wartete einen Moment ab, ob sie darüber reden wollte oder nicht. Vermutlich war ich nicht der richtige Ansprechpartner für sie, gerade weil wir in den letzten zwei Jahren kaum Kontakt gehabt hatten, trotzdem wollte ich ihr signalisieren, dass ich ein offenes Ohr für sie haben würde, wenn sie mich brauchte.

Nachdem sie jedoch keine Anstalten machte, irgendwas zu sagen oder sich von mir zu lösen, schlenderte ich mit ihr im Arm einfach weiter die Straße entlang. Wenn wir vor zwei Jahren in der Gruppe unterwegs gewesen waren, hatte ich Kate oder ihr auch oft den Arm um die Schultern gelegt, weshalb es für mich eigentlich keine große Sache war. Heute spürte ich die Wärme ihres Körpers unter ihrem dünnen schwarzen Shirt dennoch mehr als sonst.

»Wann ist denn Chuseok?«, kam April plötzlich auf unser Gespräch zurück, während wir durch die Einkaufsstraße bummelten, ohne wirklich ein Ziel vor Augen zu haben. Die Auswahl an kleinen Läden war zwar überschaubar, aber zum ersten Mal, seit ich zurück in San Teresa war, fiel mir ihr besonderer Charme auf. »Die Geschenke nach Korea zu schicken, dauert sicherlich auch ein bisschen, oder?«

»Wenn man es per Expressversand schickt, geht es eigentlich. Dann dauert es nur ein paar Tage. Aber ich hab noch ein bisschen Zeit.« Ich hielt vor einer Parfümerie inne und überlegte kurz, ob ich meiner Mom das Parfüm schicken sollte, das sie so gern mochte, entschied mich aber dagegen, da ich bemerkte, wie April missbilligend die Nase kräuselte, als uns eine Welle aus unterschiedlichsten Aromen entgegenschlug. »Chuseok ist nicht an einem festen Tag, sondern richtet sich nach dem Mondkalender, und ist deshalb jedes Jahr an einem anderen Datum. Meistens fällt er auf einen Tag zwischen Ende September und Anfang Oktober.« Ich lächelte bei der Erinnerung, wie meine Mom mir während meiner Kindheit ständig versucht hatte, den Mondkalender verständlich zu machen, der ein elementarer Teil unserer Kultur war und den ich bis heute nicht vollständig auswendig kannte. »Am fünfzehnten Tag des achten Monats im Mondkalender bei Vollmond. Dieses Jahr ist er am ersten Oktober, letztes Jahr war er bereits am dreizehnten September.« Als sie mich mit großen Augen ansah, grinste ich schief. »Und nein, ich merke mir das nicht. Ich hab für so was eine App.«

»Um ein Haar hätte ich gerade angefangen, dich zu bewundern. Aber wenigstens kommt dir das einundzwanzigste Jahrhundert zu Hilfe, wenn du schon ein Gedächtnis wie ein Sieb hast.« April schüttelte lachend den Kopf, ehe sie wieder einen ernsteren Tonfall anschlug. »Hast du immer schon Chuseok gefeiert?« Sie runzelte die Stirn und schien in ihren Erinnerungen zu kramen. »Ich kann mich nicht dran erinnern, jemals mit dir darüber gesprochen zu haben.«

»Haben wir auch nie.« Ich nahm den Arm von Aprils Schulter und betrat den kleinen Juwelierladen, der zwischen zwei größeren Geschäften lag und in den nicht mehr als eine Handvoll Kunden hineinpasste. Ich hatte ein paar Perlenohrringe entdeckt, die meiner Mom sicher gefallen würden. »Ich hab diesem Teil von mir lange Zeit den Rücken gekehrt, weil ich der Meinung war, so amerikanisch sein zu müssen wie möglich, um zumindest irgendwo dazuzugehören und zwischen meinen Schulkameraden nicht aufzufallen.« Ich streckte die Hand nach den filigranen Steckern aus und ließ den Zeigefinger darübergleiten. Der Glanz der weißen Perlen war zeitlos elegant, genauso wie die Frau, die sie tragen würde, welche ich mit meinem dämlichen Verhalten über Jahre hinweg verletzt hatte, wann immer ich so getan hatte, als wären meine koreanischen Wurzeln nicht existent. Erst während meiner Zeit in Seoul hatte ich diese wirklich zu schätzen gelernt.

Ich entschied mich für die Ohrringe und ließ sie von der Verkäuferin einpacken, ehe ich zahlte und mich April wieder zuwandte. Anscheinend hatte sie mich die ganze Zeit angesehen, und ihr verständnisvoller Blick gab mir irgendwie das Gefühl, dass sie genau wusste, was ich mit meiner Aussage eben gemeint hatte. Aber warum erzählte ich ihr überhaupt davon? Normalerweise sprach ich mit niemandem darüber. Ich schob es darauf, dass ich April von ihren eigenen Sorgen ablenken wollte, und legte ein schiefes Grinsen auf, als ich ihr wieder den Arm um die Schultern legte und unsere Shoppingtour fortsetzte. Diese machte dank ihrer Gesellschaft überraschend mehr Spaß, als ich heute Morgen noch angenommen hatte.

»Ich hab zwar noch viel zu lernen, doch meine koreanischen Wurzeln sind genauso Teil von mir wie alles andere auch, und ich gebe mittlerweile einen Scheiß darauf, was andere darüber denken«, sagte ich, indem ich das Thema wieder aufgriff.

April schwieg für einen Augenblick und hing ihren eigenen Gedanken nach. Währenddessen zerbrach ich mir den Kopf, was ich wohl für meine Tante, Hyun-Ah und Hyun-Joon kaufen könnte. Ich wusste jetzt schon, dass mein ältester Cousin, der unfassbar stur und stolz war, besonders wenn es um Geschenke oder fremde Hilfe ging, mir dafür vermutlich wieder eine Szene machen und was von Almosen faseln würde, die er nicht brauche.

»Das wusste ich nicht«, unterbrach April plötzlich die Stille zwischen uns. Als unsere Blicke sich trafen, erkannte ich aufrichtiges Verständnis in ihren warmen Augen, was mich auf eine ganz überraschende, unerwartete Weise berührte. »Tut mir leid, dass du dich so gefühlt hast und keiner von uns etwas davon mitbekommen hat.«

»Mach dir keinen Kopf. Es klingt dramatischer, als es tatsächlich ist.« Ich wuschelte ihr durch die Locken, und sie versuchte fluchend, die wilde Mähne zu bändigen, die ich gerade erfolgreich durcheinandergebracht hatte. »Außerdem war das etwas, das ich mit mir selbst ausmachen musste. Und wie hättet ihr es auch wissen sollen, wenn ich nie darüber gesprochen habe?« Ich zuckte mit den Achseln. Die Wunde der kulturellen Zerrissenheit war mittlerweile verheilt, was es leichter machte, darüber zu reden, auch wenn ich keinen blassen Schimmer hatte, warum ausgerechnet April die Erste war, bei der ich das Thema zur Sprache brachte. Nicht mal Hunter oder Kate gegenüber hatte ich je etwas erwähnt, aber auch das würde ich jetzt nicht überbewerten. »Ich meine, ihr seid alle echt gruselig, und das Konzept von Privatsphäre ist euch vollkommen fremd. Gedanken lesen könnt ihr allerdings zum Glück noch nicht.«

»Sagt ausgerechnet der Kerl, der am Gluckensyndrom leidet. Außerdem, wie sagt man so schön: Gleich und Gleich gesellt sich gern.« April gab schließlich auf und ließ ihre Locken Locken sein. Stattdessen betrachtete sie mich grübelnd, bis das typische schelmische Funkeln wieder in ihre Augen trat, was ankündigte, dass wir die schweren Themen für heute hinter uns lassen würden. »Aber selbst wenn einer von uns Gedanken lesen könnte, wärst du eindeutig sicher, so selten, wie du dein Gehirn benutzt.«

»Hat deine Mutter dir nicht beigebracht, dass man nicht von sich auf andere schließen soll?«

»Welche Mutter?« April glotzte mich gespielt verstört an, und ich musste lachen, erleichtert darüber, diese bedrückende Traurigkeit nicht mehr in ihren Augen zu sehen. »Wusstest du noch gar nicht, dass ich von Wölfen großgezogen wurde?«

»Erklärt einiges, Prinzessin Mononoke.« Mühelos fanden wir zu unserem gewohnt spielerischen Tonfall zurück, während wir die Straßen entlangspazierten und April fortfuhr, mich über Chuseok auszufragen.

Der Tag verging wie im Flug. Wir suchten Geschenke für meine Familie aus, schlürften Milchshakes und lenkten uns ziemlich offensichtlich gegenseitig von Dingen ab, die uns beiden unabhängig voneinander im Kopf herumschwirrten, ohne dass wir sie ansprachen.

Als wir abends gemeinsam das Postamt verließen, kam mir diese Stadt jedenfalls überhaupt nicht mehr wie eine Art Zwangsjacke vor, die mich einengte und mir die Luft abschnürte. Ganz im Gegenteil, ich genoss es, mit April durch die leeren Straßen zu schlendern, die überall auf der Welt hätten sein können und die zu einer unsichtbaren Verbindung zwischen uns wurden. All die unüberwindbaren Hindernisse, die im *Ikigai* zum Vorschein gekommen waren, erschienen mir mit jeder Minute an Aprils Seite weniger bedeutungsvoll.

7. KAPITEL

Tyler

»Und, hast du dich mittlerweile wieder eingelebt in den Staaten?«

Ich warf das Handtuch beiseite, mit dem ich bis eben noch mein Haar getrocknet hatte, und fixierte Hyun-Joon, der mich vom Bildschirm aus belustigt beobachtete.

»Sehe ich so aus?« Ich streckte mich, und mein Schreibtischstuhl gab ein protestierendes Quietschen von sich. Vermutlich sollte ich ihn mal ölen, wenngleich das eigentlich vergebliche Liebesmüh war, so wenig Zeit, wie ich in meinem Zimmer verbrachte. »Was die letzten vierzehn Jahre nicht funktioniert hat, wird nicht auf magische Weise plötzlich über Nacht passieren, Hyun-Joon.«

Mein Cousin, der mittlerweile mehr wie ein kleiner Bruder für mich war, lachte auf, wobei sich seine müden Augen zu kleinen Sichelmonden verzogen. »Wo du recht hast.«

»Was gibt's Neues?« Ich schnappte mir einen kleinen Spiegel und begann mich um meine Haut zu kümmern, um das Abschiedsgeschenk von Hyun-Ah zu würdigen. Sie hatte sich große Mühe gegeben, zu meiner Haut passende Cremes, Essenzen und Sera auszusuchen, die außerdem noch in Reisecontainern geliefert wurden, damit ich keine Ausrede hatte, sie nicht zu benutzen. »Wie lief die Aufführung von Hyun-Ah?«

»*Hyung*, hier ist alles wie immer. Also mach dir um uns mal keine Sorgen.« Hyun-Joon fuhr sich mit beiden Händen übers Gesicht, die Ringe unter seinen Augen waren dunkel und nicht zu übersehen. Offensichtlich war tatsächlich alles wie immer. Und das wohl leider in jeder Hinsicht. »Und die Aufführung lief gut, aber ich schwöre dir, wenn ich noch einmal in meinem Leben *Tanz der Rohrflöten* hören muss, dann verbrenne ich ihre Spitzenschuhe.«

Wir wussten beide, dass das eine dreiste Lüge war, also verbiss ich mir den sarkastischen Kommentar und spülte ihn mit einem großen Schluck von meinem Energydrink hinunter.

Hyun-Joon zog eine Augenbraue hoch und deutete auf die Dose in meiner Hand. »Nachtschicht heute?«

»Jup.« Ich stellte die Dose auf meinen Schreibtisch und spähte auf die Uhr. Es war kurz nach zweiundzwanzig Uhr, doch auf mich wartete noch eine Menge Arbeit. »Ich wollte schon mal mit der Recherche anfangen, für den Fall, dass ich den Job kriege.«

»Hast du immer noch nichts gehört?«

Missmutig schüttelte ich den Kopf. »Leider nicht, aber Zackary hatte mich schon vorgewarnt, dass es eine Weile dauern könnte, bis die Zu- und Absagen rausgehen.«

»Zackary?«

»Der Chefredakteur von *A Traveler's Pursuit*, dem Magazin, bei dem ich mich beworben habe.« Es machte mir nichts aus, meinem Cousin auf die Sprünge helfen zu müssen. Es war immerhin schon eine Weile her, dass wir das letzte Mal so richtig miteinander gesprochen hatten, und der Kerl hatte eh genug andere Dinge auf dem Zettel, an die er denken musste. Da konnte er nicht auch noch meine Zukunftspläne detailliert im Kopf haben. »Die sind gerade mitten in der Planung für das kommende Jahr, und da steht es sicherlich nicht ganz oben auf seiner Liste, neue Reporter einzustellen.«

»Stimmt, sorry.« Hyun-Joon kratzte sich verlegen am Kopf. Die Sonne schien durchs Fenster auf sein rabenschwarzes Haar, das in dem Licht blau glänzte, was sicherlich wieder auf Jae-Ins Mist gewachsen war, der mich noch kurz vor meiner Abreise dazu überredet hatte, meine Haare silberblond zu färben. »Rechnest du dir gute Chancen aus?«

»Ist schwer zu sagen«, antwortete ich ehrlich, auch wenn ich eigentlich das Gefühl gehabt hatte, dass alles wie am Schnürchen gelaufen war. Zackary hatte meine eingesendeten Artikel gelobt. Unsere Vorstellungen und Interessen waren genauso ähnlich gewesen wie unser Humor, was spätestens beim Lunch klar geworden war, zu dem er mich eingeladen hatte, nachdem das offizielle Vorstellungsgespräch beendet gewesen war und er mir das Du angeboten hatte. »Aber ich glaube, es könnte klappen.«

»Ich drück dir die Daumen, *hyung*.« Hyun-Joon, der erst nach ein paar Wochen schwerster Überzeugungsarbeit angefangen hatte, informelles Koreanisch mit mir zu sprechen, lehnte sich locker auf dem Schreibtischstuhl zurück, auf dem ich vor wenigen Wochen noch selbst gesessen hatte. »Wie lange wollen die dich noch mal ins Ausland schicken?«

»Sechs Monate.« Allein bei dem Gedanken daran, sechs Monate auf Reisen zu sein und diesem Nest den Rücken kehren zu können, machte mein Herz einen freudigen Satz.

»Backpacking, oder?«

»Ja.« Ich grinste schief, als mein Cousin ein neidisches Seufzen ausstieß, der sicherlich gerade an seine eigene Tour durch Europa zurückdachte, die er mit achtzehn gemacht hatte. Manchmal glaubte ich echt, dass der Kerl mein Bruder und nicht mein Cousin sein könnte, bei all den Gemeinsamkeiten, die wir hatten, auch wenn wir uns nur ganz entfernt ähnlich sahen. »Ich wollte ihnen eine Tour durch China und eine durch

Europa vorschlagen. Mal sehen, worauf sie sich dann einlassen.«

»China wäre klasse. Danach könntest du gleich einen längeren Stopp in Seoul einplanen.«

»Klingt ja so, als würdest du mich vermissen.« Ich verschloss all die Cremes, Essenzen und Seren und legte sie zurück in den ledernen Beutel. »Ich dachte, du wärst froh, dein Zimmer wieder für dich zu haben.«

Ich konnte sehen, wie Hyun-Joon die Zähne fest aufeinanderbiss, und die ohnehin schon markante Linie seines Kiefers trat messerscharf hervor. Eine Angewohnheit von ihm, wann immer er versuchte, das herunterzuschlucken, was er eigentlich sagen wollte.

»Hyun-Joonah –«, setzte ich in sanftem Ton an. Mir war mit einem Mal bewusst, warum mein viel beschäftigter Cousin diesen Videoanruf mit mir verabredet hatte, aber er verschränkte die Arme vor der Brust und winkte ab. Ein klares Zeichen dafür, dass das Thema beendet war, noch bevor es angefangen hatte.

»Die Stelle ist befristet, oder?«

Ich ließ ihm den Themenwechsel durchgehen, weil ich wusste, dass es nichts brachte, wenn wir über Dinge sprachen, die wir eh nicht ändern konnten. »Ja, auf ein Jahr, aber mit guten Chancen auf Übernahme, wenn der Backpacking-Blog gut ankommt.«

»Was sollst du den Rest des Jahres machen, wenn du nur sechs Monate reist?«

»Das steht noch nicht ganz fest. Kann sein, dass ich direkt danach auf die nächste Reise geschickt werde oder dass ich erst mal ein paar Monate im HQ in San Francisco arbeite.« Ich zuckte mit den Schultern und grinste. »Ist mir eigentlich auch egal. Ich krieg die schon dazu, mich gleich wieder loszuschicken.«

»Daran hab ich keinen Zweifel.« Ich konnte sehen, wie Hyun-Joon zur Uhr am unteren Bildschirmrand spähte.

»Du musst gleich Hyun-Sik vom Kindergarten abholen, oder?« Etwas, das ich im letzten Jahr meistens übernommen hatte, damit Hyun-Joon zumindest mittags mal ein bisschen Schlaf nachholen konnte. Aber jetzt war mein Cousin wieder auf sich allein gestellt, während meine Tante das Café am Laufen hielt.

»Mhm.« Er nickte und rieb sich übers Gesicht. »Was hast du noch so vor, außer recherchieren?«

»Ich wollte eigentlich mit Dean und Alec zum Krafttraining, aber das muss warten.« Meine Recherchen waren für heute Abend eingeplant gewesen, aber dank eines kleinen Rotschopfs hatte sich das erledigt.

»Du lächelst.«

Meine Augen huschten zu meinem eigenen kleinen Video in der Ecke des Displays, und ich stockte, als ich das dümmliche Grinsen bemerkte, das sich unbewusst auf meinem Gesicht ausgebreitet hatte. »Sieht so aus.«

»Wie kommt's?« Mein Cousin lehnte sich etwas mehr in meine Richtung, auf seinen Lippen lag ein sarkastisches Schmunzeln.

»Verbuch es einfach unter *Ich hatte einen guten Tag.*«

»Sicher.« Er zog das Wort künstlich in die Länge. »Was hast du denn heute Hübsches gemacht?«

»Ich war mit April unterwegs«, antwortete ich, ohne weiter darüber nachzudenken. Ich konnte ja Hyun-Joon schlecht sagen, dass ich Geschenke für ihn und seine Familie gekauft hatte. Aber als das Grinsen auf seinem Gesicht breiter wurde, dämmerte mir, dass das vielleicht die bessere Alternative gewesen wäre.

»April?« Ich betete, dass er sich nicht an ihren Namen erinnerte, doch sein leises Lachen sprach für sich. »Warte … Die Rothaarige, von der du mir erzählt hast?«

Ich runzelte die Stirn. Wir hatten zwar ein- oder zweimal über April gesprochen, meist dann, wenn ich etwas zu viel Soju intus hatte, aber nicht nur über sie. Wieso erinnerte er sich bitte ausgerechnet an ihren Namen? »Ja.«

»Also gehst du endlich mit ihr aus?«

»Nein.« Ich trommelte mit meinen Fingern auf dem Schreibtisch herum und warf meinem Cousin einen eindeutigen Blick zu. »Wie kommst du überhaupt darauf? Wenn du sie kennen würdest, wüsstest du, dass das im Leben nicht funktionieren könnte.«

»Wieso nicht?« Hyun-Joon, der selbst keine Zeit für Beziehungen hatte, aber sehr gern gute Ratschläge verteilte, klang so, als zweifelte er an meinem Verstand. »Es machte immer den Eindruck, als würdest du total auf sie stehen.«

»Tu ich auch«, gab ich ohne Umschweife zu, weil Leugnen zwecklos war. »Das heißt aber nicht gleich, dass ich was mit ihr anfange, vor allem wenn ich eh weiß, dass es nicht funktionieren wird.«

»Verstehe«, sagte Hyun-Joon ironisch, und ich verdrehte die Augen. Ich kannte diesen Tonfall nur allzu gut.

»Na los«, murrte ich. »Spuck's schon aus.«

»Nichts.« Hyun-Joons Stimme troff nur so vor Sarkasmus, und ich fragte mich, ob er das von mir hatte, oder ob er schon so gewesen war, bevor ich bei meiner Tante eingezogen war. »Ich frage mich nur gerade, wie lange das wohl gut gehen soll.«

Ich dachte an die Zeit zurück, die wir vor meinem Auslandsaufenthalt zusammen an der STU verbracht hatten, und obwohl meine Gefühle seit meiner Rückkehr ein bisschen Amok liefen, war ich mir ziemlich sicher, dass ich sogar dieses Kribbeln würde ignorieren können, das sich in mir ausbreitete, wenn wir wie heute allein waren. »Hat bisher bestens funktioniert.«

»Mehr oder minder erfolgreich, da du mir immer wieder im besoffenen Zustand von ihr erzählt hast.«

Also, wenn es auch nur annähernd so war, einen echten kleinen Bruder zu haben, dann war ich gerade froh, Einzelkind zu sein. »Das lässt du mich auch nie vergessen, oder?«

»Niemals.«

»Musst du nicht langsam los?«

»Muss ich tatsächlich.« Hyun-Joon grinste und wirkte ein bisschen weniger müde als noch zu Anfang unseres Gesprächs. »Mom lässt übrigens fragen, wann du das nächste Mal kommst.«

Ich dachte an meine Tante, die mich wie ihren eigenen Sohn behandelte, und automatisch lächelte ich. »Ich bin doch gerade mal ein paar Wochen weg.«

»Du weißt doch, wie sie ist.«

»Sag ihr, ich komme, sobald ich kann. Vielleicht schaffe ich es mit Mom und Dad im Dezember.« Ich sah auf die Uhr. »Und jetzt sieh zu, dass du wegkommst, bevor Hyun-Sik noch allein losmarschiert.«

»Wird gemacht.« Hyun-Joon hob die Hand zum Gruß. »Bis dann, *hyung*.«

»Bis dann.« Der Anruf wurde beendet, und ich sah noch einen Moment lang auf Hyun-Joons Namen, ehe sein Status zu *Offline* wechselte.

Ich ließ meinen Blick über das Durcheinander auf meinem Schreibtisch wandern und stöhnte genervt. Nach meinen Recherchen würde ich mich wohl oder übel auch noch mal kurz mit all diesen Vorlesungsnotizen befassen müssen. Wie ich die Uni hasste. Es machte mich wahnsinnig, länger als drei Stunden irgendwelchen Professoren zuzuhören, die mit ihrem

Frontalunterricht jede einzelne meiner Gehirnzellen abzutöten schienen.

Das war früher in der Schule schon ein echtes Problem gewesen, was mich auf der Abschussliste meiner Lehrer nach oben katapultiert hatte. Endlose Unterrichtsstunden hatten mich schon immer eine Menge Selbstbeherrschung gekostet, und besonders während meiner Teenagerjahre war das des Öfteren schiefgegangen, sodass ich mich häufiger vor dem Klassenzimmer wiedergefunden hatte als in ihm. Da meine Eltern mich vorher auf unseren Reisen immer selbst unterrichtet hatten, war ich diese Art von Schulstunden einfach nicht gewohnt gewesen. Und als wir uns dann in Detroit niedergelassen hatten und ich mit zwölf das erste Mal auf eine reguläre Schule gegangen war, hatte sich sehr schnell herausgestellt, dass die Schule nicht nur wegen meiner Mitschüler ein echtes Problem werden würde.

Bei der Erinnerung an die beengten Klassenräume rieb ich mir mit den Händen übers Gesicht, in der Hoffnung, mich wieder im Hier und Jetzt verankern zu können, anstatt weiter in die Vergangenheit abzudriften, an die ich nicht einmal ansatzweise denken wollte. Auch wenn sie mich zu dem Mann gemacht hatte, der ich heute war.

Ich war jetzt fast durch mit diesem ganzen akademischen Unsinn. Nur noch ein paar Monate, und dann würde ich dem Leben am Schreibtisch und den USA endgültig den Rücken kehren können.

Ich war auf dem besten Weg, meinen Bachelor abzuschließen, der in der heutigen Zeit leider so etwas wie die Mindestanforderung darstellte. Sobald ich den in der Tasche haben würde, konnte ich endlich das tun, was ich mehr liebte als alles andere auf dieser Welt: reisen.

Hoffnungsvoll durchforstete ich mein Postfach nach einem

ganz bestimmten Absender, doch das Einzige, was um diese Uhrzeit noch reinkam, waren Spams, die ich nicht einmal eines zweiten Blicks würdigte und direkt in den Papierkorb verbannte.

Eigentlich hatte ich ein gutes Gefühl bezüglich des Vorstellungsgesprächs gehabt, aber nach zwei Wochen ohne jegliche Rückmeldung kamen langsam kleine Zweifel in mir hoch. Ich wollte diese Stelle bei *A Traveler's Pursuit* mehr, als ich mir eingestehen wollte. Die Stellenausschreibung war perfekt für mich gewesen, denn das Magazin suchte nach einem jungen, ungebundenen Journalisten, der lange Rucksackreisen unternehmen und in einem Blog darüber berichten sollte. Die Stelle war zwar befristet und die Bezahlung mager, da das Magazin jedoch für die Reisen aufkam, juckte mich das nicht im Geringsten. Ich brauchte kein dickes Bankkonto. Alles, was ich brauchte, war mein Rucksack, mein Ausweis und ein Flugticket. Der Rest würde sich schon irgendwie fügen.

Ich streckte die Hand aus und ließ die Finger über die Rücken der unzähligen Reiseführer gleiten, die sich in dem kleinen Regal neben meinem Schreibtisch stapelten und in denen ich längst diverse Seiten mit kleinen Klebezetteln markiert hatte, um bereit zu sein, wenn *A Traveler's Pursuit* sich bei mir melden würde.

Ich zog einen der Reiseführer heraus und schlug ihn auf, doch bevor ich mich so richtig in die Recherche stürzen konnte, vibrierte mein Handy leise. Ich nahm es von der kabellosen Ladestation, und als ich sah, wer mir eine Nachricht geschickt hatte, musste ich lächeln.

April [22:38]: Vielen Dank für heute. Das habe ich gebraucht.
April [22:39]: Auch wenn mein Bankkonto da anderer Meinung ist.

Ich öffnete das Foto, das sie mitgeschickt hatte, und blickte in die großen Augen des Pokémon-Plüschtiers, das offensichtlich seinen Platz direkt neben der Switch in ihrem Bett gefunden hatte und ihr heute Nacht Gesellschaft leisten würde. Ich hätte nie gedacht, dass April der Typ für Plüschtiere war, aber ich würde sicherlich nicht darüber urteilen. Schon gar nicht, wenn dieses ausgestopfte Ding ein Lächeln auf ihr Gesicht zaubern konnte, anstelle der Trauermiene von heute Mittag.

Ich hatte keine Ahnung, was passiert war, aber ich war froh, nicht einfach an ihr vorbeigegangen zu sein. Sie hatte offensichtlich Ablenkung gebraucht, und wenn ich ehrlich war, dann hatte ich das auch. Und überraschenderweise hatte April es tatsächlich geschafft, dass dieser Ort sich nicht mehr ganz so wie eine zu klein geratene Zwangsjacke für mich anfühlte, gegen deren Beklemmung meine anderen Freunde nicht viel ausrichten konnten. April anscheinend schon.

Tyler [22:41]: Immer wieder gerne, Däumeline.
April [22:45]: Komisch, gerade war ich dir noch dankbar. Jetzt würde ich dich am liebsten erwürgen.
Tyler [22:47]: Dafür müsstest du erst mal an meinen Hals rankommen, Zwerg.
April [22:47]: GUTE NACHT!
Tyler [22:51]: Guts Nächtle, Däumeline. Träum von mir.
April [22:55]: Schlaf einfach, Don Juan.

8. KAPITEL

April

»Du siehst sehr hübsch aus.«

Skeptisch betrachtete ich mein Spiegelbild und richtete meinen Blick dann auf Kates Gesicht, die rechts hinter mir stand und mir aufmunternd zulächelte. Noch einmal ließ ich die Augen über mich und mein Outfit gleiten, um mich so zu sehen, wie sie mich anscheinend sah.

Mir kam allerdings nur ein einziger Gedanke: *Ich sehe überhaupt nicht aus wie ich selbst.*

Vorsichtig zupfte ich mit den Fingern an dem dunkelgrünen Bleistiftrock, den ich im Mai zusammen mit Kate gekauft hatte, als die ersten Bewerbungsgespräche angestanden hatten. Aber egal wie oft ich dieses elegante Stück anzog, für mich fühlte es sich immer wieder an wie eine Verkleidung. Vor allem in Kombination mit dem dunkelgrünen Blazer und der cremefarbenen Bluse mit dem V-Ausschnitt. An jemandem wie Kate hätte das fantastisch ausgesehen, aus mir jedoch machte es nur einen Teenager, der sich am Kleiderschrank seiner erfolgreichen großen Schwester bedient hatte.

»Danke«, würgte ich hervor. Ich wusste nicht so recht, was ich sagen sollte, obwohl es nicht das erste Mal war, dass Kate mir bei meinen Vorbereitungen für ein Vorstellungsgespräch half. Im Frühling hatten wir das noch im Gemeinschaftsbad von Kates Wohnheim machen müssen, wo ständig jemand reingeplatzt war und uns gestört hatte. Jetzt, in Kates Zimmer, hatten wir unsere Ruhe und alle Zeit der Welt, und irgendwie sorgte genau das für Beklemmungen bei mir.

»Immer wieder gern.« Kate drückte mir einen schnellen Kuss auf die Wange, und mein Herz zog sich schmerzhaft zusammen, als sie sich von mir abwandte und ihr Make-up in den kleinen Koffer zurückräumte, den Alec ihr geschenkt hatte, weil Kate das Styling ihrer Models am liebsten selbst in die Hand nahm. In dem Koffer herrschte eine genauso akribische Ordnung wie in ihrem Zimmer, wo unzählige ihrer Entwürfe an der Wand hingen und momentan ein noch halb fertiges, aber dennoch umwerfendes Kleid aus rauchblauem Satin die Schneiderpuppe zierte. An diesem Kleid arbeitete sie schon eine ganze Weile, und ab und an hörte man sie darüber fluchen, doch das Leuchten in ihren Augen sprach für sich.

Kate liebte das, was sie tat. Sie brannte dafür. Jeder Schritt, den sie tat, führte sie näher an ihr Ziel.

Und ich … ich hatte keine Ahnung, was ich hier eigentlich gerade machte. Ich wusste nur, dass ich kaum atmen konnte. Und dass mit jeder Sekunde, die ich in diesem Kostüm steckte, das Gefühl zu ersticken schlimmer wurde.

Mit den Fingern fuhr ich über die feingliedrige Goldkette, die sich trotz ihrer Leichtigkeit wie ein Halsband anfühlte. Ich zog an dem Schmuck, meine Hände waren feucht, als ich die schlanken Glieder der Kette berührte. »Kate?«

»Ja?«

»Glaubst du, ich kann das?«

»Natürlich.« Die Antwort kam, ohne zu zögern, doch als Kate den Pinsel hinlegte und sich zu mir umdrehte, wurde mir speiübel. Ihr Blick war sanft, aber gleichzeitig so durchdringend, dass ich automatisch einen Schritt zurückwich. »Die Frage ist nicht, ob du das hier kannst, Pril. Die Frage ist, ob du das hier überhaupt wirklich willst.«

Mein Mund fühlte sich mit einem Mal staubtrocken an, und ich umfasste die Kette so fest, dass sie in meine Haut zu schneiden drohte. »Ich –«

»Das hier bist doch gar nicht du.« Sie seufzte leise und lehnte sich gegen den Schreibtisch, während sie mich liebevoll betrachtete. Und es war genau dieses Liebevolle in ihrem Blick, was mir augenblicklich dröhnende Kopfschmerzen bereitete. »Versteh mich nicht falsch, du siehst wunderschön aus. Das tust du immer. Aber«, sie kam auf mich zu und legte die Hände auf meine Schultern, »du siehst nicht glücklich aus. Das hast du kein einziges Mal, wenn wir dich für ein Vorstellungsgespräch fertig gemacht haben. Und vielleicht wird es langsam Zeit, sich zu fragen, woran das liegt.«

»Das ist nicht dein Ernst, oder?« Fassungslos starrte ich Kate an, Wut stieg in mir auf, heiß und irrational, während ein anderer Teil von mir vor Erleichterung aufatmete, weil mich endlich jemand fragte, was ich eigentlich wollte. »Meinst du, dass ausgerechnet jetzt der richtige Zeitpunkt ist, um mir so was an den Kopf zu werfen?«

»Nein. Und es tut mir wahnsinnig leid, dass ich das ausgerechnet jetzt mache.« Sie nahm ihre Hand von meiner Schulter und legte sie mir an die Wange, ihre Finger waren warm und tröstlich, wie die Berührung einer Schwester, die ich mir immer gewünscht, aber nie gehabt hatte. »Ich hätte dich das schon viel eher fragen sollen.«

»Ich kann das jetzt nicht.« Entschlossen trat ich einen Schritt zurück und schob ihre Hände weg. »Ich muss los.«

»April.«

»Bis später, Kate.« Schwungvoll drehte ich mich um und streckte panisch die Hände nach Kates Kommode aus, als ich ins Wanken geriet. Mist, ich hatte vollkommen vergessen, dass meine Füße in diesen lächerlichen cremefarbenen Pumps steckten, die mir zwar ein paar zusätzliche Zentimeter einbrachten und mich beinah wie eine Erwachsene aussehen ließen, auf denen ich aber bedauerlicherweise kaum laufen konnte, ganz egal wie viele Trainingsstunden ich auch absolvierte. Wütend kickte ich mir diese Foltergeräte von den Füßen und stockte, als Kate mir kommentarlos meine Vans vor die Füße stellte, die ich zumindest für die Autofahrt tragen würde.

Sie sah mich an, ihr Gesicht war verschlossen, aber voller Bedauern. Sie reichte mir die Clutch und den dünnen Ordner mit den Informationen über den Verlag. »Viel Erfolg.«

»Danke.« Ich klemmte mir beides unter den Arm, las die Pumps vom Boden auf und hastete Richtung Wohnungstür, ohne auch nur einen einzigen Blick zurückzuwerfen.

Die Sonne knallte auf meinen parkenden Wagen, und ich machte erst mal einen Satz rückwärts, als ich die Tür öffnete und mir die brütende Hitze aus dem Inneren entgegenschlug. Kurz entschlossen zog ich Blazer und Bluse aus, unter der ich zum Glück ein Top trug, weil helle Farben mich immer etwas paranoid machten, und legte sie zu den anderen Sachen auf den Sitz, ehe ich das Navi auf meinem Handy einstellte. Ich bemühte mich, Kates Worte in den hintersten Winkel meines Bewusstseins zu verbannen, weil sie sich unaufhörlich mit der dröhnenden Stimme meines Vaters abwechselten, die ich einfach nicht verdrängen konnte, egal wie sehr ich es auch wollte.

Mein Dad hatte alles aufgegeben, um mich großzuziehen. Er hatte mir Sicherheit, Liebe und Geborgenheit gegeben, ganz gleich wie beschissen die Situation auch gewesen war. Das Mindeste, was ich tun konnte, war, mein Versprechen zu halten.

»So, los geht's«, murmelte ich mir selbst zu und verbrannte mich beim Anschnallen beinahe am Gurt. Ich biss die Zähne zusammen, um nicht die halbe Nachbarschaft an einer lautstarken Schimpftirade teilhaben zu lassen, als meine Finger sich um das Lenkrad schlossen. Scheiße, war das heiß! Ich schüttelte meine Hand und griff dann erneut beherzt zu, entschlossen, dem Schmerz die Stirn zu bieten, während meine andere Hand den Schlüssel ins Zündschloss steckte, ihn umdrehte und … nichts passierte.

Ich runzelte die Stirn und versuchte es erneut.

Nichts. Kein Gurgeln. Kein Surren. Nicht mal das leise Klackern des Anlassers.

Da war einfach gar nichts.

»Nein.« Wieder drehte ich am Schlüssel, diesmal etwas energischer, als würde das irgendwas bringen. »Nein, nein, nein! Komm schon, King Junior, tu mir das jetzt bitte nicht an!«

Aber mein Polo blieb stumm.

Ich beugte mich vor, um mit dem kleinen Hebel die Motorhaube zu öffnen, stoppte dann aber mitten in der Bewegung. Ich hatte keine Ahnung von Motoren. Kein bisschen. Mein Wissen über Autos hörte beim Reifenwechsel auf, und das überließ ich auch lieber meinem Dad, der doppelt so schnell war wie ich. Selbst wenn ich die Motorhaube aufmachte und das Innenleben meines Polos unter die Lupe nahm, würde ich mich nicht plötzlich in Letty aus *The Fast and the Furious* verwandeln. Ich war aufgeschmissen. So was von aufgeschmissen.

»Das darf doch jetzt echt nicht wahr sein.« Ich fischte mein Handy aus der Clutch und wählte die Nummer vom Pannenservice, die mein Dad mir nach unserem letzten Besuch in der Werkstatt und einem längeren Gespräch mit dem Mechaniker seines Vertrauens eingespeichert hatte. Vielleicht hätte mir das schon was sagen sollen. Ich presste mir das Handy ans Ohr, es dauerte eine Ewigkeit, bis endlich jemand abnahm.

»*Roadside Assistance*, Sie sprechen mit Danny Vargas«, erklang eine tiefe und raue Stimme am anderen Ende der Leitung.

Vor Erleichterung hätte ich beinahe laut aufgeseufzt, doch ich hielt mich im letzten Moment zurück. »Hallo, mein Name ist April King. Ich habe ein Problem mit meinem Wagen.«

Ein stotterndes Raucherlachen war zu hören, und ich ballte die freie Hand zur Faust. »Haben die meisten, wenn sie uns anrufen.«

»Ha, ha«, presste ich angespannt hervor, »sehr witzig.«

Der Kerl räusperte sich, und ich konnte das Augenrollen förmlich in seiner Stimme hören, was mein eh schon dünnes Nervenkostüm nur noch weiter strapazierte. »Was ist denn das Problem?«

Ich presste die Lippen aufeinander und legte meine innere Furie an die Leine, die am liebsten gerade durchs Telefon gesprungen wäre. »Mein Wagen springt nicht an.«

»Okay. Aber der Schlüssel steckt?«

»Natürlich.« *Willst du mich verarschen, du sexistisches Arschloch?!* Ich atmete tief durch und sah im Rückspiegel, wie meine Nasenlöcher sich zornig weiteten. »Wenn ich den Schlüssel umdrehe, passiert nichts. Ich höre weder das Klackern vom Anlasser noch das Surren der Zündung.«

»Okay«, sagte er und klang fast ein wenig überrascht, als hätte er nicht mit einer so ausführlichen Antwort gerechnet. »Was für einen Wagen fahren Sie denn, Miss?«

Zum Glück hatte mein Vater mir das mühevoll eingetrichtert, als er mir den Wagen damals geschenkt hatte, und so ratterte ich die Eckdaten herunter, die ich mir eingeprägt hatte. »Einen VW Polo. 1,4 Liter Benziner. Baujahr 1992.«

»Oh, wow, dann ist der Wagen älter als mein Sohn.« Wieder dieses nervtötende Raucherlachen. »Ein echter Klassiker.«

»Ja.« *Wohl eher eine echte Schrottkarre.* Ungeduldig trommelte ich mit den Fingerspitzen auf das Lenkrad und heftete den Blick auf meine Armbanduhr, deren tickender Sekundenzeiger mir im Moment wie mein schlimmster Feind vorkam. Mein Dad würde mir nie verzeihen, wenn ich dieses Vorstellungsgespräch sausen ließ, nur weil mein Wagen nicht ansprang. »Wann können Sie jemanden herschicken, der sich den Wagen ansieht? Ich bin in San Teresa, Kalifornien.«

Ich hörte das Klicken eines Feuerzeugs, ehe der Mann tief inhalierte. »Dauert mindestens drei Stunden.«

»Drei Stunden?«

»Ja, meine Jungs sind heute alle unterwegs, und für so einen deutschen Import brauchen wir Spezialwerkzeug und den ganzen Mist«, erklärte der Typ mit ruhiger Stimme und versetzte meinen Plänen damit eiskalt den Todesstoß. »Vor vier Uhr wird das heute definitiv nichts.«

»So viel Zeit habe ich nicht! Ich muss um halb drei bei einem Vorstellungsgespräch in Santa Maria sein.«

»Aber nicht mit dem Wagen, Schätzchen.« Das gönnerhafte Schnauben gab mir den Rest.

»Vergessen Sie es einfach!«, fauchte ich und legte auf. Die Hand, mit der ich das Handy hielt, zitterte, und ich hatte die Finger so fest darum geschlossen, dass meine Knöchel weiß hervortraten.

Was sollte ich denn jetzt bloß machen? Ich musste zu diesem Vorstellungsgespräch. Ich konnte es auf keinen Fall verpassen. Ich hatte meinem Dad ein Versprechen gegeben, und das musste ich einhalten. Er verließ sich auf mich. Voller Panik stieß ich die Fahrertür auf und japste nach Luft, doch das brachte gar nichts. Im Gegenteil, die drückende Hitze schnürte mir nur noch mehr die Kehle zu, auch wenn das kaum möglich war.

Nein! Ich konnte jetzt auf keinen Fall den Kopf in den Sand stecken. Ich brauchte eine Lösung. Dringend.

Mein Blick schnellte für einen Moment in Richtung unseres Hauses, doch ich verwarf die Idee gleich wieder. Kate hatte kein Auto und wäre mir grad keine große Hilfe. Bevor ich mich davon abhalten konnte, öffnete ich meine Kontakte und gab den Namen der Person ein, die ohnehin unentwegt in meinem Kopf herumschwirrte.

»Hallo, Zwerg.« Tylers Stimme klang wie immer entspannt und unbekümmert, etwas, um das ich ihn gerade jetzt besonders beneidete. »Da hat wohl jemand Sehnsucht, wenn du mich so schnell schon –«

»Ty, kann ich mir deinen Wagen ausleihen?«

Augenblicklich herrschte Stille. »Wie bitte?«

»Ich habe heute ein Vorstellungsgespräch, und mein Wagen springt nicht an. Der Pannendienst kann erst in drei Stunden hier sein, und dann ist es schon viel zu spät.« Ich sprach so schnell, dass meine Worte sich überschlugen, und ich presste mein Handy fester ans Ohr. »Kann ich mir deinen Wagen ausleihen? Ich fahre auch vorsichtig, versprochen.«

Im Hintergrund hörte ich Stimmen, die aber abrupt verstummten, nachdem ich so was wie Schritte vernommen hatte. Ob er wohl in der Mensa war? »April, ich glaube nicht, dass es eine gute Idee ist, wenn du in diesem Zustand fährst.«

Mein vor Panik vernebeltes Hirn war vollkommen unfähig, Tylers einfachen Worten zu folgen. »Heißt?«

Er zögerte kurz, doch als er wieder zu sprechen begann, hörte ich das Bedauern in seiner Stimme deutlich heraus. »Dass ich dir mein Auto nicht gebe.«

»Fuck! Tyler, bitte!« Selbst mir fiel auf, wie verzweifelt ich klang, und obwohl ich ihn ja irgendwie verstand, konnte ich die Wut, die in meinen Worten mitschwang, nicht unterdrücken. »Was soll ich denn machen? Das ist meine letzte Chance, Ty! Wenn ich diesen Job nicht bekomme, dann bringt mein Dad mich um!«

»Hol erst mal tief Luft, April.« Wieder hörte ich Stimmen, dann nur Stille, als würde Tyler ein Mikrofon zuhalten, bevor ich erneut schnelle Schritte vernehmen konnte. Rannte er etwa? »Wo bist du jetzt?«

»Vor unserem Haus.«

»Okay.« Tylers Atmung beschleunigte sich ein wenig. »Ich komme zu dir.«

Heftig schüttelte ich den Kopf, dann wurde mir bewusst, dass Tyler das gar nicht sehen konnte. Ich überlegte mir bereits einen Plan B, der, zugegebenermaßen, höchstwahrscheinlich recht unrealistisch war, wenn man bedachte, wie lange ich auf dieses Vorstellungsgespräch hatte warten müssen. »Tyler, dafür hab ich keine Zeit, ich muss den Verlag anrufen und versuchen, den Termin zu verschieben. Ich muss –«

»Das wird nicht nötig sein.« Ich hörte das Hupen von einem Auto und zuckte zusammen, obwohl ich eigentlich alles andere als schreckhaft war. »Ich fahre dich.«

»Was?«, fragte ich ungläubig. »Ty, das musst du nicht.«

»Ich weiß. Aber ich möchte es. Wir kriegen dich schon pünktlich und sicher zu deinem Vorstellungsgespräch.« Jetzt war Tyler eindeutig außer Atem.

Er rannte. Er rannte, um zu mir zu kommen.

Ich presste mir die Hand auf den Mund, überwältigt von all den Gefühlen, die in mir aufstiegen und von denen ich genau wusste, dass sie niemals zu irgendetwas führen würden. Doch das hielt das einfältige Herz in meiner Brust nicht davon ab, sie trotzdem zu fühlen und in flatternde Aufregung zu geraten.

»Gib mir zehn Minuten, dann bin ich bei dir, okay?«

»Danke, Ty«, krächzte ich und blinzelte verstohlen, als ich das verräterische Brennen hinter meinen Augenlidern bemerkte und Erleichterung sich in mir ausbreitete.

Verflucht, ich sollte mich ein bisschen zusammenreißen und der Realität ins Auge sehen. Selbst wenn Tyler mich in zehn Minuten abholen würde, könnten unterwegs noch tausend Dinge schiefgehen, auf die weder er noch ich irgendeinen Einfluss hätten.

Ich wollte jetzt aber nicht so denken und stattdessen Tylers unbändigen Optimismus teilen. Ich wollte auf ihn vertrauen. Mich auf ihn verlassen. Ganz egal wie dumm das auch sein mochte.

»Danke!«

»Kein Problem, April.« Ich klammerte mich an den warmen und selbstsicheren Unterton in seiner Stimme, der mir in diesem Moment unerschöpfliche Kraft schenkte und mich schon vorgestern mehr besänftigt hatte, als ich jemals zugeben würde. »Dafür sind Freunde da.«

Bevor ich noch irgendetwas sagen konnte, hatte Tyler aufgelegt, und als hätten seine Worte in mir ein neues Feuer entfacht, sprang ich förmlich aus meinem Auto. Ich schnappte mir meine Sachen und überprüfte noch mal, ob ich wirklich alles hatte, ehe ich schwungvoll die Fahrertür zuschlug und meinen Wagen abschloss. Nervös begann ich, auf dem Bürgersteig auf und ab zu gehen. Meine Füße bewegten sich im Takt des Tickens meiner Armbanduhr, und mein Herz raste. Alle paar Sekunden richtete ich den Blick auf das Ende unserer Straße.

Tyler würde kommen, wir würden es rechtzeitig zum Vorstellungsgespräch schaffen, ich würde einen tollen ersten Eindruck hinterlassen, ich würde den Job bekommen, mein Dad würde glücklich sein, und diese unerklärliche Panik in meinem Inneren würde sich in Luft auflösen. Daran musste ich einfach glauben. Ich musste. Zumindest, wenn ich jetzt gerade nicht völlig durchdrehen wollte.

Und als ich keine acht Minuten später Tylers weißen SUV mit quietschenden Reifen in unsere Straße einbiegen sah, glaubte ich tatsächlich für einen Augenblick daran, dass alles gut werden würde.

9. KAPITEL

April

Libertas Publishing ist innerhalb der Verlagsbranche insbesondere
für sein sehr vielfältiges und einzigartiges Programm bekannt, das
sich vor allem LGBTQI+-Themen annimmt. Zu ihren einfluss-
reichsten Publikationen zählen –

Plötzlich verschwand meine Mappe aus meinem Blickfeld,
und als ich suchend meine Hand ausstreckte, griff ich nur ins
Leere. Tyler stand vor mir und hielt die Mappe weit über seinen Kopf. Er schaute tadelnd auf mich herab. »Okay, Schluss
jetzt mit Lesen.«

»Ty!« Ich erhob mich von meinem Platz auf der Parkbank,
doch Tyler drückte mich behutsam, aber bestimmt zurück auf
meine vier Buchstaben. »Lass den Quatsch. Ich muss mich vorbereiten.«

»Ich denke, das hast du zur Genüge.« Er nahm die Hand
von meiner Schulter, und erst jetzt bemerkte ich, dass er eine
Tüte festhielt und den kleinen Finger um den Hals einer Co-
laflasche geschlungen hatte. Wo hatte er die denn aufgetan?
Dann sprangen mir die parkenden Foodtrucks am Straßen-
rand vor dem großen Vorplatz ins Auge, der einige der größten
Bürogebäude in Santa Maria miteinander verband. »Hier, iss
das.«

Ich hob abwehrend die Hände, denn mein Magen war mindestens genauso sehr in Aufruhr wie mein Verstand, der sich

seit meiner Auseinandersetzung mit Kate nicht wirklich beruhigt hatte. »Ich krieg gerade keinen Bissen runter.«

Tyler seufzte leise, schlug meine Mappe zu und setzte sich neben mich auf die Parkbank, die glücklicherweise im Schatten unter einem hohen Baum stand und die Tyler für uns gesichert hatte, als wir vor einer knappen halben Stunde angekommen waren. »Hast du heute überhaupt schon irgendwas gegessen?«

»Ja«, log ich, weil ich keine Nerven hatte, mich jetzt mit dieser alten Glucke zu zanken. Ich wusste, er würde eine große Sache daraus machen, wenn ich die Wahrheit sagte. Da stand er weder Raelyn noch Dean in irgendwas nach, die eine ausgefallene Mahlzeit wie ein Staatsverbrechen behandelten, seitdem Kate letztes Jahr so viel Gewicht verloren hatte.

Tyler zog eine seiner dichten, dunklen Brauen hoch, und mein Blick fiel auf die zwei Schönheitsflecken. »Was denn?«

»Einen Apfel.«

»Lügnerin. Ihr habt nicht mal Äpfel im Haus, weil Raelyn dagegen allergisch ist.« Er öffnete die Tüte und förderte einen Bagel zutage, bei dem mir unter normalen Umständen das Wasser im Mund zusammengelaufen wäre. »Ein paar Bissen vom Bagel, und ich gebe Ruhe.«

Skeptisch begutachtete ich den frischen Salat und die Hähnchenbrust, die mit ein paar Tomaten- und Gurkenscheiben zwischen den beiden Hälften hervorlugten. »Ty, wenn ich das jetzt esse, dann muss ich kotzen.«

»Und wenn du nichts isst, kippst du gleich aus den Latschen.« Tyler legte die Mappe beiseite und drückte mir den Bagel entschlossen in die Hand, von meinem Protest nicht im Mindesten beeindruckt. »Fraglich ist, ob das wirklich der erste Eindruck ist, den du hinterlassen willst.«

Ich seufzte leise. Warum musste er unbedingt recht haben? »Zwei Bissen.«

Er schüttelte den Kopf und öffnete die Cola, die ein lautes Zischen von sich gab. »Sechs.«

»Drei.«

»Fünf.«

Ich presste die Lippen aufeinander und machte mein letztes Angebot, in der Hoffnung, Tyler würde nachgeben. »Vier und einen Schluck Cola.«

Tyler schien kurz zu überlegen, doch dann nickte er. »Deal.«

Mit einem unzufriedenen Grummeln starrte ich auf den Bagel, der mir gerade genauso unbezwingbar vorkam wie eines dieser Acht-Pfund-Monstren, die sie für die Burger-Challenge in *Sophies Diner* auftischten, an der sich Alec und Dean im Frühling versucht hatten und kläglich gescheitert waren. »Hat dir schon mal jemand gesagt, dass du ein wirklich sturer Bock bist?«

Tyler warf mir nur sein typisch spitzbübisches Schmunzeln zu. »Gleich und Gleich gesellt sich gern, oder nicht?« Er nickte in Richtung Bagel, bevor er einen Schluck von seiner Cola nahm und ich gequält das Gesicht verzog. Ich hätte ihn grad auch gut und gerne auf den Mond schießen können, wie er da vor mir stand, mit seiner zerrissenen Jeans, dem schlichten weißen Shirt und den weißen Sneakers – ein Outfit, das mehr für einen klimatisierten Hörsaal als für die brutale kalifornische Hitze hier draußen geeignet war. »Und jetzt iss endlich. Oder muss ich dich füttern?«

»Wehe.« Ich nahm schnell einen Bissen, denn ich wusste genau, dass Tyler kein Problem damit hatte, seine Drohung in die Tat umzusetzen. Der Bagel war lecker und frisch, der Salat knackte zwischen meinen Zähnen, die Hähnchenbrust war saftig und passte perfekt zu dem Frischkäse mit der sanften Currynote. Ich stieß ein zufriedenes Stöhnen aus, was mir die Blicke zweier vorbeilaufender Anzugträger und Tylers belustigtes Lachen einbrachte. Mein Magen krampfte sich vor Vorfreude zusammen, und langsam, aber sicher dämmerte mir, dass mir schlecht war, weil ich Hunger hatte und nicht, weil ich vor Nervosität fast umkam. Ich genehmigte mir einen zweiten Bissen. Dann noch einen. Und ehe ich es realisierte, hatte ich den ganzen Bagel verputzt und die Hälfte von Tylers Cola getrunken, der mich mit einem süffisanten Grinsen bedachte. »Spar es dir bitte.«

Tyler nahm die leere Tüte an sich und zerknüllte sie. »Ich hab gar nichts gesagt.«

»Musst du auch nicht.« Ich nahm noch einen Schluck von der Cola und verengte die Augen. »Dein dämliches Grinsen sagt alles.«

Tyler blickte ganz unschuldig drein und zuckte mit den Schultern. »Ich weiß gar nicht, was du meinst.«

»Natürlich nicht.« Gott, Tyler war echt so ein übler Schauspieler. »Du bist ein sauschlechter Lügner, Ty.«

Tyler kniff sein linkes Auge zu und visierte den gegenüberliegenden Mülleimer an, ehe er mit einem geschickten Wurf die Papierkugel versenkte. Sein jungenhaftes Strahlen war ansteckend, und als Tyler mich herausfordernd, aber behutsam mit der Schulter anstieß, spürte ich, wie meine Anspannung ein wenig verschwand, die seit Wochen von mir Besitz ergriffen hatte. »Tja, tief in meinem Inneren bin ich eben doch der strahlende Ritter, der in deinen Träumen auf einem weißen Pferd angeritten kommt, um dich, kleines Fräulein in Nöten, zu retten.«

Ich wollte ihn auslachen, doch mein Lachen blieb mir im Halse stecken, weil ich daran dachte, wie er eben für mich über den halben Campus gehetzt sein musste, um, so schnell es ging, seinen Wagen zu holen und mir aus der Patsche zu helfen. Wie er mit quietschenden Reifen angehalten und ausgestiegen war, mir meine Sachen abgenommen und mich zur Beifahrertür gelotst hatte. Wie er mich auf den Sitz befördert und mir beim Anschnallen geholfen hatte, weil meine eigenen zittrigen Finger vollkommen nutzlos gewesen waren. Wie er mich auf der gesamten Hinfahrt in Ruhe gelassen und keine Fragen gestellt hatte, damit ich meine Unterlagen durchgehen konnte. Wie er mich allein mit seiner Anwesenheit beruhigt hatte, so wie jetzt gerade auch, und sich um mich kümmerte, weil ich offensichtlich ein absolutes Nervenbündel war.

Als ich ihn gesehen hatte, wäre ich am liebsten in Tränen ausgebrochen, aber glücklicherweise hatte ich mich zumindest so weit noch im Griff gehabt.

Ich mochte kein klassisches Fräulein in Nöten sein, denn ich wusste mich durchaus selbst zu retten. Doch heute war er mir wirklich wie mein ganz eigener, strahlender Ritter erschienen, was ziemlich kontraproduktiv in Bezug auf dieses dämliche flatternde Ding in meiner Brust war, das ich dringend zurück auf den Boden der Tatsachen holen musste. Aber wenn Tyler mich so ansah wie in diesem Augenblick, als wären wir beide die einzigen Menschen auf der Welt, fiel mir das echt schwer.

Plötzlich runzelte er die Stirn, und ich räusperte mich dienstbeflissen. Dieser Moment zwischen uns war vorbei, und es wurde mal wieder Zeit für den Landeanflug auf den Flughafen der Realität. »Jetzt hast du mich direkt ein zweites Mal gerettet. Die Liste meiner Schulden wird immer länger.«

»Ich hab dir im Auto schon gesagt, dass es mir nichts ausmacht. Außerdem, dafür sind Freunde da.« Tyler winkte nachlässig ab und hob dann warnend den Zeigefinger, an dem heute ein schlichter silberner Ring steckte, der zu dem grobgliedrigen Armband, der Kette und der edlen Uhr passte. »Du kannst dir den Hundeblick also sparen. Es gibt keine Schulden, die du begleichen müsstest. Und wenn du unbedingt drauf bestehst, dann gib mir einfach bei nächster Gelegenheit ein paar Drinks aus, und gut ist's.«

Wieder flatterte mein Herz los, aber ich bremste es aus, bevor es zu irgendwelchen unangenehmen Bruchlandungen kommen konnte. »Du bist echt ein guter Freund, Ty.«

»Ich weiß.« Er legte mir den Arm um die Schulter, zog mich an sich und zeichnete mit einer dramatischen Geste ein Banner in die Luft. »Irgendwann wird man Lobeshymnen auf mich singen und Denkmäler zu meinen Ehren bauen.«

Nun musste ich tatsächlich lachen. »Du musst es nicht gleich übertreiben.«

»Du hast doch damit angefangen.« Tyler ließ mich wieder los und fächelte sich ein bisschen Luft zu. Ich machte mir innerlich eine Notiz, ihm nachher einen großen Iced Americano zu spendieren, wenn mein Vorstellungsgespräch vorbei war. »Es ist wirklich keine große Sache, den Chauffeur zu spielen, April. Außerdem komme ich so auch mal aus San Teresa raus. Und jetzt Abmarsch – du musst los.«

Sofort war die Anspannung zurück, und meine Oberschenkel fühlten sich so an, als wären sie an der Parkbank festgeklebt. Ich konnte mich keinen Millimeter rühren. »Ist es schon so spät?«

Tyler nickte. »Ja.«

»Ich glaube, ich muss kotzen.«

»Musst du nicht. Da spricht nur die Nervosität aus dir.« Tyler hielt mir seine große Hand hin, und ich sah kurz zögerlich darauf, ehe ich sie ergriff und mich von ihm auf die Füße ziehen ließ. »Sei einfach du selbst. Damit wirst du sie umhauen.« Er stellte die Pumps, die er geistesgegenwärtig aus dem Auto mitgenommen hatte, vor meine Füße und hielt meine Hand, als ich aus meinen Vans und in die Absatzschuhe schlüpfte. »Das hat damals zumindest bei mir geklappt.«

Ich protestierte nicht, als er mir danach auch in den Blazer half, und war gedanklich noch mit dem Halbsatz beschäftigt, der ihm so leicht über die Lippen gekommen war, während er mich vollkommen aus dem Gleichgewicht brachte. Wobei – konnte auch an den hohen Absätzen liegen. »Ich hab dich umgehauen?«

»Tust du noch.« Er reichte mir meine Clutch und bot mir seinen Arm an, den ich dankend annahm, weil der gepflasterte Vorplatz mir so riesig wie ein Footballfeld vorkam und meine Beine sich verdammt wackelig anfühlten. »Also, jetzt geh da rein, und zeig ihnen, wie dämlich sie wären, wenn sie dich ziehen lassen.« Er führte mich sicher über den Platz bis zu der großen gläsernen Drehtür, durch die man in die Lobby des Verlagsgebäudes gelangte. »Ich werde hier auf dich warten, okay?«

»Okay.« Ich brauchte einen Moment, um ihn loszulassen, ehe ich mit den Händen meinen Rock glatt strich. »Wie sehe ich aus?«

»Wie eine waschechte Lektorin.« Tyler nickte mir aufmunternd zu und strich mir über die Wange. Ich hielt den Atem an. Aber dann deutete er nur mit einem entschuldigenden Lächeln auf seinen Daumen. »Verirrte Wimper.« Er klatschte in die Hände und schob mich Richtung Eingang, durch den ich absolut nicht gehen wollte. »Na los. Ich hab nicht wie ein Verrückter aufs Gaspedal getreten, damit du jetzt wegen grundloser Trödeleien doch noch zu spät kommst.«

»Alles klar.« Ich machte einen Schritt auf die Tür zu und drehte mich dann ein letztes Mal zu Tyler um. Als ich in sein Gesicht blickte, straffte ich die Schultern und drückte den Rücken durch. Es war nur ein Job und nicht das Ende der Welt. »Ich kann das. Ich werde da reingehen und sie umhauen.«

»Schon besser.« Mit einem auffordernden Nicken und einer ungeduldigen Handbewegung trieb er mich zur Eile an. »Viel Erfolg, Zwerg.«

Ich atmete noch einmal tief durch, bevor ich die große gläserne Drehtür betrat und im nächsten Moment in der Lobby stand. Sofort umfing mich die kühle Luft der Klimaanlage und ich fröstelte, als ich mit kleinen, aber schnellen Schritten zu dem schlichten weißen Empfangstresen trippelte, hinter welchem zwei junge Frauen mit adretten Hochsteckfrisuren ihre Arbeit machten. Das Klackern meiner Absätze kam mir in dem leeren Foyer mit dem auf Hochglanz polierten schwarzen Fußboden und den sterilen weißen Wänden unerträglich laut vor.

Ich meldete mich ordnungsgemäß an und ging zu den Fahrstühlen, ganz vorsichtig einen Fuß vor den anderen setzend, weil der Boden so glatt war und ich meinen wackeligen Beinen nicht traute. Ich nahm den erstbesten Fahrstuhl und war darin zum Glück allein, als die Türen sich hinter mich schlossen. Denn plötzlich überkam mich ein Gefühl, als würden die Fahrstuhlwände immer näher kommen und sämtlichen Sauerstoff verdrängen, weswegen ich den obersten Knopf meiner Bluse aufmachte und mich bemühte, langsam und ruhig zu atmen. Ich konnte jetzt nicht die Nerven verlieren. Das hier war schließlich nicht mein erstes Vorstellungsgespräch, und Dad erwartete, dass ich diesen Job bekam.

Als die Fahrstuhltüren sich öffneten, holte ich noch einmal tief Luft und trat hinaus. Wie die Frau am Empfang gesagt hatte, wartete bereits jemand auf mich.

Eine Frau mittleren Alters mit einem freundlichen Lächeln, aber einer beinahe entstellenden Hakennase kam mit ausgestreckter Hand auf mich zu. So unauffällig wie möglich wischte ich mir meine schwitzige Hand am Rock ab, bevor ich sie ihr gab. Ihr Gesicht kam mir zwar vage bekannt vor, doch anscheinend war alles, was ich über *Libertas Publishing* gelesen hatte, von meiner Festplatte gelöscht worden, als ich unten durch die Drehtür das Gebäude betreten hatte. »Ms King, richtig?«

»Richtig, guten Tag.« Ich ließ die Augen suchend über die brünette Frau mit dem schicken dunkelroten Powersuit wandern, aber dummerweise trug sie keinen Mitarbeiterausweis, der mir ihren Namen verraten hätte.

»Hallo, ich bin Suzanne Warren, die Programmleiterin von *Libertas Publishing.*« Natürlich! Ich Hornochse! Ich hatte ihr Foto unzählige Male auf der Internetseite des Verlags und in diversen Fachmagazinen gesehen. »Ich bringe Sie jetzt erst mal in den Konferenzraum, wo wir unser Vorstellungsgespräch haben werden. Wir müssen nur noch kurz auf Mr Sakinay von der Personalabteilung warten, der unserem Gespräch beiwohnen wird. Ist das okay für Sie?«

»Natürlich.« Ich folgte Mrs Warren, die so lange Schritte machte, dass ich Probleme hatte, mitzuhalten, während sie mich durch die Büroräume des Verlags führte, die mit ihrem schlichten dunklen Holzboden und den bunten Wänden zwar einladend, aber gleichermaßen erdrückend wirkten. Sie brachte mich, vorbei an unzähligen Büros im Schuhkartonformat, in einen kleinen Konferenzraum mit einem runden Tisch in der Mitte. Die Wände zierten unzählige gerahmte Buchcover, die ich aus dem Verlagsprogramm wiedererkannte, welches ich mir, seitdem ich die Einladung erhalten hatte, stundenlang eingeprägt hatte.

»Haben Sie gut hergefunden?« Als sie die Tür hinter uns schloss, fühlte ich mich von jetzt auf gleich wie eingesperrt, obwohl der Raum große Fenster hatte, die einen wunderschönen Blick auf den Vorplatz freigaben.

»Ja, danke, Mrs Warren.« Ich bemühte mich, so gut ich konnte, auf ihren Small Talk einzugehen, weil ich wusste, wie wichtig es war, dass sie mich sympathisch fand. »Ich hatte erst ein paar Probleme mit meinem Wagen, aber dann hat zum Glück alles reibungslos geklappt.«

»Das freut mich zu hören.« Mrs Warren deutete mit einer einladenden Geste auf die freien Stühle. »Setzen Sie sich doch. Kann ich Ihnen einen Kaffee anbieten? Oder vielleicht doch lieber ein Wasser? Oder einen Tee?«

»Nein danke.« Ich setzte mich auf den Stuhl direkt gegenüber von Mrs Warren, die nun auch Platz nahm, genauso wie mein Vater es mir nach gründlicher Lektüre Dutzender Bewerbungsratgeber eingebläut hatte. »Ich habe gerade erst eine Cola getrunken.«

»Zucker und Koffein, die Grundnahrungsmittel eines jeden Lektors.« Sie zwinkerte mir zu und hob dann die Hand, als die Tür aufging und ein hochgewachsener Mann mit glatten, langen, rabenschwarzen Haaren hereinkam. »Ah, Atohi, da bist du ja.«

»Entschuldigt bitte die Verspätung, mein letztes Meeting hat etwas länger gedauert.« Ich stand sofort auf und reichte dem Mann die Hand, der einen schlichten grauen Anzug trug. »Sie müssen April King sein.«

»Ja, Sir.«

»Sir?« Mr Sakinay klang positiv überrascht. »Lassen Sie mich raten, irgendjemand aus ihrer Familie ist beim Militär?«

Ich nickte hölzern. »Mein Bruder, Sir.«

»Wie interessant.« Er ließ meine Hand los und ließ sich neben seiner Kollegin auf den Stuhl sinken. »Haben Sie sonst noch Geschwister, Ms King?«

Ich nahm das als Einladung, mich wieder hinzusetzen, und legte die Clutch in meinen Schoß. »Nein, leider nicht.«

»Ich habe vier Brüder. Lassen Sie mich Ihnen versichern, dass einer vollkommen ausreicht.« Er sah zu Mrs Warren, ehe er mich anlächelte und dabei einen leicht krummen Schneidezahn präsentierte. »Also, sollen wir beginnen?«

Als Mrs Warren nickte, wusste ich, dass meine Schonfrist abgelaufen war, und ich setzte mich gerader hin. »Von mir aus gern.«

Das Gespräch lief gut. Die beiden stellten mir viele Standardfragen, die ich mit meinem Dad geübt hatte: *Warum wollen Sie ausgerechnet in unserem Verlag arbeiten?* oder *Welches unserer Bücher hat Ihnen am besten gefallen?*

Mit jeder Frage, die ich problemlos beantworten konnte, verspannte ich mich zunehmend. Das Gespräch zog sich wie Kaugummi, während die beiden sich nach meinen Stärken, Schwächen und Berufserfahrungen erkundigten. Ich lächelte in regelmäßigen Abständen, gestaltete meine Antworten persönlich, aber professionell und stellte so oft Augenkontakt her, wie angebracht war. Sie fragten nach Texten, an denen ich bisher gearbeitet hatte, und automatisch wollte ich über meine eigene Arbeit sprechen, bis mir klar wurde, dass sie sich dafür nicht interessieren würden.

Dass sich dafür niemals jemand hier interessieren würde.

Übelkeit stieg in mir auf, und ich geriet kurz ins Stocken, ehe mein Mund sich wie ganz von allein bewegte, als ich über meine Erfahrungen als Lektorin schwadronierte, in dem Versuch, jemanden darzustellen, der ich eigentlich überhaupt nicht war.

Nichts von dem hier war ich.

Nicht das Kostüm. Nicht die einstudierten Antworten. Nicht der Enthusiasmus für einen Beruf, den ich zwar bewunderte, aber niemals selbst ausüben wollte.

Ich wollte schreiben. Mehr als alles andere auf dieser Welt. Nur, das würde nicht passieren. Weder jetzt noch sonst irgendwann. Nicht, wenn ich diesen Job annahm. Nicht, wenn ich an diesem Traum festhielt, der nicht mein eigener war.

Die Frage ist, ob du das hier überhaupt wirklich willst.

Ich hatte das Gefühl, dass Maden unter meine Haut krochen, während unser Gespräch sich langsam dem Ende zuneigte, und mit jeder Sekunde, die verstrich, machte sich immer mehr Erschöpfung in mir breit. Ich versuchte den Gedanken zurückzudrängen, der in mir aufkeimte, als Mrs Warren mir den typischen Büroalltag einer Lektorin beschrieb.

Ich will das nicht. Ich will das nicht. Ich will das nicht.

Mrs Warren und Mr Sakinay tauschten einen kurzen Blick, nachdem der offizielle Teil des Bewerbungsgesprächs vorbei war, und als die Programmleiterin mit der Hakennase ihre Tasse abstellte und sich in meine Richtung lehnte, verspannte ich mich instinktiv.

»Also, Ms King, ich möchte ganz ehrlich zu Ihnen sein. Wir stellen normalerweise keine Absolventen, die frisch von der Uni kommen, bei uns ein. Viele unserer Projekte sind zu speziell, um sie unerfahrenen Lektoren anzuvertrauen.« Mrs Warren legte eine Pause ein, und mir wurde kotzübel, als mir dämmerte, was hier gerade geschah.

Nein. Nein. Nein. Nein. Nein. Nein.

»Aber ich habe das Gefühl, dass Sie gut in unser Team passen würden. Ich möchte Ihnen deshalb gern ein Volontariat bei uns anbieten. Das würde Ihnen die Chance geben, das Handwerk von der Pike auf von engagierten und erfahrenen Redakteuren und Lektoren zu lernen, was notwendig ist, um für einen Verlag wie unseren zu arbeiten.«

»Das Volontariat wäre auf vierundzwanzig Monate befristet, und die Vergütung läge bei 1100 Dollar monatlich«, übernahm Mr Sakinay nahtlos, und auch wenn ein Volontariat nicht das war, worauf mein Dad und ich uns geeinigt hatten, wusste ich, dass er mit dieser Lösung einverstanden sein würde, jetzt, wo er sich schlaugemacht hatte und informiert darüber war, dass in der Verlagsbranche solche Angebote keine Ausnahme, sondern vielmehr die Regel darstellten. »Natürlich besteht nach Ablauf des Volontariats die Möglichkeit auf eine feste Übernahme.«

»Was halten Sie davon?«

Ich krallte die Hände in die Clutch, die Kate mir für meine Vorstellungsgespräche geschenkt hatte, um mir viel Glück bei der Jobsuche zu wünschen. Verdammt, gerade hätte ich deutlich lieber ihre Hand gehalten als diese Tasche, denn ich hatte das Gefühl, dass mir gerade jemand den Boden unter den Füßen wegzog. »Kann ich ein paar Tage darüber nachdenken?«

»Natürlich.« Mrs Warren lächelte mich wohlwollend an. »Sagen wir, bis Montag? Dann können Sie sich übers Wochenende in Ruhe Gedanken machen, ob so ein Volontariat etwas für Sie wäre oder nicht.«

»Okay.« Als die beiden sich erhoben, tat ich es ihnen gleich, mein Körper war völlig krampfig und steif. »Vielen Dank.«

»Wir haben zu danken.« Mrs Warren reichte mir eine dünne Mappe, die ich zwar entgegennahm, deren Papier ich aber nicht wirklich zwischen meinen Fingern spüren konnte, als ich über die Oberfläche strich. »Ich gebe Ihnen schon mal alle Unterlagen mit, für den Fall, dass Sie sich für uns entscheiden, was ich sehr hoffe.«

Wie ferngesteuert folgte ich den beiden aus dem kleinen Konferenzraum Richtung Fahrstühle. Vor meinem inneren Auge erschien das Gesicht meines Vaters, und ich schüttelte schnell den Kopf, doch er wollte nicht verschwinden. Alles, was ich sehen konnte, waren seine erwartungsvollen Augen und sein vertrauensvolles Lächeln, das mir jetzt gerade den Magen umdrehte. »Danke.«

»Vielen Dank für das nette Gespräch.« Mr Sakinay gab mir die Hand, und ich schüttelte sie. Sie fühlte sich eiskalt an, und ich ließ sie etwas schneller los, als höflich gewesen wäre, doch er schien es nicht zu bemerken. »Kommen Sie gut nach Hause, Ms King.«

Mr Sakinay drehte sich um und verschwand Richtung Büros. Ich sah ihm noch einen Augenblick hinterher, während Mrs Warren den Aufzug rief. »Ich begleite Sie nach unten.«

»Das ist nicht nötig.« Ich bemühte mich um ein Lächeln, war mir aber sicher, dass das gehörig schiefging. »Vielen Dank. Und Sie bekommen dann am Montag meine Rückmeldung.«

»In Ordnung.« Mrs Warren deutete auf den Fahrstuhl, als die Türen sich öffneten, und ich ging hinein. Sie schob die Hände in die Taschen ihres Anzugs und nickte mir ein letztes Mal zu. »Ich freue mich darauf, von Ihnen zu hören, Ms. King. Schönen Tag noch.«

»Danke. Den wünsche ich Ihnen auch, Mrs Warren.«

Die Türen schlossen sich, und als der Fahrstuhl sich in Bewegung setzte, wanderten meine Gedanken zurück zu einem von Dads und meinen Gesprächen letzten Sommer, und ich konnte seine Enttäuschung wieder deutlich spüren.

Wir hatten eine Abmachung, Munchkin. Ich kann nicht fassen, dass du diesen Job abgelehnt hast. Erinnerst du dich nicht an die ganzen Wohnwagensiedlungen, in denen wir gewohnt haben? Das ist das Leben, das auf dich wartet, wenn du diesem Traum nach-jagst. Wir waren uns einig, dass diese Schreiberei keine Zukunft hat, und ich werde nicht dabei zusehen, wie du in unsere Fußstap-fen trittst und dein Leben verpfuschst. Du wirst dir einen vernünf-tigen, festen Job suchen. Ende der Diskussion.

Ich legte die Stirn an das kühle Metall der Fahrstuhlwand und schloss gequält die Augen, als ich an meine Mutter dachte. Daran, wie ihre Einjahresverträge uns allen das Leben schwer gemacht hatten. Wie wir jeden Monat versuchen mussten, mit dem bisschen Geld auszukommen, das sie verdiente, und das alles nur, weil meine Mutter ihre geliebte Natur nicht hatte loslassen können.

Ich bekam kaum mit, wie ich aus dem Fahrstuhl trat, die Mappe an meine Brust gepresst und meine Hand fest um die Clutch gekrallt, und das große Foyer durchquerte, das noch unpersönlicher auf mich wirkte als vorhin. Wie ein Schaf, das gehorsam seiner Herde folgte, ging ich durch die gläserne Drehtür. Als mir die Hitze diesmal entgegenschlug, spürte ich sie kaum.

Mir war kalt. So unendlich kalt. Alles, was ich jetzt wollte, war –

»Hey, Zwerg.« Ich schaute auf, als ich Tylers Stimme hörte. Er hatte auf mich gewartet. Genau wie er versprochen hatte. Er stand nur wenige Meter von mir entfernt, das Handy am Ohr, das er sofort sinken ließ, als unsere Blicke sich trafen. Wieder fühlte es sich so an, als wären wir ganz allein auf dieser Welt, und genau jetzt wünschte ich mir nichts sehnlicher als das. Denn sein erwartungsvolles Lächeln erinnerte mich so sehr an das meines Vaters, der mir vertraut und den ich bitterlich enttäuscht hatte. Ich wollte einfach nur noch in Tränen ausbrechen. »Wie ist es gelaufen? Was haben sie –«

Später konnte ich nicht mehr sagen, was zuerst passiert war. Ob ich zuerst meine Sachen fallen ließ, zuerst die Schuhe auszog oder ob ich all das gleichzeitig machte, während ich auf Tyler zulief, um zu verhindern, dass man mich weinen sah. Er war das einzige Versteck, das sich mir in diesem Moment bot. Sein Lächeln verschwand augenblicklich, mit ernster Miene kam er mir entgegen. Und anstatt mich mit Tausenden von Fragen zu bombardieren, auf die ich jetzt eh keine Antwort gehabt hätte, breitete er nur die Arme aus und gab mir das, was ich gerade mehr brauchte als alles andere auf der Welt.

Ich vergrub mein Gesicht an seiner Schulter, die mein Schluchzen verschluckte. Er drückte mich fest an sich und legte dabei seine Hand auf meinen Hinterkopf und schlang den Arm um meine Taille, als wollte er mir damit sagen, dass er mich aufrecht halten würde, wenn ich es selbst nicht mehr konnte.

Und ich ließ ihn. Ich ließ zu, dass er mich zusammenhielt, während ich einfach nur weinte. So lange, bis ich selbst nicht einmal mehr wusste, warum ich überhaupt zu weinen begonnen hatte. Ob ich wegen des Volontariats weinte, wegen der Streitereien mit meinem Dad, wegen der Auseinandersetzung mit Kate heute, des drohenden Abschieds von der STU, meiner verkorksten Kindheit, meiner egoistischen Mutter, meines ständig abwesenden Bruders, meiner geplatzten Träume oder meiner einseitigen Gefühle für Tyler, die niemals Erwiderung finden würden und deshalb ins hinterste Kämmerlein meiner Seele verbannt werden mussten.

Ich wusste nicht, warum genau ich weinte. Ich wusste nur, dass ich sicher war, hier bei ihm.

Und das war alles, was jetzt gerade zählte.

10. KAPITEL

Tyler

Zeit totzuschlagen gehörte normalerweise zu den Dingen, in denen ich wahnsinnig gut war. Selbst wenn ich Stunden an einem Gate festhing oder eine lange Zugfahrt hinter mich bringen musste, machte mir das wenig aus. Ich schaffte es immer, mich irgendwie zu beschäftigen, ohne ständig auf die Uhr zu starren. Davon verging die Zeit auch nicht schneller, sie machte ihr Ding, sie war absolut, und das hatte ich schon immer akzeptieren und mir zunutze machen können. Aber ausgerechnet heute schien diese Fähigkeit, die Hyun-Joon als Superkraft bezeichnet hatte, zu versagen. Unentwegt schaute ich auf meine Uhr, hielt sie prüfend an mein Ohr und lauschte dem Ticken, um sicherzugehen, dass sie nicht stehen geblieben war, weil sich jede Minute wie eine Ewigkeit anfühlte.

Ich trank einen Schluck von meinem großen Iced Americano, den ich mir auf dem Weg hierher genehmigt hatte, nachdem ich Aprils Schuhe zurück zum Wagen gebracht hatte. Nicht besonders motiviert überflog ich die Titel diverser Reiseführer, kein einziger weckte mein Interesse, obwohl das deckenhohe Regal beinahe überquoll. Hier fand sich alles: von echten Geheimtipps über Standardwerke für jedermann bis hin zu Wälzern, die einen mit Informationen überfluteten und die nur komplett irre Weltenbummler mit sich herumschleppten, um jeden Quadratzentimeter eines Landes zu erkunden.

Normalerweise hätte ich mir schon längst fünf oder sechs von diesen kleinen Helferchen aus dem Regal genommen und mich zum Stöbern in eine kleine Ecke in der weitläufigen und vor allem angenehm klimatisierten Buchhandlung verzogen. Aber ich konnte mich beim besten Willen auf nichts konzentrieren.

Alles, woran ich denken konnte, war April.

Mit den Knöcheln meiner linken Hand fuhr ich über die Halbmonde, die Aprils Nägel auf meinem rechten Unterarm hinterlassen hatten, als ich sie eben über den großen Vorplatz geführt hatte. Verdammt, ich hatte sie wirklich noch nie so erlebt.

So verunsichert, so zerstreut, so … verkrampft.

Sie hatte den Anschein gemacht, als würde ihr Leben von diesem einen Vorstellungsgespräch abhängen – für einen Job, der meines Erachtens absolut nicht zu ihr passte. Als ich sie heute abgeholt und in diesem Kostüm gesehen hatte, mit den adrett zurechtgemachten Haaren, den Pumps und dem Makeup, hatte ich sie fast nicht erkannt. Nicht einmal ihre großen braunen Augen mit diesen einzigartigen grünen Flecken darin waren mir vertraut vorgekommen. Der hilflose Ausdruck darin war mir einfach total fremd, denn ich kannte April als starke und selbstbewusste Frau, die immer alles und jeden im Griff hatte wie ein Feldwebel. Nur eben in Miniaturausgabe.

Wie das Vorstellungsgespräch wohl lief?

Ich fluchte laut, als ich mich dabei erwischte, wie ich schon wieder auf die Uhr sah, obwohl seit dem letzten Mal nur zwei Minuten vergangen waren. Ich hatte noch mindestens dreißig zähe Minuten vor mir, bevor April aus dem Verlagsgebäude kommen würde. Am liebsten wäre ich jetzt direkt zu der großen, gläsernen Drehtür zurückgeeilt und hätte mich wie *Samgyeopsal* auf dem Tischgrill von der verfluchten Mittagssonne brutzeln lassen.

Entschlossen schüttelte ich den Kopf und versuchte, mich diesmal ernsthaft auf die Reiseführer vor mir zu konzentrieren. Ich hatte noch genug Zeit, und die wollte ich zumindest einigermaßen sinnvoll nutzen, anstatt ständig wie ein absoluter Vollidiot auf meine Uhr zu glotzen. Immerhin hatte ich Reisepläne zu machen, wenn ich Amerika wirklich im Mai den Rücken kehren wollte. Denn selbst wenn das mit der Stelle bei *A Traveler's Pursuit* nicht klappen würde, würde ich sicherlich nicht hierbleiben. Die Welt war entschieden zu groß und ich viel zu neugierig auf all ihre mir noch unbekannten Ecken, als dass ich länger warten könnte, um endlich aufzubrechen. Nach meinem Abschluss würde ich meine Koffer packen und in einen Flieger steigen. Das stand fest. Die einzigen Variablen dabei waren, ob ich für meine Zeit im Ausland bezahlt werden und welches Reiseziel auf meinem Flugticket stehen würde. Sonst nichts. Und die Recherche dafür hatte heute eigentlich auf meiner Agenda gestanden, bevor April angerufen und meinen Plan mit ihrer überraschenden Bitte in tausend Einzelteile gesprengt hatte. Zum Glück war ich jemand von der flexiblen Sorte, und ob ich nun in meinem Zimmer saß und in meinen eigenen Reiseführern las oder mir in Santa Maria ein paar neue anschaffte und damit meine Optionen sogar noch erweiterte, machte für mich jetzt keinen großen Unterschied.

Ich streckte gerade die Hand nach einem Reiseführer über das chinesische Festland aus, als das Handy in meiner hinteren Hosentasche vibrierte.

Scheiße, war April etwa schon draußen?

Sofort warf ich meinen leeren Becher in den nächstbesten Mülleimer und zog mein Handy hervor. Ich entsperrte es eilig, doch dann hielt ich abrupt inne, weil die Benachrichtigung auf meinem Display nicht von einer meiner sechs Messenger-Apps kam. Ich hatte eine Benachrichtigung von meinem E-Mail-Postfach erhalten, und als ich den Absender sah, tippte ich so hastig auf das Icon, dass ich zweimal danebentraf, bevor die Mail, auf die ich seit einer Weile gewartet hatte, sich öffnete und ich gespannt zu lesen begann.

Von: zackary.harbsbourg@atravelerspursuit.com
An: tyler.brandon.young@naver.com
Betreff: Willkommen im Team, Tyler!

Hallo Tyler,

tut mir leid, dass es so lange gedauert hat, aber endlich kann ich dir eine Rückmeldung zu deinem Vorstellungsgespräch geben. Ich möchte mich auf jeden Fall sehr für das anregende und aufschlussreiche Gespräch bedanken. Deine Ideen und Ansichten waren wirklich sehr interessant, und ich denke, dass du eine Bereicherung für unser Magazin wärst. Deshalb freut es mich sehr, dir mitteilen zu dürfen, dass wir sehr hoffen, dich nach deinem Abschluss im Mai als Reisejournalist bei uns im Team begrüßen zu dürfen.

Bitte gib mir kurz Bescheid, ob du die Stelle haben möchtest. Dann lasse ich die Personalabteilung sofort einen Vertrag aufsetzen, der zu den Bedingungen passt, die wir im Vorstellungsgespräch ausgehandelt haben.

Mit besten Grüßen

Zackary Harbsbourg
Chefredakteur A Traveler's Pursuit

PS: Solltest du bei uns anfangen wollen (was ich sehr hoffe), *schick mir bitte zeitnah die beiden Reisepläne, die du bei un-* *serem Gespräch erwähnt hattest. Dann kann ich schon mal mit* *der Finanzabteilung in Verhandlung gehen. Das kann nämlich* *immer ein bisschen länger dauern. Ich kann es kaum erwarten zu* *sehen, was du in diesen sechs Monaten vorhast, und freue mich* *schon sehr auf deine Ideen und Vorschläge.*

Ich las die Mail erneut. Dann noch einmal. Und dann sogar ein drittes Mal.

Erst dann realisierte ich so richtig den Inhalt der Nachricht, und eine Welle blinder Euphorie erfasste mich. Mit der Faust boxte ich in die Luft und rief laut: »Fuck, yes!«, was mir mehr als nur einen missbilligenden Blick der anderen Kunden einbrachte. Aber wen zur Hölle kümmerte schon, was andere dachten? Mich interessierte das grad nicht die Bohne. Erst recht nicht, weil ich gerade meinen Traumjob ergattert hatte, der mein Ticket raus aus der Enge hier und rein ins wahre Leben war – das Leben, das ich mir schon seit meiner Kindheit erträumt hatte. Nur der Traum von diesem Leben hatte mich immer wieder davon abgehalten, mein Studium einfach hinzuschmeißen, welches meine Gedanken lähmte und mich an einen Schreibtisch kettete, an den ich mich niemals freiwillig gesetzt hätte, wenn dieses dämliche Studium nicht der einzige Weg gewesen wäre, mein Ziel zu erreichen.

Grinsend drehte ich mich auf den Hacken um und stürmte ohne jegliche Reiseführer aus dem Buchladen. So viel zu meiner Fähigkeit, meine Zeit immer sinnvoll zu nutzen. Die Mittagshitze, vor der ich mich in die klimatisierte Buchhandlung geflüchtet hatte, empfing mich sofort wieder mit der Nachgiebigkeit einer Betonwand, doch gerade machte mir das absolut nichts aus. Mit eiligen Schritten und dem

Handy am Ohr lief ich die Straße entlang, nachdem ich die Nummer des Menschen gewählt hatte, mit dem ich diese fantastischen Nachrichten als Erstes teilen wollte. Na ja, zugegebenermaßen war er auch der Einzige, mit dem ich sie wirklich teilen konnte, denn ich hatte kaum jemandem von meinem Vorstellungsgespräch erzählt. Ungeduldig wartete ich darauf, dass jemand abnahm, und als das erlösende Klicken endlich zu hören war, hielt ich mich nicht mit irgendwelchen Begrüßungsfloskeln auf, sondern platzte sofort wie ein aufgeregter Sechsjähriger mit den guten Neuigkeiten heraus.

»Ich hab den Job.«

»Glückwunsch, Mann!« Hunter war nach fünf Jahren Freundschaft solche Ausbrüche von mir gewohnt und ließ sich davon nicht aus der Ruhe bringen. Er lachte rau auf, und obwohl ich sonst nicht unbedingt der Typ dafür war, wünschte ich mir gerade, meinem besten Freund gegenüberzustehen, anstatt nur seine Stimme zu hören. Ich vernahm gedämpftes Gemurmel, dann Schritte und schließlich, wie eine Tür geräuschvoll geschlossen wurde. »Die wären selten dämlich gewesen, wenn sie dich nicht eingestellt hätten.«

»Danke.« Ich zögerte kurz, als sich meine guten Manieren zurückmeldeten. »Störe ich?«

»Nein.« Hunter räusperte sich. »Die Band macht gerade eh eine kleine Pause.«

»Um ehrlich zu sein, hab ich nicht mehr wirklich damit gerechnet, den Job zu bekommen.«

»Glaub ich.« Ich bemerkte den Widerhall in der Leitung. Vermutlich war er auf den Flur gegangen, um mit mir zu telefonieren. »Wie lange haben die sich jetzt Zeit gelassen?«

»Neunzehn Tage.« Ich blieb an einer Ampel stehen, als diese auf Rot sprang, und wechselte abwartend von einem Fuß auf den anderen. Ich war viel zu überdreht, um stillzustehen. »Nicht, dass ich mitgezählt hätte.«

Das sarkastische Schnauben sprach Bände. »Natürlich nicht.«

Die Ampel sprang um, und ich setzte meinen Weg Richtung Verlagsgebäude fort, das zum Glück nur wenige Gehminuten entfernt lag, weil ich mich nicht zu weit von April hatte entfernen wollen, für den Fall, dass etwas schiefgehen würde. »Ich hab die Mail gerade bekommen.«

»Und dann bin ich der Erste, den du anrufst?«

»Ja.« Das war das Mindeste, nachdem Hunter sich Nächte um die Ohren geschlagen hatte, um meine Bewerbungen Korrektur zu lesen, und ich ihn auch noch zur Verschwiegenheit verpflichtet hatte. Sogar gegenüber Raelyn und auch Kate, die meine Jobsuche sonst sicherlich zu ihrer Aufgabe gemacht hätte, obwohl sie selbst alle Hände voll zu tun hatte.

Nach einer kurzen Pause gab Hunter ein betretenes Hüsteln von sich, das ich nur zu gut von ihm kannte, wann immer er mit einer Situation nicht wirklich umgehen konnte. »Es wird echt Zeit, dass du dir eine Freundin zulegst, Tyler.«

Automatisch dachte ich an feuerrote Korkenzieherlocken, schüttelte den Gedanken jedoch schnell ab, als ich auf den großen Vorplatz trat und mir einen Platz im Schatten in direkter Nähe zu der großen Drehtür suchte. Mein bester Freund war manchmal echt zu leicht zu durchschauen. »Gib es zu: Eigentlich bist du schon ziemlich gerührt.«

»Sicher. Wenn dich das nachts besser schlafen lässt, Mann.« Bei Hunters Worten schmunzelte ich nur und begutachtete prüfend den dicken Baumstamm, doch als ich weder Harz noch sonst irgendwelche Fleckenverursacher ausmachen konnte, die mein weißes Shirt versauen könnten, lehnte ich mich mit dem Rücken gegen das dunkle Holz. »Und, bist du schon auf dem Weg ins *Bloodhound*, um deinen ersten Job gebührend zu begießen, Mr Reisejournalist?«

»Es ist nicht mal drei Uhr.«

»Interessiert dich doch sonst auch nicht.«

»Stimmt.« Ein Drink wäre sicherlich keine schlechte Idee. Später. Vielleicht könnte ich April dann direkt den Gefallen abnehmen, den sie mir in ihren Augen noch schuldete. Vorfreude regte sich in mir, und ich sah an dem hohen Bürogebäude hinauf, in dem sie vor einer Weile verschwunden war. »Aber ich bin gerade nicht in San Teresa.«

Ich konnte praktisch hören, wie Hunter die Stirn fragend in Falten zog. »Wo bist du denn?«

»In Santa Maria.«

»Wieso?« Ich hörte den Hauch eines Vorwurfs. »Hast du keine Vorlesungen, bei denen du anwesend sein musst?«

»Nee, für heute war ich durch. Ich hab April zu ihrem Vorstellungsgespräch gefahren.« Ich betrachtete das Bürogebäude argwöhnisch, das genauso aussah wie all die anderen auch, die den großen Vorplatz umgaben. Erleichterung erfasste mich beim Gedanken daran, dass diese Welt aus grauen Großraumbüros und lähmender Eintönigkeit nun mit Sicherheit nie meine sein würde.

»Und das hast du getan, weil …?« Der Unterton in seiner Stimme ließ mich aufhorchen.

»Ihr Wagen die Füße gestreckt hat«, antwortete ich sofort und schoss gleich eine weitere Erklärung hinterher. »Wir sind Freunde. Da kann ich sie ja wohl schlecht hängen lassen.«

»Freunde. Natürlich.« Hunter schnaubte nur, und ich verkniff mir jeglichen bissigen Kommentar, weil ich wusste, dass das eh zu nichts führen würde. Ich kannte Hunters Meinung über April und mich, und vollkommen egal, wie oft ich versucht hatte, diese zu ändern, er blieb beharrlich auf dem Standpunkt, dass wir mehr sein könnten als Freunde, wenn, wie er es so blumig ausdrückte, endlich mal einer von uns beiden den Kopf aus dem Arsch ziehen würde. Ich hatte echt einen tollen besten Freund. »Na ja, das mit dem Polo war ja bloß eine Frage der Zeit.« Wie immer traf Hunter mit seiner schnörkellosen Ehrlichkeit den Nagel auf den Kopf. Aprils Polo war uns allen ein Dorn im Auge, weil diese Schrottlaube alles andere als verkehrssicher wirkte und so aussah, als würde sie jeden Moment auseinanderfallen. Aber aus irgendwelchen Gründen hing sie an dem grässlichen Ding, weshalb niemand von uns etwas sagte. »Dann müssen wir ja bei der nächsten Gelegenheit gleich zwei Dinge feiern: Die Verschrottung des verrosteten Seelenverkäufers und deinen neuen Job.«

»Sieht ganz so aus. Aber wenn wir uns das nächste Mal sehen, ist das alles schon verjährt. Also, Skype und eine Flasche Whisky?« Ich rollte mit den Schultern. »Wobei ich es irgendwie leid bin, mit dir über einen Bildschirm anzustoßen.«

Hunter lachte auf. »Dann musst du vielleicht mal nicht so viel in der Weltgeschichte rumgurken.«

»Sorry, aber hierzubleiben ist keine Option«, sagte ich mit etwas mehr Nachdruck, als nötig gewesen wäre.

»Ich weiß.« Hunter war einer der wenigen, der wusste, wie ich mich fühlte, und ich war dankbar, dass ich zumindest ihm gegenüber nicht so tun musste, als wäre die STU für mich nicht die reinste Tortur. »Bleibst du denn nach deinem Abschluss erst mal in Kali, oder geht es direkt mit der Reise los?«

Ich schloss die Augen und genoss die Brise, die heranwehte, auch wenn sie eher einem Föhn glich als einer frischen Abkühlung. »Die Details sind noch nicht endgültig ausgehandelt, aber wenn es nach mir geht, dann sitze ich gleich nach der Diplomvergabe im Flieger.«

»Oh.« Bei Hunters überraschtem Ausruf öffnete ich misstrauisch die Augen. »Ich hab gedacht, dass du vielleicht doch noch ein Weilchen bleibst.«

»Warum?«

»Nur so.« Sicher. Nur so. Hunter sagte nie etwas einfach nur so. Der wortkarge Bastard spuckte am Tag nicht mehr Wörter aus als unbedingt notwendig. »Weißt du denn schon, wo die Reise hingehen soll?«

»Nein, noch nicht.« Ich ließ ihm den Themenwechsel durchgehen, weil ich eine dumpfe Vorahnung hatte, dass ich seiner Argumentation eh nicht folgen konnte. Oder wollte. »Ich soll zwei Reisepläne ausarbeiten und denen zuschicken. Dann entscheiden sie zusammen mit der Buchhaltung, was als erstes Projekt infrage kommt.«

»Hast du schon was ins Auge gefasst.«

»Ja, ich dachte, ich mache denen zwei Vorschläge.« Ich spähte auf die Uhr. Die halbe Stunde war vorbei, es musste also offensichtlich gut laufen. »Einmal das chinesische Festland und dann noch eine Tour durch Europa.«

»Klingt sehr gut.« Ich hörte Stimmen im Hintergrund, die mich daran erinnerten, dass Hunter meinetwegen auf dem Flur stand wie ein gescholtener Schuljunge. Ich sollte ihn echt nicht noch länger von der Arbeit abhalten. »Bis wann muss das fertig sein?«

»Bald. Aber ich wollte Zackary morgen eh anrufen und nach ein paar Vertragssachen fragen. Dann kann ich das mit der Deadline auch direkt klären.« Ich setzte zu meiner Verabschiedung an, hielt dann jedoch inne, als ich April aus der Drehtür kommen sah. Auch wenn sie ihren wilden Lockenkopf gezähmt hatte, das Rot ihrer Haare war unverkennbar. Ich stieß mich vom Baum ab und grinste schief. Tadelloses Timing würde ich sagen. »Du, Hunter, ich muss los.«

»Kein Thema. Danke, dass du angerufen hast, Mann. Und noch mal herzlichen Glückwunsch.« Das Lächeln in seiner Stimme war nicht zu überhören, auch wenn Hunter das sicherlich niemals zugeben würde. »Bis bald?«

»Bis bald.« Ich hastete April entgegen und nahm das Handy vom Ohr. »Hey, Zwerg!« Mit langen Schritten ging ich auf sie zu. »Wie ist es gelaufen? Was haben sie – «

Als April den Kopf hob und mich anblickte, brach ich sofort ab, und ein schwarzes Loch tat sich in meiner Brust auf, das alles verschlang, was ich bis gerade eben noch gefühlt hatte und es durch erdrückende Sorge ersetzte. Sie sah furchtbar aus, war blass wie ein Gespenst. In ihren großen Augen, die für einen kurzen Moment durch mich hindurchzusehen schienen, standen Tränen, die sie wohl mit aller Macht zurückzuhalten versuchte, denn ihre vollen Lippen bebten im Gleichtakt mit ihren zierlichen Schultern, die in ihrem Blazer total versanken.

Einen Augenblick lang passierte gar nichts. Dann landete Aprils Clutch mit einem dumpfen Knall auf den Platten des Vorplatzes. Sie schleuderte die Pumps schwungvoll von ihren Füßen und kam auf mich zugestürzt, während die ersten Tränen bereits über ihre Wangen rannen und schwarze Schlieren hinterließen, die sich genauso in meine Erinnerung einbrennen würden wie das Schluchzen, das sich ihrer Kehle entrang.

Ich dachte nicht nach, sondern streckte nur die Arme nach ihr aus. Um ihr Halt zu geben oder bei ihr Halt zu finden. Beides war möglich, denn sie weinen zu sehen brach mir fast das Herz. Ungebremst kollidierte ihr zierlicher Körper mit meinem, und alles, was ich tun konnte, war, sie festzuhalten. Ich schlang den Arm um ihre Taille und drückte sie noch fester an mich, um sie von den Blicken der Anzugaffen abzuschirmen, die über den Vorplatz huschten und zu uns herüberspähten, als Aprils nächstes lautes Schluchzen erklang.

Ich wusste nicht, was ich tun sollte. Wusste nicht, was ich sagen sollte, um es irgendwie besser zu machen. Meine Zunge war wie gelähmt, während mir ausgerechnet die Worte meiner Mutter in den Sinn kamen, nachdem ich meinen Vater zum ersten Mal hatte weinen sehen, was mich ähnlich aus der Bahn geworfen hatte wie diese Tränen jetzt.

Niemand ist unzerstörbar, mein Schatz. Wir alle zerfallen manchmal in unsere Einzelteile. Und alles, was wir dann tun können, ist, uns ganz fest im Arm zu halten und einander wissen zu lassen, dass wir nicht allein sind.

Ich bettete meine Wange auf Aprils Haar und schloss gequält die Augen, während ihr bebender kleiner Körper meine Brust und meine Welt gleichermaßen erschütterte. Damals hatte ich die Worte meiner Mutter nicht verstanden, doch das änderte sich gerade schlagartig. Denn das hier tat höllisch weh. Mehr, als ich für möglich gehalten hätte. Aber ich würde April auf keinen Fall mit ihren Tränen allein lassen.

Weder jetzt noch sonst irgendwann.

11. KAPITEL

Tyler

Stille.

Sie verschluckte mich vollkommen, als ich den Motor abstellte, der gleichzeitig mit dem Surren der Klimaanlage und dem leisen Popsong aus dem Radio verstummte.

Ich blickte neben mich auf den Beifahrersitz, auf dem April sich trotz ihres steifen und sicherlich unbequemen Rocks zu einer Kugel zusammengerollt hatte. Sie schlief tief und fest, völlig erschöpft. Die sonst so aktive und quirlige junge Frau, die mit ihren strahlenden Augen und den feuerroten Locken jeden noch so grauen Tag erhellen konnte, war kaum wiederzuerkennen. Ihre Wangen waren blass und ihre Mascara völlig verschmiert, was nach all den Tränen nicht weiter verwunderlich war. Erst vor einer knappen halben Stunde war sie eingeschlummert, nachdem sie im Auto vor sich hin geweint hatte. Die Haut unter ihren Augen war gerötet, ihre Lippen blutleer. Ihre Brust hob und senkte sich gleichmäßig, obwohl ich bezweifelte, dass sie einen schönen Traum hatte, so wie ihre Nase sich kräuselte und ihre Augen hinter den Lidern hin und her zuckten. Ihre Füße waren nackt, die Schuhe lagen im Fußraum, neben ihrer Clutch und der Verlagsbroschüre, die sie nicht mehr angefasst hatte, seitdem wir ins Auto gestiegen waren.

Ich ließ den Kopf gegen den Sitz sinken und überlegte, ob ich ihr noch fünf Minuten Schlaf gönnen sollte, bevor mein

Auto sich in eine Sauna verwandeln würde. Doch als sie ein leises Wimmern von sich gab, entschied ich mich dagegen. Ich streckte die Hand aus und berührte sie sanft am Knöchel.

»April?« Ich strich mit dem Daumen langsam und bedächtig über ihre zarte Haut, und tatsächlich schien sie das zu wecken. Träge und nur sehr zögerlich schlug sie die geschwollenen Augen auf. »Wir sind da.«

April setzte sich auf und fuhr sich mit den Händen über ihr Gesicht, wodurch ihr Make-up nur noch mehr verschmierte. »Danke, Ty. Ich –« Sie brach ab und zog die Stirn in Falten, weil sie jetzt offenbar wach genug war, um zu realisieren, wo wir waren. »Das ist nicht mein Zuhause.«

Ich lehnte mich zu April herüber und öffnete das Handschuhfach, aus dem ich eine kleine Flasche Wasser herauszauberte. »Scharf beobachtet.«

»Sehr witzig.« Ihre Stimme war noch ganz rau und schläfrig, doch der scharfe und mahnende Unterton war trotzdem deutlich herauszuhören. »Was machen wir hier?«

Ich zog ein Taschentuch aus meiner Hosentasche, befeuchtete es mit Wasser und drehte den Rückspiegel in Aprils Richtung, bevor ich ihr das nasse Taschentuch reichte. »Das *Bloodhound* ist eine Bar.«

»Ich weiß«, fauchte sie und nahm mir das Taschentuch ab. Sie sah in den Spiegel und keuchte erschrocken auf. Hastig wischte sie sich das zerlaufende Make-up aus dem Gesicht, und nach und nach kam wieder die junge Frau zum Vorschein, die ich kannte. »Das beantwortet meine Frage nicht.«

Ich zuckte mit den Schultern und schnallte mich ab, während April das schmutzige Tuch zusammenknüllte. Ich streckte die Hand aus, und sie zögerte kurz, ehe sie das fleckige Ding hineinlegte. »In Bars betrinkt man sich für gewöhnlich.«

»Tyler, das ist keine gute Idee.« Sie schüttelte den Kopf und schlang die Arme um sich selbst. Die Geste ließ sie so zerbrechlich und unsicher erscheinen, dass ich unbehaglich mit den Zähnen knirschte. »Ich will einfach nur nach Hause.«

Ich stieß meine Tür auf, und als die schwüle Luft von draußen hereinströmte, hoffte ich sehr, dass das der Grund war, warum mir das Atmen plötzlich so schwerfiel. »Kommt nicht infrage.«

»Ty –«

»Du brauchst das nicht mit mir zu diskutieren, April.« Ich stieg aus und schlug die Tür mit etwas mehr Wucht zu, als notwendig gewesen wäre, ging um die Motorhaube herum und öffnete ihre Tür. Als sie keine Anstalten machte, sich zu bewegen, stützte ich die Hand auf dem Dach des Wagens ab und sah sie warnend an. »Wenn du nicht reden willst, dann ist das vollkommen okay. Aber ich werde nicht zulassen, dass du dich in deinem Bett verkriechst und allein vor dich hin heulst, bis du wieder vor Erschöpfung einschläfst.« Sie rührte sich noch immer nicht, also beugte ich mich kurzerhand über sie und schnallte sie ab. Dann schnappte ich mir ihre Vans aus dem Fußraum und ließ sie mit einem Knall auf den Gehweg fallen. »Du und ich werden unseren Kummer in Alkohol ertränken, bis wir beide nicht mehr wissen, wie wir heißen. Und morgen sehen wir weiter.«

Beinahe war ich erleichtert, als sie mich jetzt wütend anfunkelte. Alles war besser als dieses verunsicherte Häuflein Elend. »Was musst du denn bitte ertränken?«

»Dass ich gerade satte anderthalb Stunden angeschwiegen worden bin, obwohl ich vor Sorge fast umkomme.« Ich trat einen Schritt zurück, um ihr Platz zu machen, die Hand fest um den Türgriff geschlossen, als sie sich schuldbewusst auf die Unterlippe biss. »Also, entweder du redest, oder du trinkst. Aber eine andere Option hast du nicht.«

April seufzte und stieg endlich aus, wobei sie direkt in ihre Schuhe schlüpfte. »Wenn es sein muss«, murrte sie und klang dabei so, als würde ich sie zwingen, sonntagmorgens um fünf Uhr aufzustehen, anstatt sie um fünf Uhr nachmittags zum Trinken zu animieren. »Aber die Drinks gehen auf dich.«

Beherzt schlug ich die Autotür zu und schloss den Wagen ab. »Damit kann ich leben.«

Ich legte April die Hand in den Rücken, damit sie nicht auf die Idee kam, sich aus dem Staub zu machen, und führte sie über die Straße direkt auf das *Bloodhound* zu. Das rote Neonschild war noch nicht eingeschaltet, sodass nichts von dem schlichten Backsteinhaus ablenken konnte, das genauso schnörkellos daherkam wie die einfache Tafel vor der hölzernen Eingangstür, die die Zeiten der Happy Hour ankündigte. Die Tür, die sonst meist weit offen stand, war geschlossen, was vermutlich daran lag, dass das Wetter heute so schwül und heiß war. Ich zog sie mit einem Ruck auf und schob April vor mir her in die Bar. Weil wir so früh dran waren, saßen nur wenige Gäste in dem großen Raum, der mit dem dunklen Holz und der dämmrigen Beleuchtung zwar einladend und gemütlich wirkte, dennoch nichts Besonderes war. Im Hintergrund war leiser amerikanischer Classic Rock zu hören. April steuerte rechts auf die Nischen zu, wo wir sonst immer Platz nahmen, wenn wir als Gruppe unterwegs waren, aber ich legte ihr die Hand auf die Taille und dirigierte sie zum Tresen.

»Bei der Schlagzahl, die wir an den Tag legen werden, sollten wir möglichst nah an der Quelle sitzen.« Ich zog den Hocker für sie unter dem hohen Bartresen hervor und hielt ihr die Hand hin. Hoffentlich ließ sie sich auf die Sache ein. April konnte man zu nichts zwingen, das wusste ich. Wenn sie gehen wollte, dann würde ich sie nicht aufhalten können. Trotzdem hoffte ich, dass sie blieb, denn allein der Gedanke, dass sie sich gleich zu Hause erneut in den Schlaf weinte, löste bei mir Beklemmungen aus. »Setz dich.«

»Ich werde das hier spätestens morgen bereuen.« Sie sah skeptisch auf meine Hand, und als sie diese nach einer gefühlten Ewigkeit endlich ergriff, hätte ich am liebsten vor Erleichterung gejubelt.

Ich half ihr auf den hohen Hocker und setzte mich dann auf den Platz daneben, mit dem Rücken zu dem jetzt noch leeren Gastraum, der sich sicherlich im Laufe des Abends deutlich füllen würde.

»Du planst also den Totalabsturz?«

»Absolut.« Ich fuhr mit der Hand über das dunkle Holz der Theke, die zu diesem Zeitpunkt noch nicht von verschüttetem Alkohol klebte. »Manchmal ist Verdrängung die beste Methode, um mit etwas klarzukommen.«

April öffnete die Knöpfe ihrer Bluse an den Handgelenken und krempelte sie bis zu ihren Ellenbogen hoch. »Wow, Kate würde dich für den Satz sicherlich erschlagen.«

Ich schmunzelte, denn da hatte April eindeutig recht. »Aber Kate ist gerade nicht hier, oder?«

»Stimmt, ist sie nicht.« April strich mit den Fingerspitzen über ihre Handgelenke und verzog dann das Gesicht.

Automatisch wusste ich, dass sie die bunten Bänder gesucht hatte, an denen sie für gewöhnlich nervös herumspielte, und ich schob ihr die Karte hin, obwohl ich genau wusste, was sie trinken wollte. ›Tequila?«

April würdigte das laminierte Stück Papier keines Blicks, sondern nickte nur. »Tequila.«

Ich hob die Hand und winkte den Barkeeper heran, der mich mit seinem schwarzen Hemd und den zurückgestrichenen schwarzen Haaren an Hyun-Joon erinnerte. »Tequila, bitte. Und die Flasche können Sie gleich hierlassen.«

Der Barkeeper, den ich auf Mitte dreißig schätzte, schüttelte den Kopf. »Wir verkaufen keine –«

Ich zückte meine schwarze Kreditkarte, die ich so gut wie nie benutzte, weil ich es hasste, wie anders die Leute einen dann behandelten, und schob sie ihm über den Tresen entgegen. Seine Augen weiteten sich und wanderten dann weiter zu meiner Uhr, die für sein Empfinden sicherlich nicht zu meinem fleckigen weißen Shirt passte. Er nahm die Kreditkarte, und kurze Zeit später kam er mit zwei Shot-Gläsern, einem dezenten schwarzen Mäppchen und einer Flasche Tequila zurück, dessen Marke ich nicht kannte, von dem wir morgen aber sicherlich einen ordentlichen Kater haben würden. Er legte das Mäppchen vor mich hin, und als er Anstalten machte, die Flasche zu öffnen, nahm ich sie ihm aus der Hand und öffnete sie selbst. Ich schenkte April und mir ein, stellte die Flasche auf den Tresen und machte mir gar nicht erst die Mühe, sie wieder zu verschließen. Ich reichte April ihr Glas und hob mein eigenes. »Dann wollen wir mal mit dem Löschen deiner Festplatte anfangen.«

Sie sah zwischen der vollen Flasche und mir hin und her. »Das ist total irre.«

»Nicht denken.« Ich leerte den ersten Shot, ohne zu zögern, in einem Zug und war froh, als der Barkeeper mit einem kleinen Brettchen mit aufgeschnittenen Zitronen zu uns zurückkam. Sofort biss ich in eine Scheibe und schluckte das saure Fruchtfleisch hinunter, dann deutete ich auf Aprils Glas. »Trinken.«

April schüttelte nur den Kopf und wartete, bis der Barkeeper auch das Salz gebracht hatte, ehe sie den ersten Shot nahm. Sie legte zischend den Kopf in den Nacken, kommentarlos hielt ich ihr die Zitronenscheibe hin, in die sie hastig biss, während sie sich heftig schüttelte. »Du bist ein Sadist.«

Ich schenkte ihr sofort nach, und ihre Rehaugen wurden größer. »Der erste ist immer der Schlimmste. Danach wird es besser.«

Wir tranken ein paar Shots, aber keiner davon wurde besser. Als wir den vierten hinuntergekippt hatten, orderte ich etwas Essbares von der Karte, das kurz darauf kam. Die kleinen Sandwiches, die Mozzarella-Sticks und die überbackenen Nachos waren zwar nicht gerade ein Ersatz für ein anständiges Abendessen, aber für unsere Zwecke würden sie reichen.

April steckte sich sofort genüsslich ein paar Nachos in den Mund, und ich nahm mir vor, ihr später am Abend noch eine Portion davon zu bestellen. Jede Chance, sie aufzuheitern, war mir gerade Gold wert. Nachdenklich kaute sie, ehe sie einen Blick zu mir herüberwarf, bei dem ich mich beinahe an meinem Sandwich verschluckte. »Es tut mir leid.«

»Was tut dir leid?«

Sie seufzte, dann antwortete sie kleinlaut. »Dass ich dich angeschwiegen habe.«

»Schon okay. Ich bin das gewöhnt.« Ich grinste schief und stieß sie freundschaftlich mit der Schulter an, um ihr das schlechte Gewissen zu nehmen, an dem ich mit meiner dämlichen Bemerkung vorhin am Auto schuld war. »Hunter ist mein bester Freund, schon vergessen?«

»Wo du recht hast.« Für den Bruchteil einer Sekunde hob sich einer ihrer Mundwinkel ein bisschen, doch dann sank er wieder herab. »Trotzdem. Es tut mir wirklich leid.«

Ich dachte nicht nach, sondern nahm einfach ihre Hand und drückte sie, damit sie verstand, dass sie diese ganze Selbstgeißelungsnummer nicht durchziehen musste. »Ich sagte doch bereits, es ist okay –«

»Sie haben mir ein Volontariat angeboten.« Ihre Finger verflochten sich mit meinen, als müsste sie sich an mir festhalten, mit der freien Hand schenkte sie uns nach. »Deshalb habe ich so geweint.«

Ich runzelte die Stirn. »Sah mir aber nicht nach Freudentränen aus.«

»Waren es auch nicht.«

»Aber ein Volontariat ist doch super. Das gibt dir Zeit, Berufserfahrung zu sammeln, und wenn du dich gut anstellst – was du unter Garantie wirst –, dann wirst du doch vielleicht sogar übernommen. Und wenn dich der Laden irgendwann ankotzt, kannst du einfach gehen und dich mit einer so guten Referenz in der Tasche woanders bewerben.« Ich drückte ihre Hand noch mal fester, als ich spürte, wie kalt sie war. »Für mich klingt das ziemlich gut.«

April blickte auf unsere verschränkten Hände. »Ist es eigentlich auch.«

»Und uneigentlich?«

Unbehaglich wand sie sich auf ihrem Platz und trank erst noch einen Shot, diesmal ganz ohne Salz und Zitrone, ehe sie weitersprach. »Es ist schwer zu erklären.«

»Versuch es einfach, April.«

Ich bemerkte ihren skeptischen Blick, doch bevor ich ihr versichern konnte, dass ich nicht vorhatte, über sie zu urteilen, machte sie mich mundtot. Ihre Züge, die gerade noch so verkrampft gewirkt hatten, wurden mit einem Mal weich, so als würde sich die Anspannung in ihrem Körper lösen, und sie lehnte sich in meine Richtung. Ich konnte nicht beschreiben, was gerade zwischen uns passierte, aber es fühlte sich so an, als würde April eine Mauer zwischen uns einreißen, deren Existenz ich nicht einmal geahnt hatte. Meine Hand war fest um ihre geschlossen, und ich fragte mich, ob ich ihr wohl wehtat.

Die Frage erübrigte sich aber eh im nächsten Moment, da

sie meine Hand losließ und ihre Finger zu meiner Uhr hochwanderten. Ihre Fingerspitzen fuhren vorsichtig und bedächtig über das Metall. Sie sah mich abwartend an, und ich nickte.

Sie lächelte mich an und lockerte die Uhr, ohne sie abzunehmen. »Dass meine Mutter Park Rangerin ist, weißt du, oder?«

»Ja.« Ich hatte zwar keine Ahnung, was der Job ihrer Mom mit ihrem Volontariat zu tun hatte, entschied mich aber gegen irgendwelche ungeschickten Folgefragen. April musste von selbst aus ihrem Schneckenhaus kommen. Ich hatte sie mit meiner Bar-Aktion schon mehr als genug gedrängt.

»Meine Mom ist für die Instandhaltung und die Sicherheit in Parks verantwortlich. Dieser Job ist ihr Ein und Alles. Absolut Alles.« April klang emotionslos und distanziert, ihre Finger drehten unaufhörlich an der Uhr an meinem Handgelenk, so wie sie es sonst immer mit ihren bunten Armbändern tat. »Das Problem an diesem Job ist, dass er sehr unsicher ist, da viele dieser Parks aus öffentlichen Mitteln finanziert werden, wobei der Etat sehr stark schwanken kann, je nach politischer und wirtschaftlicher Lage. Das heißt, die meisten Park Ranger werden nur befristet eingestellt, weil niemand weiß, ob man sich die zuvor geschaffene Stelle im nächsten Jahr noch leisten kann.« Sie stoppte und blickte mich mit Wut in den Augen an, die dunkelgrünen Flecken darin funkelten. »Dreimal darfst du raten, wie oft Parks sich das leisten können.«

»Nicht besonders oft, nehme ich an.«

»So gut wie nie.« Sie schnaubte, und ihr Griff um die Uhr wurde fester. »Die Park Ranger, deren Verträge nicht verlängert werden, ziehen dann einfach mit Sack und Pack weiter und arbeiten beim nächstbesten Park, wo eine Stelle frei ist. Meine Mom hatte nur leider einen Ehemann und zwei Kinder im Gepäck, auf die sie nie Rücksicht genommen hat.« Sie ließ meine Uhr abrupt los und schnappte sich stattdessen die Flasche, doch ich nahm sie ihr wieder aus der Hand und schenkte uns beiden nach, als mir auffiel, wie sehr ihre Hände zitterten. Sie stürzte den Tequila hinunter und wischte sich mit dem Handrücken über die bebenden Lippen.

Mit einem Knall stellte sie das Glas zurück auf den Tresen, und der Barkeeper warf uns einen besorgten Blick zu. Ich gab ihm mit einem Kopfschütteln zu verstehen, dass alles okay war.

»Wegen Moms unbeständigen Jobs war mein Leben ein einziges Chaos. Ich kann nicht mal mehr zählen, wie oft ich umgezogen bin. Mal konnten wir uns ein kleines Haus leisten, mal nur einen Camper in einer Wohnwagensiedlung, je nachdem, ob mein Dad Arbeit in der Stadt gefunden hatte oder nicht. Keine Ahnung, wie oft ich auf der Schule die Neue war und nur deshalb schikaniert worden bin. Ich kann mich nicht mal mehr daran erinnern, in welchen Städten wir schon gewohnt haben oder in welchen verschiedenen Parks meine Mutter gearbeitet hat.« Sie linste kurz auf meine Uhr, stattdessen griff sie dann aber nach hinten und begann an ihren Haaren zu zerren.

Bevor ich mich stoppen konnte, hatte ich ihre Hände genommen und in ihren Schoß gelegt. Dann zog ich ganz vorsichtig die Nadeln aus ihren Locken, damit ich ihr nicht wehtat, während April weiterredete und ich ruhig zuhörte. Ich hatte keinen blassen Schimmer von ihrer bewegten Kindheit gehabt, und die Gefühle, die ihre Erzählungen in mir weckten, konnte und wollte ich nicht bewerten. Ich wusste nur, dass ich mich April so nah fühlte wie niemals zuvor und sie die Lücken füllte, was mir einen neuen Blickwinkel auf die Dinge erlaubte, die April im *Ikigai* gesagt hatte.

»Mein Dad hat sich damals geschworen, weder meinen Bruder noch mich jemals in ihre Fußstapfen treten zu lassen. Er wollte nie, dass sich einer von uns von Job zu Job hangelt, um einem Traum nachzujagen. Er wollte immer, dass wir etwas Sicheres machen. Etwas Anständiges, mit dem wir immer über die Runden kommen würden, ohne uns, wie er als Schreiner, mit Gelegenheitsjobs durchschlagen zu müssen.« April seufzte leise, als ich endlich alle Nadeln aus ihren Haaren gezogen hatte und ihre wilden Locken wieder auf ihre Schultern fielen.

Ich steckte ihre Haarnadeln in meine Hosentasche, damit sie nicht verloren gingen.

»Er hat alles aufgegeben, um mit meiner Mom zusammen zu sein und um meinen Bruder und mich großzuziehen. Er hat seine eigenen Träume für uns drei aufgegeben. Und ich …« Sie atmete hörbar aus. »Ich kann mich nicht mal an die einzige Abmachung halten, die mein Dad und ich je ausgehandelt haben.«

Ich erinnerte mich an den Moment, als ich April mit herabhängenden Schultern und glasigen Augen auf der Promenade begegnet war, und eine Vermutung machte sich in mir breit. »Hast du darüber mit deinem Dad vorgestern gestritten?«

»Ja. Seit diesem Sommer streiten wir eigentlich nur noch.« April fuhr sich mit den Händen durch ihre Locken, ihre Stimme war dünn und brüchig. »Früher haben wir uns nie gestritten.«

Ich rückte etwas näher an sie heran, doch April hielt mich mit einer Hand auf Abstand und schüttelte den Kopf.

»Wenn du mich jetzt in den Arm nimmst, muss ich wieder heulen.«

»Okay. Keine Umarmungen. Ist angekommen.« Ich trank meinen Tequila und aß einen Bissen von meinem Sandwich, um meine Hände zu beschäftigen und mich von der Sorge um April abzulenken. »Worüber habt ihr euch denn im Sommer gestritten?«

»Ich hatte in den letzten Monaten einige Vorstellungs-gespräche für Lektorenstellen, aus denen aber nichts geworden ist. Zumindest hab ich das meinem Dad so verkauft.« Sie presste die Lippen fest aufeinander, ehe sie leise schniefte. »Leider hat einer der Verlage, bei denen ich mich beworben hatte, bei uns angerufen, weil sie mich umstimmen wollten, und da hat mein Dad rausgefunden, dass ich gar nicht abgelehnt worden war, sondern die Stelle einfach selbst abgelehnt hatte.« Sie seufzte schwer und sah mich mit einem traurigen Lächeln an. »Ich bin schon eine tolle Tochter, oder?«

»Warum hast du die Stelle denn abgelehnt?«

»Weil ich keine Lektorin sein will.« Sie nahm sich eins der Sandwiches, legte es dann aber zurück auf den Teller und wischte sich die Krümel von den Fingerspitzen. »Ich will meine eigenen Welten erschaffen und nicht die von anderen perfektionieren.«

»Dann mach das.« April guckte mich an, als hätte ich vollkommen den Verstand verloren, und ich blickte ihr tief in die Augen. »Du hast nur dieses eine Leben, April. Du solltest das machen, was dich glücklich macht.«

April schüttelte heftig den Kopf, ohne auch nur eine Sekunde über meine Worte nachgedacht zu haben. »Ich bin es meinem Dad schuldig.«

»Warum?«

»Weil er mich großgezogen hat. Weil er mein Vater ist.« Sie griff nach der Flasche, aber ich hielt sie am Handgelenk zurück und deutete stattdessen auf das Sandwich. Widerwillig griff sie danach und biss missmutig hinein. »Er will nur das Beste für mich. Das weiß ich ganz genau.« Sie kaute gründlich und sah dabei aus wie ein kleiner Hamster, doch ihr verzweifelter Blick hielt mich von einem Lächeln ab. »Ich will ihn einfach nicht enttäuschen.«

Ich steckte mir den Rest von meinem Sandwich in den Mund und orderte direkt ein neues. Dann legte ich ihr die Hand auf die Schulter und drückte sanft zu. »Das ist sehr selbstlos von dir.«

Die Skepsis stand ihr ins Gesicht geschrieben. »Aber du hältst es für falsch.«

»Absolut. Ich glaube nicht, dass es irgendjemanden glücklich machen kann, seine Träume aufzugeben. Es sollte dir erlaubt sein, selbst zu bestimmen, was du mit deinem Leben anfangen willst. Dankbarkeit den Eltern gegenüber hin oder her.« Als sie traurig auf ihre Hände schaute, atmete ich schwer aus. »Darf ich dich was fragen?«

Zögerlich nickte sie. »Immer. Ob ich antworte, ist eine andere Sache.«

»Was würdest du denn machen wollen, wenn nichts anderes eine Rolle spielen würde? Wenn du vollkommen frei entscheiden könntest und – «

»Ich wäre gerne Narrative Designer«, sagte sie wie aus der Pistole geschossen. Meine Ratlosigkeit stand mir wohl ins Gesicht geschrieben, denn sie schmunzelte. »Du hast keine Ahnung, was das ist, oder?«

Durchschaut. »Nicht die leiseste.«

»Es ist ein Job, den es so nur in der Videospielentwicklung gibt. Es ist im Prinzip eine Mischung aus klassischem Game Design und Game Writing.« Ihre Augen, die den ganzen Tag so traurig dreingeschaut hatten, leuchteten jetzt, und ihre Wangen glühten vor Aufregung. Mir stockte der Atem, und alles, was ich in diesem Moment denken konnte, war, dass sie atemberaubend schön war. »Videospiele bieten narrative Gestaltungsmöglichkeiten, die kein anderes Medium bieten kann. Allein der Grad an Immersion ist ein völlig anderer, weil man die Person vor dem Bildschirm durch den Controller aktiv am

Geschehen teilhaben lassen kann. Ich würde mit Videospielen gern Geschichten erzählen, die die Spieler wirklich packen, so wie zum Beispiel in *The Last of Us*, *Final Fantasy VII* oder *Bio-Shock*. Ich will ihnen Helden geben, zu denen sie aufschauen, und Bösewichte, die sie hassen können. Ich möchte, dass sie beim Spielen lachen und weinen. Dass sie alles andere um sich herum vergessen können. Ich möchte ihnen eine einzigartige Welt schenken. Auch wenn es nur ein virtuelle ist.« Sie verstummte. Das Funkeln in ihren Augen verschwand, und sie sackte in sich zusammen. »Dämlich, oder?«

»Nein«, widersprach ich mit Nachdruck, in der Hoffnung, dass sie sich wieder in die Frau verwandelte, die mich mit ihrem inneren Leuchten eine Sekunde zuvor noch beinahe geblendet hatte. »Überhaupt nicht.«

April presste die Lippen fest aufeinander, und ich fluchte innerlich, als mir klar wurde, dass dieser Moment von gerade eben nun endgültig vorüber war. »Na ja, aber da wird eh nichts draus.«

»Warum nicht?«

»Weil diese Jobs unsicher sind. Du hangelst dich von Projekt zu Projekt und hoffst inständig, dass das Spiel gut genug ankommt, damit dich danach wieder irgendwer beauftragt. Außerdem müsste ich dann noch einen Master dranhängen. Das sind alles Sachen, die ich meinem Dad echt nicht zumuten kann.«

»Aber es würde dich glücklich machen. Vielleicht wird es mal Zeit, dass du genauso furchtlos für dich selbst kämpfst wie für alle anderen um dich herum, meinst du nicht?«

Unzufrieden verzog sie das Gesicht. »Und damit meinen Dad enttäuschen? Nein danke.«

»Das nennt man gesunden Egoismus, Däumeline.« Für mich war Aprils persönliches Glück tausendmal wichtiger, als an einem Versprechen festzuhalten, an dem sie offensichtlich zu zerbrechen drohte, aber es lag leider klar auf der Hand, dass April das anders sah. »Außerdem kann ich mir nicht vorstellen, dass dein Dad will, dass du unglücklich bist.«

»Natürlich will er das nicht. Welcher Vater will das schon? Aber er hat ja recht damit, dass die Videospielindustrie wahnsinnig schnelllebig ist. Ständig verändert sich irgendwas. Eine Festanstellung zu bekommen ist so gut wie unmöglich, und ich wäre auch nicht glücklich, wenn ich meinen Dad hintergehe, nur um an meinem eigenen egoistischen Traum festzuhalten. Ich will ihm nicht das Gleiche antun wie meine Mom.«

April sah zur Flasche und dann wieder zurück zu mir, ehe sie uns beiden nachschenkte und mir dämmerte, dass der rote Schimmer auf ihren Wangen vielleicht nichts mit ihrer Aufregung von vorhin zu tun hatte. »Außerdem habe ich es satt, mich so zu fühlen.«

Ich wischte meine Hände mit einer Serviette ab und musterte April, die mich mit ihrer bedingungslosen Selbstaufopferung beinahe in den Wahnsinn trieb. »Wie?«

»So ... gefangen.« Sie rieb sich über die Arme, und ich spähte zur Klimaanlage über uns. Ich zog kurzerhand ihren Hocker näher zu mir. Dankend lächelte sie mich an und lehnte sich etwas mehr in meine Richtung. »Ich hab das Gefühl, in Ketten zu liegen, und egal, was ich mache, sie ziehen sich immer nur noch fester um mich herum zusammen. Ich will einfach loslassen, mich an die Abmachung mit meinem Dad halten und glücklich sein.«

»Aber wirst du das denn jemals, wenn du nicht dich selbst glücklich machst, sondern versuchst, den Vorstellungen von jemand anderem zu entsprechen?«

April ließ ihre Augen über mein Gesicht gleiten, und ich hatte keine Ahnung, was sie suchte, aber was auch immer sie dort fand, schien ihr nicht zu helfen. Sie fuhr sich seufzend mit beiden Händen über ihre Augen. »Puh. Ich bin nicht betrunken genug für so philosophische Themen.«

»Dann wird es Zeit, dass du mehr trinkst.« Ich schob ihr ihr Glas hin, und wir beide stießen an. Der Tequila brannte wieder in meiner Kehle und stieg mir diesmal sogar ein wenig zu Kopf. »Aber an Glück ist meiner Meinung nach nichts Philosophisches dran. Es ist das, was uns morgens hilft, aufzustehen. Wie genau das aussieht, sollte jedem selbst überlassen sein. Finde ich zumindest.«

April kaute einen Moment auf ihrer Zitrone herum und stützte dann ihr Kinn auf ihrem Handballen ab, ihre Augen so fesselnd wie unser Gespräch, das jetzt eine neue Richtung einschlug. Ich ließ es zu, weil ich bemerkte, dass April nicht länger über ihre Situation nachdenken wollte. »Was ist dein Grund, morgens aufzustehen?«

»Die Welt.« Sie verzog das Gesicht, und ich lachte auf, als mir klar wurde, wie sie das eventuell verstanden hatte. »Nicht der ganze Mist, den Menschen veranstalten. Aber wenn du nur einmal an einem stürmischen Tag an einem der schwarzen Strände von Miho no Masubara gestanden hättest, während die Wellen heranrauschen, oder in einer lauen Sommernacht durch die Straßen von Positano gelaufen wärst, dann würdest du verstehen, wie ich das meine.«

April senkte den Blick, und ihre Finger tanzten über den Rand ihres leeren Glases. »Das Reisen bedeutet dir echt alles, oder?«

»Mehr, als du dir vorstellen kannst.« Mein Herz zog sich zusammen, als ich daran dachte, wie lange ich noch hier in diesem Nest gefangen sein würde. Aber immerhin war es nicht mehr lange, und je mehr Zeit ich mit April verbrachte, desto erträglicher schien es zu sein.

»Darf ich dich fragen, wieso?«

»Klar.« Ich überlegte, wie ich es ihr erklären sollte. »Ich bin so aufgewachsen.«

April nickte, auch wenn ich nicht wusste, warum. »Sind deine Eltern im Sommer oft mit dir verreist?«

»Nein.« Ich schmunzelte, als ich mich an meine Sommer erinnerte, die mit regulären Schulferien nicht zu vergleichen gewesen waren. »Bevor mein Dad zum CEO befördert wurde, hat er geholfen, kleinere Außenstellen der Airline auf der ganzen Welt aufzubauen. Meine Mom und ich sind mit ihm gereist.«

»Echt jetzt?« April stockte, und ich glaubte, so etwas wie Enttäuschung über ihr Gesicht huschen zu sehen. »Das wusste ich gar nicht.«

»Ich rede auch nicht viel darüber.«

»Weil es keine schönen Erinnerungen sind?«

»Nein.« Ich biss in eine Zitronenscheibe, um den fahlen Geschmack loszuwerden, der sich in meinem Mund ausbreitete, als mir klar wurde, dass Aprils und meine Vergangenheit ähnlich und doch unglaublich verschieden waren. »Weil es die schönsten Erinnerungen meines Lebens sind.«

»Oh.«

»Ja.« Ich räusperte mich und warf die Zitronenscheibe achtlos beiseite. »Ich hab schon fast überall gewohnt. Ob in Amsterdam, Sydney oder Beijing. Wir sind jedes Jahr umgezogen, und ich habe es geliebt.« Ich lächelte sie an, unfähig zu verstecken, was ich fühlte. »Nirgendwo zu Hause zu sein bedeutet, überall zu Hause zu sein.«

Ihre roten Locken flogen wild umher, als sie den Kopf schüttelte. »Aber ich dachte, du kommst aus Detroit.«

»Da haben sich meine Eltern niedergelassen, als ich zwölf war.« Bei der Erinnerung an das obszön große Haus mit dem hübschen weißen Zaun und dem gepflegten Vorgarten in diesem spießigen, kleinen Vorort schüttelte ich mich. »Ich hab es gehasst.«

»Warum?«

»Weil ich plötzlich offiziell irgendwo hingehören sollte, aber in keine der vorgefertigten Schubladen passte.« Ich wusste nicht warum, aber ich wollte unbedingt, dass sie mich verstand und dass sie etwas für das Vertrauen zurückbekam, das sie mir gerade entgegengebracht hatte. »Für die Amerikaner bin ich nicht amerikanisch genug. Für die Koreaner bin ich nicht koreanisch genug. Ich bin alles und gleichzeitig irgendwie nichts, aufgewachsen zwischen unzähligen Kulturen.« Die Worte, die ich bisher immer für mich behalten hatte, strömten aus mir heraus wie Wasser. »Du kannst dir also vorstellen, was für einen Spießrutenlauf ich in der Schule mitgemacht hab.«

Einen Augenblick lang schien sie über das nachzudenken, was ich da gesagt hatte, ehe sie zögerlich nickte. »Reist du deshalb so viel? Weil du unbedingt wegwillst?«

»Das ist einer von vielen Gründen.« Ich richtete mich etwas mehr auf, wollte die Verletzlichkeit überspielen, die ich preisgegeben hatte. »Ich will mich einfach nicht einsperren lassen. Von nichts und niemandem. Die Welt ist so groß und so wahnsinnig schön.«

Stille breitete sich zwischen uns aus, und mir fiel auf, dass die Bar deutlich voller geworden war und statt Classic Rock mittlerweile Modern Rock gespielt wurde.

»Wir zwei …« April überlegte kurz und seufzte dann tief. »Wir sind ziemlich verschieden, oder?«

»Ja. Aber das ist ja nicht zwangsläufig etwas Schlechtes.«

Ein Lächeln erschien auf Aprils Gesicht, und als es ihre Augen erreichte, war ich mir sicher, dass wir, zumindest für heute, beide unsere Dämonen in eine Kiste packen und wegschließen sollten. »Wann bist du eigentlich so ekelhaft erwachsen geworden?«

»Nie. Erwachsen sein ist was für verantwortungsbewusste Leute wie dich.« Um meine Worte zu unterstreichen, griff ich nach der Tequilaflasche und schenkte uns beiden nach. Ich rieb die Hände aneinander und sah April herausfordernd an. Zeit, die Festplatte und damit all die negativen Dinge zu löschen, die uns beide beschäftigten. »Bereit für eine weitere Runde meiner koreanischen Trinkspiele?«

»Oh Gott …« Ihre Augen weiteten sich, vermutlich weil sie an den letzten Kater zurückdachte, den sie sich bei unseren Trinkspielen eingefangen hatte.

»Der kann dir jetzt auch nicht mehr helfen.« Ich zwinkerte ihr zu. »Also, *jagi*, wie willst du heute untergehen?«

12. KAPITEL

Tyler

»Hüjah!«

Ich verdrehte belustigt die Augen und hielt einen Moment an, um April auf meinem Rücken etwas zurechtzurücken. Wieso noch gleich hing sie wie ein nasser Sack auf mir? Ach ja, weil sie so sehr getorkelt war, dass der Weg vom *Bloodhound* bis zu ihrer Wohnung sonst sicherlich eine halbe Ewigkeit gedauert hätte. Ich wusste nicht mehr, wie lange wir gebraucht hatten, um die Tequilaflasche zu leeren, aber als wir schließlich die Bar verlassen hatten, war es zwei Uhr morgens, draußen stockdunkel und alle Restaurants geschlossen gewesen. Also, keine Chance, noch irgendwo etwas Essbares für April aufzutreiben, der der Alkohol deutlich stärker zu Kopf gestiegen war als mir.

Als sie ständig über ihre eigenen Füße gestolpert war, hatte ich sie kurzerhand huckepack genommen. Wer hätte gedacht, dass April King, die sonst immer alles im Griff hatte, im besoffenen Zustand so gar nichts mehr zustande brachte?

»Ich bin kein Pferd.« Ich bog um die Ecke und war froh, als ich endlich den Wohnkomplex entdeckte. Mit langen Schritten überquerte ich den menschenleeren Parkplatz, der mir plötzlich deutlich größer vorkam als heute Mittag. Es war nicht so, als wäre April wahnsinnig schwer. Wenn ich schätzen müsste, brachte sie vielleicht so um die fünfzig Kilogramm auf die Waage, aber ich war müde, erschöpft und, um ehrlich zu sein, selbst ein bisschen betrunken, auch wenn ich nicht annähernd mit Aprils Pegel mithalten konnte, die in Trinkspielen einfach nur grottenschlecht war. Ich hatte sie noch nie derartig voll erlebt, und obwohl ihr kleiner Schluckauf ziemlich süß war, würde ich April nach dem heutigen Abend trotzdem niemals wieder so abfüllen. Zumindest nicht, wenn ich nicht in ernsthafte Schwierigkeiten geraten wollte.

»Ich mach doch nur Spaß.« April schlang die Arme fester um meinen Hals, die Clutch mit den Schlüsseln zum Glück fest in der Hand. Ich verspannte mich, weil sie ihre Wange gegen meine schmiegte und dann ein zufriedenes Seufzen ausstieß. Ihr hohes Kichern fuhr mir durch Mark und Bein, und ich war froh, als endlich die Treppenstufen in Sicht kamen. »Außerdem wärst du mit dem niedlichen Knick in deinen Öhrchen sowieso eher der Typ Esel, meinst du nicht?«

»Charmant wie immer, *jagi*.« Ich setzte den ersten Fuß auf den Treppenabsatz und beeilte mich, die Stufen hochzusteigen. April vergrub ihr Gesicht an meinem Hals, und ihr heißer Atem kribbelte auf meiner Haut. Gott, warum musste sie ausgerechnet dann so anhänglich sein, wenn sie getrunken hatte? Und warum zum Geier hatte mich bitte niemand vorgewarnt? Wobei, wahrscheinlich hatte niemand April jemals so zu Gesicht bekommen. Diese Seite hatte sie vermutlich nur mir gezeigt. Mir allein. Meine Brust schwoll vor Stolz an, ohne dass ich etwas dagegen tun konnte, und ich knirschte mit den Zähnen, als ich es bemerkte. Gott, ich hatte heute eindeutig zu viel getrunken. Was kam als Nächstes? Würde ich mir wie ein Gorilla auf die Brust trommeln oder mir wie ein Steinzeitmensch irgendwo eine Keule besorgen?

Aprils heißer Atem, der erneut über meinen Hals strich, riss mich aus meinen Gedanken, und meine Finger gruben sich tiefer in die Haut ihrer Oberschenkel. »Was heißt das eigentlich?«

»Was heißt was?«

»Na, dieses Wort?« Sie kuschelte sich noch mehr an mich, und ich beschleunigte meine Schritte, was leider nur dafür sorgte, dass sie sich fester an mich klammerte. »Das hast du heute schon den ganzen Abend zu mir gesagt.«

»Meinst du *jagi*?« Ich erklomm die letzte Stufe und setzte April vorsichtig ab, die sofort ins Schwanken geriet. Ich schlang den Arm um ihre Taille und zog sie dicht an meine Seite, damit sie nicht umfiel. Die letzten paar Meter konnte sie ruhig laufen. Vielleicht würde ihr das ein bisschen beim Ausnüchtern helfen.

»Genau das.« April gähnte, und unwillkürlich musste ich schmunzeln. Vorsichtig zog ich ihren Rocksaum wieder bis zu ihrem Knie herunter. »Das ist Koreanisch, oder?«

»Scharf beobachtet.« April setzte schwankend einen Fuß vor den anderen, und ich stützte sie dabei. »Wenn du morgen noch weißt, dass du mich das gefragt hast, dann verrate ich es dir vielleicht.«

Schmollend schob sie die Unterlippe vor, und ich musste mich zusammenreißen, um nicht in schallendes Gelächter auszubrechen. Es war beinahe schockierend, wie niedlich sie sein konnte. Das würde ich allerdings definitiv für mich behalten, immerhin hing ich an meinem Leben, und auch wenn April betrunken war und einen auf Kuschelbär machte, würde ich nicht den Fehler begehen, sie zu unterschätzen.

»Du bist gemein.«

»Natürlich bin ich das«, murmelte ich. »Aber wäre ja komisch, wenn ich plötzlich nett zu dir wäre, oder?«

»Stimmt.« April fuhr sich mit einer Hand übers Gesicht, und ich beobachtete, wie das Mondlicht auf ihrer Haut silbern schimmerte. »Hab ich dir heute eigentlich schon gesagt, wie dankbar ich dir bin?«

»Nur so um die tausendmal.« Ich knuffte sie liebevoll in die Seite. »Aber ich sagte doch schon, dass es kein Ding ist, April.«

»Trotzdem. Danke.« Sie lehnte ihren Kopf gegen meine Schulter, und ich fing uns ab, als April bedenklich in meine Richtung wankte. »Weißt du, du machst es einem echt verdammt schwer, dich nicht zu mögen.«

Ich verkniff mir das Lachen so gerade noch und blickte stattdessen langsam auf, die Augen gespielt verletzt aufgerissen. »Du magst mich nicht?«

»Doch, natürlich mag ich dich. Du bist ein super Freund.« April hob die Hand und klopfte mir gegen die Wange. »Was ich meinte, war *mögen-mögen*. Verstehst du?«

»Nicht wirklich«, sagte ich trocken und wahrheitsgemäß. »Sicher, dass du Literatur studierst?«

»Sei nicht so gemein«, schimpfte sie, gewohnt rechthaberisch, und hob die Faust. Vermutlich hatte sie vorgehabt, mir damit gegen die Brust zu schlagen, aber das mit der Koordination klappte zum Glück nicht mehr richtig, sodass sie nach vorn ins Leere schlug, anstatt mich auch nur ansatzweise zu treffen. »Alec ist schon immer so gemein zu mir.«

»Na, wenn du mich so lieb darum bittest«, erwiderte ich, wenig beeindruckt von ihrem niedlichen kleinen Trotzversuch. Unter dieser entzückenden Anhänglichkeitsnummer steckte also nach wie vor der gleiche Feldwebel. Gut zu wissen.

»Danke. Du bist der Beste.« Okay, mein triefender Sarkasmus war offensichtlich vollkommen an ihr vorbeigegangen. Nüchtern hätte sie mir dafür sicherlich die Hölle heißgemacht. Als würde sie gerade realisieren, was sie da gesagt hatte, blinzelte April, bevor sie mich kichernd näher zu sich winkte, um mir offensichtlich etwas ins Ohr zu flüstern. Schicksalsergeben blieb ich stehen und beugte mich herunter, damit sie mit ihren Lippen an mein Ohr herankam. »Verrat es keinem, aber ich mag dich eh tausendmal lieber als diesen Angeber.«

»Keine Sorge. Ich nehme dein Geheimnis mit ins Grab.«

»Siehst du!« Sie kniff mir in die Wange, und fluchend zog ich den Kopf zurück. »Ich hab doch gesagt, du bist der Allerbeste.«

Die Wohnungstür war zum Glück nicht mehr weit entfernt, und ich brachte die letzten paar Meter hinter mich. »Fragt sich nur, der allerbeste Was.«

»Huh?«

»Nichts.« Vorsichtig ließ ich April los, um nach der Clutch zu greifen, doch diesmal klappte das mit dem Stehen so überhaupt nicht, und ich stieß mit dem Schuh gegen etwas. »Vorsicht, Fußmatte.«

»Fußmatte?« Sie folgte meinem Blick und geriet noch stärker ins Wanken. »W-«

Ich reagierte instinktiv und griff nach April, wodurch wir beide ins Stolpern gerieten. Schnell schlang ich den Arm um ihre Schultern, um sie abzufangen, aber der Alkohol verlangsamte auch meine Reflexe, und krachend knallte April mit dem Rücken gegen die Wohnungstür und zog mich mit sich. Es grenzte an ein Wunder, dass wir nicht der Länge nach auf dem Boden landeten.

»April?« Ihr Kopf hing herunter, und sie rührte sich keinen Millimeter. Fuck, hatte sie sich den Kopf angeschlagen? Alarmiert rüttelte ich an ihrer Schulter. »Ist alles okay?«

Als ich sie laut lachen hörte, stieß ich erleichtert die Luft aus, die ich vor lauter Schreck angehalten hatte. Sie lehnte den Hinterkopf gegen die Wohnungstür und sah aus großen Augen zu mir auf, in denen es belustigt funkelte. Sie war mir so nah, dass ich die kleinen moosgrünen Flecken trotz des spärlichen Mondlichts erkennen konnte, und meine Kehle fühlte sich auf einmal staubtrocken an. »Das mit dem Laufen hat auch schon mal besser geklappt, oder?«

»Ja, definitiv.« Ich stützte mich neben ihrem Kopf an der Tür ab. »Du musst schon ein bisschen vorsichtiger sein.«

»Hey«, rief sie pikiert aus und stieß mit dem Zeigefinger gegen meine Brust. »Dass wir uns fast langgelegt hätten, ist ja wohl deine Schuld.«

»Wieso denn das?«

»Ich war abgelenkt.« Plötzlich hob sie die Hand und nahm mein Kinn zwischen Daumen und Zeigefinger. Sie betrachtete mein Gesicht eindringlich, und ich hatte das Gefühl, dass die Sommernacht gerade noch um ein paar Grad wärmer geworden war. »Was bist du auch so ekelhaft gut aussehend, huh?« Sie ließ mein Kinn los und strich mit den Fingerspitzen über meinen Wangenknochen, die Berührung war federleicht, aber ich spürte sie trotzdem bis in die Zehenspitzen, während sie mir die andere Hand in den Nacken legte. »Du kannst echt nicht so lieb und gleichzeitig so heiß sein. Das ist nicht fair. Das hat die Genlotterie so nicht vorgesehen.«

»Du wirst morgen so bereuen, was du gerade gesagt hast.«

»Nah.« Ihre Finger streichelten über die Haut in meinem Nacken, und meine Hand neben ihrem Kopf ballte sich zur Faust. »Ich bereue mehr, dass ich es vorher nie gesagt habe.«

Mein Herz begann zu rasen. »April, du bist betrunken.«

»Das stimmt.« Sie kicherte wieder, aber diesmal klang es, als wäre es im Schlafzimmer besser aufgehoben als an einer Wohnungstür. »Aber kennst du nicht den Spruch *Betrunkene sagen immer die Wahrheit?*«

»Schon, aber –«

Sie stöhnte frustriert auf und schlang mir die Arme um den Hals, ihre Brust war flach gegen meine gepresst und hinter meinen Rippen setzte mein Herz augenblicklich zum Stabhochsprung an. »Du weißt schon, wie wahnsinnig anstrengend es ist, dass du immer das letzte Wort haben musst, oder?«

Ich schnaubte belustigt bei der Erinnerung an unsere unzähligen Wortgefechte, in denen sie immer versucht hatte, die Oberhand zu behalten. »Das sagt die Richtige.«

»Siehst du? Schon wieder!«

»Ich kann ja nichts dafür, dass du –« Ich brach ab, als ihre Lippen auf meine trafen. Es war nur der Bruchteil einer Sekunde. Kein Kuss. Absolut nicht nennenswert. Und trotzdem sorgte allein dieses keusche Aufeinanderpressen unserer Lippen dafür, dass die Zeit stillstand.

Was zur Hölle war das denn gewesen?

Ich sah April an, schwankte leicht, als ich bemerkte, wie ihre Augen auf meine Lippen geheftet waren. Meine Knie drohten unter mir nachzugeben, als sie sich mit der Zungenspitze über die Unterlippe fuhr. »Jetzt hattest du mal nicht das letzte Wort.«

Mein Körper reagierte, bevor mein Hirn irgendein Mitspracherecht hatte. Ich rückte noch näher an sie heran, drängte sie gegen die Tür, während meine Hand sich seitlich an ihren Hals legte. Alles in mir schrie danach, meine Lippen auf ihre zu drücken, ihren Mund zu erobern, bis wir beide nicht mehr wussten, wo oben und unten war. Mein Daumen fuhr über ihren Kiefer. Scheiße, ich wusste nicht, wie oft ich mir schon vorgestellt hatte, sie zu küssen. In letzter Zeit eindeutig schon viel zu oft. Ich musste mich einfach nur zu ihr hinunterbeugen und –

Ich riss den Kopf zurück. Der Geruch von Tequila, der uns beiden anhaftete, brachte mich ins Hier und Jetzt zurück. Ich zwang mich, Aprils verhangenen Blick als das zu sehen, was er war, und knirschte mit den Zähnen. Sie war betrunken. Sturzbetrunken. Wenn ich sie jetzt küsste, dann war ich ein fußballfeldgroßes Arschloch. Sie würde sich morgen an nichts von alldem erinnern. Sie würde sich nicht daran erinnern, dass sie ihre Lippen auf meine gedrückt hatte. Dass sie mich an sich herangezogen hatte. Sie konnte mir nicht sagen, ob sie das hier wollte. Nicht wirklich zumindest. Und ich würde den Teufel tun, diese Grenze zu überschreiten. Weder mit April noch mit sonst irgendjemandem.

Als April mich irritiert musterte, drückte ich ihr schnell einen Kuss auf die Wange und trat einen kleinen Schritt zurück. »Du hast gewonnen.«

Verträumt blinzelte sie, ehe sie zu realisieren schien, was ich gesagt hatte. Ihre Arme fielen von meinen Schultern, während sie vor mir auf und ab hopste, was nur klappte, weil ihr Rücken noch immer gegen die Tür gelehnt war. »Yeahy!«

Ich brauchte einen Moment, um mich zu fangen, nahm ihr dann die Clutch aus der Hand und fischte die Schlüssel aus der kleinen Tasche. Ich schloss meine Hand um ihren Oberarm und hielt sie fest, als ich die Tür aufschob. »Du musst leise sein, Raelyn und Kate schlafen best—«

April machte sich mit einem Ruck von mir los und stolperte gegen die Kommode. Das laute Krachen verriet mir auch ohne Flurlicht, dass gerade eindeutig etwas zu Bruch gegangen war.

Erschrocken zuckte April zusammen und zog schuldbewusst die Schultern hoch. »Upsi.«

Ich schaltete das Licht ein und sah auf den Scherbenhaufen zu Aprils Füßen, den ich entfernt als Vase ausmachen konnte. Meine Augen huschten zu Kates Zimmer. Vielleicht hatten wir ja Glück, und –

Die Tür flog auf, und Kate kam in einem übergroßen Shirt und mit einem Baseballschläger bewaffnet herausgestürzt. Als sie uns erkannte, ließ sie ihre Waffe sinken und guckte verwirrt zwischen uns beiden und den Scherben hin und her. »Was ist denn hier los?«

»HEY, KATIELEIN!« Ich schloss die Wohnungstür, und April torkelte mit einem lauten Aufschrei auf Kate zu. Sie fiel ihr um den Hals uns säuselte: »Hast du gut geschlafen?«

Kates Augen weiteten sich, und sie starrte April an, als wäre sie eine Fata Morgana. Als sie mich alarmiert ansah, zuckte ich bloß entschuldigend mit den Schultern. »Ja, habe ich.« Sie hob die Hand, strich April eine verirrte Locke hinters Ohr und ließ ihre Augen prüfend über ihre Mitbewohnerin gleiten. »Da hatte heute Abend wohl jemand eine Menge Spaß, was, Pril?«

April lachte auf und nickte bekräftigend, was sie wieder heftig ins Schwanken brachte. »Jup. Tyler ist ein super Trink-Buddy.«

Kate zog eine Augenbraue hoch. »Das sehe ich.«

»Ja.« April blinzelte. »Wusstest du, dass er eine ganze Menge verträgt?«

»Wusste ich.«

»Wusstest du.« Kurz herrschte Stille, dann deutete April auf die Badezimmertür. »Ich sollte vielleicht duschen, oder?«

»Ja.« Als ich mich umdrehen wollte, um zu gehen, warf Kate mir einen eindeutigen Blick zu, und ich blieb wie angewurzelt stehen. »Du riechst wie eine ganze Bar.«

»Dummerchen.« Der betrunkene Rotschopf kniff meiner besten Freundin in die Nase, die nur den Kopf schüttelte und die betrunkenen Angewohnheiten ihrer Freundin offensichtlich deutlich weniger niedlich fand als ich. »Ich war ja auch in einer.«

»Alles klar.« Bestimmt, aber behutsam löste Kate Aprils Schraubstockgriff und schob sie in Richtung Badezimmertür. »Geh doch schon mal ins Bad. Ich hol dir ein großes Glas Wasser, okay?«

»Okay.« April winkte mir zu. »Bye-bye, Tyler.«

»Tschüss, April.« Ich hob die Hand zum Gruß, drückte sie mir aber schnell auf die Augen, als April begann, ihre Bluse aufzuknöpfen. Erst als ich die Tür ins Schloss fallen hörte, wagte ich es, meine Hand wieder sinken zu lassen.

Kate starrte mit offenem Mund auf die herumliegenden Klamotten und guckte mich dann ungläubig an, so als hätte sie gerade ein Gespenst gesehen. »Was zum Teufel ist passiert?«

»Wir waren was trinken.« Ich räusperte mich und fühlte mich plötzlich wie bei einem Kreuzverhör. »Ist Raelyn gar nicht da?«

»Dass ihr was trinken wart, ist mir klar, du Schlauberger. Und Raelyn hat heute Nachtschicht.« Kate fuhr sich mit einer Hand durchs Haar und legte den Baseballschläger beiseite, wodurch ich mich etwas entspannte. »Also, warum ist April voll wie ein Eimer?«

»Weil sie klein ist?«

»Das ist nicht witzig, Tyler.«

Ich presste die Lippen aufeinander. »Entschuldigung.«

»Also?« Kate sammelte die Klamotten vom Boden auf. »Was ist passiert?«

Ich wägte meine Antwort sorgfältig ab, um Aprils Vertrauen nicht zu missbrauchen. Auf der Suche nach einer akzeptablen Ausrede für unsere Situation kratzte ich mich unbehaglich am Hinterkopf. »Das Vorstellungsgespräch ist nicht gut gelaufen.«

»Das hatte ich befürchtet.«

Als sie den Mund öffnete, zweifellos, um mich weiter auszufragen, hob ich abwehrend die Hand. »Alles andere musst du sie schon selbst fragen.«

»Ich glaube nicht, dass sie mit mir reden wird.«

Irritiert runzelte ich die Stirn. »Warum?«

»Weil ich mich wie eine Idiotin benommen habe.« Stille breitete sich zwischen uns aus, nur das Ticken der Wanduhr war zu hören, bevor Kate schließlich weitersprach. »Ich hab mit Hunter telefoniert.«

Meine Augen huschten zur Badezimmertür. »Ach wirklich?«

»Ja.« Kate warf mir ein schmales Lächeln zu, und ich kam ihr entgegen, als sie auf mich zuging. Als ich in Reichweite war, schlang sie die Arme um meine Schultern und drückte mich fest an sich. »Herzlichen Glückwunsch zum Traumjob. Aber das nächste Mal darfst du so was gern selbst erzählen, du alter Geheimniskrämer.«

»Danke«, presste ich hervor und spürte so etwas wie Wut in mir aufsteigen, die ich entschlossen hinunterschluckte. Hunter hatte anscheinend angenommen, dass es jetzt, wo ich den Job bekommen hatte, okay war, Kate davon zu erzählen. Ich löste mich von ihr und nickte in Richtung Badezimmertür, hinter der in dem Moment das Rauschen von Wasser erklang. »Könntest du es erst mal für dich behalten?«

Kate runzelte die Stirn. »Wieso?«

»Wegen April. Heute war einfach nicht der richtige Zeitpunkt, um es ihr zu erzählen.«

»Natürlich. Das verstehe ich.« Kate rieb mir über die Oberarme und brachte mich vollkommen aus dem Konzept, weil sie nicht weiter nachbohrte. Das passte so gar nicht zu ihr. Was war bloß zwischen April und ihr vorgefallen?

Ein lautes Poltern aus dem Bad ließ uns beide erschrocken zusammenzucken.

Alarmiert schob ich Kate in Richtung des lauten Geräusches. »Du solltest –«

»Schon unterwegs.« Sie stürzte zur Tür und blickte noch einmal über die Schulter, bevor sie im Badezimmer verschwand. »Pass mit den Scherben auf.«

»Okay.« Kurz stand ich etwas unschlüssig da. Normalerweise hätte ich mich jetzt auf dem Sofa aufs Ohr gehauen, aber heute hielt ich das für eine denkbar beschissene Idee. Ich ging in die Küche und suchte nach einem Handfeger, um die Scherben im Flur zu beseitigen, damit sich niemand daran verletzte. Damit diese Nacht keine Spuren hinterließ. Zack und weg. Ich wünschte, so einfach ginge das auch mit Aprils Sorgen und Ängsten, die sie mir heute anvertraut hatte.

Den Beinahe-Kuss hingegen wünschte ich mir nicht weg. Ich verschloss ihn tief in meinem Inneren wie einen Schatz, und irgendwann würde ich auf ihn zurückkommen. Wenn wir beide die Chance hatten, darüber nachzudenken, was das für uns heißen könnte.

13. KAPITEL

April

Tequila.

Das war das Erste, was mir in den Sinn kam, als mein Bewusstsein langsam, aber sicher durch den dichten Nebel des Schlafes sickerte. Der bittere Geschmack lag auf meiner pelzigen Zunge, und hinter meiner Stirn verspürte ich ein unangenehmes Pochen. Zögerlich schlug ich die Augen auf, doch ich konnte nur grüne Baumwolle erkennen. Ich hievte mich vom Bauch auf den Rücken, wovon mir augenblicklich schwindlig wurde. Sanftes Licht fiel durch die Lücken der Vorhänge, und ich fragte mich, wie spät es wohl war. Da mein Wecker bisher keine laute Arie von sich gegeben hatte, musste es noch vor sieben Uhr sein.

Gott, wann war ich überhaupt nach Hause gekommen? Und vor allem, wie?

Ich erinnerte mich nur noch schemenhaft daran, dass Tyler eine zweite Runde Essen bestellt und wir irgendwann unsere Zitronenscheiben selbst geschnitten hatten. Aber alles danach war nur noch ein wirres Puzzle aus Bildausschnitten, die keinen Sinn ergeben wollten. Ungefähr so, als wäre meine Festplatte seit Längerem nicht mehr defragmentiert worden, weshalb jetzt in meinem Speicher ein einziges wirres Chaos herrschte, das dafür sorgte, dass mein System nur sehr langsam lief und verflucht schnell überhitzte.

Scheiße, ich hatte gewusst, dass es keine gute Idee war, mit Tyler zu trinken, der das Ganze wohl durch seine Zeit in Japan und Korea zu einer neuen Kunstform erhoben hatte. Aber wie sehr war das denn bitte ausgeartet, dass meine Erinnerungen nur noch in zusammenhanglosen Fragmenten zur Verfügung standen? Ich stieß ein leises Stöhnen aus, als der Druck in meinem Kopf sich protestierend zu Wort meldete, während ich versuchte, mir den letzten Füllstand der Tequilaflasche vor Augen zu führen.

Okay, dann heute wohl lieber kein Gehirnjogging. Schon verstanden.

Ich wollte mich aufsetzen, merkte aber schnell, dass die Bewegung höllisch wehtat. Ich schlug meine Decke ein Stück zurück und keuchte erschrocken auf, als ich den gigantischen blauen Fleck an meinem Knie entdeckte.

Okay, was zur Hölle war gestern bitte passiert?

Ich tastete nach meinem Handy, das wie gewohnt auf meinem nussbaumhölzernen Nachtschränkchen lag, und hielt es mir vors Gesicht. Ich ging schwer davon aus, da eine Nachricht von Tyler zu finden, die diese ganze Situation erklärte, doch der Bildschirm blieb schwarz.

Verwirrt runzelte ich die Stirn. Hatte ich es gestern Abend ausgeschaltet? Eigentlich schaltete ich mein Handy nie aus. Ich drückte auf den kleinen Knopf an der Seite, aber es gab nur ein kurzes Brummen von sich und zeigte an, dass der Akku leer war. Noch etwas, das mir normalerweise nie passierte. Fantastisch.

Frustriert ließ ich das Handy neben mir aufs Bett fallen und rieb mir über Gesicht und Kopf. Meine Haare fühlten sich klamm an. Skeptisch zog ich eine der Locken nach vorne und starrte etwas fassungslos auf die rote Strähne zwischen meinen Fingern. Hatte ich gestern Abend etwa noch geduscht?

Und wenn ja, wann denn bitte, wenn meine Haare noch immer feucht waren? Hatte ich mich allen Ernstes mitten in der Nacht und mit besoffenem Kopf unter die Dusche gestellt? Warum hatte mich niemand aufgehalten? Ich hätte ausrutschen und mich verletzen können.

Stopp.

Ich beäugte argwöhnisch noch mal den gigantischen blauen Fleck an meinem Knie. Wo der herkam, war plötzlich gar nicht mehr so schwer zu erraten.

Als es zaghaft an der Tür klopfte, deckte ich mich schnell zu, und bevor ich irgendetwas sagen konnte, steckte Raelyn bereits den Kopf zur Tür herein und grinste gönnerhaft.

»Guten Morgen, meine kleine Schnapsdrossel«, trällerte sie in einem schiefen Singsang und kam rein, in den Händen ein großes Tablett, von dem der Geruch von Schokolade, Erdnussbutter und Kaffee zu mir herüberwehte.

»Morgen.« Ich setzte mich vorsichtig auf und verkniff mir meinen bissigen Kommentar, denn ich hatte sowohl Kate als auch sie schon mehr als einmal mit genau den gleichen Worten aufgezogen. »Wie spät ist es?«

Raelyn stellte das Tablett auf meinen Schreibtisch und zog die Vorhänge auf. Das Licht, das den Raum flutete, war warm und grell. »Halb elf.«

Ich verschluckte mich an meiner eigenen Spucke und begann mir auf die Brust zu klopfen, um das heftige Husten zu vertreiben. »Was?«

»Ja.« Raelyn kicherte, nahm das Tablett vom Schreibtisch und schlenderte zu mir herüber. Sie ließ sich dabei ganz schön Zeit, obwohl ich an meinem eigenen Speichel zu ersticken drohte. »Ich hab gedacht, ich sollte vielleicht mal gucken, ob du noch lebst.«

Ich brauchte einen Moment, um mich wieder zu beruhigen,

und warf Raelyn einen wütenden Blick zu. Tja, zu meinen Vorlesungen brauchte ich dann wohl nicht mehr zu gehen. »Das ist nicht witzig.«

»Schon ein bisschen.« Raelyn setzte sich auf die Bettkannte und stellte mir das Tablett auf die Oberschenkel. Mein Magen grummelte, als mein Blick auf das dunkle Schokoporridge fiel, in dem ich ein paar Kleckse Erdnussbutter entdeckte und das Raelyn mit Bananenscheiben garniert hatte. Mein Lieblingsporridge. Sie griff nach der großen grünen Kaffeetasse und hielt sie mir direkt unter die Nase. Der Geruch von Alecs starker Espressoröstung war mittlerweile mindestens genauso vertraut wie tröstlich. »Ich hab dir Frühstück gemacht.«

Ich nahm ihr die Tasse aus der Hand und sah skeptisch auf die schwarze Flüssigkeit. »Ich glaube nicht, dass ich was runterkriege.«

»Du kannst es wenigstens mal versuchen.« Sie nahm den Löffel, den sie auf eine zusammengefaltete Serviette gelegt hatte, und tippte damit gegen die viel zu große Schüssel. »Sonst hab ich ganz umsonst den Kochlöffel geschwungen.«

Ich trank einen Schluck Kaffee und weitete die Augen. Ich hatte angenommen, dass sie es aus der Mensa geholt und einfach umgefüllt hatte, denn es sah perfekt aus. Und es roch auch ziemlich lecker.

»Das hast du selbst gemacht?« Ich schämte mich ein bisschen für meine Frage, aber Raelyn war nun mal nicht unbedingt für ihre Kochkünste bekannt. Dessert konnte sie. Eins jedenfalls. Aber sonst sah es mit ihren kulinarischen Fähigkeiten eher mau aus, weshalb wir beide unendlich dankbar waren, dass Dean und Kate mit Freuden die Rollen der Chefköche übernahmen.

»Ja.« Sie nickte stolz, kratzte sich dann aber ertappt am Hinterkopf, als ich ihr einen skeptischen Blick zuwarf. »Also, na ja … Ich hatte ein bisschen Videocall-Hilfe.«

Sofort verspannte ich mich und hatte einen Frosch im Hals. Ich dachte an Kates warme Augen mit den goldenen Flecken darin und presste die Lippen fest aufeinander, während ich mir vorstellte, wie sie per Videoanruf versucht hatte, Raelyn dabei zu helfen, mein Lieblingsfrühstück zuzubereiten, ohne dass sie unsere Küche abfackelte. »Wo ist Kate denn?«

»Sie hat bis heute Nachmittag Vorlesungen.« Raelyn legte mir die Hand auf den Oberschenkel und drückte sanft zu. »Ist zwischen euch beiden alles okay?«

»Ich hab sie grundlos angefaucht. Also, nein. Nicht wirklich.« Vorsichtig stellte ich den Kaffee zurück auf das Tablett und nahm den Löffel zur Hand. Das Porridge war süß, schokoladig und einfach perfekt. Mein Magen schien auch nicht zu protestieren, sondern grummelte freudig und hungrig, und ich schob mir genüsslich einen weiteren Löffel meiner Leibspeise in den Mund. »Danke, Rae.«

»Kein Problem.« Sie zwinkerte mir zu, schalkhafte Funken tanzten in ihren aquamarinblauen Augen. »Ich dachte, da du sonst immer Katerdienst hast, bin ich mal dran.«

Ich stoppte mitten in der Bewegung, aß dann aber schnell weiter. Ich drückte die Schultern durch und versuchte, möglichst überzeugend zu klingen. »Ich hab keinen Kater.«

Raelyn prustete los. »Deine Wunschvorstellungen hattest du auch schon mal besser im Griff.«

»Es wird echt Zeit, dass du dich von Hunter trennst.« Ich trank noch einen Schluck Kaffee, ehe ich mich weiter über das Porridge hermachte, das mit jedem Löffel besser schmeckte. »Sein Zynismus färbt auf dich ab.«

»Komisch. Hunter sagt immer genau das Gleiche über dich.«

»Jetzt stachelt dieser elendige Langhaardackel dich auch noch auf. Nicht zu fassen.« Wir schwiegen einen Moment lang, bis ich auch den letzten Rest von meinem Porridge verputzt hatte. Dann nahm ich die Kaffeetasse in die Hand und ließ mich tiefer in meine Kissen sinken. »Wieso bist du überhaupt schon wach? Hattest du nicht Nachtschicht?«

Raelyn stellte das Tablett auf den Boden und zuckte mit den Achseln. »Schlaf wird überbewertet.«

»Seit wann?«

»Sehr witzig.« Ich zog eine Augenbraue hoch, als Raelyn plötzlich meine Decke zurückschlug, lächelte aber nur und rückte ein Stück zur Seite, damit sie zu mir darunterkriechen und sich an meine Seite kuscheln konnte. »Ich hab gedacht, du könntest ein bisschen Girls Time vertragen.«

Ich runzelte verblüfft die Stirn. Offensichtlich hatte ich meine Sorgen nicht annähernd so gut versteckt, wie ich gemeint hatte. »Ich komme schon klar.«

»Das weiß ich.« Raelyn beobachtete mich aus ihren geschulten Augen, die mittlerweile auch die kleinste emotionale Veränderung wahrzunehmen vermochten. »Aber das musst du ja nicht. Dafür sind Freunde doch da, oder nicht?«

Ich trank schnell einen Schluck Kaffee und fuhr mit dem Daumen über den Rand der Tasse, um auch den kleinsten Tropfen zu erwischen, bevor er auf meine Laken fallen konnte. »Rae, es ist alles okay. Wirklich.«

»Sicher.« Meine Freundin und Mitbewohnerin, seit dem zweiten Jahr, verdrehte die Augen. »Und weil alles so super in Ordnung ist, hast du dir auch gestern mit Tyler die Kante bis zum völligen Verlust der Muttersprache gegeben.«

»So schlimm?«

»Laut Kate, ja. So schlimm.« Sie seufzte leise. »Dass du fragen musst, ist eigentlich schon Antwort genug, oder?«

Leider ja. »Hab ich irgendwas angestellt?«

Raelyn überlegte kurz, dann schüttelte sie den Kopf. Das Zucken ihrer Mundwinkel sprach allerdings Bände. »Außer die Vase im Flur kaputtzuschmeißen und das Regal in der Dusche von der Wand zu holen?«

»Scheiße.«

»Was solls? Die Vase hat mir von Anfang an nicht gefallen, und das Duschregal hängt dank Kate auch schon wieder da, wo es hingehört. Also, alles halb so wild.« Raelyn verflocht ihre Finger mit meinen und lehnte ihren Kopf an meine Schulter, dann strich sie über meinen Unterarm. Trotz ihres liebevollen Lächelns sah sie ehrlich besorgt aus. Und auf einmal hatte ich einen dicken Kloß im Hals. »Ich mache mir mehr Sorgen um dich als ums Mobiliar. Kummer in Alkohol zu ertränken ist eigentlich nicht deine Art.«

Ich sah auf unsere verschränkten Hände und seufzte leise. »Tut mir leid.«

»Ist schon okay.« Sie rutschte noch ein Stückchen näher an mich heran, und ich ließ sie gewähren, längst daran gewöhnt, dass Raelyn physische Nähe brauchte, wenn sie sich sorgte. »Willst du vielleicht darüber reden?«

Ich blinzelte hektisch, als meine Sicht verschwamm und mein Herz sich schmerzhaft zusammenzog. »Lieber nicht. Meine Gedanken sind im Moment noch ein ziemliches Chaos.«

»Okay.« Raelyns kleines Schmollen ließ mich wissen, dass es eigentlich nicht okay war, dass sie aber bereit war zu warten, und jetzt gerade war ich ihr unendlich dankbar dafür. »Wenn du Hilfe beim Entwirren brauchst, kannst du immer zu uns kommen, okay?«

»Ich weiß nicht.« Ich biss mir auf die Unterlippe, als ich hörte, wie dünn und unsicher meine Stimme sogar in meinen Ohren klang. »Ich glaube nicht, dass Kate momentan überhaupt mit mir reden will.«

»Du weißt doch, was für ein Softie sie ist.« Raelyn stieß mich sanft mit dem Oberschenkel an und drückte fest meine Hand. »Worüber ihr auch immer gezankt habt, ich bin mir sicher, dass Kate es schon längst vergessen hat.«

Automatisch fühlte ich mich noch elendiger, als mir klar wurde, dass Kate Raelyn nichts von meinem Ausbruch erzählt hatte. Es war kaum auszuhalten, was für eine Heilige diese Frau manchmal sein konnte. »Ich war ziemlich ekelhaft zu ihr.«

»Wir können alle mal ekelhaft sein, April.« Raelyn zuckte nur mit den Achseln und sah mich von der Seite an. »Weißt du noch, als ich einfach nach New York abgehauen bin? Oder wie Kate einen auf Miesmuschel gemacht hat? Keiner von uns macht immer alles richtig, und ich bin mir sicher, dass es zwischen uns dreien nichts gibt, was eine Entschuldigung nicht wieder in Ordnung bringen kann.«

Ich trank den letzten Schluck von meinem Kaffee, um etwas Zeit zu schinden.

»Meinst du?«

»Ja, meine ich.« Raelyn klang überzeugt genug für uns beide. Sie streckte die freie Hand nach meiner leeren Kaffeetasse aus und stellte sie auf meinen Nachttisch. »Wir sind immerhin eine Familie.«

Ich sah auf unsere ineinander verflochtenen Hände und spürte, wie Raelyn sich wieder eng an meine Seite kuschelte, und mir wurde das Herz schwer, als ich daran dachte, dass mir nur noch wenige Monate mit den beiden blieben. Dass Momente wie dieser zu einer Seltenheit, zu einem Luxus werden würden, anstatt etwas ganz Normales zu sein. Würde es bei uns genauso werden wie bei allen anderen? Würden wir uns anfangs noch regelmäßig Zeit füreinander nehmen, telefonieren und schreiben, um uns dann aus den Augen zu verlieren, wenn das Leben mit seinem neuen Alltag uns in die Quere kam und wir irgendwann nur noch traurige Anekdoten waren, die man mit seinen neuen Freunden teilte, mit denen einen eigentlich nichts weiter verband als die Tatsache, dass man für dieselbe Firma arbeitete? Instinktiv drückte ich Raelyns Hand ganz fest, spürte ihre Wärme an meiner Haut und drängte die Zweifel zurück, die sich in meiner Brust sammelten.

»Ja.« Ich schluckte leise und dachte an all die Male, in denen wir füreinander da gewesen waren. An all die Erinnerungen, die uns verbanden, die Lacher, die wir geteilt, und die Tränen, die wir getrocknet hatten. Nein, diese beiden waren anders. Sie würden mich nicht einfach so fallen lassen. Kate und Raelyn waren meine Familie. Und das würden sie immer sein. Ich musste nur daran glauben. »Ja, das sind wir wohl.«

»Geht doch.« Raelyn schloss die Augen, und dann saßen wir einfach eine Weile nur so da und genossen die Anwesenheit der anderen, bis Raelyn plötzlich den Kopf von meiner Schulter hob und übertrieben mit den Augenbrauen wackelte. »Also … Tyler und du, huh?«

»Wir sind nur Freunde, Rae.«

»Klar. Nur Freunde.« Ich sah sie irritiert an. Raelyn ließ meine Hand los, schlug die Decke zurück, hob ihre Hüften an und zog ihr Handy aus ihrer hinteren Hosentasche. Sie machte es sich wieder bequem, entsperrte den Bildschirm, öffnete einen mir sehr vertrauten Messenger und hielt mir dann das Display direkt unter die Nase. »Komisch, sonst fragt mich niemand so penetrant nach Status Updates. Nicht mal Kate.«

Ich schnappte mir ihr Handy und las den Namen über dem Chat. »Schönling? Echt jetzt?«

Raelyn zuckte nur mit den Schultern. »Lies einfach, was er geschrieben hat, Pril.«

Ich rollte mit den Augen, tat aber dann, wie mir geheißen. Schnell bemerkte ich, wie viele Nachrichten zwischen den beiden hin- und hergegangen waren. Wie er nach mir gefragt hatte. Wieder und wieder, selbst als Raelyn versucht hatte, das Thema zu wechseln.

»Er ist echt eine ziemliche Nervensäge.«

»Ich weiß.« Ich las weiter und schmunzelte. Die Idee mit dem Katerfrühstück hatte Tyler gehabt, der Raelyn ein Rezept geschickt hatte, ohne zunächst zu merken, dass es auf Koreanisch war und dass man die Zutaten für die Suppe nicht einfach so herbeizaubern konnte. »Und ein ziemlicher Knallkopf ist er auch.«

»Ja«, stimmte Raelyn zu, das belustigte Hüsteln in ihrer Stimme war nicht zu überhören. »Aber dieser Knallkopf hat dich gestern Nacht sicher nach Hause gebracht, als du nicht mehr geradeaus laufen konntest.«

Überrascht schaute ich vom Handy auf. »Hat er?«

»Ja, hat er.« Raelyn kicherte. »Und er hat sogar die Scherben hinter dir aufgeräumt, als du die Vase kaputtgeschmissen hast.« Als sie das Handy wieder an sich nahm und sperrte, blickte ich auf das schwarze Display und fühlte mich plötzlich beraubt. Ich schwieg. »Nur Freunde. Schon klar.«

»Ja, nur Freunde.« Ich presste meine Hände auf meine geröteten Wangen und blinzelte hektisch, um den verträumten Ausdruck in meinen Augen zu vertreiben. Mein Verstand hatte anscheinend beschlossen, einen Kurzurlaub einzulegen.

Tyler und ich, das konnte niemals funktionieren.

Wir wollten zu unterschiedliche Dinge. Außerdem waren wir Freunde, und wenn ich nicht wollte, dass die Dinge hässlich und grässlich kompliziert wurden, dann musste ich dringend dieses flatternde Ding in meiner Brust in den Griff kriegen. Am besten ich sperrte es in einen Käfig, tief in meinem Inneren, und warf dann den Schlüssel weg. Das war sicherlich die beste Option. »Wir sind Freunde und werden auch nie mehr sein als das.«

»Wenn du meinst.« Raelyn schob die Unterlippe schmollend vor. »Aber schade ist es schon.«

»Wieso?« Ich versuchte, meinen besten belustigten Tonfall zustande zu bringen, in der Hoffnung, die ganze Sache ins Lächerliche ziehen zu können. »Weil du gern mal an einem Gerichtsverfahren teilnehmen würdest, nachdem ich ihn umgebracht habe, weil er mich in den Wahnsinn getrieben hat?«

»Nein.« Raelyn drückte mir einen Kuss auf die Wange, bevor sie aus dem Bett kletterte und das Frühstückstablett aufhob. »Weil ich euch beide gern glücklich zusammen gesehen hätte.«

Etwas sprachlos sah ich meiner besten Freundin hinterher, als sie aus dem Raum huschte. Was sie gerade gesagt hatte, warf mich völlig aus der Bahn.

Tyler und ich konnten zusammen nicht glücklich werden. Nicht wenn wir so verschieden waren und so unterschiedliche Dinge wollten. Ich wollte die Erwartungen meines Dads erfüllen und einen Job in Kalifornien finden. Tyler wollte raus in die Welt und nie wieder zurückkommen. Damit das mit uns klappen könnte, müsste einer von uns seinen Plan ändern, so wie mein Dad es getan hatte, und das wollte ich auf keinen Fall. Zumal ich wusste, dass es für mich nur diese eine Zukunft gab.

Nein, ich war in Tyler verliebt, so, wie er jetzt war. Ich wollte keine eingekerkerte Version von ihm, die nur meinetwegen existierte. Und ich wollte mich nicht dazu zwingen, jemand zu sein, der ich nicht war, nur um ihm zu gefallen.

Aber wenn wir nicht zusammen glücklich sein konnten, dann würde ich zumindest dafür sorgen, dass wir beide auf unsere Art glücklich waren. Und ich würde damit anfangen, mich bei Tyler für gestern zu bedanken. Mit etwas, das ihm ein echtes Lächeln auf die Lippen zaubern würde. Ich hatte zwar noch keine Ahnung womit, aber irgendwas würde mir schon einfallen.

14. KAPITEL

April

Gott, warum wollte heute eigentlich nichts klappen?

Die leere Seite, die mir von meinem Laptop aus entgegenstarrte, schien mich genauso zu verhöhnen wie der blinkende kleine Strich, der mich darauf aufmerksam machen wollte, dass ich langsam mal loslegen sollte, meine Ausarbeitung für Linguistik einzutippen. Stattdessen schweiften meine Gedanken ständig ab. Ich versuchte, meine Gedächtnislücken von gestern zu füllen, und beschäftigte mich mit Kates baldiger Rückkehr und der mir bevorstehenden Entschuldigung. Ich sollte produktiv sein und lästige Aufgaben aus dem Weg räumen, doch die Fragen verwandelten meinen Kopf nur in ein Knäuel aus Ungewissheiten und Unsicherheiten, die mich zu lähmen schienen.

Mit einem frustrierten Aufstöhnen klappte ich meinen Laptop zu und legte ihn auf den Couchtisch, auf dem noch eine der Chipstüten lag, die ich wohl gestern Abend im betrunkenen Zustand noch aufgerissen haben musste. Ich legte den Kopf in den Nacken und schloss die Augen, um das innere Chaos irgendwie zur Ruhe zu bringen. Leider vergeblich, denn ich konnte nicht verhindern, dass ich immer wieder zur Wohnungstür linste, voller Sorge und Unruhe, wenn ich daran dachte, wer bald über die Schwelle treten würde.

»Hör auf, zur Tür zu schielen.« Raelyn, die neben mir ausgestreckt auf dem Sofa lag, rollte sich auf den Bauch und hob den Blick von dem Buch, das sie gerade las. »Sie wird dich schon nicht umbringen, wenn sie heimkommt.«

»Da wäre ich mir nicht so sicher. Ich war schon echt ätzend zu –« Ich verstummte sofort, als ich das Klimpern eines Schlüssels hörte, der in die Wohnungstür gesteckt und umgedreht wurde. Kurz darauf erschien Kates brauner Haarschopf. Angespannt hielt ich die Luft an.

»Willkommen zu Hause.« Raelyn stand schwerfällig auf, streckte sich gemächlich und überspielte gekonnt die verkrampfte Atmosphäre. »Wie waren die Vorlesungen?«

»Nicht sonderlich aufregend, um ehrlich zu sein.« Kate spähte zur Wanduhr. »Wir müssen noch fürs Abendessen einkaufen.«

»Ist doch kein Ding. So spät ist es ja noch nicht«, winkte Raelyn ab und umarmte Kate kurz zur Begrüßung, ehe sie in meine Richtung nickte. »Ihr zwei könnt ja noch eben fix losfahren und was holen.«

»Ähm ...« Als Kate mich über Raelyns Schulter hinweg ansah, seufzte ich leise. Bei der ganzen Aufregung hatte ich dieses kleine Detail wohl völlig vergessen. »Prinzipiell gern, aber mein Auto springt leider nicht mehr an.«

Beide sahen mich etwas geplättet an. Raelyn fand als Erste ihre Stimme wieder. »Wie jetzt?«

»Na ja, er springt halt nicht mehr an«, murrte ich missmutig. »Ich wollte meinen Dad die Tage mal fragen, was ich nun machen soll.«

Raelyn nickte verständnisvoll. Dann hielt sie plötzlich inne. »Warte. Wie bist du denn dann gestern zum Vorstellungsgespräch gekommen?«

Mein Blick huschte zu Kate, die mich mit undefinierbarer Miene musterte. »Tyler hat mich gefahren.«

Die beiden sahen einander an, und Raelyn räusperte sich

hüstelnd. »Ich werde das unkommentiert lassen und statt-dessen nachschauen, was wir für heute Abend noch im Kühl-schrank haben.«

Als die Küchentür hinter ihr zufiel, waren Kate und ich plötzlich allein, und die Stille breitete sich schwer und bleiern zwischen uns aus. Ich wollte etwas sagen, wollte mich sowohl für meinen Ausbruch gestern als auch für meine betrunkenen Eskapaden entschuldigen, aber kein einziges Wort kam mir über die Lippen. Ich wendete den Blick ab, weil ich Kates warmen Augen nicht länger standhalten konnte, mit denen sie mich aufmerksam beobachtete. Stattdessen fingerte ich an meinen bunten Armbändern herum, eine lästige Angewohn-heit, weswegen ich mir regelmäßig neue bestellen musste, weil diese kleinen Dinger nicht strapazierfähig genug für meinen nervösen Tick waren.

Okay, irgendwie war das Ganze hier höchst unangenehm. Vielleicht sollte ich doch besser –

Ich keuchte erschrocken auf, als sich plötzlich zwei Arme um mich schlangen und Kate mich fest an sich drückte.

»April –«

»Es tut mir so leid.« Die Worte sprudelten unaufhaltsam aus mir heraus, während mein tonnenschweres schlechtes Gewis-sen sich mit einem Mal leichter anfühlte. »Ich hätte dich nicht so anfahren dürfen.«

»Und ich hätte dich gestern nicht so in die Ecke drängen dürfen.« Sie sah mich an, auf den Lippen ein entschuldigen-des Lächeln. »Ich hätte wirklich einen besseren Zeitpunkt aus-suchen können, um dieses Thema anzuschneiden.«

»Für so was gibt es nie einen guten Zeitpunkt.« Sanft tät-schelte ich ihren Arm, und mir wurde bewusst, dass sie sich wegen dieser Auseinandersetzung wahrscheinlich schon seit gestern Vorwürfe machte, obwohl ich diejenige war, die sich im Ton vergriffen hatte. »Ich weiß ja, dass du dir nur Sorgen machst.«

»Trotzdem. Ich hätte mehr Rücksicht auf dich nehmen müssen.« Kate hielt mich so fest im Arm, dass ich beinah das Gefühl hatte, mit einem Oktopus zu schmusen. »Du weißt, dass ich dich bei allem unterstütze, oder? Ganz egal, was du auch machst.«

Meine Augen fingen an zu brennen, und ich blinzelte hektisch. Jetzt zu heulen wäre kontraproduktiv. »Ja, das weiß ich doch.«

»Gut.« Kate drückte mich noch einmal an sich, bevor sie sich wieder aufsetzte. Als ich ihr die Hand hinhielt, zog sie mich mit einem Lächeln zurück in meine vorherige Position und tippte mir dann mit dem Zeigefinger sanft gegen die Stirn. »Ich meine, das soll keine Ausrede sein, aber dass ich niemanden mit seinen Problemen alleinlassen kann, ist leider deine Schuld. Das hab ich mir von dir abgeguckt.«

Ich lachte leise, total erleichtert, dass sie mich nicht zum Teufel jagte, obwohl ich es eigentlich verdient hatte. »Wohl eher andersrum.«

»Meinst du?«

»Auf jeden Fall.« Als es an der Tür klingelte, stand ich auf und warf einen Blick auf die Uhr. Heute war der Paketdienst aber spät dran. Ich zog die Tür auf und blickte über die Schulter zu Kate. »Hast du was bestellt?«

»Nein. Aber vielleicht hat Raelyn ja – «

»Überraschung.«

Ich weitete die Augen und drehte mich um, als eine mir sehr vertraute Stimme an mein Ohr drang, die hier jetzt gerade definitiv völlig fehl am Platz war, und sah geradewegs in Alecs grinsendes Gesicht, der sich an mir vorbei durch die Tür schob und den Blick auf einen hochgewachsenen Kerl mit langen Haaren freigab, der wie selbstverständlich im Türrahmen lehnte, als würde sein Arsch nicht eigentlich nach New York gehören.

»Hunter?«

»Live und in Farbe.« Seine ozeanblauen Augen wanderten durch den Raum, sicherlich auf der Suche nach seiner besseren Hälfte, während er die kleine Reisetasche fallen ließ, die an seiner Schulter gebaumelt hatte. »Du kannst also aufhören, mich so anzugaffen, Dreikäsehoch.«

»Ich hoffe doch, dass zwischen euch beiden wieder alles okay ist?« Alec zog die Tür hinter sich zu und nickte in Kates Richtung, die wie versteinert auf dem Sofa saß. »Du schuldest mir jetzt allerdings eine Nacht Schlaf, King. Kate hat mich mit ihrem schlechten Gewissen fast wahnsinnig gemacht.«

»Du bist doch verrückt.« Kate stand vom Sofa auf und schüttelte den Kopf, die Augen noch immer ungläubig auf ihren besten Freund gerichtet, den sie mit einer stürmischen Umarmung begrüßte und dann zu mir herüberschielte. »Hast du das gewusst?«

Ich schüttelte den Kopf, nicht minder überrumpelt von unserem plötzlichen Gast. Ihn einzuladen war mir zwar in den Sinn gekommen, aber da Hunter immer superviel zu tun hatte und erst vor Kurzem hier gewesen war, hatte ich diese Idee gleich wieder verworfen. »Nein.«

Eigentlich war ich kein Fan von Überraschungen, aber diese hier würde ich mit Freuden über mich ergehen lassen.

»Das ist allein auf meinem Mist gewachsen«, sagte Hunter stolz und drückte mich zur Begrüßung fest an sich, ehe er auf Alec deutete und die beiden mit einem verschwörerischen Grinsen einschlugen. »Aber ich hatte ein bisschen Hilfe vom russischen Geheimdienst.«

Alec zog Kate an seine Seite und begrüßte sie mit einem

flüchtigen Kuss, während das zufriedene Funkeln in seinen Augen Bände sprach. »Ich hab mir gedacht, wenn ich dir schon nichts schenken darf, kann ich wenigstens den Chauffeur für deinen besten Freund spielen.«

»Ihr seid beide völlig durchgeknallt.« Kate legte zwar einen mahnenden Tonfall an den Tag, aber ihr glückliches Lächeln verriet ihre wahren Gefühle. »Was ist mit deinem Training?«

»Das kann ich ruhig mal sausen lassen.«

Ich verengte die Augen und betrachtete die beiden Verschwörer mit gespielter Wut. »Na, wenn ich das dem Coach stecke.«

»Untersteh dich, King.«

Kate lachte leise und sah zu Hunter auf. »Hast du wenigstens Raelyn Bescheid gesagt? Die kriegt doch sonst vor lauter Freude einen Herzinfarkt.«

Hunter schmunzelte nur. »Wo bliebe denn da der Spaß?«

»Na, das kann ja lustig werden.«

»Okay, also in unserem Kühlschrank herrscht gähnende Lee–« Raelyn kam wie aufs Stichwort mit einem Wasserglas in der Hand aus der Küche und blieb wie angewurzelt stehen. Ihr Mund öffnete sich, schloss sich dann wieder, ehe ihr komplett die Kinnlade runterfiel. »Hunter?«

»Hi, Rae.« Hunter verzog einen Mundwinkel zu einem schiefen Grinsen und hob die Hand lässig zum Gruß. »Hast du mich vermisst?«

Kate und ich keuchten beide alarmiert auf, als Raelyn plötzlich einen Satz nach vorn machte. Zum Glück war Hunter geistesgegenwärtig genug und nahm ihr das Glas aus der Hand und reichte es schnell rüber zu Kate, bevor Raelyn ihm in die Arme sprang und ihm einen so überschwänglichen Kuss auf die Lippen drückte, dass er sie beide ins Taumeln brachte. »Was machst du denn hier?«

»Das Album ist etwas früher fertig geworden als geplant, und ich hab mir gedacht, ein spontaner Wochenendausflug kann nicht schaden.« Hunter ließ Raelyn runter, die ein protestierendes Murren von sich gab und ihm die Arme um die Taille schlang. »Außerdem gibt es ja das ein oder andere zu feiern, und das wollte ich nicht verpassen.«

Kate verdrehte die Augen. »So was Besonderes ist mein Vierundzwanzigster jetzt auch wieder nicht.«

»Ich bin nicht nur deinetwegen hier.«

Alec nickte Richtung Couch, und mir wurde im gleichen Moment bewusst, dass wir alle immer noch wie bestellt und nicht abgeholt im Eingangsbereich rumstanden. »Sollen wir uns nicht setzen?«

»Später.« Sanft, aber bestimmt löste Hunter sich von Raelyn, die heftig protestierte, was er mit einem innigen Kuss zu besänftigen wusste. »Jetzt muss ich erst mal jemandem auf den Sack gehen, der diese Sache sicherlich nicht hätte für sich behalten können.«

Raelyn nickte verständnisvoll und schob ihren Freund mit einem Grinsen Richtung Wohnungstür. »Na los, geh schon.«

Dank meines verkaterten Hirns brauchte ich einen Moment länger, um zu begreifen, wen Hunter meinen könnte. Doch dann dämmerte mir langsam, um wen es ging, und ich konnte nicht anders, als hämisch zu kichern, während sich gleichzeitig eine wohlige Wärme in mir ausbreitete, als ich daran dachte, wie glücklich ein gewisser Jemand jetzt gleich sein würde.

Ich hätte mein letztes Hemd dafür gegeben, endlich einmal mitzuerleben, wie Mr Schlagfertig sprachlos sein würde.

15. KAPITEL

Tyler

Nur noch bis Mai. Nur noch bis Mai. Nur noch bis Mai.

Ich wiederholte diesen Gedanken wieder und wieder, während ich aus dem Vorlesungsgebäude in die kalifornische Septembersonne trat, die nach dem Regenschauer heute früh endlich mal halblang machte und zu Temperaturen um die fünfundzwanzig Grad zurückgefunden hatte. Ich rollte mit den Schultern, um meine angespannten Muskeln zu lösen, die sich immer vollkommen verkrampften, wenn ich lange still sitzen musste. Ich sah auf das Lehrbuch in meiner Hand, das ich nicht einmal weggesteckt hatte, so schnell, wie ich aufgesprungen war. Ich verabschiedete mich von ein paar meiner Kommilitonen, die mit mir das Gebäude verließen, um ihren Donnerstagmittag mit etwas Vergnüglicherem zu verbringen als Vorlesungen. Scheiße, ich freute mich echt wahnsinnig aufs Wochenende. Bevor ich nächsten Dienstag meine alte Stelle im Reisebüro wieder antreten würde, hatte ich dank herausragender Kurswahl meinerseits ganze vier Tage für mich, und die würde ich sicherlich nicht auf dem Campus verbringen. Nach Kates Geburtstag morgen würde ich mich direkt auf die Socken machen und –

»Yo! Ty!«

Ich blieb wie versteinert stehen. Die Stimme, die mich gerufen hatte, war mir fast so vertraut wie meine eigene. Völlig baff hob ich den Kopf und schaute mich hektisch um. Ich war mir sicher, dass ich mich verhört hatte, doch als ich einen hochgewachsenen und stark tätowierten Mann mit langem braunem Haar und ozeanblauen Augen erblickte, der lässig mit der Schulter an einer der hohen Säulen vor dem Vorlesungsgebäude lehnte, zweifelte ich an meiner eigenen Zurechnungsfähigkeit. »Was zum –«

»Dein dummes Gesicht jetzt gerade ist unbezahlbar. Allein dafür hat sich der frühe Flug schon gelohnt.« Hunters Lachen klang rau, als er sich von der Säule abstieß und mit langen Schritten zu mir herüberkam. Er zog mich in eine brüderliche Umarmung, und ich schnappte überrascht nach Luft, so fest drückte er mich. »Hey, Mann. Schön, dich zu sehen.«

Etwas überrumpelt erwiderte ich seine Umarmung, während ich Probleme hatte zu kapieren, was hier gerade eigentlich vor sich ging.

War mein bester Freund wirklich hier in San Teresa? Sollte er nicht eigentlich in einem Studio in New York hocken und die Hits von morgen produzieren? Das protestierende Knacken, das meine Wirbelsäule von sich gab, als er mich noch fester an sich drückte, war eigentlich Realitätscheck genug, und trotzdem folgte ich dem Impuls und kniff Hunter beherzt in die Seite, der mich sofort losließ und einen Satz rückwärts machte.

»Fuck.« Er hob das Shirt ein Stückchen an und begutachtete die knallrote Haut, die trotz der unzähligen Tattoos ziemlich gut erkennbar war. »Was zum Geier sollte das?«

»Wollte nur sichergehen, dass du echt bist.« Ich sah den Kerl an, mit dem ich seit fünf Jahren durch dick und dünn ging und den ich seit zwei Jahren nicht mehr in natura gesehen hatte. Unfähig, irgendwie in Worte zu fassen, was gerade in mir vorging, machte ich von meinem treuen Begleiter, dem bissigen

Sarkasmus, Gebrauch. »Was du offensichtlich bist, wenn du jammern kannst wie ein Milchmädchen.«

»Du mieser, kleiner Penner.« Hunter rieb über die Haut, ehe er das Shirt wieder runterzog, das Funkeln in seinen Augen irgendwo zwischen angefressen und belustigt. »Da fliegt man quer durchs Land, um seinen besten Freund zu besuchen, und wird nur beleidigt.«

»Als ob du nur meinetwegen hier wärst.«

»Bin ich in erster Linie tatsächlich. Ich meine, Kates Geburtstag in allen Ehren, aber so eine große Sache ist ihr Vierundzwanzigster jetzt auch wieder nicht.« Ich hatte keine Ahnung, was für ein Gesicht ich bei seinen so schonungslos ehrlichen Worten machte, aber es musste sehr emotional sein, denn Hunter breitete die Arme aus und klopfte sich dann einladend gegen die Brust, während er eine ungeduldige Geste mit den Händen machte. »Komm her. Ich schirm dich gern ab, wenn du vor lauter Rührung heulen willst.«

Ich war tatsächlich ziemlich gerührt, aber nach der Nummer würde ich einen Teufel tun und das diesem Vollidioten unter die Nase reiben. Stattdessen bekam er einen leichten Schlag in die Magengrube, und ich sah zufrieden zu, wie er es diesmal war, dem kurz die Luft wegblieb.

»Du scheinst endlich zu trainieren.« Hunter hielt sich stöhnend den Bauch, und eine Sekunde lang überkam mich ein schlechtes Gewissen, bis ich sah, wie seine Mundwinkel belustigt zuckten. »Schön für dich.«

»Scheiße, ich hab dich echt vermisst, Mann.« Ich legte Hunter die Hand auf die Schulter und drückte ihn noch mal kurz an mich, bevor ich einen Schritt zurücktrat und mir Zeit ließ, ihn so richtig in Augenschein zu nehmen. »Du hättest gestern ruhig mal was sagen können.«

»Das nennt man eine Überraschung, du Spinner.«

Hunters Haut war nicht mehr so blass wie das letzte Mal, als ich ihn von Angesicht zu Angesicht gesehen hatte, und es war schön, zu wissen, dass das kein Trugbild der Webcam gewesen war, durch die viele Dinge einfach gefiltert wirkten. Die dunklen Schatten, die früher immer unter seinen Augen gelegen hatten, waren verschwunden, und sein Bart war deutlich länger und gut gepflegt, was hervorragend zu dem neuen, entspannten Lächeln passte, das sich im Laufe der letzten drei Jahre immer häufiger auf seine Lippen geschlichen hatte. Er sah gesund aus. Glücklich sogar. Ich räusperte mich und hoffte, dass man mir meine Erleichterung nicht anmerken konnte. »Gut siehst du aus.«

»Kann ich nur zurückgeben.« Hunter packte mich grob am Kiefer und drehte mein Gesicht hin und her, auf seinen Lippen erschien ein breites und fast schon gönnerhaftes Grinsen. »Vom Surferboy zum Laufstegmodel, huh?«

»Jetzt übertreib mal nicht.« Lachend schob ich seine Hand weg. Mir waren die unzähligen Blicke, die man uns zuwarf, zwar bewusst, sie konnten mich aber augenblicklich nicht weniger interessieren. Ich war einfach überglücklich, Hunter zu sehen. Da war es mir scheißegal, was der Rest der Welt denken mochte. »Sind doch nur ein paar neue Klamotten, also, krieg dich wieder ein.«

»Stimmt. Darunter bist du offensichtlich immer noch der gleiche unerträgliche Besserwisser.« Hunter legte sich die Hand auf den Magen, der wie auf Knopfdruck ein Grummeln von sich gab. »Ich könnte was zu essen vertragen, und du?«

»Klingt verdammt gut.« Ich steckte mein Lehrbuch in meinen Rucksack und schulterte diesen, während mir allein beim Gedanken ans Essen das Wasser im Mund zusammenlief, nachdem ich das Frühstück hatte sausen lassen, weil ich verschlafen hatte. »Burger?«

»Auf jeden Fall.« Hunter band sein langes Haar zu einem Knoten. »*Sophies Diner?*«

Mit flinken Fingern zog ich meinen Autoschlüssel aus meiner Hosentasche und klimperte damit vor Hunters Gesicht herum. »Call.«

Bevor ich Einspruch erheben konnte, hatte mein bester Freund sich schon die Schlüssel geschnappt und wiegte sie mit einem Schmunzeln in seiner Hand. »Ich fahre.«

»Nur wenn du das in New York nicht verlernt hast.«

Eigentlich hatte ich mich vor meinem Spruch schon geduckt, doch leider war ich nicht schnell genug und landete erbarmungslos in Hunters Schwitzkasten, wobei er es sich natürlich nicht nehmen ließ, meine Kopfhaut einer schmerzhaften Knöcheltherapie zu unterziehen. »Ich fahre sicherlich dreimal besser als du, du elender Raser.«

»Ich kann nichts dafür, dass die Geschwindigkeitsbegrenzungen einfach zu niedrig angesetzt sind«, presste ich hervor und schaffte es nur mit Müh und Not, mich von ihm loszumachen. Warum hatte ich diesen Penner noch mal vermisst? Ich fuhr mir mit der Hand durchs Haar, um das schmerzende Brennen auf meiner Kopfhaut zu lindern, und marschierte los. »Außerdem: Lass mich doch einfach. Das ist das einzige Leben am Limit, das ich im Moment kriege.«

Hunter verfiel neben mir in einen mühelosen Gleichschritt und beobachtete mich amüsiert dabei, wie ich versuchte, irgendwie meine Haare wieder einigermaßen in Ordnung zu bringen, ehe er mir den Arm um die Schultern legte. »Noch mal herzlichen Glückwunsch zu deinem neuen Job.« Er klopfte mir gegen den Arm und schloss den Wagen auf, als wir den Parkplatz erreichten. »Haben sie schon gesagt, wann sie dir den Vertrag schicken wollen?«

»Danke, Mann.« Ich machte mich von ihm los und setzte

mich auf den Beifahrersitz. Scheiße, war das ungewohnt. Aber bis zum Diner waren es nur knapp zehn Minuten Fahrt. So lange konnte ich mich auf jeden Fall zusammenreißen. Der Wagen setzte sich in Bewegung, und ich ließ mich tiefer in den Sitz sinken, während leise Musik aus dem Radio drang. »Ja, ich hab zwischen den Vorlesungen mit meinem neuen Boss telefoniert, und er meinte, er wolle noch das ein oder andere abklären, mir den Wisch aber zügig zukommen lassen, damit ich so schnell wie möglich unterschreiben kann.«

»Klingt gut.« Wie erwartet lenkte Hunter den Wagen sicher und ruhig durch die Straßen, und ich war überzeugt davon, dass die Federung des massigen SUVs dieses ruhige Dahingleiten durchaus zu schätzen wusste. Einen Augenblick lang schwiegen wir nur, aber diese Stille war kein bisschen unangenehm. Irgendwann begann Hunter wieder zu sprechen. »Das Ganze ist befristet, oder?«

»Jup.« Ich sah aus dem Fenster auf die vorbeiziehende Stadt. Wir gelangten allmählich an den Stadtrand. Immer weniger Geschäfte und Häuser tauchten in meinem Blickfeld auf, ein sicheres Zeichen dafür, dass wir uns dem Highway näherten. »Erst mal auf zwölf Monate, dann sehen wir weiter. Aber mein Boss meinte schon, dass ich gute Chancen hätte, dauerhaft für ihn zu arbeiten, wenn ich mich jetzt gut anstelle.«

»Klingt vielversprechend.« Hunter lenkte den SUV auf den Parkplatz vor dem Diner, auf dem neben diversen Lkws auch der ein oder andere Kleinwagen stand, und parkte vor dem Eingang. »Darauf müssen wir auf alle Fälle anstoßen.«

»Ich hab es den anderen noch nicht gesagt.« Wir stiegen aus, und ich steckte die Hände in die Hosentaschen, während wir zur Tür schlenderten. Wenn ich an Aprils Tränen gestern zurückdachte, versetzte mir das noch immer einen schmerzhaften Stich. Es war besser, diese ganze Sache noch eine Weile für sich zu behalten. Nur bis April eine Entscheidung bezüglich des Volontariats getroffen hatte. »Und dabei würde ich es auch vorerst gern belassen.«

Hunter ging vor mir die wenigen Stufen zum Diner hinauf, zog die Tür auf und ließ mich zuerst hineingehen. Sofort schlug uns der Geruch von Bratenfett entgegen, und das fleckige, in die Tage gekommene Linoleum weckte Erinnerungen an all die Abende, die wir in diesem Laden zusammen verbracht hatten, wann immer wir ausgehungert nach einem von Samuels Konzerten hier aufgelaufen waren. »Weil der Vertrag noch nicht unter Dach und Fach ist?«

»Genau.« Ich ließ die Augen durch den Gastraum wandern, der heute recht gut gefüllt war, und steuerte dann auf eine der verblichenen roten Sitzecken ganz hinten im Diner zu, froh darüber, Hunter nicht ins Gesicht sehen zu müssen, der mir meine Lüge vermutlich an der Nasenspitze angesehen hätte. »Sicher ist sicher.«

»Wenn du meinst.« Wir setzten uns einander gegenüber in die kleine Nische, und Hunter griff sofort nach der Speisekarte, offensichtlich mindestens genauso ausgehungert wie ich. »Könnte dann morgen Abend allerdings ein bisschen seltsam werden.«

Entspannt lehnte ich mich in der alten Kunstledergarnitur zurück, die zwar rissig, aber immer noch ziemlich bequem war. »Es gibt keinen Grund, warum das Thema aufkommen sollte.«

»Ganz wie du meinst, Mann, aber schade ist es schon. Ein Grund weniger, sich volllaufen zu lassen.« Hunter schnalzte leise mit der Zunge und sah sich nach der Kellnerin um. Als er sie erspähte, hob er kurz die Hand, und sie gab ihm mit einem Nicken zu verstehen, dass sie zu uns herüberkommen würde, sobald sie mit dem Saubermachen des Tisches fertig war. »Zumindest für euch.«

Entschuldigend verzog ich das Gesicht. »Sorry, Mann.«

»Schon okay.« Er zuckte mit den Achseln, nach jahrelanger Abstinenz war er offensichtlich nicht mehr ganz so von dieser Einschränkung genervt. »Immerhin fühle ich mich durch die Tabletten nicht mehr wie in Watte gepackt, und wenn sie verhindern, dass ich wie ein Flummi zwischen Manie und Depression hin- und herspringe, dann ist es das wert. Außerdem konnten wir die Dosis wieder verringern, und meine letzte Schwankung ist jetzt fast zweieinhalb Jahre her, also werde ich mich sicherlich nicht beschweren.«

Mich erstaunte es immer noch, wie offen Hunter mittlerweile über seine bipolare Störung sprach, woran seine Therapeutin und Raelyn sicherlich einen großen Anteil hatten.

»Ich kann immer noch nicht fassen, dass du hier bist, Mann.«

»Solltest du besser langsam mal, immerhin fliege ich übermorgen schon wieder.« Hunter lehnte sich in meine Richtung und betrachtete mein Gesicht etwas zu eindringlich für meinen Geschmack. »Außerdem, wenn es irgendwas gibt, worüber du mit mir reden willst, dann wäre jetzt ein guter Zeitpunkt.«

Ich zog eine Augenbraue hoch. »Wir haben gestern erst telefoniert. Worüber sollte ich schon reden wollen.«

»Bist du dir sicher?«

»Ganz sicher.« Ich runzelte die Stirn. »Wieso?«

»Ich hab gehört, dass April gestern ziemlich abgestürzt sein soll.« Hunter musterte mich. »Und ich hab auch gehört, dass du sie nach Hause gebracht hast und meiner Freundin den halben Morgen auf den Sack gegangen bist, weil du wissen wolltest, wie es ihrer Mitbewohnerin geht.«

Mir verschlug es kurz die Sprache, dann verdrehte ich die Augen. »Der cliqueninterne Buschfunk funktioniert offensichtlich noch immer ganz hervorragend.« Meine Freunde waren echt unglaublich. »Ja, ich war was mit ihr trinken. Keine große Sache.«

»Warum siehst du mich dann so an, als hätte ich dein nächstes Flugticket beschlagnahmt?«

Ich schaute auf die rissige Tischplatte hinab, in der man sich sicherlich leicht einen Splitter einfangen konnte, wenn man nicht aufpasste. »Weil ich eventuell ein kleines Problem habe.«

»Das da wäre?«

Zum Glück blieb ich ihm die Antwort noch für einen Moment schuldig, denn die Kellnerin mit dem kurzen schwarzen Haar und dem freundlichen Lächeln, der Hunter vorhin ein Handsignal gegeben hatte, kam zu uns herüber. Sie nahm unsere Bestellung auf, die Hunter und ich beide recht zügig herunterratterten. Mir wurde klar, dass ich das ganze vielleicht etwas mehr hätte in die Länge ziehen sollen, als Hunter mir mit seinem intensiven Blick fast ein Loch in die Stirn brannte. Mit einem Augenrollen gab ich nach. »Ich hätte sie gestern fast geküsst.«

Eine Pause entstand, und als Hunter diese endlich unterbrach, hätte ich vor Frust am liebsten mit der Faust auf den Tisch geschlagen, denn alles, was er dazu zu sagen hatte, war: »Ja und?«

Als die Kellnerin unsere Getränke brachte, nickte ich ihr dankbar zu, bevor ich mich wieder an meinen besten Freund wandte. »Hast du mir nicht zugehört?«

»Doch, habe ich, aber ich sehe das Problem nicht. Du magst sie. Anscheinend auch mehr, als du gedacht hättest. Und?« Hunter fischte die Zitronenscheibe aus seiner Cola und warf sie achtlos in meine, die Spritzer verteilten sich überall auf dem Tisch, und ich wischte sie mit einer Serviette auf. »Ihr zwei schleicht schon seit Aprils erstem Semester umeinander herum, und auch wenn du immer behauptest, du fändest sie nur niedlich, ist es ziemlich offensichtlich, dass du mindestens genauso sehr auf sie abfährst wie sie auf dich. Die einzigen beiden, die das nicht schnallen, seid ihr zwei.«

Die Kellnerin kam mit unserem Essen und unterbrach unser Gespräch damit an einer echt ungünstigen Stelle, doch sobald sie außer Hörweite war, sprach Hunter weiter, während er die obere Brötchenhälfte von seinem Burger nahm und eine ordentliche Portion Ketchup nachlegte. »Wundert mich, dass das nicht schon früher passiert ist.«

Ich musste aufpassen, dass mir mein eigener Burger nicht aus der Hand fiel, als ich Hunter fassungslos anstarrte. »Sehr hilfreich, Mann.«

»Ist doch so.« Hunter nahm unbeeindruckt einen großen Bissen von seinem Burger und kaute genüsslich darauf herum, ehe er schluckte. »Und wo ist jetzt dein Problem?«

»Dass das gerade ein denkbar schlechter Zeitpunkt ist, um irgendwas mit ihr anzufangen.«

»Gibt's für so was denn überhaupt einen richtigen Zeitpunkt?« Hunter nickte in Richtung meines Burgers, und ich biss hinein, ohne wirklich auf den Geschmack zu achten. Hunter nahm derweil all meine Ausreden schonungslos auseinander. »Wenn du bisher auf irgendeine Frau gestanden hast, dann hast du auf Teufel komm raus mit ihr geflirtet, und entweder hat es geklappt oder halt nicht.« Wieder biss er ab und ließ mich eine ganze Weile darauf warten, worauf er eigentlich hinauswollte. »Warum gibst du dem Ganzen nicht einfach eine Chance? Wenn sie sich auf dich einlässt, ist es gut, und wenn nicht, dann kannst du deine Gefühle für sie endgültig begraben und weiterziehen.«

»Ganz so einfach ist das nicht.«

»Doch, genauso einfach ist das.«

Frustriert legte ich meinen Burger ab und griff nach ein paar Pommes. »April und ich sind befreundet, Hunter.«

Unbeeindruckt sah er mich an. »Und?«

»Sie und ich wollen völlig unterschiedliche Dinge vom Leben.« Ich sollte ihm vielleicht mal ein schmuckes CT vorschlagen, um zu sehen, ob bei seinem Hirn noch alles okay war oder ob die Luft in New York ihn begriffsstutzig gemacht hatte. »Wenn ich mit ihr flirte, in dem Wissen, dass sie momentan nicht noch eine Sache brauchen kann, über die sie sich den Kopf zerbrechen muss, dann bin ich nicht nur ein mieser Bastard, sondern auch noch ein rücksichtsloses Arschloch.«

»Ob sie sich über dich den Kopf zerbricht oder nicht, ist immer noch ihre Entscheidung, meinst du nicht?« Hunter unterbrach seine Futterei und sah mich eindringlich an. In seinen ozeanblauen Augen lag eine hypnotisierende Ehrlichkeit, die es mir schwer machte wegzusehen. »Bist du nicht der Typ, der sonst immer sagt, dass Pläne vollkommen überbewertet sind?«

Womit er recht hatte. Aber nur weil ich mich sonst kopfüber in alles stürzte, hieß das noch lange nicht, dass ich das auch tun musste, wenn ich genau wusste, dass es dabei vermutlich einen verheerenden Kollateralschaden geben würde. »Wenn das schiefgeht, dann wird es immer seltsam zwischen uns sein.«

»Seltsamer als jetzt? So wie ich dich kenne, wirst du am Ende eh nur versuchen, ihr aus dem Weg zu gehen, und das würde mal so gar nicht hinhauen.«

»Punkt für dich.«

»Ich hab keine Ahnung, warum du dir so einen Stress deswegen machst. Ihr zwei seid erwachsen.« Hunter sah mich prüfend an, das Zucken seiner Mundwinkel ein sicheres Zeichen dafür, dass dieser Idiot meine Misere allen Ernstes amüsant fand. »Na ja, April ist erwachsen. Wenn es zwischen euch seltsam werden sollte, dann wird das nur an dir liegen, Mann.«

»Na vielen Dank auch.« Ich zeigte ihm den Mittelfinger, dann nahm ich meinen Burger wieder in die Hand und biss hinein, um mit ihm ein wenig von meinem Ärger hinunterzuschlucken. »Du bist echt ein ganz toller bester Freund.«

»Ich sag nur die Wahrheit.« Hunter aß den letzten Rest von seinem Burger und wischte sich den Mund mit einer Serviette ab, ehe er einen Schluck von seiner Cola trank und sich dann seinen Pommes widmete. »Hör einfach auf, den ganzen Scheiß zu zerdenken. Das passt nicht zu dir.«

»Sagt der Kerl, der das mit Raelyn fast versaut hätte, weil er zu viel nachgedacht hat.«

Ich wusste, dass ich einen Fehler in meiner Argumentation gemacht hatte, als Hunter ein gönnerhaftes Lachen von sich gab. »Und wer hat mir gesagt, dass ich damit aufhören soll?«

»Du abgebrühter –« Bevor ich ihm irgendwelche weiteren Verwünschungen an den Kopf knallen konnte, hatte Hunter mir eine Handvoll Pommes in den Mund gestopft.

»Halt einfach die Klappe und iss deinen Burger.« Er wischte seine Hände an der Serviette ab und lehnte sich gelassen zurück. »Scheiße, wenn man plötzlich keine Ausreden mehr hat, hinter denen man sich verstecken kann, was?«

Ich kaute an dem Haufen Pommes und hatte Probleme, ihn hinunterzuschlucken, dann nickte ich schicksalsergeben. »Ich find dich echt so was von zum Kotzen.«

»Ein einfaches *Du hast recht, Hunter* hätte es auch getan.«

Bevor Hunter noch mehr einen auf Amor machen konnte, wechselte ich das Thema und fragte ihn über seinen Job aus, bis auch ich meinen Burger aufgegessen hatte. Wir standen auf, und ich zahlte, was mir ein großes Gezeter einbrachte, welches ich gekonnt ignorierte. Während wir Richtung SUV liefen, spürte ich, wie mein Handy mehrfach hintereinander vibrierte. Als ich den Absender sah, machte mein Herz den gleichen

Satz wie gestern schon, und ich seufzte leise, als mir dämmerte, dass Hunter vielleicht einmal in seinem Leben recht haben könnte.

April [16:45]: Ty? Hast du morgen schon was vor?
April [16:45]: Ich könnte für Kates Geburtstagsfeier echt deine Hilfe brauchen, um alles auf die Kette zu kriegen.
April [16:46]: Hast du Zeit?
April [16:46]: Bitte?
April [16:46]: Bitte, bitte?
April [16:46]: Ich lass dafür auch Ramen bei Ikigai *springen. Versprochen.*

Scheiß drauf. Ich mochte April. Das war keine große Sache. Ich würde aufhören, mir den Schädel darüber zu zerbrechen, und die Dinge einfach laufen lassen. Und sobald sie wegen des Volontariats eine Entscheidung getroffen hatte, konnte ich sie fragen, was sie davon halten würde, wenn wir es mal mit einem Date versuchen würden. Bis dahin würde ich einfach ihr Kumpel bleiben und es mir in der non-existenten Friendzone bequem machen. Ich meine, ich hatte es bisher auch hinbekommen, nur ihr Freund zu sein. Auf ein paar Tage mehr oder weniger kam es da auch nicht mehr an.

Tyler [16:48]: Geht klar, Feldwebel. Sag mir einfach, wann ich dich morgen einsammeln soll.

16. KAPITEL

Tyler

»Willst du dich den ganzen Abend nur an deinem Drink fest-halten oder es auch mal auf dem Feld versuchen?« Ich sah von dem zerfledderten Etikett meiner Bierflasche auf, als Aprils Stimme an mein Ohr drang, und setzte mich automatisch auf der Decke etwas gerader hin, während sie mit kleinen Schritten vom Volleyballfeld, auf dem die anderen fünf sich noch austob-ten, auf mich zukam. Ihre roten Locken wehten in der abend-lichen Brise, und ich versuchte, nicht auf ihre Oberschenkel zu starren, die sich bei jedem Schritt im Sand anspannten.

Ich wollte irgendwo anders hinsehen. Zu dem Lagerfeuer vor mir, der Gruppe anderer Studenten, die, genau wie wir, ein paar Meter weiter den Strand runter eine kleine Party feierten, oder hoch zu den unzähligen Sternen, die neben dem satten Vollmond beinahe verblassten. Aber ich konnte nicht. Statt-dessen starrte ich weiter April an, und je näher sie kam, desto mehr reagierte mein Körper auf sie. Ich fühlte mich fast ma-gisch von ihr angezogen, als wäre sie die verfluchte Sonne und ich ein aus der Bahn geratener Planet, der keine andere Wahl hatte, als um sie zu kreisen.

So ging das schon den ganzen Tag, seit sie zu mir in den SUV gestiegen war, um mich von einer Ecke der Stadt zur nächs-ten zu jagen, und meine Nerven lagen mittlerweile echt blank. Das lag allerdings nicht daran, dass ich davon genervt war, April helfen zu müssen. Nein, diese ganze Misere ging auf vorgestern Nacht und diese federleichte Berührung unserer Lippen zurück. Dass Hunter mir gestern dann auch noch all meine Ausreden genommen hatte, war auch nicht besonders hilfreich gewesen. Ich taumelte irgendwo zwischen meinem Hirn und meinem Herzen hin und her und wusste überhaupt nichts mehr.

Scheiße, vielleicht sollte ich mir die nächsten paar Tage mal eine April-Auszeit nehmen, bevor die ganze Nummer schiefging und ich mich von einem egoistischen Mistkerl in ein waschechtes Arschloch verwandelte, das einfach alle Rücksicht und damit auch alle Vorsicht über Bord warf. Und das würde ganz sicher passieren, wenn ich weiterhin permanent Aprils strahlendes Lächeln vor Augen hatte, das es mir so verflucht schwer machte, diese Grenze zwischen uns nicht zu überschreiten, von der ich seit zwei Tagen sowieso nur noch um Haaresbreite entfernt war.

»Wenn ich vorhabe, mir die Nase brechen zu lassen, dann von einem Profi und nicht durch einen von Alecs sauschlechten Aufschlägen.« Ich hielt ihr die Hand hin, weil sie im Sand ins Wanken geriet, verfluchte mich aber innerlich sofort wieder dafür, als ich ihre warmen Finger auf meiner Haut spüren konnte. Ich war echt ein richtiges Genie. »Ganz ehrlich, ich dachte, die zwei wären Leistungssportler?«

April lachte, ihre Hand fest in meiner, als sie sich neben mich auf die Decke fallen ließ. »Sind sie auch. Aber halt Schwimmer.«

Ich rückte ein Stück von ihr weg, da sie sich für meinen Geschmack etwas zu dicht neben mich gesetzt hatte, und ließ ihre Hand los. Ich richtete meine Augen demonstrativ auf unsere Freunde. »Und?«

»Die sind ein bisschen wie Fische auf dem Trockenen: außerhalb des Wassers zu rein gar nichts zu gebrauchen.«

»Sieht ganz so aus.« Ich schüttelte belustigt den Kopf, als Alec sich wieder an einem Aufschlag versuchte, der Kate auf der anderen Seite des Netzes beinahe ins Gesicht traf. »Dean kann ja wenigstens noch fotografieren und kochen, aber für Alec sehe ich echt schwarz, wenn das mit dem Schwimmen mal vorbei ist.«

April schnappte sich mein Bier und trank einen Schluck, dann drückte sie mir die Flasche wieder in die Hand. »Ach, bis dahin sind die zwei längst verheiratet und Alec kann den Trophy Husband machen.«

»Der Glückliche.«

»Womit du recht hast.« April beobachtete die anderen stumm. Sie hatten eine Menge Spaß bei ihrem nächtlichen Match. Nach einer Weile biss sie sich unsicher auf die Unterlippe. »Meinst du, es gefällt allen?«

»Auf jeden Fall«, sagte ich, ohne auch nur einen Augenblick zu zögern. Die Stimmung war ausgelassen, und es war ziemlich offensichtlich, dass wir den Abend alle total genossen, den April mit ihrem Planungstalent möglich gemacht hatte. Von den Lichtschläuchen, mit denen sie das Volleyballnetz umwickelt hatte, über die zwei Kühlboxen, gefüllt mit Eis und Alkohol, bis hin zu den S'mores und dem Lagerfeuer war alles perfekt. Trotz der Hektik des Nachmittags, in der wir von einem Stopp zum nächsten gerast waren, um noch alles rechtzeitig auf die Reihe zu bekommen, hatte April nicht einmal vergessen, ihren Bluetooth-Lautsprecher einzupacken, aus dem in voller Lautstärke Kates Lieblingsplaylist dröhnte. Und da hatte sie allen Ernstes noch Bedenken, dass es uns nicht gefallen könnte? Zur Hölle, mir hätten eine Pizza, Bier und ein paar Handtücher gereicht, aber April hatte sich für Kate extra ins Zeug gelegt und einen richtig schönen Abend auf die Beine gestellt, den wir alle sicherlich so schnell nicht vergessen würden. Das war unter anderem vermutlich einer der Gründe, warum es so leicht war, April zu mögen. Nach außen hin gab sie sich stets sarkastisch, zynisch und tough, doch sie war so viel selbstloser und fürsorglicher, als es auf den ersten Blick den Anschein machte. »Alle haben superviel Spaß, also hör auf, dich so verrückt zu machen, Däumeline.«

»Ich mache mich nicht verrückt.« Sie verzog grübelnd das Gesicht, und ihre Nase kräuselte sich, als offensichtlich auch ihr klar wurde, dass das glatt gelogen war. »Okay, vielleicht mache ich mich ein bisschen verrückt.«

Ich lehnte mich zurück und trank den Rest von meinem Bier, ehe ich die Flasche beiseitestellte und mich auf meine Unterarme stützte. »Einsicht ist der erste Weg zur Besserung.«

Sie warf mir einen Blick über die Schulter zu, auf ihrem Gesicht tanzten die orangen Schatten der warmen Flammen. »Du mich auch.«

»Hier und jetzt?« Ich schnalzte leise mit der Zunge und überkreuzte bemüht lässig die Knöchel, während ich zu unseren üblichen Albernheiten zurückzukehren versuchte, damit sie mir nichts anmerkte. »Zwerg, ich hatte ja keine Ahnung, dass du so drauf bist.«

»Ach, halt die Klappe, du Intelligenzallergiker.« Sie stieß mich am Oberschenkel an und schlang dann die Arme um ihre Knie, bevor sie ihr Kinn darauflegte. »Ich will nur, dass alles perfekt ist. Nach allem, was Kate durchgemacht hat, hat sie sich einen schönen Abend verdient.«

»Und den hast du ihr geschenkt.« Ich nickte in Kates Richtung, die den Kopf in den Nacken warf und laut auflachte, ehe sie sich unter dem Netz hindurchduckte und Alec einen Kuss auf die Lippen drückte. »Ich hab sie echt lange nicht mehr so glücklich gesehen, also hör auf, alles zu zerdenken, und genieß diesen Abend einfach. Du hast es im Moment auch nicht leicht, schon vergessen?«

Ich konnte ihre Augen zwar nicht sehen, aber ihr zögerliches Kopfschütteln entging mit trotzdem nicht. »Das ist ja nicht vergleichbar.«

»Natürlich nicht, doch das macht deine Sorgen ja nicht weniger erdrückend. Also, lass einfach mal locker, Feldwebel.« Bei meinen Worten hob sie ihr Kinn und wandte sich zu mir um, die Wange an ihre Schulter geschmiegt. Sie sah so zerbrechlich aus. Verloren beinahe. Und ich wünschte mir nichts sehnlicher als ihr Lächeln zurück. Um die schwere Atmosphäre zu durchbrechen, zwinkerte ich ihr zu und hoffte, dass sie es mir gleichtun würde. »Aber nicht zu locker, ich trage dich heute auf keinen Fall wieder nach Hause.«

Ihr lautes Lachen war sogar noch tausendmal besser als ihr Lächeln und so ansteckend, dass ich miteinstimmte. »Das wirst du mir auch ewig vorhalten, oder?«

»Mindestens bis du neunzig bist.«

»Dann hab ich ja nichts zu befürchten.« Als ich fragend den Kopf schief legte, ließ sie es sich natürlich nicht nehmen, noch einen draufzusetzen. »Wenn ich neunzig bin, bist du fünfundneunzig. Du alter Sack erinnerst dich dann eh an nichts mehr.«

»Mich erst durch die halbe Stadt jagen, um irgendwelche Besorgungen zu machen, und mir dann Altersdemenz an den Hals wünschen.« Ich setzte mich auf und schnipste ihr gegen die Stirn, was mir eine sehr kreative Verwünschung einbrachte, die Raelyns Ohren sicherlich zum Glühen gebracht hätte. »Das nächste Mal kannst du deine Party allein planen, Feuerteufel.«

»Ich hab sie allein geplant.« April rieb sich die Stirn, und für einen kurzen Moment befürchtete ich, dass ich ihr ernsthaft wehgetan hatte, doch dann bemerkte ich den verschmitzten Zug um ihren Mund. »Du hast mir lediglich bei der Ausführung geholfen, mein kleiner Minion.«

»Na ja, wenn man nach der Körpergröße geht –«

»Ja, ja, halt den Schnabel, Schönling.«

»Und du machst eine kleine Pause vom Volleyball?« Ich wechselte schnell das Thema, in der Hoffnung, dass sie nicht mitbekam, wie sehr mir ihre kleine Schmeichelei zu Kopfe stieg. »War es zu anstrengend, immer dreimal so hoch springen zu müssen wie alle anderen?«

April funkelte mich wütend an. »Du tust ja gerade so, als wäre ich eins zwanzig.«

»Bist du nicht?«

»Ich bin ein Meter achtundfünfzig, du Hohlkopf.«

»Süß.« Der Sarkasmus in meiner Stimme war nicht zu überhören. »So groß ist Hyun-Ah auch. Und die ist fünfzehn.«

»Oh, du miese Ratte.« April zeigte mir den Mittelfinger und sprang auf, doch kaum dass sie stand, zuckte sie schon zusammen und sog scharf die Luft ein, bevor sie sich wieder neben mich fallen ließ. »Ach, Scheiße.«

»April?« Sofort übernahm die Sorge das Ruder, als ich in ihr schmerzverzerrtes Gesicht schaute. »Alles okay?«

»Ja, alles okay.« Sie fasste sich an den linken Knöchel, und tatsächlich sah er ein bisschen geschwollen aus. »Ist bestimmt nur die Überbelastung, weil ich heute den ganzen Tag durch die Gegend gerannt bin. Ist nicht weiter wild.«

Nur eine Überbelastung. Zum Glück. Dagegen konnte ich zumindest ein bisschen was machen. »Hast du das häufiger?«

»Manchmal, wenn ich –« Sie brach ab, als ich mir ihre Wade griff und ihr Bein in meinen Schoß zog. »Was soll das werden?«

»Vertrau mir einfach. Ich weiß, was ich tue.« Ich begutachtete ihren schmalen Fuß und fuhr testend mit dem Daumen über die Innenseite. Als sie nicht nach mir trat, wusste ich, dass ich eine Massage durchaus riskieren konnte. »Also, hast du das häufiger?«

»Immer mal wieder.«

»Tut es sehr weh?«

»Na ja, angenehm ist anders.« Ich bewegte ihren Fuß vorsichtig und achtete genau darauf, wann sie sich verspannte und versuchte, mir den Fuß zu entziehen. Dann ließ ich sie los und knackte mit den Fingerknöcheln, was mir einen besorgten Blick ihrerseits einbrachte. »Was hast du vor?«

Anstatt zu antworten, rieb ich meine Hände aneinander, um sie aufzuwärmen, ehe ich ihren Knöchel zu massieren begann. Ich konnte spüren, wie verkrampft die Muskeln dort waren, und selbst ihre Sehnen waren wie Drahtseile gespannt, weshalb ich den Druck ein wenig erhöhte, peinlich darauf bedacht, ihr nicht wehzutun. Ich widmete mich erst ihren Knöcheln, danach ließ ich die Hände über ihre Waden etwas weiter nach oben gleiten, um auch dort die Muskeln zu lösen, bevor ich zu ihren Füßen zurückkehrte, die besonders an ihren Fußrücken im Bereich der Zehen total verspannt waren. Ich drückte etwas fester zu, kreiste mit dem Daumen über ihre Haut und spürte, wie die kleinen Knötchen darunter nachgaben.

»Seit wann hast du das schon?« Um mich von der Berührung ihrer nackten Haut abzulenken, fing ich schnell ein Gespräch an. Vielleicht bekam sie so nicht mit, was in mir vorging. Vor allem als sie ein wohliges Stöhnen von sich gab, welches in meinem Hirn fast einen Kurzschluss verursachte. Da April nicht antwortete, hielt ich inne und sah besorgt zu ihr auf. Sie hatte den Kopf in den Nacken gelegt, ihre Augen waren geschlossen. »Däumeline?«

Als sie die Augen öffnete, wirkten sie ganze zwei Töne

dunkler als sonst, und ich schluckte schwer. »Huh? Hast du was gesagt?«

Scheiße, was hatte ich mir bei der Nummer eigentlich gedacht?! Ich sah schnell wieder auf ihre Füße runter und massierte weiter, um mich auf irgendetwas anderes zu konzentrieren als ihren verhangenen Blick und die kleinen Seufzer, die sie immer wieder hören ließ. »Ich habe dich gefragt, seit wann du das ungefähr hast.«

»Ah. Seit ich zwölf bin. Ich hatte einen Unfall beim Wandern mit meiner Mutter. Dabei hab ich mir alle Bänder gerissen und mir beim Sturz die Schläfe an einem Stein aufgeschlagen. Davon hab ich die hier.« Sie beugte sich zu mir herunter, fasste ihre Lockenmähne mit der Hand zu einem kleinen Pferdeschwanz zusammen und tippte sich gegen die Schläfe, an der ich eine Narbe erkennen konnte, die sonst unter ihrem Haar versteckt war. »Weil ich mich absolut nicht operieren lassen wollte, sind meine Bänder jetzt ziemlich hinüber, und wenn ich es übertreibe, dann tut es manchmal weh.« Sie ließ ihre Haare los, die sofort wieder über ihre Schläfe fielen, und zuckte mit den Schultern, als wäre ein schwerwiegender Wanderunfall absolut keine große Sache. »Aber das kommt echt ganz selten vor. Wahrscheinlich hab ich mich gerade beim Spielen irgendwie vertreten.«

»Wie ist das passiert? Also, der Unfall?«

»Ich war mit meiner Mutter auf einem recht schweren Trail unterwegs, weil sie drauf bestanden hatte, Zeit mit mir zu verbringen, obwohl ich viel lieber zu Hause geblieben wäre. Ich hab ihr auf dem ganzen Weg damit in den Ohren gelegen, und irgendwann haben wir uns deshalb in die Wolle gekriegt.« April lehnte sich etwas zurück und stützte sich mit den Händen ab. »Ich cleverer, pubertierender Teenager, der ich damals war, hab den Trail verlassen, bin dabei gestürzt und, zack, einen

Abhang runtergerutscht und hab mir die Bänder gerissen und den Schädel angeschlagen. Ich kann von Glück reden, dass nicht mehr passiert ist. Aber wenn die ganze Sache irgendwas Gutes hatte, dann, dass meine Mutter es danach nie wieder gewagt hat, mich zum Wandern zu zwingen. Für mich war das ein riesiger Gewinn.« Sie hielt kurz inne, auf ihren Lippen lag ein mitfühlendes Lächeln, als sie weitererzählte. »Allerdings hat es ewig gedauert, bis ich mich überhaupt wieder auf einen Trail gewagt habe. Meinen armen Dad hat das viel Blut, Schweiß und Tränen gekostet.«

Ich erinnerte mich an unser Gespräch in der Bar. Langsam fügten sich die Puzzleteile zusammen, und es war schwer, dem Drang zu widerstehen, sie tröstend in den Arm zu nehmen. »Aber jetzt gehst du wieder wandern?«

»Ja, solange der Trail nicht zu schwer ist. Aber seitdem ich an der STU bin, hab ich das ganz schön vernachlässigt.« Grübelnd spähte sie zu mir herüber. »Du bist hier früher oft wandern gegangen, oder?«

Ich war ehrlich überrascht, dass sie sich daran noch erinnerte. »Ja.«

»In Japan und Korea auch?«

»So oft, wie ich konnte.« Ich lächelte bei der Erinnerung an meinen schweißtreibenden Aufstieg zum Hallasan – die Aussicht war es so was von wert gewesen. »Ich meine, solche Gelegenheiten bieten sich einem nicht jeden Tag.«

»Hast du das beim Wandern gelernt?«

»Was jetzt?«

Sie deutete auf ihren Knöchel und erinnerte mich damit daran, dass ich vielleicht mal weitermachen sollte, anstatt sie die ganze Zeit einfach nur festzuhalten. »Die Wundermassage?«

»Nein.« Ich lachte leise und ließ meine Hände wieder über ihre Haut gleiten. »Die Wundermassage hab ich von Hyun-

Joon gelernt.« Als sie mich verdattert ansah, konnte ich nicht anders, als zu grinsen. »Was? Nicht die Antwort, die du erwartet hattest?«

»Kein bisschen.« April runzelte skeptisch die Stirn, als würde sie mir kein Wort glauben. »Hattest du nicht gesagt, dass dein Cousin Barkeeper ist?«

Betätigend nickte ich. »Ist er.«

»Wieso zum Geier weiß er dann, wie man Knöchel massiert?«

»Weil Hyun-Ah Ballett tanzt. Sie hat sich oft über ihre schmerzenden Knöchel nach dem Training beschwert, also hat Hyun-Joon sich von der Mutter eines Freundes, die als Physiotherapeutin arbeitet, zeigen lassen, wie es geht.« Den Geruch von Tigerbalsam würde ich wohl für immer mit meiner dürren Cousine verbinden, der das Ballett einfach alles bedeutete. »Und weil er manchmal Doppelschichten schieben musste, hab ich das dann für ihn übernommen.«

April schnaubte und schüttelte ungläubig den Kopf. »Sicher, dass dein Cousin tatsächlich existiert?«

»Ja, wieso?«

»Weil er ziemlich traumhaft klingt.« Sie schmunzelte belustigt, doch den Hauch von Neid in ihrer Stimme konnte ich trotzdem heraushören. »Alles, was ich je von meinem großen Bruder bekommen habe, waren Ratschläge, wie man sich am besten prügelt, und ein paar blaue Flecken, als er mir gezeigt hat, wie es geht.«

»Glaub mir, der kann auch anders.« Ich erinnerte mich an diverse Male, in denen Hyun-Joon seine Geschwister so richtig zusammengefaltet hatte, und automatisch fehlte mir das wilde Durcheinander des Kang-Haushalts, in dem ich mich selbst wie zu Hause gefühlt hatte. »Aber ja, generell ist der Kerl ekelhaft nett.«

»Also ist er so wie du?«

»Nein.« Ich hielt kurz inne, nur um Aprils skeptischen Blick zu begegnen, ehe ich verschwörerisch die Stimme senkte. »Er ist noch viel schlimmer.«

Sie kicherte leise, und ihre Augen ruhten aufmerksam auf mir, als würde sie über irgendetwas nachdenken. »Du hast deine Zeit dort echt genossen, oder?«

»Ja. Ich würde auch am liebsten sofort zurückfliegen.« Vorsichtig bog ich ihren Fuß ein wenig nach links und rechts, höchst zufrieden, dass sie nicht wie vorher vor Schmerzen zusammenzuckte. »Aber es wurde Zeit für mich, zu gehen.«

»Hast du noch nie darüber nachgedacht, mal länger irgendwo zu bleiben?«

»Nein, dann fühle ich mich wie eingesperrt. Ich bin dafür einfach nicht gemacht.« Ich ließ meine Hände noch mal über ihre Wade gleiten, obwohl es eigentlich nicht mehr nötig war. Aber ich wollte noch mal ihre seidige Haut unter meinen Händen spüren. So viel zum Thema Friendzone. »Aber man soll ja niemals nie sagen. Wer weiß, was das Leben noch so mit mir vorhat.«

»Ich frag mich echt, wie du das Leben einfach so nehmen kannst, wie es kommt.« Sie schüttelte sich, als würde allein der Gedanke daran ihr den Magen umdrehen, und ich erinnerte mich belustigt an all ihre Listen und Pläne. »Mich würde das wahnsinnig machen.«

»Weil das Leben so mehr Spaß macht.« Ich ließ sie los, und sofort fühlte ich mich ein bisschen wie beraubt, jetzt, wo ich sie nicht mehr berührte, obwohl ich wusste, dass es vernünftiger so war. »Besser?«

April erhob sich und trat probehalber auf. »Ja, viel besser, danke.«

»Wenn du willst, kannst du auch noch etwas kühlen.« Ich deutete in Richtung der dunklen Wellen, die in stetigem

Rhythmus auf den Strand trafen. »Das sollte zusätzlich noch ein bisschen helfen.«

»Danke, Dr. Young.« Als April übertrieben mit den Wimpern klimperte, verdrehte ich die Augen. Sofort gab sie ihre Show auf und deutete über ihre Schulter auf das kühle Nass. »Kommst du mit?«

Ich konnte durchaus eine Abkühlung vertragen, zumal ich das Gefühl hatte, ihre Haut noch immer unter meinen Fingerspitzen zu spüren. Ich stand auf und klopfte mir den Sand von den Oberschenkeln, ehe ich die Hände in die Hosentaschen steckte und aus meinen Schuhen schlüpfte. »Na los.«

April ging voraus, doch anders, als ich erwartet hatte, lief sie nicht einfach nur an der Brandung entlang. Stattdessen watete sie furchtlos bis zu den Knien ins Wasser. Als ich ihr nicht folgte, schob sie schmollend die Unterlippe vor. »Jetzt komm schon.«

Ich schüttelte den Kopf. Als ob ich in kompletter Montur ins Wasser springen würde. Ich beugte mich hinunter und krempelte meine Jeans hoch. Da traf mich plötzlich ein Schwall Wasser, und ich konnte mein überraschtes Keuchen nicht zurückhalten. Ich drehte meinen Kopf in Aprils Richtung, die mir ein unschuldiges Lächeln schenkte.

Anstatt so zu tun, als wäre gar nichts passiert, trat sie mit dem Fuß noch mal gegen das Wasser, das diesmal nicht nur meine Klamotten nass spritzte, sondern auch mein Gesicht. »Ups.«

»Ups?« Ich wischte mir die Tropfen aus dem Gesicht, unfähig, mich aufzuregen, weil sie so niedlich albern lachte. »Mehr hast du nicht zu deiner Verteidigung vorzubringen?«

»Nicht wirklich.« Diesmal nahm sie die Hände zu Hilfe, und der nächste Schwall Wasser landete auf mir. Ihr Lachen glich jetzt einem kindlichen Glucksen. »Der Wet-Hair-Look steht dir, Schönling.«

»Na warte.« Meine Klamotten waren jetzt eh nicht mehr zu retten, also setzte ich ihr ins Wasser nach, und dem lauten Aufschrei nach zu urteilen hatte April damit nicht wirklich gerechnet. Sie versuchte, vor mir zu fliehen. Doch sie war nicht flink genug, und als ich sie zu fassen bekam, hob ich sie kurzerhand hoch und warf sie in die Wellen, die zwar seicht, aber hoch genug waren, dass sie darin unterging. Nach Luft schnappend kam sie wieder an die Oberfläche und stürzte sich dann direkt auf mich. Sie trat mir in die Kniekehle und brachte mich damit zu Fall. Ich ließ mich tief ins Wasser sinken und genoss, wie es über mir zusammenschlug und alles in Stille tauchte. Für einen Augenblick ließ ich mich einfach fallen, ließ zu, dass die Kälte sich durch meine Kleidung fraß, mein Herzschlag sich beschleunigte und die Dunkelheit mich verschluckte. Dann stieß ich mich wieder vom sandigen Boden ab und tauchte auf, die Augen gen Himmel gerichtet, ehe ich mir das Haar aus der Stirn strich, um besser sehen zu können. Ich wandte den Blick erst von dem dunklen Nachthimmel ab, als ich ein leises Prusten neben mir vernahm, und meine Gedanken kamen abrupt zum Erliegen, als April neben mir auftauchte.

Ihr lockiges Haar war beinahe glatt, das leuchtende Rot ihrer rebellischen Strähnen schimmerte jetzt im nassen Zustand eher dunkelbraun. Sie rieb sich mit den Händen das Wasser aus den Augen, legte den Kopf in den Nacken und lachte laut. Dieses Bild absolut ausgelassener Freude sorgte dafür, dass mein Herz mit dreifacher Geschwindigkeit schlug. Sie sah mich an, ihre Augen funkelten vergnügt, ihre Haut glänzte im Mondlicht, und ihre verführerischen, vollen Lippen bewegten sich. Ich verstand jedoch kein Wort, weil ich viel zu hypnotisiert von ihrem Anblick war. Das Einzige, was ich wahrnahm, war dieses Rauschen in meinen Ohren, das sich mit den Wellen und Aprils Lachen mischte und alles andere verstummen ließ. Alles – bis auf eines …

Hör einfach auf, den ganzen Scheiß zu zerdenken. Das passt nicht zu dir.

Bevor ich wirklich wusste, was ich tat, legte ich die Hände an ihre Wangen. Ich zog sie ganz dicht an mich, beugte mich zu ihr hinunter und presste meine Lippen auf ihre. Ich spürte, wie sie erschrocken an meinen Lippen aufkeuchte, konnte mich aber nicht stoppen. Das Verlangen, sie zu küssen, war übermächtig. Ich *musste* es jetzt einfach tun, wenn ich es nicht für den Rest meines verfluchten Lebens bereuen wollte. Meine Hände an ihren Wangen hielten sie mindestens genauso verzweifelt fest, wie meine Lippen sich an ihren bewegten, als meine Gefühle sich mit einem Mal Bahn brachen und mich beinahe in die Knie zwangen, während ich April beharrlich weiterküsste, als wäre es das einzige und letzte Mal. Und vielleicht war es das auch, aber daran wollte ich nun keinen Gedanken verschwenden. Nicht in diesem Augenblick, in dem die Zeit ihre Bedeutung verlor und ich ihren süßen Geschmack auf meinen Lippen hatte, der sich mit der salzigen Note des Meeres vermischte und mich sofort süchtig machte.

April zu küssen fühlte sich genauso fantastisch an, wie in einem Bett in Bali aufzuwachen – ohne Zwänge, ohne Sorgen und ohne Plan, aber mit der Gewissheit, dass es richtig war, dort zu sein, genau in diesem Moment. Und als April dann auch noch die Arme um meine Schultern schlang und sich dichter an mich presste, trank ich gierig das Seufzen von ihren Lippen, das in meinem ganzen Körper wie ein Echo widerhallte.

Ich hatte die Grenze nicht nur überschritten, ich hatte sie verflucht noch mal in Brand gesteckt, meine Zurückhaltung der letzten Tage verglühte in ihren Flammen, als April die

Hand in mein Haar gleiten ließ und ihre Lippen für meine Zunge öffnete.

Scheiße, ich hatte keine Ahnung, wie ich jemals wieder aufhören sollte, sie zu küssen, und wenn ich ganz ehrlich war, dann wollte ich das auch überhaupt nicht.

Tja, ich war vielleicht doch ein viel rücksichtsloseres Arschloch, als ich geglaubt hatte.

17. KAPITEL

Kaleidoskop.

Das war alles, woran ich denken konnte, als Tyler mich küsste, während Tausende Farben in meinem Kopf explodierten und meine graue Welt in ein buntes Chaos verwandelten. Seine Lippen auf meinen zu spüren war etwas, von dem ich seit Jahren geträumt hatte. Wenn ich allein gewesen war, hatte ich manchmal meinen kleinen Fantasien freien Lauf gelassen und mir ausgemalt, wie er schmecken würde. Ob seine Lippen weich oder eher rau waren. Ob er stürmisch und unruhig küsste oder ob er sich alle Zeit der Welt nahm. Aber egal wie oft ich auch darüber nachgedacht hatte, keine einzige meiner Fantasien reichte auch nur annähernd an diesen Kuss heran, von dem ich nicht genug bekommen konnte.

Tylers Lippen waren weich, zart, aber sein Kuss war rau und schmeckte nach etwas so Eigenwilligem, dass mir kein Vergleich einfiel, der ihm gerecht geworden wäre. Fremd und vertraut zugleich. Seine Zunge war forsch, als sie in meinen Mund eindrang, und ich genoss das Gefühl bittersüßer Verzweiflung, die in jedem Streichen mitschwang, während er meinen Mund mit so einer Ungeduld erkundete, als wäre es nicht nur ich gewesen, die Jahre auf diesen Moment gewartet hatte. Ich stellte mich auf die Zehenspitzen und legte die Arme um seinen Nacken, nicht gewillt, ihn gehen zu lassen. Ich versank vollkommen in diesem Kuss, der dafür sorgte, dass mein Kopf schwirrte. Ich spürte die Kälte des Meeres nicht mehr, alles wurde von der Hitze verdrängt, die sich von meiner Magengegend aus rasend schnell in meinem ganzen Körper ausbreitete. Tyler schlang einen Arm um meine Taille und zog mich dicht an seinen Körper, der sich so mühelos an meinen schmiegte, als würde er genau dahin gehören. Ich konnte nicht anders, als an seinen Lippen zu seufzen, während meine Hand durch sein Haar strich. Halt suchend klammerte ich mich an ihn, den Mann, der mit einem einzigen Kuss meine ganze Welt auf den Kopf stellte, und hoffte, ihn für immer hier halten zu können, dicht bei mir. Ich erschauderte, als ich Tylers Hand in meinem Nacken spürte, seine Finger auf meiner glühenden Haut. Er vertiefte den Kuss, und mein letzter Funken Verstand löste sich in Luft auf.

Zumindest bis er plötzlich seine Lippen von meinen löste und meiner Kehle ein so verzweifeltes Geräusch entlockte, dass ich augenblicklich rot anlief. Gierig sog ich Luft in meine Lungen, atemlos von dem Kuss, der scheinbar endlos gewesen war, aber trotzdem nicht annähernd lang genug. Denn ich wollte mehr. Mehr von seinen Lippen, mehr von seiner Hitze, mehr von dieser bittersüßen Verzweiflung, die so sehr wie meine eigene geschmeckt hatte. Sein Atem mischte sich mit meinem, als er die Stirn an meine legte, die Augen noch immer geschlossen, und ich spürte, wie er unter meinen Fingerspitzen erschauderte. Seine Brust hob und senkte sich genauso schnell wie meine, und ich gab ein zufriedenes Murmeln von mir, als seine Hände zu meinen Oberarmen wanderten und er mich festhielt, während wir beide uns in den Wellen wiegten.

Zum ersten Mal seit Wochen dachte ich nicht über meine Zukunft nach. Ich dachte über gar nichts nach, außer darüber, dass der Mann, in den ich schon seit Jahren heimlich verknallt war, mich endlich geküsst hatte und mich jetzt festhielt, als wäre ich die Eine für ihn, die er immer schon gewollt hatte. Und bei Gott, ich wollte einfach in diesem Moment bleiben, bis –

»Hab die zwei gefunden!« Dean, der ein paar Meter von uns entfernt am Strand stand, winkte die anderen heran. »Wer als Letzter im Wasser ist, zahlt morgen das Abendessen!«

Tyler machte ein undefinierbares Geräusch und löste sich von mir, während sein Blick der lauten Stimme von Dean folgte. Das Lachen, das er ausstieß, klang trocken und sarkastisch. »Sag mal, hat der immer so ein beschissenes Timing?«

»Was? Wer hat ein beschissenes Timing?« Ich blinzelte irritiert, die Stirn in Falten gezogen. Wovon sprach er überhaupt? Himmel, wenn er so nah bei mir stand, konnte ich überhaupt nicht klar denken. Ich schob mich ein Stück von Tyler weg, auch wenn alles in mir dagegen protestierte, aber mein Hirn brauchte einen Moment, um zu mir aufzuschließen. »Du … du hast mich geküsst.«

»Habe ich. Und ich will es am liebsten sofort wieder tun.« Tyler lachte leise, und ich hielt den Atem an, als er seine Lippen noch einmal für einen kurzen Augenblick auf meine presste. Er schien sich sicher zu sein, dass keiner der anderen uns im Halbdunkeln wirklich sehen konnte. Schließlich ließ er mich los, allerdings nicht, ohne vorher noch mal mit dem Daumen über meine Unterlippe zu streichen. »Aber das wird wohl leider warten müssen. Also: Zeit, deine Gedanken zu ordnen, Däumeline. Auch wenn ich mich daran gewöhnen könnte, dass du mich so ansiehst.«

»Wie sehe ich dich denn an?«

Das Lächeln, das er mir zuwarf, ließ das Blut sofort in meine Wangen schnellen. »Später.«

»Da seid ihr ja!« Ich blickte zu Raelyn, die durch das Wasser auf uns zustapfte, ehe sie mir die Arme um die Taille schlang und ihr Kinn auf meine Schulter bettete. »Seid ihr schon lange im Wasser?«

»Nein.« Fassungslos sah ich dabei zu, wie Tyler mit den Schultern zuckte, so als wäre absolut nichts gewesen, während ich noch immer Probleme damit hatte, zurück ins Hier und Jetzt zu finden. »Wir sind gerade erst rein, oder, Däumeline?«

»Ja.« Ich nickte etwas zu übereifrig und fragte mich ernsthaft für den Bruchteil einer Sekunde, ob ich mir diesen Kuss nur eingebildet hatte. Prüfend fuhr ich mit meinen Fingerspitzen über meine Lippen. Nein, das intensive Brennen seines Kusses war noch dort, und allein diese kleine Berührung sorgte dafür, dass Tausende Funken in meinem Körper explodierten. »Wir sind gerade erst rein.«

Am liebsten hätte ich Tyler wieder an mich gezogen, aber ich wusste, dass dafür hier weder die richtige Zeit noch der richtige Ort war. Nicht, wenn all unsere Freunde auch hier waren. Außerdem brauchte ich erst mal Antworten, denn alles, was ich bisher wusste, war, dass Tyler mich geküsst hatte und ich nicht den leisesten Schimmer hatte, warum. Also spielte ich mit und ließ mich von meinen Freunden in die Wellen ziehen, während ich vorgab, dass alles beim Alten war. Auch wenn in mir ein nervöses Chaos herrschte, das mit jedem Mal, wenn Tyler meinen heimlichen Blick ungeniert erwiderte, nur noch schlimmer wurde.

Aber so schnell fand ich keine Antworten auf all die Fragen in meinem Kopf, denn die anderen hatten heute einen langen Atem. Wir blieben ewig im Wasser, und meine Finger zitterten ein wenig vor Kälte, als ich endlich wieder am Lagerfeuer stand und mich nach einem der Handtücher bückte.

»Okay, ich hab vergessen, wie sehr nasse Klamotten an einem kleben.« Dean griff nach einem Handtuch und rubbelte sich damit das schwarze Haar trocken, ehe er es an Alec weiterreichte. »War nicht sonderlich helle von uns, oder?«

»Nicht wirklich.« Alec trocknete sich das Gesicht ab, bevor er Kate das Handtuch um die nackten Schultern legte und ihr einen Kuss auf die Schläfe drückte. »Aber lustig war's. Vielleicht sollte ich den Coach fragen, ob wir das ins Training einbauen können. Das zusätzliche Gewicht kann sicher ab und an nicht schaden.«

»Wehe, du elendiger Sadist.«

Ich klinkte mich sofort aus Deans und Alecs liebevollem Gezanke aus, obwohl ich vielleicht besser hätte zuhören sollen, weil das Training ja auch mich betraf, aber ich hatte keine Kapazitäten frei, um mich um Alecs saudämliche Idee zu kümmern. Ich schlug mich immerhin noch mit dem Ergebnis der letzten dämlichen Idee rum, die mal wieder einer der Männer in meinem Leben sich in den Kopf gesetzt hatte.

Sofort suchten meine Augen nach Tyler, der auf der anderen Seite vom Feuer stand, irgendwie viel zu weit und gleichzeitig doch nicht weit genug von mir entfernt.

Hunter und er hatten die Köpfe zusammengesteckt und sprachen über irgendetwas, das ich nicht hören konnte, während Raelyn ein paar Meter von ihnen entfernt versuchte, mit dem Handtuch irgendwie Schadensbegrenzung zu betreiben. Tyler nickte nur hin und wieder, die Augen gesenkt, als würde er aufmerksam zuhören, ehe seine Lippen sich plötzlich zu einem schiefen Grinsen verzogen und sein Blick meinen traf.

Scharf sog ich die Luft ein, als seine dunklen Augen mich in dieses Vakuum zerrten, in dem ich nichts anderes wahrnehmen konnte als ihn. Es war ein bisschen wie ein schwarzes Loch, gegen das ich nicht anschwimmen konnte, ganz egal wie sehr ich es auch versuchte. Ich hatte es nur mit Müh und Not die letzten Jahre tief in mir verschlossen gehalten, ohne zu bemerken, dass es Stück für Stück meine mühsam errichteten Wände zerfraß. Und jetzt, wo Tyler mich geküsst hatte, brach es plötzlich auf und verschlang mich vollkommen, bis nur noch die Erinnerung an Tylers Kuss übrig blieb.

Ich wurde aus meinen Gedanken gerissen, als Kate mich sanft am Arm berührte und mich entschuldigend anlächelte. »Ich will ja keine Spielverderberin sein, aber ich bin echt kaputt.«

»Kein Thema, Kate.« Ich legte ihr die Hand auf den Oberarm und drückte sanft zu, meine Augen zwischen ihren großen Rehaugen und dem dunklen Silber von Tylers nassen Haaren hin- und hergerissen. »Geh ruhig schon nach Hause. Es ist immerhin schon spät.«

»Aber du hast dir so viel Mühe gegeben.« Schmollend schob sie die Unterlippe vor und schüttelte wie ein trotziges Kind den Kopf, was ich unter anderen Umständen sicherlich niedlich gefunden hätte, wenn nicht eine unverschämte Stimme in mir mich dazu drängte, sie so schnell wie möglich loszuwerden, damit ich mit Tyler allein sein konnte. »Lass mich wenigstens beim Aufräumen helfen.«

Nein! Bloß nicht!

»Kommt überhaupt nicht infrage!« Ich schnappte mir ihr Handgelenk, als sie sich nach einer der leeren Bierflaschen bücken wollte. »Das ist immerhin dein Geburtstag. Tyler kann mir helfen.«

Perplex starrte sie mich an. »Aber ihr beide habt doch schon alles zusammen aufgebaut.«

»Weshalb wir eh viel schneller sein werden, wenn wir auch alles wieder zusammen abbauen, anstatt jedem von euch zu erklären, was wohin gehört.« Ich sah über die züngelnden Flammen und war wenig überrascht, als ich Tyler breit grinsen sah. »Oder, Ty?«

Er nickte, ohne auch nur eine Sekunde zu zögern. »Absolut.«

Unsicher sah Kate zu Tyler, ehe sie missbilligend das Gesicht verzog, zweifellos, um lautstark zu protestieren. »Aber –«

Okay, Zeit, die Kavallerie zu rufen. »Alec?«

»Schon verstanden, King.« Alec legte Kate behutsam die Hand auf den Kopf und strich ihr über das nasse Haar, während sie ihn anfunkelte, als wäre er der Staatsfeind Nummer eins. »Komm, ich bring dich nach Hause, Baby.«

Sofort machte sie sich von ihm los, und ich lachte leise, mein Hirn wie in Watte gepackt, während die freudige Erwartung in mir ins Unermessliche stieg. »Auf wessen Seite bist du eigentlich?«

»Immer auf deiner. Außer ich muss mich dafür mit dem Feuerteufel anlegen.« Alec bekam sie am Handgelenk zu fassen und sah unbeeindruckt dabei zu, wie Kate erfolglos versuchte, ihm zu entwischen. »Also, gehen wir ganz entspannt zusammen nach Hause, oder muss ich dich über meine Schulter werfen?«

Kate hielt überrascht inne. »Das wagst du nicht.«

Alec zog nur eine Augenbraue hoch. »Sag Feigling.«

»Feigl… AH!«

Ich schmunzelte, als Alec sich Kate allen Ernstes kurzerhand über die Schulter warf und lässig die Hand zum Gruß hob. »Bis morgen, King.«

»Bis morgen.« Ich sah zu den anderen, die abwartend zwischen Tyler und mir hin- und herschauten. »Das Gleiche gilt für euch. Seht zu, dass ihr nach Hause kommt.«

»Das lass ich mir sicherlich nicht zweimal sagen.« Dean klatschte in die Hände und drückte mich dann kurz an sich, seine massigen Arme wie immer warm und sicher. »Bis morgen.«

»Bis morgen.« Ich löste mich von Dean und schaute ihm nach, während er sich mit großen Schritten vom Acker machte, bevor ich Raelyns fragenden Blick auffing, den ich lediglich mit einem Lächeln quittierte.

»Sicher, dass ihr beiden keine Hilfe braucht?«, fragte sie, nachdem sie mich auf die Wange geküsst hatte, und ich nickte bestätigend.

»Ganz sicher.«

»Tyler und April kriegen das schon hin, Rae.« Hunter klopfte Tyler auf die Schulter, und die zwei wechselten einen Blick, den ich nicht zu deuten wusste, ehe er Raelyn an die Hand nahm und sich zum Gehen wandte. »Bis morgen, Leute.«

Unsicher biss Raelyn sich auf die Unterlippe, und ich betete innerlich, dass sie einfach gehen würde. »Ich denke wirklich, wir sollten …«

»… gehen. Ganz genau.« Hunter nickte mir zu, und unwillkürlich fragte ich mich, ob er vielleicht etwas gesehen hatte. Doch bevor ich noch weiter darüber nachgrübeln konnte, zog er Raelyn schon mit sich Richtung Promenade, und die beiden verschwanden endgültig aus meinem Sichtfeld.

Und dann waren Tyler und ich endlich allein.

Ich wusste nicht, wer zuerst einen Schritt auf den anderen zu machte, aber im nächsten Moment prallten unsere Körper schon gegeneinander, und Tylers Lippen fanden meine.

Ich keuchte in den Kuss, Tylers große Hand lag auf meiner Hüfte, während seine stürmischen Lippen mich immer weiter von der Realität entfernten. Ich wollte einfach in diesem Moment schwelgen, auf den ich so verflucht lange gewartet hatte. Aber leider meldete sich mein Kontrollzwang mit einem Mal zurück, und ich konnte mich nur von Tyler lösen und atemlos nach Luft schnappen. Himmelherrgott, wie konnte man nur so wahnsinnig gut küssen?

Als er sich erneut herunterbeugte, presste ich ihm schnell die Hand auf den Mund und hielt ihn auf Abstand, auch wenn mich das jedes Quäntchen Selbstkontrolle kostete, das ich hatte.

Er runzelte die Stirn, zog aber dann den Kopf zurück und seufzte leise. »Du willst reden, nehme ich an?«

»Nein, eigentlich nicht.« Viel lieber wollte ich ihn küssen, bis all meine Gedanken einen süßen Tod starben. Aber wir mussten reden. Mussten die Fronten klären, wenn schon alles andere in meinem Leben ein einzige Chaos war. »Aber wir müssen.«

»Okay.« Tyler nickte knapp und führte mich zu der Decke, auf der er den halben Abend gesessen hatte. Bevor ich mich allerdings in sicherer Entfernung niederlassen konnte, hatte er sich schon gesetzt und mich mit ein paar einfachen Handgriffen zwischen seine Beine befördert, sodass mein Rücken jetzt an seiner Brust lehnte und seine Arme sich wie eine warme Decke um mich schlangen.

Ich presste die Lippen fest aufeinander, gefangen zwischen taumelnder Freude und absoluter Verwirrung. »Du hast mich geküsst.«

»Scharf beobachtet, Zwerg.« Er legte die Hand an meinen Kiefer und drehte meinen Kopf sanft, damit er mich auf die Wange küssen konnte, und fuhr dann mit der Nasenspitze die Linie meines Kiefers nach. »Dreimal sogar.«

»Warum?«

Sofort stoppte er und hob den Kopf. »Wie, warum?«

»Warum hast du mich geküsst?« Ich drehte mich etwas mehr zu ihm um und begegnete seinem vollkommen verwirrten Gesichtsausdruck. Er schwieg eine Weile, und Panik machte sich in mir breit. »Denn wenn du mich nur geküsst hast, weil dir einfach gerade danach war, dann schwöre ich, tackere ich dir die Lippen zusammen, damit du nie wieder auf so eine sau-dämliche Idee kommen kannst.«

Er verengte die Augen. »Denkst du echt, ich hab dich einfach nur so geküsst? Weil mir danach war?«

Jetzt, wo er es wiederholte, klang das sogar in meinen Ohren irgendwie dämlich. »Du weißt genau, was ich meine.«

»Nein, nicht wirklich.« Er zog eine Augenbraue hoch, und ich verfluchte ihn innerlich dafür, dass er offensichtlich nicht vorhatte, einfach so mit der Sprache herauszurücken. »Das wirst du mir erklären müssen.«

»Eigentlich bist du der, der mir eine Erklärung schuldet.« Meine Augen wanderten wie von selbst wieder zu seinen Lippen. »Wir sind Freunde, Tyler.«

»Stimmt«, gab er in seiner üblichen direkten Tyler-Manier zu, »aber ich bin es verflucht leid, so zu tun, als wollte ich nur dein Freund sein.« Er stieß mit seiner Nase sanft gegen mei-ne, ehe er die Hand von meinem Kiefer nahm und seine Arme wieder fest um meine Mitte schlang, während er meinen Blick mit seinem gefangen hielt, die Eindringlichkeit in seinen Au-gen absolut entwaffnend. »Ich will mit dir flirten, mit dir Dates haben und dich küssen, wann immer mir danach ist.«

»Warum?«

»Weil ich dich mag.« Er sagte es so, als wäre das nicht die eine Sache, die ich seit Jahren hatte hören wollen, auf die ich aber niemals zu hoffen gewagt hatte. »Warum sonst?«

Tyler mochte mich. Tyler mochte *mich*. »Aber wir sind –«

»Freunde. Schon klar. Das heißt aber nicht automatisch, dass wir nicht mehr sein können als das.« Er rollte mit den Augen, und in seinem Blick lag tiefer Frust, der mir selbst nur zu be-kannt war. »Ich will nicht mehr so tun, als wäre da nicht irgend-was zwischen uns, April.« Er schlang die Arme fester um mich und bettete sein Kinn auf meine Schulter, die Geste so vertraut und warm, dass mir der Kopf schwirrte. Er sah aufs Meer, als würde er in den tiefschwarzen Wellen das suchen, was er in meinen Augen nicht finden konnte. »Ich weiß, du hast grade eine Million anderer Sorgen, aber lass dich auf das hier einfach ein. Lass dich auf mich ein, und hör einmal in deinem Leben nicht auf den Feldwebel in deinem Kopf, der dir sagt, was du zu tun und zu lassen hast. Wenigstens mit mir brauchst du nichts zu zerdenken, und wir finden schon zusammen heraus, was das hier ist.« Er drückte mir einen Kuss auf den Hals, und ich ließ mich gegen seine Brust sinken, mein Widerstand schmolz mit jedem seiner Worte dahin. »Und wenn es nicht hinhaut, dann muss es nichts ändern. Dann können wir immer noch genau das sein, was wir vorher waren: Freunde.«

Ich wusste, dass es so einfach nicht war, wusste genau, dass es mir unmöglich sein würde, ihn wieder aufzugeben, wenn das hier sich als eine Fehlentscheidung entpuppte. Aber …

Ich blickte auf Tylers große Hände, die zusammengefaltet auf meinem Bauch lagen, hörte, wie er leise an meiner Haut atmete, und spürte seine Wärme, die wie in Wellen von ihm ausgehen schien und die mich ganz erfüllte.

Scheiß drauf, wenn das hier ein Fehler war, dann würde ich mit Freuden dafür bezahlen.

Ich legte meine Hände auf seine und drückte fest zu. Ich konnte noch gar nicht richtig fassen, dass diese Hände mich endlich so berührten, wie ich es mir insgeheim immer gewünscht hatte. »Okay.«

Tyler richtete sich hinter mir auf, und ich sah ihn über die Schulter hinweg an. »Okay?«

»Ja, okay.« Ich legte meine Lippen auf seine, kostete den Kuss voll und ganz aus, der nach Hitze und Meersalz schmeckte und so viel süßer war als alles andere, was ich jemals geschmeckt hatte. Als ich mich von ihm löste, waren Tylers Augen so schwarz wie das Meer vor uns, und zum ersten Mal hatte ich keine Angst davor, loszulassen und mich in ihnen zu verlieren.

Mein Kopf mochte ein einziges Chaos sein, mit einer Million Entscheidungen, die ich bald treffen musste, und einer Milliarde Sorgen, für die es keine Lösung gab. Aber mein Bauchgefühl sagte mir, dass das mit Tyler keine davon war. Genauso wie es kein Fehler gewesen war, mich ihm vorgestern anzuvertrauen.

Instinktiv wusste ich, dass das hier richtig war und dass ich auf ihn vertrauen sollte, anstatt vor der einen Sache wegzulaufen, die ich mehr als alles andere wollte.

Ganz ohne Versprechungen, die ich halten musste. Ohne Erwartungen, die ich zu erfüllen hatte. Ohne Lügen, die ich aufrechterhalten musste.

Dieser Moment gehörte ganz mir. Und ich wollte ihn festhalten und dafür sorgen, dass aus diesem einen Moment unzählige wurden.

»Lass uns zusammen herausfinden, was das hier ist.«

18. KAPITEL

April

Jetzt wusste ich, wie ein Geheimagent sich fühlen musste.

Meine Hände waren klamm, als ich versuchte, mich mit fahrigen Händen anzuschnallen, meine Gedanken nicht wirklich bei der Arbeit, sondern vielmehr bei der drohenden Gefahr, die nur ein paar Meter von mir entfernt lauerte. Wie hatte ich mich hierzu überreden lassen können?

»Kommst du klar?«

Ich verengte die Augen und spähte kurz zu Tyler hinüber, der auf dem Fahrersitz saß und mich belustigt beobachtete. Anders als ich wirkte er vollkommen ruhig und gelassen, und das brachte mich mindestens genauso sehr auf die Palme wie das Wissen, dass er mich gestern mit unzähligen Küssen überredet hatte, dieser Misere überhaupt zuzustimmen. »Ja, ich komme klar.« Als er sich herüberlehnte, um mir zu helfen, schlug ich ihm auf den Handrücken und sah schnell wieder zurück zu den Treppen, die einer unserer Freunde jeden Moment herunterkommen und uns damit in Erklärungsnot bringen konnte. »Untersteh dich und fahr einfach.«

»Okay, okay.« Abwehrend hob er die Hände, das schalkhafte Grinsen noch immer auf seinem unverschämt attraktiven Gesicht, das ich, zusammen mit seinen Lippen, für all das hier verantwortlich machte. »Aber ich fahre erst los, wenn du angeschnallt bist.«

»Wer bist du? Mein Vater?«

»Die Anzahl unangebrachter Sprüche, die mir auf der Zunge liegen, ist unendlich.« Tyler zwinkerte mir zu, und ich konnte nur den Kopf schütteln. Dieser Kerl war echt unverbesserlich, und offenbar juckte es ihn nicht im Mindesten, dass wir auffliegen konnten, obwohl wir gestern noch ausgemacht hatten, unseren Freunden erst mal nichts von alldem zu erzählen, bis wir nicht selbst herausgefunden hatten, was das zwischen uns eigentlich war. »Aber ich werde sie mir alle verkneifen.«

»Wieso? Hast du doch sonst auch nicht.« Endlich hörte ich das erlösende Klicken des einrastenden Gurtes und schlug Tyler ungeduldig gegen den Oberschenkel. »Jetzt fahr schon.«

»Geht klar, Red Sparrow.«

»Sehr witzig.« Ich rollte mit den Augen, entspannte mich aber ein bisschen, als Tyler den Wagen vom Parkplatz und auf die Straße lenkte. Durchatmen konnte ich trotzdem erst, als wir am Ende der Straße um die Ecke bogen. »Ich hätte einfach zu dir kommen sollen.«

»Oder du könntest dich einfach ein bisschen entspannen.« Tyler beschleunigte und brachte uns auf die Hauptstraße, die uns aus der Stadt raus und zu der langen Küstenstraße führen würde, die all die Städte entlang des Wassers miteinander verband. »Außerdem machen wir nichts Verbotenes. Wir verbringen nur Zeit miteinander, genauso wie vorher auch.«

Ich wusste, dass Tyler recht hatte. Alec und Kate würden ihr Wochenende wie immer primär in der Schwimmhalle verbringen, wo Kate an Entwürfen zeichnete, während Alec trainierte. Dean war sicherlich wieder auf dem Weg zu einem seiner Shootings, und Hunter und Raelyn würden vermutlich jede freie Sekunde miteinander verbringen, so wie immer, wenn sie denn mal zusammen sein konnten. Es würde niemanden kümmern, was Tyler und ich machten. Außerdem war es nicht das erste Mal, dass wir Zeit miteinander verbrachten. Aber auch wenn es auf den ersten Blick so aussehen mochte, als wäre alles beim Alten, war doch irgendwie alles neu. Denn heute verbrachten wir nicht einfach so Zeit miteinander wie ganz normale Freunde. Wir hatten heute unser erstes Date, und allein dieser Gedanke brachte das Herz in meiner Brust zum Hüpfen. Gestern Abend war ich, um ehrlich zu sein, etwas enttäuscht gewesen, als Tyler mich einfach nur nach Hause gebracht hatte. Aber jetzt, wo ich Zeit gehabt hatte, darüber nachzudenken, war ich eigentlich ganz froh darüber. Das zwischen uns war so schon neu und unfassbar aufregend. Es ein bisschen langsamer anzugehen, war sicherlich nicht verkehrt, auch wenn die nervöse Aufregung in mir eine ganz andere Sprache sprach. Meine Hand klammerte sich fester an den Gurt, der sicher über meiner Brust lag und mich ankerte – was dringend notwendig war, so aufgeregt und nervös, wie ich war.

Ein Date. Seltsam.

Ich faltete die Hände in meinem Schoß und sah aus dem Fenster, stockte aber, als ich einen Blick auf mein eigenes Gesicht im Seitenspiegel erhaschte, und wollte sofort im Erdboden versinken. Tyler hatte mir nicht verraten, was wir heute unternahmen, und offensichtlich war mir das auch vollkommen egal gewesen, denn ich hatte Lipgloss benutzt und sogar meine Wimpern getuscht, etwas, das ich absolut nie tat. Ich wünschte, ich hätte auch Rouge aufgelegt, aber leider gab es für den Schimmer auf meinen Wangen keine Ausrede in Form eines gepressten Puders, sondern er war einzig und allein auf den Mann zurückzuführen, dessen Hand lässig auf dem Lenkrad lag. Unsicher zupfte ich an dem sonnengelben T-Shirt mit dem Blumenaufdruck herum, das ich mal aus einer Laune heraus gekauft hatte und das so viel femininer war als alles, was ich sonst in meinem Schrank hatte. Ich fragte mich, ob ich vielleicht eine andere Hose hätte anziehen sollen, die nicht so locker auf meinen Hüften saß und unzählige Risse an den Knien hatte. Wenn Kate von diesem Date gewusst hätte, hätte sie mir sicherlich zumindest die roten Chucks von den Füßen gezerrt oder meine Locken etwas besser unter Kontrolle gebracht, aber ich hatte ihr nichts erzählt, und jetzt musste ich mit dem Endergebnis leben.

Verdammt, eigentlich war ich niemand, der überhaupt irgendetwas auf seine Klamotten gab, aber heute Morgen hatte ich eine satte Stunde darauf verwendet, alles Mögliche anzuprobieren.

Das war auch Tylers Schuld. Warum musste er auch immer aussehen wie aus dem Ei gepellt? Selbst in dem weißen T-Shirt mit der schwarzen Aufschrift über der Brust und den hochgerollten Ärmeln, die seine definierten Oberarme betonten, und der locker sitzenden grauen Hose sah er aus wie ein verfluchtes Model.

»Du denkst schon wieder zu viel.«

Ertappt zuckte ich zusammen und räusperte mich. Trotzig reckte ich das Kinn vor. »So was wie zu viel denken gibt es nur für Leute wie dich, die ihr Hirn nie benutzen.«

»Schön, dass du doch noch deinen Planeten verlässt, um an unserem Date teilzunehmen.« Tyler grinste schief und griff über die Mittelkonsole hinweg nach meiner Hand. »Ich dachte schon, du willst jetzt die ganze Zeit nur aus dem Fenster starren und schweigen.«

Perplex sah ich auf seine Hand, die meine hielt, und blinzelte träge. »Was machst du da?«

Als wäre es das Natürlichste der Welt, verflocht Tyler unsere Finger miteinander und legte sie auf seinem Oberschenkel ab, die Augen fest auf die kurvige Straße vor uns gerichtet. »Ich halte deine Hand.«

Ich konnte ihm nicht wirklich folgen. »Warum?«

Seine Augenbraue schoss in die Höhe, und ich meinte, so etwas wie Unsicherheit über sein Gesicht huschen zu sehen. »Echt jetzt?«

»Sorry.« Ich schluckte leise und fuhr mit dem Daumen über seinen Handballen. Seine Haut war warm, und unwillkürlich musste ich lächeln. »Ich muss mich da erst noch dran gewöhnen.«

»Gewöhn dich besser schnell daran.« Er hob unsere Hände an seine Lippen, und mein Herz zog sich zusammen, als er einen Kuss auf meine Knöchel hauchte, ehe er unsere Hände wieder sinken ließ. »Ich bin superschlecht darin, meine Hände bei mir zu behalten.«

Ich dachte an gestern zurück, und mir wurde heiß, als ich mich daran erinnerte, wie Tyler jede Chance genutzt hatte, mich zu berühren, und wenn es nur ein kurzes Streichen seiner Hand über meinen Arm gewesen war, während wir aufräumten. »Ist mir aufgefallen.«

»Stört dich das?« Tyler räusperte sich, und ich bemerkte, wie seine Hand das Lenkrad fester umschloss, sodass die Venen auf seinem Unterarm stärker hervortraten. »Dann kann ich versuchen, es sein zu lassen.«

»Nein, es stört mich überhaupt nicht. Es ist nur …« Ich sah wieder auf unsere Hände, noch immer unsicher, ob das hier wirklich passierte nach all den Jahren der unerwiderten Schwärmerei. »Ich muss erst noch umschalten.« Ich drückte seine Hand kurz und wechselte dann schnell das Thema, bevor ich noch mit all den Gefühlen herausplatzte, die sich in den letzten Jahren angestaut hatten. »Was machen wir heute überhaupt?«

Tyler spielte glücklicherweise mit, ohne meinen Themawechsel zu hinterfragen. »Wir gehen surfen.«

»Surfen?« Ich hielt inne. »Ich hab jetzt aber doch gar nicht meine Sachen dabei.«

»Kein Thema.« Tyler grinste schief. »Neoprenanzüge und Bords kann man überall leihen.«

Eigentlich war es totale Geldverschwendung, weil jeder von uns Surfklamotten im Schrank hatte. Aber ich freute mich zu sehr, um daraus jetzt eine große Sache zu machen. Es war eine Weile her, dass ich mich zuletzt in die Wellen gestürzt hatte, und es klang verlockend, den doch recht warmen Tag heute im Wasser zu verbringen, noch dazu mit Tyler, der in einem Neoprenanzug einfach nur fantastisch aussah. »Kannst du das überhaupt noch, City Boy?«

Sein Lachen war ansteckend. Wärme breitete sich in meinem ganzen Körper aus, der sich mit jeder Sekunde in Tylers Gegenwart mehr und mehr entspannte, während die unzähligen Fragen in meinem Kopf über meine Zukunft einfach verblassten. »Jetzt willst du echt an meiner Ehre kratzen, oder?«

»So was hast du?«

»Autsch.« Er überlegte kurz, aber als er dann zu mir herübersah, lag in seinen Augen wieder dieses schalkhafte Funkeln, wegen dem ich mich damals unter anderem in ihn verguckt hatte. »Wie wäre es mit einer kleinen Wette? Wer seltener vom Board fällt, darf bestimmen, was wir bei unserem nächsten Date machen.«

Ich presste die Lippen aufeinander, um das glückliche Kichern zu unterdrücken, das mich wie eine absolute Idiotin klingen lassen würde, wenn ich es zuließ. »Wer hat gesagt, dass ich mich noch mal auf ein Date mit dir einlasse?«

Tyler grinste und zuckte dann nonchalant mit den Schultern. »Dann muss ich heute wohl eine Menge Überzeugungsarbeit leisten.«

»Musst du wohl.« Obwohl ich noch den ganzen Tag mit Tyler vor mir hatte, freute ich mich schon jetzt auf unser nächstes Date. »Also gut: Deal.«

»Ich würde sagen, ich gewinne.«

Ich prustete, strich mir die nassen Strähnen aus der Stirn und verzog das Gesicht. Ich beäugte Tyler missmutig, der mit einem süffisanten Grinsen lässig auf seinem Brett saß. Die Welle, die mich gerade vom Board geholt hatte, schien ihn nicht im Mindesten in Schwierigkeiten gebracht zu haben, was eindeutig von mehr Training im Wasser zeugte, als ich erwartet hatte. Er streckte die Hand nach mir aus, ich ergriff sie und ließ mich von ihm auf sein Brett ziehen.

»Du elender Mistkerl.« Ich hielt seine Hand, als ich mich umständlich aufsetzte und ihn über die Schulter hinweg anfunkelte. »Du hast nur mit mir gewettet, weil du wusstest, dass du gewinnst.«

»Warum würde ich sonst wetten?« Als ich versuchte, nach ihm zu schlagen, lachte Tyler nur auf und schlang mir einen Arm um die Taille. Er zog mich mit dem Rücken gegen seine Brust, bevor er mir den anderen Arm um die Schultern legte. »Außerdem kann ich ja nicht ahnen, dass du im Surfen eine Niete geworden bist.«

Ich wollte ihm den Ellenbogen in die Rippen stoßen, aber Tyler griff nur fester zu und machte mich damit vollkommen bewegungsunfähig. »Nimm das zurück.«

»Warum?« Er drückte mir einen Kuss auf die Wange, und alle Spannung wich aus meinem Körper. »Dann würde ich ja lügen.«

»Wenn du ein zweites Date mit mir willst, dann solltest du dir das vielleicht angewöhnen.«

»Natürlich.« Ich konnte das Grinsen in seiner Stimme hören und musste selbst lächeln, obwohl ich eigentlich zumindest ein bisschen angefressen sein sollte, weil er mich mit seiner Wette geradezu in eine Falle gelockt hatte. »Du kannst Carissa Moore Konkurrenz machen.«

Ich rollte mit den Augen, als er die amtierende Surfweltmeisterin erwähnte. »Weißt du, wenn du schon lügst, dann mach es wenigstens einigermaßen glaubwürdig.«

»Du weißt auch nicht, was du willst, oder? Erst soll ich lügen, dann komme ich dem Wunsch nach, und es ist wieder nicht richtig.« Er ließ die Lippen über meinen Kiefer gleiten, und ich hielt den Atem an. Er senkte die Stimme und sprach weiter. »Du musst mir schon ganz genau sagen, was du willst, *jagi*.«

Ich seufzte leise und schloss für einen Moment die Augen, während wir uns auf dem Brett von den Wellen treiben ließen und ich meine Gedanken zu ordnen versuchte, die schon den ganzen Tag ein einziges Chaos waren. Tyler hatte nämlich nicht gelogen, als er gesagt hatte, er sei nicht gut darin, seine Hände bei sich zu behalten. Und dass der Neoprenanzug wie eine zweite Haut anlag und seine schlanke, aber durchtrainierte Figur betonte, hatte mir auch nicht wirklich aus der Patsche geholfen. Ich hatte ja vorher schon gewusst, dass Tyler der körperliche Typ war, der großzügig Umarmungen verteilte und generell nicht vor Körperkontakt zurückschreckte. Aber das hier war etwas völlig anderes.

Den ganzen Tag schon hatte ich seine Hände auf mir gehabt.

Nie aufdringlich oder unangenehm, aber es brachte mein Herz jedes Mal in Aufruhr, wenn er bloß meine Hand hielt, während wir auf die Wellen warteten. Oder weil er die Hände an meine Hüften legte, um mich an die Wasseroberfläche zu schieben, als wir uns beide nicht hatten halten können. Während einer Pause auf dem Handtuch hatte er meine Beine über seine gelegt und mit der Hand über mein Schienbein gestrichen. Und als er mir in den Neoprenanzug geholfen hatte, hatte er lauter Küsse in meinem Nacken verteilt, bevor er wieder von mir abgelassen hatte, als wäre nichts gewesen.

Ich wusste nicht, wie ich damit umgehen sollte, mit dieser neuen Intimität zwischen uns. Aber auch wenn sie meine Haut zum Glühen und meinen Kopf zum Schwirren brachte, wollte ich sie trotzdem gegen nichts auf der Welt eintauschen. Eigenartig, heute Morgen hatte ich es noch seltsam gefunden, wenn er nur meine Hand gehalten hatte, und jetzt, wo die Sonne unterging, fühlte ich mich komisch, wenn er mich nicht berührte.

Ob er das mit Absicht machte?

Ich ließ meinen Kopf gegen seine Schulter sinken und sah zu den unzähligen Farben am Horizont, die ineinanderliefen und eine atemberaubende Mischung aus Orange, Violett und Blau erschufen. Wir waren mittlerweile fast die einzigen Surfer, die noch im Wasser waren. Viele andere waren längst aufgebrochen, um den unzähligen Meeresbewohnern zu entgehen, die mit dem Sonnenuntergang zum Leben erwachten. Wir sollten uns ebenfalls langsam auf den Weg machen, aber ich konnte mich nicht dazu durchringen, an den Strand zurückzukehren und diesen Tag hinter mir zu lassen, der sich wie ein Traum anfühlte.

Himmelherrgott, wann war ich bitte so schrecklich kitschig geworden?

Ich räusperte mich, zog an dem Band um meinen Fuß und holte mein Brett näher an uns heran. »Was hältst du von essen?«

»Okay.« Tyler seufzte und drückte mir einen Kuss auf die Wange. Wie auf Kommando gab sein Magen ein lautes Knurren von sich. »Ich würde gerade meinen rechten Arm für *Jjamppong* geben.«

»Was ist das?«

Tyler hielt mein Brett für mich fest, damit ich umsteigen konnte, während er grüblerisch das Gesicht verzog, als müsste er überlegen, wie er es am besten übersetzen oder erklären sollte. »Es ist eine scharfe koreanische Nudelsuppe mit Meeresfrüchten.«

»Hast du die in Korea oft gegessen?« Ich schob mich auf mein Brett und begann, auf den Strand zuzupaddeln, Tyler war direkt neben mir und passte sein Tempo meinem an.

»Immer wenn Hyun-Joon und ich zum Surfen raus nach Yangyang gefahren sind.« Er zwinkerte mir zu. »Also, alle paar Wochen.«

Ich brauchte einen Moment, um zu begreifen, was er da gerade gesagt hatte, und als es endlich klick machte, war Tyler schon lachend davongepaddelt. »Du Betrüger!«

»Wir gehen übrigens beim nächsten Date wandern. Nur damit du schon mal Bescheid weißt.«

Ich versuchte ihn einzuholen, aber er schaffte es deutlich vor mir an den Strand, und als ich aus dem Wasser kam, wartete er schon mit einem breiten Grinsen auf mich, das mein Herz wieder höherschlagen ließ. Ich löste das Band von meinem Knöchel und klemmte mir das Leihbrett unter den Arm, während ich auf ihn zuging. Noch bevor ich zu einer lautstarken Schimpftirade ansetzen konnte, als ich ihn erreichte, hatte Tyler schon blitzschnell die Hand in meinen Nacken gelegt und seine Lippen auf meine gepresst.

Überrascht keuchte ich in den Kuss und ließ kurzerhand das Brett fallen, worauf Tyler nur gewartet zu haben schien, denn er zog mich sofort dicht an seinen Körper und vertrieb damit die aufkommende Kälte der kühlen Brise mit der alles verzehrenden Hitze, die sein Kuss in mir auslöste.

Als er sich von mir löste, wusste ich nicht mal mehr, warum ich überhaupt sauer auf ihn gewesen war. Ich wusste nur, dass seine Lippen genauso entwaffnend waren wie seine dunklen Augen und sein strahlendes Lächeln und dass all meine Gegenwehr, gemeinsam mit meinen Ängsten, Sorgen und Problemen, bei ihm zu Staub zerfiel.

Ich stellte mich auf die Zehenspitzen und schlang die Arme um seine Schultern, mein Körper direkt an seinem, aber trotzdem nicht annähernd nah genug, und als ich ihn leise lachen hörte und er die Hände auf meinen Rücken legte, schloss ich die Augen und ließ mich gegen ihn sinken.

Tyler hatte recht gehabt.

Egal was das hier war, es war das Risiko wert.

19. KAPITEL

April

Blindes Glück und lähmende Angst liegen erstaunlich oft nah beieinander. Bisher hatte ich Sprüche wie diesen immer für absoluten Unfug gehalten. Sie wurden von Protagonisten in schmalzigen Filmen, die mit der Wirklichkeit mal so rein gar nichts gemein hatten, vor sich hingemurmelt. Aber jetzt, wo ich in meiner Vorlesung über World Building saß, realisierte ich, wie viel Wahrheit in dieser Floskel steckte.

Wenige Tage. Mehr brauchte es gar nicht, um meine Realität komplett auf den Kopf zu stellen und mich von nagenden Zweifeln über erstickende Beklommenheit und erschütternde Erkenntnis bis hin zu taumelndem Glück zu führen.

Wenn das mal nicht die Definition eines emotionalen Schleudertraumas war.

Ich hörte Professor James nur entfernt zu, während er über das Für und Wider diverser World-Building-Programme referierte. Meine Aufmerksamkeit war stattdessen auf das Foto gerichtet, das ich seit gestern immer wieder öffnete und betrachtete.

Mit den Fingerspitzen strich ich über den kühlen Rahmen meines Handys, um nicht das Display zu berühren, von dem aus mich das einzige Selfie anlachte, das ich jemals von mir gemocht hatte – was vermutlich daran lag, dass ich nicht allein darauf zu sehen war.

Ich musste lächeln, als ich an Tylers Beharrlichkeit zurückdachte, mit der er mich gestern Abend zu diesem simplen Foto überredet hatte, das er unbedingt von uns beiden hatte machen wollen. Ich war eigentlich dagegen gewesen, weil mir ein Bild von uns zwei begossenen Pudeln bei Sonnenuntergang am Strand nicht besonders reizvoll erschienen war. Aber wenn ich ehrlich sein sollte, dann war ich jetzt froh, dass er sich durchgesetzt hatte.

Denn dieses Foto war mehr wert, als ich in Worte fassen konnte. Und das nicht nur, weil Tyler mit seinem nassen Haar und dem breiten Grinsen einfach nur fantastisch aussah oder weil er mich darauf im Arm hielt, als wäre ich ein Teil von ihm. Es lag auch nicht daran, dass es unser erstes gemeinsames Foto war – nur von uns beiden –, oder daran, dass es eine Erinnerung an unser erstes Date war.

Nein, der Grund, warum dieses Foto mir so viel bedeutete, war, dass ich glücklich aussah. So richtig glücklich. Ich zoomte mich näher heran und betrachtete mein Gesicht mit einer Mischung aus Faszination und Unglauben.

Klar war ich happy, dass mein Traum von einem Date mit Tyler endlich wahr geworden war. Aber das allein sorgte nicht für das Lächeln auf meinen Lippen, das nach dem Wechselbad der Gefühle der letzten Tage erst recht ein Wunder war.

Wenn man bedachte, was allein in den letzten paar Tagen passiert war und vor welchen Entscheidungen ich stand, wirkte diese Zurschaustellung meiner geraden Zähne beinahe deplatziert.

Und dennoch war dieses Lächeln da.

Und der Grund dafür war genauso schockierend wie einfach: Ich hatte ein einziges Mal in meinem Leben nicht nachgedacht.

Als ich mit Tyler an diesem Strand gewesen war, irgendwo an der kalifornischen Küste, hatte ich mal keinen Gedanken an meine Situation verschwendet. Ich hatte nicht darüber nachgedacht, dass ich dem Verlag noch eine Antwort schuldete, dass mein Dad von mir erwartete, dieses Volontariat anzunehmen, und dass eine Zukunft an meine Tür klopfte, die ich weder angestrebt noch jemals wirklich gewollt hatte.

All das hatte ich einfach mal für einen Tag hinter mir gelassen und auf mein Bauchgefühl gehört, das mir zugeflüstert und mich darin bestärkt hatte, wie gut und richtig diese Sache mit Tyler war. Ich hatte die Zeit mit ihm in vollen Zügen genießen wollen, ohne über all die Dinge nachzugrübeln, die eigentlich meine ganze Aufmerksamkeit erfordert hätten.

Ich hatte mal einen Tag lang nur an mich selbst gedacht und etwas gemacht, das mir guttat, anstatt Pro-und-Kontra-Listen zu schreiben und mich in meinen verworrenen und beklemmenden Gedankengängen zu verlieren.

Und ich konnte mich nicht erinnern, wann ich das letzte Mal so verflucht glücklich gewesen war.

Ich legte das Handy beiseite, atmete tief durch und versuchte, dieser Erkenntnis nicht allzu große Bedeutung beizumessen. Dass ich in dem Moment am glücklichsten gewesen war, in dem ich mal nicht nachgedacht hatte, war nämlich gleichermaßen befreiend wie beklemmend.

Ich hatte nie gelernt, mein Hirn auszuschalten.

Ich hatte gelernt, mit plötzlichen Veränderungen umzugehen, sie analytisch zu betrachten, Lösungen für mich zu finden und dabei den Menschen um mich herum möglichst wenig Umstände zu machen und sie bestenfalls noch zu entlasten, anstatt meine eigenen Sorgen und Belange auf ihre Schultern zu laden. So war ich nun mal erzogen worden, und nach diesem Grundsatz hate ich die letzten einundzwanzig Jahre gelebt, mit einem Vorbild direkt vor Augen. Gott, ich würde meinem Dad das Herz brechen, wenn ich –

»Miss King?«

Hektisch blinzelte ich, als die Stimme von Professor James durch den dichten Morast meiner Gedanken zu mir durchdrang, und ich rieb mir mit beiden Händen über die Oberschenkel, um mich wieder ins Hier und Jetzt zurückzuholen. »Ja, Sir?«

»Sie benutzen dieses Programm schon eine Weile, oder?« Professor James deutete über seine Schulter hinweg auf die Folie mit der Abbildung eines Browser-basierten Tools, das ich tatsächlich schon seit Jahren für meine Arbeit benutzte und von dem ich Professor James einmal bei einem Umtrunk der Fakultät erzählt hatte. »Würde es Ihnen etwas ausmachen, Ihre Erfahrungen mit dem Kurs zu teilen?«

»Jetzt?«, fragte ich etwas fassungslos. »Also jetzt sofort? So aus dem Stegreif?«

Professor James zog eine Augenbraue hoch, und ich spürte die erwartungsvollen Blicke von allen Seiten. »Ja, jetzt. Oder würden Sie es bevorzugen, eine Präsentation auszuarbeiten?«

Als ich an die unzähligen Abgaben dachte, die in nächster Zeit noch auf mich zukommen würden, schüttelte ich schnell den Kopf. »Nein. Jetzt sofort ist super.«

»Na dann.« Professor James bat mich mit einer Geste zu sich nach vorn, und bevor ich es mir anders überlegen konnte, stand ich an seinem Pult und starrte in die Gesichter meiner Kommilitonen. »Der Kurs gehört Ihnen, Miss King.«

Sehr witzig.

»Okay, fangen wir am besten ganz am Anfang an.« Ich zog ein Haargummi aus meiner Hosentasche und band meine wilden Locken zu einem Dutt hoch, während ich darüber nachdachte, wie ich dem Kurs dieses Tool am besten näherbringen sollte, an das ich mich selbst über Jahre hinweg gewöhnt hatte. Zum Glück war ich nicht der Typ, der Probleme damit hatte, vor Gruppen zu sprechen, sonst wäre ich jetzt echt aufgeschmissen gewesen. »Ich glaube, am einfachsten ist es, wenn ihr das Ding auf eurem Laptop mal öffnet. Dann ist alles, was ich erklären werde, weniger abstrakt.«

Ich hörte zustimmendes Gemurmel, bevor das Tippen auf Tastaturen erklang. Ich nutzte die Zeit, um Professor James einen fragenden Blick zuzuwerfen, der nur mit einem schiefen Grinsen mit den Schultern zuckte, mir seinen Laptop zuschob und dann wieder auf den Kurs deutete, der offensichtlich bereit war, mir zuzuhören.

Mit flinken Fingern öffnete auch ich das webbasierte Tool, loggte mich ein, atmete noch mal tief ein und aus und drückte den Rücken durch.

Na dann mal los.

»Ich wusste, dass Sie das tausendmal besser machen würden als ich.«

Als der letzte meiner Kommilitonen den Kursraum verließ, klappte ich Professor James' Laptop zu und lehnte mich mit der Hüfte gegen das Pult. Mein Herz hämmerte wie wild, und ich presste mir eine Hand auf den Brustkorb, in der Hoffnung, es irgendwie besänftigen zu können. Ein breites Grinsen schlich sich auf mein Gesicht, das ich bisher zurückgehalten hatte. Über das Für und Wider des Tools zu diskutieren hatte wirklich Spaß gemacht, aber noch interessanter war es gewesen, zu sehen, wie unterschiedlich die Anforderungen eines jeden Einzelnen waren und wie schnell wir uns in einer Diskussion über verschiedenste Welten verloren hatten, die alle genauso einzigartig waren wie ihre Erschaffer. Während ich vor meinen Studienkollegen gestanden und über meine eigene Idee gesprochen hatte, war die Zeit wie im Flug vergangen, und ich fand es richtig schade, dass der Kurs schon vorbei war. Denn ich hätte noch stundenlang den Vorschlägen meiner Kommilitonen lauschen können, die mich total inspiriert hatten und die meine Helden vor völlig neue Herausforderungen stellten.

Zum Glück hatte ich jetzt vier Stunden frei, die ich definitiv in der Bibliothek und vor meinem Laptop verbringen würde.

Allein bei dem Gedanken an all die Möglichkeiten, die sich gerade aufgetan hatten, zuckten meine Finger aufgeregt.

»Ausgezeichnete Präsentation, Miss King.« Professor James nahm mir den Laptop aus der Hand und klopfte mir anerkennend auf die Schulter. »Sicher, dass Sie nicht doch für meinen Lehrstuhl arbeiten wollen?«

»Damit Sie mich noch häufiger mit solchen Aktionen überraschen können?« Als ich sein schuldbewusstes Grinsen sah, schüttelte ich lachend den Kopf. »Ich weiß Ihr Angebot wirklich sehr zu schätzen, aber danke, nein.«

»Ich dachte, ich versuch mein Glück einfach noch mal.« Mein Professor ging um sein Pult herum und steckte den Laptop in seine Umhängetasche aus kaffeebraunem Leder, die er stets bei sich trug. »Arbeiten Sie schon länger an dem Projekt, das Sie eben präsentiert haben?«

»Ja. Knapp drei Jahre.« Ich löste den Dutt, der anfing an meiner Kopfhaut zu spannen, und stopfte das Haarband zurück in meine Hosentasche. »Ich hab damit begonnen, als ich an die STU gekommen bin.«

»Haben Sie das schon jemals irgendwo vorgestellt?«

Ich horchte auf, als ich den subtilen Unterton in der Stimme meines Professors bemerkte. »Nein, bisher noch nicht. Wieso?«

»Einfach nur so.« Professor James verschränkte die Arme vor der Brust und sah mir in die Augen. »Ich habe nur gerade noch mal gedacht, dass mein Kollege in Dublin sich überschlagen würde, um ein Talent wie Sie in seinem Studiengang unterzubringen, und dass es wirklich schade ist, dass Sie in dieser Richtung keinerlei Ambitionen haben. Auch wenn ich das natürlich respektiere und auch bis zu einem gewissen Grad sehr gut nachvollziehen kann. Das ist alles.«

»Meinen Sie das ernst?« Die Frage war raus, bevor ich sie hatte aufhalten können, und ich öffnete den Mund, um sie zurückzunehmen, aber ich brachte keinen Ton heraus. Stattdessen fühlte ich eine angenehme Aufregung, die sich von meinem Bauch in meinem ganzen Körper ausbreitete und die Verbindung zwischen meinem Verstand und meiner Zunge kappte. »Meinen Sie echt, ich hätte eine Chance, wenn ich mich um einen Platz bewerben würde?«

»Ja. Auf jeden Fall«, sagte mein Professor, ohne auch nur eine Sekunde lang zu zögern. »Wenn es das ist, was Sie tatsächlich wollen, versteht sich.«

»Ja.« Ich hielt den Atem an, als die Wahrheit über meine Lippen kam, die meine ganze Welt in Schutt und Asche legen würde und die all die Dinge Lügen straftre, die mein Dad mir beigebracht und an denen ich mein Leben lang festgehalten hatte. »Ja, das will ich.«

Meine Worte hallten in dem leeren Kursraum nach, und ich hatte das Gefühl, dass Sekunden zu Minuten wurden, während mir allmählich klar wurde, was ich da eigentlich gerade gesagt hatte. Aber es war nun mal die Wahrheit, und ich war es einfach müde, vorzugeben, es wäre nicht so.

Ich wollte Welten erschaffen. Ich wollte Videospiele kreieren. Ich wollte weiterstudieren, aufsteigen und dafür sorgen, dass Kinder, denen es so ging, wie es mir ergangen war, die nie ein Zuhause gehabt hatten, in meinen Welten eine Zuflucht fanden.

Wenn ich dafür meine eigene Welt in Brand setzen musste, war es halt so. Denn ich spürte tief in meinem Inneren, dass dies das Richtige für mich war. Dass dies der Weg war, den ich einschlagen sollte, einschlagen *musste*, um wirklich glücklich zu werden, auch wenn gleichzeitig eine Welle blinder Panik mich erfasste.

Was redete ich mir hier gerade eigentlich ein? Was sollte das werden?

Einen Moment lang starrte Professor James mich völlig überrascht an, dann formten seine Lippen sich zu einem wohlwollenden Lächeln. »Sie haben keine Ahnung, wie sehr mich das freut, Miss King.«

Und Sie haben keine Ahnung, wie viel Angst mir das macht.

Mein Professor kramte in seiner Umhängetasche herum, ehe er einen kleinen Zettel zutage förderte, den er prüfend musterte, bevor er ihn mir reichte. In einer unordentlichen Schrift waren ein Name und eine Telefonnummer darauf gekritzelt worden.

»Das ist die Telefonnummer von Professor Murray. Wenn Sie diesen Weg wirklich einschlagen wollen und Fragen zum Studiengang haben, dann rufen Sie ihn ruhig an. Ich bin mir sicher, er wird Ihnen all Ihre Fragen mit Freuden beantworten.«

»Danke.« Ich betrachtete den Zettel, den ich zwischen meinen zitternden Fingern hielt, mit gemischten Gefühlen. »Vielen Dank, Sir.«

»Kein Problem.« Er warf einen Blick auf die Uhr und deutete dann zur Tür. »Müssen Sie nicht los?«

Ich blinzelte verwirrt, erinnerte mich dann aber an die Lüge, die ich ihm am Anfang des Semesters aufgetischt hatte. »Ja.« Ich räusperte mich und steckte den Zettel hektisch zu meinem Haarband in meine Hosentasche. »Ja, ich sollte los.«

»Bis nächste Woche, Miss King.«

»Bis nächste Woche, Sir.«

In Windeseile packte ich all meine Sachen zusammen und verließ das Vorlesungsgebäude. Meine Gedanken rasten, ich konnte immer noch nicht fassen, dass ich es endlich laut ausgesprochen hatte.

Gott, mein Dad würde mich umbringen, wenn ich diesen Weg tatsächlich einschlagen würde. Oder noch schlimmer, er würde nie wieder ein Wort mit mir reden.

Aber obwohl diese Sorge eine lähmende Panik in mir auslöste, blieb da trotzdem dieses drängende Gefühl in meiner Magengegend, das mir zuflüsterte, dass mein soeben gefasster Entschluss richtig war.

Ich atmete hörbar aus und setzte mich auf eine Parkbank unter einer Weide, deren Blätter sich sanft im Wind wiegten, wobei ein Orkan deutlich besser zu meiner Gemütslage gepasst hätte. Ich stemmte die Hüften hoch und zog den Zettel aus meiner Hosentasche, während ich mit der anderen Hand mein Handy aus meinem Jutebeutel fischte, auf dem eine kurze Benachrichtigung von meinem Kalender angezeigt wurde.

Rückmeldung an Verlag.

Meine Finger stoppten mitten in der Bewegung. Hatte ich allen Ernstes vor, das hier durchzuziehen? Würde ich jetzt gleich ein weiteres Jobangebot ablehnen, um einem Traum nachzujagen, der vielleicht niemals wahr werden würde? Konnte ich das wirklich tun?

Ich entsperrte den Bildschirm, um die Benachrichtigung zu löschen, hielt aber inne, als ich auf das Foto blickte, das ich während der Vorlesung immer wieder betrachtet hatte.

Das Foto, das mir vor Augen führte, wie glücklich ich sein konnte, wenn ich mal nicht nachdachte und einfach mal auf mein Bauchgefühl hörte, für das es keine rationale Erklärung gab, aber das mich wissen ließ, dass ich auf dem richtigen Weg war.

Vielleicht wird es mal Zeit, dass du genauso furchtlos für dich selbst kämpfst wie für alle anderen um dich herum.

Damit ich es mir nicht noch anders überlegen konnte, tippte ich schnell die Nummer ein, die auf dem Zettel stand, und berührte kurz den grünen Hörer. In meinem Kopf formte sich eine wahnwitzige Idee.

Wenn der Professor trotz Zeitverschiebung und ohne Termin abhob, dann würde ich das als Zeichen werten, dass mein Bauchgefühl recht hatte. Wenn nicht, würde ich das Volontariat antreten. Und würde nicht einen Gedanken mehr an diesen Traum verschwenden, von dem ich geglaubt hatte, dass ich ihn vor Jahren schon begraben hatte, der aber immer wieder seinen Weg zurück in mein Bewusstsein fand.

Scheiß aufs Nachdenken. Ich würde es so machen wie Tyler, mal nicht nachdenken, sondern einfach dem verfluchten Schicksal diese Entscheidung überlassen, die mein Leben für immer verändern würde. Was konnte dabei schon schiefgehen, richtig? Immerhin war es ja ziemlich unwahrscheinlich, dass er wirklich abhob und –

»University College Dublin, Professor Murray am Apparat.«

20. KAPITEL

Tyler

Mit einem Murren rollte ich mich auf den Rücken, als mein Handy mich mit lautem Plärren aus dem Schlaf riss. Träge schlug ich die Augen auf und tastete auf dem Nachtschrank nach diesem dämlichen Mistding, das ich gestern einfach hätte auf »stumm« schalten sollen. Aber es überraschte mich überhaupt nicht, dass ich es vergessen hatte, denn ich war erst gegen sechs Uhr morgens vollkommen erledigt ins Bett gefallen, nachdem ich meine Reisepläne finalisiert und wie abgesprochen an Zackary geschickt hatte. Grob geschätzt hatte ich wahrscheinlich nicht mal fünf Stunden geschlafen, und so gerädert fühlte ich mich auch.

»Wehe, es ist nicht wichtig«, murrte ich und nahm ab, ohne aufs Display zu sehen. »Ja?«

»Hey, Ty.«

»April.« Sofort setzte ich mich im Bett auf, mit einem Mal hellwach. Hektisch rieb ich mir den Schlaf aus den Augen und guckte auf die Uhr. Es war gerade mal elf. Das war entschieden zu früh am Tag für irgendwelche Katastrophen. »Ist alles okay?«

»Ja, alles okay.« Ich verkrampfte mich ein bisschen, als mir auffiel, wie erschöpft sie klang. »Muss immer die Welt untergehen, damit ich dich anrufen kann?«

»Natürlich nicht.« Ich räusperte mich, um etwas weniger

verschlafen zu klingen. »Du kannst mich immer anrufen, wenn dir danach ist.«

»Auch wenn du offensichtlich gerade erst aufgestanden bist?«

Ertappt schmunzelte ich. Natürlich hatte sie mich sofort durchschaut. »Ja, auch dann.«

»Tut mir leid, dass ich dich geweckt habe.«

»Muss es nicht.« Ich wartete einen Moment, damit sie von allein mit der Sprache herausrücken konnte, doch in der Leitung blieb es still. »Was gibt's?«

»Hast du Zeit für mich?«, fragte sie kleinlaut, und augenblicklich stand ich senkrecht im Bett. »Ich könnte ein bisschen Ablenkung brauchen, und mir ist niemand anders eingefallen als der König der Planlosigkeit.«

»Ist das ein Kompliment oder eine Beleidigung?«

»Ein bisschen von beidem.« Sie lachte leise, aber irgendwie klang es blechern, was mich direkt zur Eile antrieb. »Also, hast du Zeit?«

Ich klemmte mir das Handy zwischen Ohr und Schulter und griff mir meine Jeans. »Für dich? Immer.«

»Pass auf, dass du auf deiner Schleimspur nicht ausrutschst, Casanova.«

»Gib mir fünfzehn Minuten.« Ich verzog das Gesicht, als meine Muskeln protestierten, die ich gestern beim Surfen wohl ein bisschen zu arg strapaziert hatte, und mühte mich dann mit dem Knopf an der Hose ab, während ich den Raum nach einem Shirt absuchte, das ich anziehen könnte. »Wo bist du denn gerade?« Ich spähte raus und schloss sofort sämtliche Pullover aus, als ich die hochstehende Sonne sah.

»Ich sitze auf einer Bank in der Nähe der Mensa.«

»Alles klar.« Ich grapschte mir ein T-Shirt und war schon auf halbem Weg zur Tür. »Bis gleich.«

»Bis gleich.«

Ich legte auf, steckte das Handy in meine hintere Hosentasche, stülpte mir das Shirt über den Kopf, schlüpfte in meine Sneakers, schnappte mir eine Cap und trat hinaus auf den Flur. Ich strich ein paarmal fahrig durch mein Haar, ehe ich die Cap aufsetzte und die Tür aufzog. Ich hielt inne, schnappte mir schnell meinen Kulturbeutel und putzte mir in Windeseile im Gemeinschaftsbad die Zähne, bevor ich die Kulturtasche achtlos wieder in mein Zimmer warf und die Treppen hinunterhastete. April war nicht der Typ, der einfach so nach Ablenkung fragte, und allein an ihrem Tonfall hatte ich hören können, dass etwas nicht stimmte. Aber wenn ich ehrlich sein sollte, dann war es nicht allein die Sorge, die mich zur Eile antrieb. Ich wollte sie sehen. Mehr als alles andere. Und so nahm ich die Beine in die Hand und sah zu, dass ich so schnell wie möglich den halben Campus überquerte, ohne dabei über meine eigenen Füße zu stolpern, die in zu locker sitzenden Schuhen steckten, weil ich sie nicht zugebunden hatte. Sie auf dem riesigen Campus zu finden war gar nicht so leicht. Aber zumindest hatte sie mir eine grobe Richtung gegeben, und da es an diesem Montagmorgen nicht ganz so voll war, konnte ich meine Suche recht schnell beenden.

Ich blieb stehen, als ich ihren vertrauten roten Haarschopf erblickte, und gönnte mir einen Augenblick, um sie zu betrachten. Sie saß auf einer Parkbank unter einer Weide, vor der Sonne geschützt, die es heute mal wieder in sich hatte. Die Hände hatte sie zwischen ihre Oberschenkel geklemmt, und ihre Schultern hingen herab. Ihr Blick war auf den Boden gerichtet, und obwohl sie so aussah wie sieben Tage Regenwetter, machte mein Herz einen aufgeregten Satz.

Ich steckte die Hände in die Hosentaschen und schlenderte zu ihr hinüber, doch April hob den Kopf erst, als ich direkt vor ihr stand.

»Hey, Zwerg.« Ich ließ mich neben ihr auf die Parkbank fallen und ballte die Hände in meinen Hosentaschen zu Fäusten, um sie nicht zu berühren. Wir waren in der Öffentlichkeit, und April hatte klargemacht, dass sie niemandem von uns erzählen wollte, bis wir zwei herausgefunden hatten, ob wir der Sache eine Chance geben wollten oder nicht.

Sie lächelte mich an und rückte ein Stück näher an mich heran, bis ihr Oberschenkel meinen berührte. »Hey, Nervensäge.«

»Ist echt alles okay?« Jetzt, wo ich direkt neben ihr saß, konnte ich sehen, wie blass sie war. »Du siehst ein bisschen –«

»Ich habe gerade das Volontariat abgesagt.«

Ich brauchte einen Moment, um zu verarbeiten, was sie gesagt hatte, und wählte meine Worte mit Bedacht, da ich mir der Tragweite dieser Entscheidung vollkommen bewusst war. Scheiß drauf, wer uns sehen könnte. Ich ergriff Aprils Hand und hielt sie fest, während ich ihr in die warmen braunen Augen sah, in denen ein Durcheinander von Emotionen wie ein Sturm wütete. »Wie fühlst du dich damit?«

Sie überlegte kurz, ihr Blick war auf unsere Hände gerichtet, dann atmete sie hörbar aus und verzog die Lippen zu einem traurigen Lächeln. »Schrecklich. Überglücklich. Leichtsinnig. Erleichtert. Wie die grässlichste Tochter der Welt.«

»Das klingt nach einem ziemlich ungesunden Cocktail.«

»Ja.« Sie tippte sich gegen die Schläfe. »Es ist ziemlich chaotisch hier oben drin.«

»Kann ich mir vorstellen.« Behutsam stieß ich sie mit der Schulter an. »Aber nur fürs Protokoll: Du bist keine schlechte Tochter, nur weil du deine Zukunft selbst bestimmen willst, Däumeline.«

»Es fühlt sich aber so an.« Aprils Finger suchten nach der Uhr, die ich normalerweise trug, die ich aber in der Eile nicht angelegt hatte. Stattdessen begann sie Kreise auf meine Haut zu zeichnen. »Mein Dad und ich, wir waren immer ein Team. Ihn jetzt so zu hintergehen fühlt sich einfach nicht richtig an.«

»Du hintergehst ihn nicht, April.« Eindringlich sah ich sie an und versuchte, meine Wut und meinen Frust darüber herunterzuschlucken, dass man ihr eingetrichtert hatte, es käme einem Betrug gleich, für sich selbst einzustehen. »Du hast dich nur gegen etwas entschieden, von dem du weißt, dass es dich nicht glücklich machen würde.«

Auf meine Worte folgte ein kurzes Schweigen, dann legte April ihren Kopf auf meine Schulter, ihre Finger malten noch immer unruhige Muster auf meinen Arm. »Aber es würde meinen Dad glücklich machen, wenn ich das Volontariat mache.«

»Dein Dad ist aber nicht derjenige, der dein Leben leben muss, Zwerg.« Mein Ton war sanft, auch wenn es in mir brodelte. April war nicht für die Dinge verantwortlich, die man ihr vermutlich seit ihrer Kindheit auferlegt hatte. Ich fragte mich, wie sie aufgewachsen war: Wie konnte der Gedanke, sich gegen den Willen ihrer Familie zu entscheiden, sie so sehr belasten, dass sie sich an jemanden anlehnen musste? Ich konnte ihr zwar nicht wirklich helfen, weil das eine Sache war, die sie mit sich selbst ausmachen musste, aber ich war froh, dass sie mir erlaubte, diese Stütze für sie zu sein. Wenn auch nur für diesen flüchtigen Moment. »Du musst mit deinem Leben glücklich sein und einen Grund finden, um morgens aufzustehen. Und wenn Lektorin zu sein sich nicht danach anfühlt, dann lass es.«

»Ich weiß.« Sie hob den Kopf von meiner Schulter, und als unsere Blicke sich trafen, wirkte sie so verunsichert und hilflos, dass es mir den Magen umdrehte. »Ich hab das Richtige getan, oder?«

»Bist du mit dieser Entscheidung glücklich?«

April ließ sich einen Moment Zeit, um über meine eigentlich simple Frage nachzudenken, dann nickte sie.

»Ja, irgendwie schon.« Sie schaute gen Himmel, und ich folgte ihrem Beispiel und beobachtete die vorbeiziehenden Wolken, die den strahlend blauen Himmel nur hin und wieder trübten. »Es fühlt sich so an, als hätte ich endlich den Endgegner in einem superschweren Spiel gepackt.«

Ich lächelte. Auf so einen Vergleich konnte auch nur dieser kleine Feuerteufel kommen. »Dann hast du auch das Richtige getan.«

»Ich hab allerdings keinen blassen Schimmer, wie es jetzt weitergehen soll.« April rieb sich mit einer Hand über die Brust und zuckte einige Male hintereinander mit den Schultern, um augenscheinlich ihre Verkrampfung zu lösen. »Aber das muss ich auch nicht heute wissen.«

»Das sind ja ganz neue Töne.«

Als April diesmal lächelte, kam es nicht mehr annähernd so traurig rüber wie noch vor wenigen Minuten. »Das nennt man Charakterentwicklung.«

Offensichtlich. Gott, diese Frau war so viel stärker, als ihr selbst bewusst war, und ich konnte nicht anders, als ihr mit einer Hand durch die wilden Locken zu wuscheln. »Ich bin stolz auf dich, Däumeline.«

»Danke.« Ich war überrascht, dass April nicht sofort wieder versuchte, ihre Mähne zu sortieren. Stattdessen legte sie den Kopf in den Nacken und ließ ein frustriertes Stöhnen hören. »Gott, ich gehe mir schon selbst auf den Keks. Wie kann es sein, dass du nicht schreiend davonläufst?«

»Weil ich weiß, wie es sich anfühlt, jemand sein zu wollen, der man nicht ist, nur um den Erwartungen anderer gerecht zu werden.« Als sie mich mit großen Augen ansah, strich ich ihr sanft mit den Fingern über die Wange. »Außerdem haben wir doch schon mehrfach festgestellt, dass es mit meiner Vernunft nicht ganz so weit her ist.«

»Wo du recht hast.« Als sie leise lachte, war der ehrliche und fast schon losgelöste Klang wie Musik in meinen Ohren. »Danke, Ty. Ganz ehrlich.«

»Immer wieder gern, Däumeline.«

Für einen Moment schwiegen wir einfach nur. Das leise Rascheln der Blätter der Weide im Hintergrund war beruhigend und irgendwie fast friedlich.

April räusperte sich plötzlich. »Schluss mit meiner Jammerei.«

»Sicher, dass du nicht noch weiter drüber reden willst?« Ich war mehr als gewillt, April noch eine Weile länger in den Kaninchenbau ihrer Gefühle zu folgen, aber für heute schien sie wohl genug davon zu haben, denn sie schüttelte sofort entschieden den Kopf.

»Ja, ganz sicher.« Ihre Nase kräuselte sich, und sie machte ein unzufriedenes Gesicht. »Ich glaube, diese ganze Grübelei hilft mir jetzt gerade nicht weiter.«

Gespielt schockiert schnappte ich nach Luft und entzog ihr meine Hand. »Wer bist du, und was hast du mit meinem Zwerg gemacht?«

»Haha. Witzig.« Sie boxte mich in die Seite, und mein Herz machte einen Sprung, als sie meine Hand wieder ergriff und unsere Finger miteinander verflocht. Offensichtlich war ich nicht der Einzige, der Schwierigkeiten damit hatte, den anderen nicht zu berühren. »Du siehst ziemlich müde aus. Hast du nicht gut geschlafen?«

»Konnte nicht einschlafen.« Ihr jetzt von dem Job zu erzählen, kam nicht infrage. Nicht wenn sie selbst eine Million Baustellen hatte. Also log ich, auch wenn mein Magen sich deshalb sofort so anfühlte, als hätte ich Steine verschluckt. »Vielleicht Nachwehen vom späten Kaffee gestern Abend.«

Sie nickte verständnisvoll, und ich kam mir noch mieser vor. »Wann bist du denn eingeschlafen?«

»Irgendwann gegen sechs.«

»Das hättest du mir ruhig sagen können.« April sah mich schuldbewusst an.

»Warum? So konnte ich einen auf Retter in der Not machen.« Ich wackelte schelmisch mit den Augenbrauen. »Ich hab gehört, Frauen stehen auf so was.«

»Nicht wirklich. Außerdem bin ich normalerweise durchaus in der Lage, mich selbst zu retten.« April streckte mir die Zunge raus, und ich grinste sie an. »Auch wenn es zugegebenermaßen momentan vielleicht nicht unbedingt so rüberkommt.«

»Ich würde niemals den Fehler machen, dich zu unterschätzen, Feuerteufel.«

»Sehr gut.« Sie ließ meine Hand los, zog sie aber nicht zurück, sondern legte unsere Handflächen aufeinander. Es war das erste Mal, dass mir so richtig auffiel, wie viel kleiner und schmaler ihre Hände waren. »Was machst du heute Abend?«

»Kommt drauf an.«

Der misstrauische Seitenblick ließ nicht lange auf sich warten. »Worauf?«

»Ob du mich um ein Date bitten willst.«

»Will ich tatsächlich.«

»Dann habe ich auch nichts anderes vor.«

April verdrehte die Augen, doch das Lächeln auf ihren Lippen sprach eine ganz andere Sprache. »Gott, aus welchem grottenschlechten Ratgeber hast du den Spruch denn geklaut?«

Ich lehnte mich etwas näher zu ihr herüber und senkte verschwörerisch die Stimme. »Wie gehe ich einer Frau genug auf den Geist, damit sie sich Hals über Kopf in mich verliebt.«

Sie prustete los. »Wenn das funktionieren würde, dann müsste bei dir eine ganze Schar an Frauen Schlange stehen, Nervensägenweltmeister.«

»Eine würde mir reichen.«

Verdattert sah sie mich an, ehe ein zarter roter Schimmer auf ihren Wangen erschien, den ich genauso in meiner Erinnerung abspeicherte wie die Tatsache, dass sie mich angerufen hatte. Nicht Kate oder Raelyn. Mich. »Du widerlicher Schleimer.«

»Wer hat denn gesagt, dass ich dich meine?«

»Halt den Mund und sieh zu, dass du wieder ins Bett kriechst.« Sie ließ meine Hand los und schob mich von der Bank, bevor sie selbst aufstand. »Du siehst aus, als hättest du drei Wochen nicht gepennt.«

Mir war klar, dass sie recht hatte. Ich hatte schließlich einen Spiegel zu Hause. Wobei, vielleicht sollte ich den aus meinem Zimmer verbannen. »Ich wette, ich sehe immer noch fantastisch aus.«

Sie kicherte. »Geh einfach, Ty.«

»Alles klar.« Ich beugte mich zu ihr hinunter, bis ich fast ihre Lippen mit meinen berührte. »Wann heute Abend?«

Sofort machte sie einen Satz rückwärts und sah sich alarmiert um. Sie drückte den Rücken durch und tat, als wäre nichts gewesen. »Komm so gegen sieben zu uns in die WG, okay?«

Ich hielt inne. »Sicher?«

»Ja.« Sie winkte nachlässig ab, als wäre es keine große Sache, dass sie mich gerade zu einem Date in ihre Wohnung eingeladen hatte. Klar, ich ging dort ein und aus, aber die Lage zwischen uns war jetzt schon irgendwie eine andere. »Kate hat heute Abend ein Fitting, und Raelyn hat irgendwas vom Theater.«

»Klingt ja fast so, als würdest du mich verführen wollen, Zwerg.« Gespielt schüchtern schlang ich die Arme um mich selbst und musterte April ängstlich, als wäre sie der Wolf und ich das hilflose Rotkäppchen. »Ich weiß ja nicht, ob wir schon so weit sind.«

Anscheinend wurde ihr erst jetzt klar, was diese Einladung eventuell bedeuten könnte, und sie wurde knallrot. »Oh, hau ab, du Perversling.«

Stolz darauf, dass meine Ablenkung ihr offensichtlich geholfen hatte, hob ich die Hand zum Gruß und setzte mich rückwärts in Bewegung, um April nicht eine Sekunde eher als nötig aus den Augen zu lassen. »Bis heute Abend, Däumeline.«

»Bis heute Abend, Ty.«

Ich sah ihr noch nach, bis sie um die Ecke gebogen war, ehe ich mich umdrehte und mit schnellen Schritten in Richtung Wohnheim lief. Ich bezweifelte stark, dass ich ein Auge zumachen würde, nachdem beim Gedanken an das bevorstehende Date eine freudige Aufregung von mir Besitz ergriffen hatte.

Es war echt ungesund, wie schnell ich dabei war, mich Hals über Kopf in diese Frau zu verlieben, die mich jeden Tag aufs Neue zu überraschen schien.

21. KAPITEL

»Gefällt es dir?«

Ich bekam kein einziges Wort heraus, meine Augen waren fest auf die unzähligen kleinen Lichter gerichtet, die mich an Glühwürmchen erinnerten und die die Dunkelheit im Wohnzimmer sanft durchbrachen. Die Vorhänge vor den Fenstern hatte April zugezogen, und nicht das kleinste bisschen Abendsonne kam herein, das dem zarten Licht der Lichterketten, die überall im Raum verteilt lagen, hätte die Show stehlen können. Kissen, die sonst ihren Platz auf der Couch hatten, türmten sich jetzt auf den ausgebreiteten Decken davor, die, trotz der Hitze draußen und dank der gut funktionierenden Klimaanlage der Wohnung, verdammt einladend wirkten. Auf dem großen Fernseher war ein wunderschönes und beeindruckendes Bild vom Tokyo Skytree zu sehen, darunter, am Fuße des Sideboards, auf dem TV und Aprils Konsolensammlung standen, entdeckte ich eine gigantische Schüssel mit Snacks. Aus der Küche wehte der Geruch von Pizza zu uns herüber, was die zwei großen Teller auf dem Couchtisch erklärte, neben denen eine Flasche Wein, zwei Gläser und ein Eisbad mit einer Packung Karamelleis auf uns warteten.

Mein Blick huschte zu April, die erwartungsvoll zu mir aufsah, in dem warmen Haselnussbraun ihrer großen Augen spiegelten sich die Lichter. Meine Kehle war staubtrocken, ich wollte irgendetwas sagen, das nicht total dämlich und abgedroschen klang und trotzdem dem Aufwand gerecht wurde, den sie sich offensichtlich für mich gemacht hatte. Aber mir wollte beim besten Willen nichts einfallen, das nicht zu schmalzig daherkam.

»Ja.« Ich räusperte mich und fuhr mit den Händen über meine Oberschenkel. Ich versuchte, mir nicht anmerken zu lassen, wie sehr ihre Mühe mich beeindruckte und gleichermaßen überforderte, weil ich so was wie Romantik absolut nicht gewöhnt war. Aber das war es. Romantisch. Und unfassbar süß. »Es gefällt mir. Sehr sogar.«

»Das freut mich.« April grinste zufrieden, und zum ersten Mal bemerkte ich, dass einer ihrer Schneidezähne kleiner als der andere war, was mich unwillkürlich zum Lächeln brachte. »Setz dich doch schon mal.« Sie schob mich vorwärts Richtung Deckenlager und drückte mir einen flüchtigen Kuss auf die Schulter, ehe sie sich die Pizzateller schnappte und in der Küche verschwand. »Ich hole nur fix die Pizza aus dem Ofen.«

Ich sah ihr nach, während ich es mir auf den Decken bequem machte. Ich fuhr über den Stoff der dunkelgrünen Decke unter mir und genoss, wie weich sie sich auf meiner Haut anfühlte, dann ließ ich mich gegen das Sofa hinter mir sinken. Wie lange sie wohl gebraucht hatte, um all das hier aufzubauen?

Ich stellte mir vor, wie April durch die Wohnung geflitzt war und alles vorbereitet hatte, wie ihre Korkenzieherlocken wie wild um ihren Kopf herumgesprungen waren, als sie mit den langen, schweren Decken kämpfte. In meiner Magengegend regte sich etwas, aber bevor ich tiefer in mich hineinhorchen und dieses Gefühl identifizieren konnte, kam April schon mit den zwei Tellern zurück, auf denen die Pizzen verführerisch vor sich hin dampften und den Raum in den Duft von Tomatensoße, Kräutern und geschmolzenem Käse hüllten, den ich nur zu gut von *Tonys* kannte und der mich wissen ließ, dass sie diese Pizzen auf keinen Fall selbst gemacht haben konnte.

Ich nahm April die Teller ab, als sie zu mir auf die Decken trat, und sie grinste mich dankbar an, ehe sie einen Pizzaschneider aus ihrer hinteren Hosentasche hervorzog und sich neben mich fallen ließ. Als ich meinen Teller auf meinen Oberschenkeln abstellte, tat April es mir gleich, und bevor ich protestieren konnte, lehnte sie sich schon zu mir herüber und schnitt erst meine und dann ihre Pizza in kleine Stücke. Dann legte sie den Schneider auf den Couchtisch und streckte die Hände nach den beiden Weingläsern aus.

»Ich kann dir sagen, es hat echt Ewigkeiten gedauert, einen Tisch hier zu bekommen.«

Ich blinzelte etwas perplex, doch als April Richtung Bildschirm nickte, fiel der Groschen. Mein Herz machte einen Satz. »Oh wirklich?«

»Ja, wirklich.« Ihr Lächeln war strahlender als tausend Sonnen, und ich musste mich ziemlich konzentrieren, mein Weinglas gerade zu halten, als sie uns Wein einschenkte, weil ihr Körper so dicht an meinem war. »Das Weltenbummlermenü ist nämlich etwas ganz Besonderes.«

»Weltenbummlermenü?«

Anstelle einer Antwort drückte April mir nur kommentarlos ihr Weinglas in die Hand, das ich gerade noch rechtzeitig zu fassen bekam. Neugierig sah ich dabei zu, wie sie zwischen den unzähligen Decken herumtastete, wobei sie leise Flüche von sich gab, da sie anscheinend nicht sofort fand, wonach sie suchte. Doch dann plötzlich stieß sie ein triumphierendes Quietschen aus, klappte kurz darauf den Laptop auf und griff mit der anderen Hand nach dem Kabel, das ich erst jetzt bemerkte.

Der Bildschirm des Laptops erwachte zum Leben, und April tippte ihr Passwort ein, offenbar eine komplexe Kombination aus Buchstaben und Zahlen, ehe sie den Laptop mit dem Kabel verband und das Bild auf dem Fernseher wechselte. Für den Bruchteil einer Sekunde war eine geöffnete YouTube-Seite zu erkennen, doch bevor ich einen Blick auf den Titel des Videos erhaschen konnte, switchte April schon in den Vollbildmodus, und meine Gedanken kamen zum Erliegen, als mich plötzlich entfernter Straßenlärm und ein wildes Stimmengewirr umfing, die Fetzen verschiedenster Sprachen so vertraut und tröstlich, dass alle Anspannung aus meinem Körper wich.

Mit großen Augen beobachtete ich, wie die Straßen von Tokio direkt vor mir zum Leben erwachten, als die Kamera durch die engen Gassen schwenkte, in denen ein mir sehr bekanntes und wildes Durcheinander herrschte. All meine Sinne waren auf Empfang gestellt, als die vertraute Geräuschkulisse an meine Ohren drang. Sie katapultierte mich direkt zurück in die japanische Hauptstadt, wo die Zeit niemals stillstand und die einem Ehrfurcht einflößte, sobald man aus dem Flieger stieg und einen Fuß auf den Boden setzte, in dem die Geschichte und die Kultur vergangener Jahrhunderte noch wie kleine Adern unter der Oberfläche hindurchschimmerten. Ich erinnerte mich noch gut an die flimmernden Neonlichter, die direkt neben jahrhundertealten, gut versteckten Schreinen zuckten, und an diesen ganz eigenen Geruch, der dieser Stadt anhaftete und für den es keine passende Beschreibung gab.

»Ich dachte, wir beide machen heute eine kleine Weltreise.« Ich sah zu April, als sie mich ansprach, und realisierte erst jetzt, dass sie meine Hand genommen und ein Stück Pizza hineingelegt hatte. Ich hatte keine Ahnung, wann sie mir die Weingläser abgenommen und auf dem Boden neben den Decken abgestellt hatte. »Wir fangen in Tokio an und arbeiten uns dann einmal um den Globus.«

Ich war nicht der Typ, dem es leicht die Sprache verschlug, aber jetzt gerade wusste ich wirklich nicht, was ich sagen sollte. Das Gefühl, endlich einmal mit meinem Fernweh verstanden zu werden, war allgegenwärtig und überwältigend zugleich. Noch nie hatte jemand sich solche Mühe für mich gegeben und versucht, die Unruhe in mir zu besänftigen, die mich jeden Tag umtrieb. Meine freie Hand krallte sich tiefer in Aprils Decke, die genau wie sie an diesem Ort verankert zu sein schien, und das Atmen fiel mir schwer, während meine Augen noch immer fest auf das Rechteck vor mir gerichtet waren, das mir jetzt gerade vorkam wie das Tor zur Freiheit. Ich ließ mich fallen und tauchte ein in diese Welt, begab mich auf diesen Spaziergang, der es mir erlaubte, die Bucht von Tokio zu besuchen, was zwar nicht mit dem echten Erlebnis mithalten konnte, aber ein Pflaster auf meine klaffende Wunde klebte, die jeden Tag vor sich hin blutete und mich zermürbte, auch wenn ich so gut wie nie darüber sprach, sondern nur darüber schrieb, mir der Reaktion anderer überdeutlich bewusst.

Fünfundneunzig Prozent der Menschen verstanden es nicht, diese Sehnsucht nach der Welt, und ich hatte aufgegeben es erklären zu wollen. Denn egal wie viel ich lachte und egal wie heilig mir meine Freunde und unsere gemeinsamen Abende am Küchentisch dieser WG waren, sie füllten nicht das Loch in meiner Brust, das seit meinen Teenagerjahren jeden meiner Schritte bestimmte in dem Streben, mich endlich nicht mehr so verdammt unvollständig zu fühlen. Ein Gefühl, das ich in den letzten Tagen an Aprils Seite kaum noch gespürt hatte und das auch jetzt nur gedämpft zurückkam.

Ich hielt den Atem an, als die Mauern des Kabukiza in Sicht kamen, doch bevor ich näher an den Fernseher rücken konnte, stoppte das Bild plötzlich. Ich riss fragend den Kopf herum und ertappte April, wie sie auf ihrer Unterlippe herumkaute, ohne mich anzusehen.

»War das eine blöde Idee?« Unruhig rutschte sie neben mir hin und her, ihr Tonfall enttäuscht und auch ein bisschen niedergeschlagen. »Du hast gesagt, dass du dich hier eingesperrt fühlst, und weil du in letzter Zeit so für mich da warst, wollte ich mich einfach bedanken. Ich weiß, es ist nicht dasselbe wie – «

Ich unterbrach ihre Worte mit einem innigen Kuss, der nicht annähernd das transportieren konnte, was gerade in mir vorging.

»Danke.« Es war das einzige Wort, das ich zustande brachte und an das ich denken konnte, und ich hoffte, sie verstand auch so, was ich fühlte, ohne dass ich es laut aussprach. »Ehrlich. Vielen, vielen Dank.«

Aprils Augen glitten prüfend über mich, die Unsicherheit verschwand allmählich, und sie befreite ihre Unterlippe aus den Klauen ihrer Zähne und setzte ein zufriedenes Lächeln auf. »Immer wieder gerne.« Sie biss von ihrer Pizza ab und startete das Video wieder, was mir beinahe ein erleichtertes Seufzen entlockt hätte. »War es in Tokio wirklich so schön?«

»Ja.« April stieß mich an, und ich steckte mir ebenfalls ein Stück Pizza in den Mund, dankbar für die Erinnerung ans Essen. Das hatte ich wegen des Videos glatt vergessen – eines Videos, welches für manche langweilig sein mochte, mir allerdings die Welt bedeutete.

April rutschte näher zu mir heran, und ihr Geruch von Sonnencreme und einem Hauch Zitrone weckte in mir den Wunsch, genau diesen Duft auch in meinen Erinnerungen an Tokio zu finden. »Erzähl mir alles.«

Es war, als hätten Aprils Worte Schleusen geöffnet, denn ehe ich michs versah, berichtete ich ihr bis ins kleinste Detail von den leuchtenden Farben des Asakusa-Schreins, den beinahe unwirklichen Weiten des Shinjuku Gyoen Parks und dem geschäftigen Treiben in Shinjuku, von lauen Frühlingsnächten, dem Sake und der einzigartigen japanischen Gastfreundschaft, die meinen Aufenthalt in Tokio so unbeschreiblich gemacht hatten.

Die Zeit verging wie im Flug, bald schon hatten wir die halbe Flasche Wein geleert, während wir vor der Kulisse Tokios von der Pizza zum Eis übergegangen waren, das zwar mit einem in Italien nicht mithalten konnte, dessen salzig-süßer Geschmack aber von jetzt an für immer in meinem Kopf mit Erinnerungen an feuerrote Locken, flüchtige Küsse und warme Decken verbunden sein würde.

Das Video wechselte erneut, und diesmal war ich schnell genug, um den Titel zu lesen. April hatte das mit der Weltreise wirklich ernst gemeint und eine ganze Playlist zusammengestellt.

»Warst du hier schon mal?« April steckte sich ihren Löffel zwischen die Lippen, ihr Körper ganz dicht an meinen geschmiegt, und deutete auf die mit Efeu berankten Gemäuer, die ich so bisher nur in Europa gesehen hatte. Sie kamen mir dennoch nicht bekannt vor, obwohl ich während meines Auslandssemesters dort eine ganze Menge Städte abgeklappert hatte.

»Nein, Luxemburg hab ich leider auslassen müssen.« Ich bereute es fast, mich damals für die Schweiz entschieden zu haben, als die Kamera schwenkte und die Stadt zeigte, die in drei Ebenen gebaut zu sein schien und die sich irgendwo zwischen altertümlich und modern bewegte. Wir schwiegen, während uns der Kameramann auf seinen Streifzug mitnahm. Die

Geräuschkulisse war hier deutlich ruhiger und entspannter als noch zuvor in Tokio. Ich war dankbar und froh, dass man keinen japanischen Popsong über die authentischen Geräusche dieser Stadt gelegt hatte. Denn sie komponierte ihre ganz eigene Symphonie, der ich auch während meiner Reisen nie entkommen wollte und die ich nicht wie viele andere mit einem Kopfhörer abschirmte.

»Das hier wäre das perfekte Setting für ein Videospiel«, riss April mich aus meinen Gedanken. Ihre Augen leuchteten fasziniert, sie kuschelte sich tiefer in die Decken und versenkte ihren Löffel im Eisbecher.

Ich legte den Kopf schief, betrachtete die Stadt und versuchte zu sehen, was sie sah, aber leider erfolglos. »Findest du?«

»Auf jeden Fall.« Sie naschte ihr Eis und streckte die Hand nach dem Bildschirm aus, als wollte sie die Stadt von dort ins Zimmer zaubern. »Überleg dir nur mal die unzähligen Möglichkeiten, die das bietet. Eine Stadt mit mehreren Ebenen, regiert von verschiedenen Fraktionen, die alle miteinander im Clinch liegen.« Sie boxte wie bei einem Schlachtruf mit der Faust in die Luft. »Und dann wird dein Held in das ganze Kuddelmuddel geworfen, und du versuchst, sie alle unter einem Banner gegen einen großen gemeinsamen Feind wieder zu vereinen.«

»Warum könnten sie denn verfeindet sein?«

»Was?«

Ich deutete auf den Fernseher, völlig beeindruckt von dem, was ihrer Fantasie wie aus dem Nichts entsprang, wohingegen ich nur das sehen konnte, was tatsächlich vor mir lag. »Die drei Ebenen. Warum sind sie verfeindet?«

Sie überlegte kurz, die Stirn tief in Falten gelegt, ehe sie leise seufzte und die Faust sinken ließ. »Na ja, das kommt ganz auf das Setting an.«

Ich setzte mich etwas gerader hin, als April die Augen niederschlug und plötzlich ganz schüchtern wirkte. »Welche Geschichte würdest du denn erzählen wollen?«

»Ich?«

Ich nickte bekräftigend und konnte das leise Lachen nicht zurückhalten, dass sich über meine Lippen stahl. »Ja, du.«

»Was für eine Geschichte ich erzählen wollen würde?« Ihre Augen blickten verträumt ins Leere, durch mich hindurch. Sie war einen Moment lang tief in Gedanken versunken, dann blinzelte sie und war wieder zurück im Hier und Jetzt. »Willst du das wirklich hören?«

Ich drehte mich vom Fernseher weg und stützte den Ellenbogen auf dem Sofa ab. Ich betrachtete sie und fand diesen Anblick gerade noch um einiges atemberaubender als die reizvolle Kulisse von Luxemburg. »Sonst hätte ich nicht gefragt, oder?«

Sie zögerte erst, aber schließlich fing sie doch an zu erzählen. Dabei hatte sie die Hände fest zu kleinen Fäusten geballt, sprach murmelnd mehr zu sich selbst – als würde sie sich zunächst diese Welt selbst erklären müssen, bevor sie auch mich daran teilhaben ließ.

Ich wusste nicht, wie April es schaffte, aber ich ließ mich von ihrer Stimme in diese andere Welt entführen. Sie erzählte mir von Fraktionen, von Blut und Magie und von einem Hass, welcher schon seit Ewigkeiten existierte und von dem niemand mehr wusste, was sein Ursprung gewesen war. Sie beschrieb mir ihre Heldin, stark und mutig, aber voller Geheimnisse, und ich hing an ihren Lippen, gepackt von der Spannung, und wollte mehr und mehr erfahren. Sie stockte hin und wieder, sagte mir, welchen Teil ich wieder vergessen und welchen ich im Kopf behalten sollte. Sie dachte laut darüber nach, was für Spielmechaniken sie verwenden würde, und auch wenn ich kein einziges Wort verstand, folgte ich ihren Überlegungen aufmerksam. Wie hätte ich auch anders gekonnt, wenn ihr ganzes Ich zum Leben erwacht zu sein schien, die Wangen rosig und die Augen leuchtend, während sie wild mit beiden Händen gestikulierte, ihre Stimme mit jeder Sekunde an Sicherheit dazugewann und sie aus dem Stegreif Welten erschuf, als wäre es nichts Besonderes.

Sie war gerade dabei, mir zu erzählen, was für einen Plot-Twist sie sich ausgedacht hatte, als sie plötzlich abbrach. Ihre Augen waren weit aufgerissen wie bei einem Reh im Scheinwerferlicht, das sich nur seinem Schicksal ergeben konnte, anstatt davonzulaufen. »Du musst aufhören, mich so anzuschauen.«

Ich runzelte die Stirn. »Wie schaue ich dich denn an?« Ich hatte mein Kinn auf die Hand abgestützt und musterte sie jetzt fragend.

»Als würdest du dich gerade Hals über Kopf in mich verlieben.«

»Damit könntest du recht haben.« Ich lachte rau, und sie starrte mich verblüfft an. In der Hoffnung, meine unüberlegten Worte überspielen zu können, wuschelte ich ihr schnell durch die roten Locken. »Ich hab mich einfach nur gefragt, wie so gigantische und komplexe Welten in diesen winzig kleinen Kopf passen.«

Ein undeutbarer Ausdruck huschte über Aprils Gesicht, bevor sie meine Hand aus ihrem Haar zog. Sie zuckte mit den Schultern und tippte mir gegen die Brust. »Genauso wie unzählige Kontinente in deinem noch viel kleineren Herz Platz finden.«

Die Wärme ihrer Hand, mit der sie noch immer meine hielt, war mir mit einem Mal überdeutlich bewusst, als wir einander einfach nur ansahen. In der Luft lag etwas, von dem wir beide wussten, dass es der Wahrheit entsprach, für das es aber noch entschieden zu früh war. Denn auch wenn wir uns jetzt gerade ganz nah waren, zwischen uns keine Mauern mehr, änderte das nichts an der Tatsache, dass wir erst vor wenigen Tagen beschlossen hatten, mehr zu sein als nur Freunde.

Ich umschloss ihre Hand etwas fester, ehe ich Richtung Fernseher nickte, den wir beide eine ganze Zeit lang ignoriert hatten und auf dem schon die nächste Reise auf uns wartete. »Bereit für die nächste Stadt?«

April sah auf unsere verschränkten Hände hinab und lächelte vielsagend. »Auf jeden Fall.«

Ich lehnte mich mit dem Rücken wieder ans Sofa. Die spannungsgeladene Atmosphäre zwischen uns verschwand, als ein Video über Kyoto auf dem Bildschirm erschien und April mich wieder mit Fragen löcherte. Wir sprangen von Kontinent zu Kontinent und von Stadt zu Stadt, während die vorbeiziehenden Stunden an Bedeutung verloren. Wenn es eine Stadt war, die ich schon besucht hatte, dann stand ich April Rede und Antwort. Je mehr ich erzählte und Erinnerungen teilte, desto entspannter und gelöster wurde ich.

Es war schön, in Gedanken all die Orte erneut zu besuchen, an denen ich schon gewesen war, aber die Videos von den unzähligen Fleckchen der Erde, die ich noch nicht erkundet hatte, zogen mich am meisten in ihren Bann, was nicht allein an meiner Wanderlust lag.

Nein, wenn ich den Ort im Video nicht kannte, dann erfand April die wildesten Geschichten und Abenteuer, überlegte, welcher Held sich dort gut machen würde, oder malte sich aus, wie wir beide irgendwann in der Zukunft dort zusammen landen würden.

Ihre anfängliche Befangenheit hatte sich mit jeder weiteren Geschichte in Luft aufgelöst. Sie blühte total auf, während sie ihre Gedanken, die sonst so gradlinig zu verlaufen schienen, mal von der Leine ließ. Und wenn ich vorher gedacht hatte, dass sie hübsch war, fand ich jetzt noch nicht mal annähernd die richtigen Worte, um ihrer Schönheit gerecht zu werden.

Wieder und wieder erwischte ich mich dabei, wie ich an ihren Lippen hing, mir nichts sehnlicher wünschte, als dass ihre Geschichten wahr und wir wirklich zusammen die Welt erkunden würden, besonders als ein Video aus Seoul lief, in dem die Straßen der sonst so lebhaften Stadt still und schneebedeckt vor uns lagen.

»April –« Ich verstummte, als ich sah, dass ihre Augen geschlossen waren. Ihre Wange schmiegte sich an meine Schulter und ihre Brust hob und senkte sich gleichmäßig, während sie durch ihre leicht geöffneten Lippen atmete. Ihre Gesichtszüge waren entspannt und weicher als je zuvor. Ich betrachtete sie eine ganze Weile, sog jedes noch so kleine Detail auf. Noch nie war mir aufgefallen, wie lang ihre Wimpern waren, die ihre großen Augen sonst einrahmten und jetzt auf ihrer Wange ruhten.

Ich zögerte, als April sich mit einem leisen Murren bewegte, bevor sie ihre Wange mehr an meine Schulter kuschelte. Eine ihrer Locken baumelte nun vor ihrem Gesicht, sodass sie die Nase krauszog und ihre Mundwinkel herabsanken. Schnell strich ich die Strähne zurück hinter ihr Ohr, damit sie nicht aufwachte.

An Abende wie diesen könnte ich mich gewöhnen.

Der Gedanke schoss mir plötzlich durch den Kopf, und unwillkürlich lächelte ich bei der Vorstellung, noch unzählige Abende mit April vor dem Fernseher verbringen zu können, obwohl ich sonst eigentlich nicht der Typ war, der gern stundenlang vor der Flimmerkiste hockte. Aber mit April neben mir, ihr warmer Körper so dicht an meinen geschmiegt, bekam das Ganze etwas höchst Reizvolles.

Ich schaute ihr eine Weile beim Schlafen zu, bevor ich auf die Uhr spähte. Ich hatte keine Ahnung, wie lange Kate und Raelyn schon unterwegs waren, doch eine von beiden würde sicherlich bald nach Hause kommen. Da April und ich bisher noch nicht darüber gesprochen hatten, ob unsere Freunde nun von der Sache zwischen uns erfahren sollten, wollte ich nicht einfach hierbleiben und April damit in eine Situation bringen, für die sie vielleicht noch nicht bereit war, obwohl die Sache zwischen uns für mich eindeutig auf der Hand lag. Aber alles hatte seine Zeit, und nachdem April heute schon genug Entscheidungen hatte treffen müssen, wollte ich sie nicht mit etwas überrumpeln, das durchaus noch eine Weile warten konnte.

»Zwerg?« Zärtlich strich ich über Aprils Wange, die flatternd die Lider aufschlug und mich verschlafen anguckte. »Ich sollte los.«

»Mh?« Sie blinzelte träge, und ich schmunzelte, als ihre Hand sich in mein Shirt krallte. »Wirklich? Kannst du nicht einfach bleiben?«

»Das ist keine gute Idee.« Ich beugte mich über sie und drückte ihr einen Kuss auf die Nasenspitze, was sie mit einem zufriedenen Summen quittierte. »Raelyn und Kate kommen sicherlich bald nach Hause.«

»Und?« April sah mir direkt in die Augen. »Alec schläft auch ständig hier.«

Stille breitete sich zwischen uns aus, als ich die Tragweite ihrer Worte einen Moment lang auf mich wirken ließ. »Willst du wirklich, dass ich bleibe?«

Sie nickte, ohne zu zögern. »Ja.«

Ich hielt einen Moment den Atem an, als mich eine Welle von kindischem Glück erfasste, während ich das dümmliche Grinsen herunterschluckte, das sich gerade auf meinen Lippen auszubreiten drohte.

»Okay«, murmelte ich und lachte leise, als April sofort die Arme um meinen Nacken schlang und sich an mich kuschelte. »Dann bleibe ich.«

Sie vergrub ihr Gesicht an meinem Hals, und ich hielt sie einfach nur fest, ehe sie den Kopf hob und ihr intensiver Blick mich gänzlich in ihren Bann zog. Ohne noch eine weitere Sekunde nachzudenken, legte ich meine Lippen auf ihre. Ich küsste sie innig, und der Rest der Welt verschwamm.

Zumindest bis das laute Zuknallen der Wohnungstür uns beide heftig zusammenfahren ließ und wir uns Kate gegenübersahen, die mit Alec im Eingangsbereich stand.

Ich sah zwischen Kate und April hin und her, die einander regungslos anstarrten, während Alecs belustigtes Lachen den Raum füllte. Einen Moment dachte ich darüber nach, April loszulassen, aber aus dieser Situation gab es eh keinen Ausweg mehr, also zog ich sie stattdessen noch näher an meine Seite und begegnete dem Blick meiner besten Freundin, ohne ihr auszuweichen.

Kate guckte völlig entgeistert drein. Dann formten ihre Lippen sich zu einem breiten Grinsen. »Na endlich. Hat ja auch nur knappe drei Jahre gedauert.«

22. KAPITEL

Tyler

»Ich weiß nicht, Schatz. Können wir uns das denn leisten?«

Ich stoppte meine Finger auf der Tastatur, die mal wieder davoneilen wollten, und faltete sie stattdessen vor mir auf dem Schreibtisch, als die betagte Dame mit dem adrett zurechtgemachten schneeweißen Haar zum wiederholten Male zögernd auf die aufgeschlagenen Kataloge vor sich spähte.

Ich zwang mich dazu, einmal tief durchzuatmen, und sah lächelnd zu dem Ehepaar Summers, das zwar unfassbar nett, aber auch wahnsinnig anstrengend war und so ziemlich die Verkörperung meines eigenen persönlichen Albtraums darstellte: in einem Haus mit hübschem Garten leben, eine Handvoll Kinder großziehen und nie mehr sehen als Kalifornien.

Ich wusste, dass das für viele die Verkörperung des amerikanischen Traums war, aber ich hatte der ganzen Sache nie etwas abgewinnen können. Wie gut, dass ich mein Leben selbst in der Hand hatte und auf dem besten Wege war, eben kein Dasein in einem beklemmenden Vorort fristen zu müssen.

»Liebling.« Mr Summers ergriff die kleine, faltige Hand seiner Frau und schaute ihr eindringlich in die Augen. »Wir haben die letzten fünf Jahre auf diese Reise gespart. Es wird jetzt nicht an den letzten zweihundert Dollar scheitern.«

Mrs Summers warf mir einen zögerlichen Blick zu, bevor sie ihre Augen wieder auf ihren Ehemann richtete, der einen Orden verdient hatte, so geduldig, wie er mit seiner Frau war, die laufend ihre Meinung änderte. »Aber, Jeff –«

»Diane, wir feiern unseren fünfzigsten Hochzeitstag. Ich möchte keinen einzigen Penny sparen, wenn es um dich geht.«

Mrs Summers zögerte wieder, aber dann endlich kam das erlösende Nicken, das mir wieder Hoffnung auf einen zeitigen Feierabend machte. »Okay.«

»In Ordnung, dann buche ich das entsprechende Upgrade für Sie. Vertrauen Sie mir, diese Busreisen können sehr lang werden. Sie sind mit einem Bus der Komfortklasse definitiv besser bedient.« Ich schenkte ihr noch einmal ein bekräftigendes Nicken, was dafür sorgte, dass sie sich zumindest ein bisschen entspannte, während ich die Daten aus ihren Pässen in das Formular des Reiseveranstalters eintippte, um das entsprechende Upgrade zu buchen, zu dem ich ihnen schon vor dreißig Minuten geraten hatte. »Oh, und herzlichen Glückwunsch zum fünfzigsten Hochzeitstag. Dann müssen Sie ja jung geheiratet haben, oder?«

»Nach heutigen Standards ganz bestimmt. Damals waren wir richtig spät dran, immerhin waren mein Jeff und ich schon Mitte zwanzig, als wir geheiratet haben. Es ist schon erstaunlich, wie schnell die Zeiten sich so ändern.« Mrs Summers reagierte etwas zu enthusiastisch auf meinen Versuch, höflichen Small Talk zu halten, aber ich nahm es ihr nicht übel. »Darf ich fragen, wie alt Sie sind?« Sie hielt kurz inne und warf einen schnellen Blick auf das hölzerne Namensschild, das seit knapp zwei Wochen wieder meinen Schreibtisch zierte. »Mr Young?«

»Natürlich, Ma'am. Ich bin sechsundzwanzig.«

Mr Summers lehnte sich in seinem Stuhl zurück, die Hand noch immer auf der seiner Frau, sein goldener Ehering nicht zu übersehen. »Und, sind Sie verheiratet?«

»Nein, Sir. Das wird vermutlich auch noch eine Weile dauern.«

Er nickte, so als würde er verstehen. »Aber Sie wollen heiraten?«

»Ja, auf jeden Fall.« Ich schloss die Buchung ab und beeilte mich, das Thema zu wechseln, bevor eine Reihe unangenehmer Fragen auf mich zukommen konnten. »Ihr Upgrade ist gebucht.« Ich spähte auf die Uhr, als ich auf *Drucken* klickte. Nur noch fünfzehn Minuten, bis das Reisebüro schloss und ich von meinem Schreibtisch aufstehen konnte, an den ich heute praktisch gefesselt gewesen war. »Gibt es sonst noch etwas, das ich für Sie tun kann?«

Mr Summers setzte sich wieder etwa gerader hin. »Gäbe es eventuell die Möglichkeit, die Reise ein paar Tage zu verlängern?«

»Jeff!«

»Natürlich, Sir.« Ich verkniff mir, ihn an unsere Öffnungszeiten zu erinnern, weil es offensichtlich war, dass er nur versuchte, seine Frau glücklich zu machen, was ich nach fünfzig gemeinsamen Jahren bewundernswert fand. »Sie haben diverse Optionen. Sie könnten –« Als ich das leise Läuten der Klingel über der Tür hörte, sah ich automatisch auf, um dem neuen potenziellen Kunden zu sagen, dass er morgen wiederkommen musste. Doch ich sparte mir die forsche Begrüßung, als ich ein paar mir sehr vertraute rote Korkenzieherlocken erblickte.

Ich wusste, ich sollte mich besser im Griff haben, aber ich konnte nicht verhindern, dass sich ein strahlendes Lächeln auf meine Lippen schlich, das die lähmende Erschöpfung des Tages vollständig aus meinen Knochen vertrieb.

April, die mich noch nie zuvor im Reisebüro besucht hatte, schlenderte in den kleinen Verkaufsraum hinein und hob die Hand zum Gruß, als unsere Blicke sich begegneten. Sie deutete in Richtung der Uhr und legte fragend den Kopf schief, doch ehe ich antworten konnte, forderte Mr Summers wieder meine volle Aufmerksamkeit.

»Mr Young?«

»Verzeihung.« Schnell schlug ich im Katalog die Seite mit den Zusatzmodulen auf, die zu jeder Reise dazugebucht werden konnten, und schob es über den Tisch näher an das Ehepaar heran, meine Augen noch immer auf April gerichtet, die mich schmunzelnd betrachtete, als wüsste sie ganz genau, dass ich den Blick nicht von ihr losreißen konnte. »Schauen Sie sich die zusätzlichen Optionen in Ruhe an, und dann besprechen wir alles Weitere, in Ordnung?«

Mr Summer nickte und beugte sich schon über den Katalog, während er die Lesebrille aus seiner Brusttasche fischte. »Okay.«

Ich schob meinen Stuhl zurück, unfähig, sitzen zu bleiben, wenn April zum Greifen nah war. »Würden Sie mich einen Augenblick entschuldigen?«

»Natürlich.« Mrs Summers folgte interessiert meinem Blick, als ich aufstand. »Ist das Ihre Freundin?«

»Ja.« Ich hatte keine Ahnung, was für ein Gesicht ich machte, aber der Brustton der Überzeugung war eigentlich schon peinlich genug. Gott, nach zwei Wochen sollte ich des eigentlich bedeutungslosen Titels doch müde geworden sein, oder? Zumal ich schon lange kein verfluchter Teenager mehr war. »Ich bin gleich zurück.«

»Was für ein hübsches Mädchen.« Mrs Summer winkte mit einem wohlwollenden Lächeln ab. »Lassen Sie sich ruhig Zeit.«

Ich überließ die beiden ihrer kleinen Diskussion und ging um meinen Schreibtisch herum in den schlichten Eingangsbereich des kleinen Reisebüros. Sobald April in Reichweite war, zog ich sie an mich und drückte ihr einen Kuss auf die Lippen.

»Hey«, murmelte ich, ohne sie loszulassen, was mir ein belustigtes Schmunzeln meiner Freundin einbrachte. »Womit habe ich diese Überraschung denn verdient?«

April schlang die Arme fest um meine Taille und sah zu mir auf, in den Augen der gleiche weiche und liebevolle Ausdruck, mit dem sie mich schon seit dem Abend in ihrer Wohnung bedachte. »Einfach nur so. Ich hab gedacht, ich hole dich von der Arbeit ab und frage dich, ob du Lust und Zeit hast, mit mir zu Abend zu essen, wenn schon all unsere Freunde mal wieder ausgeflogen sind.«

»Solange ich nicht kochen muss, bin ich dabei.«

»Nee, ich dachte an Take-away. Ich fasse in unserer Küche nichts mehr an, nachdem Kate und Dean mir dafür einmal fast den Kopf abgerissen hätten.« Unauffällig spähte sie an mir vorbei in Richtung des betagten Ehepaars. »Störe ich gerade? Hast du nicht gleich Feierabend?«

Ich sah kurz über die Schulter, aber Mr und Mrs Summers schienen noch recht vertieft in ihre Diskussion zu sein. Trotzdem senkte ich die Stimme, eine willkommene Ausrede, um etwas näher an April heranzurücken, die wie immer nach Sonnencreme und Zitronen roch. »Habe ich eigentlich auch, aber es ist ihre Reise zum fünfzigsten Hochzeitstag. Ich will sie nicht hetzen.«

Einen Moment lang sah April mich verdattert an, dann rollte sie mit den Augen, in denen ein belustigtes Funkeln lag. »Sag mal, ist es eigentlich anstrengend, immer so ein ekelhaft guter Kerl zu sein?«

»Sehr.« Ich gab den sterbenden Schwan, als ich mir theatralisch die Hand auf die Brust legte, erntete für meine schauspielerische Meisterleistung jedoch nicht viel mehr als ein trockenes Lachen. »Besonders wenn man sogar nett zu rothaarigen Schnapsdrosseln sein muss, die es nicht mal mehr schaffen, allein nach Hause zu laufen.«

Genau wie ich erwartet hatte, lief sie feuerrot an, und der Schmerz in meiner Seite ließ auch nicht lange auf sich warten, als sie beherzt zuschlug. »Du bist echt so ein fieser Mistkerl.«

»Du kannst dich auch nicht entscheiden, oder?« Ich rieb mir über die Rippen, wieder einmal erstaunt darüber, wie viel Kraft in ihren kleinen Ärmchen steckte. »Bin ich jetzt ein guter Kerl oder ein fieser Mistkerl?«

»Ein bisschen von beidem. Genau deshalb kann ich dich wohl so gut leiden.«

»Da hab ich ja gerade noch mal Glück gehabt.«

»Allerdings.« April schob mich lächelnd von sich und nickte in Richtung meines Schreibtisches. »Na los, geh zurück an die Arbeit. Ich warte hier auf dich.«

»Sicher? Das hier kann noch eine Weile dauern. Ich kann auch einfach zu deiner –« Als sie mir einen eindeutigen Blick zuwarf, schmunzelte ich nur. Widerstand war offensichtlich zwecklos, also ergab ich mich meinem Schicksal und deutete auf die Bank direkt vor dem Schaufenster. Mit den verschiedenfarbigen Kissen und dem großen Tisch voller Magazine sah sie zumindest ein bisschen einladend aus, sodass ich mich nicht mehr ganz so schlecht fühlte, weil April auf mich warten musste. »Okay, okay, hab verstanden. Du kannst es dir da vorn bequem machen.«

»Danke.«

Ich ergaunerte mir noch einen schnellen Kuss, von denen ich nicht genug bekommen konnte, seitdem ich sie ohne nachzudenken und in aller Öffentlichkeit küssen durfte, ehe ich einen Schritt zurücktrat. »Soll ich dir einen Kaffee holen?«

April sah mich an, als wäre ich vollkommen übergeschnappt, doch ihre Lippen umspielte ein sanftes Lächeln, als sie mich bestimmt in Richtung des wartenden Ehepaars schob. »Meine Güte, Ty, geh einfach.«

»Alles klar.« Ich wandte mich von April ab und ging wieder um den Schreibtisch herum, strich mein Hemd glatt und setzte mich wieder auf meinen Platz. »Entschuldigen Sie bitte. Also, was für Optionen sprechen Sie an?«

Mr und Mrs Summers begannen sofort, über das Für und Wider von diversen zusätzlichen Stopps zu diskutieren, und ich gab hin und wieder einen Kommentar ab, um zu helfen. Doch meine Augen huschten immer wieder zu April hinüber, als wäre sie die Sonne, um die ich beständig kreiste.

Sie hatte sich mittlerweile auf die Bank gesetzt, die Beine lässig an den Knöcheln überkreuzt und mit dem Rücken gegen das Schaufenster gelehnt. Einige Kataloge lagen auf ihrem Schoß, und sie schlug einen nach dem anderen auf, blätterte darin und warf dann alle gelangweilt zurück auf den Tisch. Doch plötzlich setzte sie sich auf und griff nach einem Magazin ganz weit unten im Stapel. Ich verengte die Augen, um zu erkennen, was genau sie sich da genommen hatte, aber bevor ich die Aufschrift ausmachen konnte, forderten die Summers wieder meine volle Aufmerksamkeit. Blitzschnell hatte ich drei weitere Zusatzmodule gebucht, bevor die beiden ihre Anzahlung leisteten und sich erhoben.

»Vielen Dank, Mr Young.« Mrs Summers verzog entschuldigend die schmalen Lippen und tätschelte mir die Schulter. »Und entschuldigen Sie bitte, dass wir Sie so lange von Ihrem Feierabend und Ihrer Freundin abgehalten haben.«

»Das ist überhaupt kein Problem, Mrs Summers. Das Wichtigste ist, dass Sie eine schöne Reise bei uns bekommen.« Die Worte mochten wie eine Floskel klingen, und auch wenn ich mich nicht sonderlich darüber gefreut hatte, dass mein Feierabend nach hinten verschoben worden war, war ich tatsächlich froh, dass ich das Passende für die beiden hatte finden können, denen diese Reise offensichtlich die Welt bedeutete. Ich eskortierte sie zur Tür des Ladens und schmunzelte innerlich, als ich mich zum Abschied verbeugte. So viel zum Thema, dass ich diese respektvolle Geste hier in den USA wieder im Griff hatte. Na ja, es gab Schlimmeres. »Einen angenehmen Abend noch.«

Als die beiden draußen waren, schloss ich schnell die Tür hinter ihnen ab, drehte das Schild von *Geöffnet* auf *Geschlossen* und atmete tief durch. Endlich. Ich rieb mir mit beiden Händen über den Nacken und schlenderte zu April hinüber, die nicht einmal aufsah, als ich mich neben sie auf die Bank fallen ließ und ein lautes Ächzen von mir gab. Ihre Augen waren fest auf den Katalog gerichtet, und ich beugte mich ein Stück vor, um einen Blick auf das Cover werfen zu können.

Irland. Definitiv nicht das, was ich erwartet hatte.

»Interessierst du dich für Europa?«

April zuckte heftig zusammen, die Augen schreckgeweitet, als hätte ich sie gerade bei etwas Verbotenem erwischt. »Nein.«

»Schade! Europa ist wirklich schön.« Ich tippte mit dem Zeigefinger gegen den Katalog. »Besonders Irland.«

April strich mit dem Daumen über die aufgeschlagene Seite, die Dublin, die lebendige und faszinierende Hauptstadt der irischen Insel, thematisierte. »Warst du schon mal dort?«

»Ja, ist aber schon eine Weile her.« Ich versuchte, mich an alle Details zu erinnern, aber das letzte Mal, dass ich dort gewesen war, war mindestens zehn Jahre her. Wahrscheinlich sogar eher zwölf oder dreizehn. »Das Wetter ist jetzt nicht so mein Ding, aber es ist ein wunderschönes Land. Meilenweit saftige Grünflächen, alte Burgen und Häuser, die aussehen, als wären sie einem Fantasyroman entsprungen, tosende Wellen, die sich an den Klippen brechen, und Seen, bei denen es einem die Sprache verschlägt.« Ich fragte mich, ob April mir meine Überraschung anmerken konnte, als sie wie gebannt jedem meiner Worte folgte, und ich spürte etwas in meiner Brust aufkeimen, das zwar zum jetzigen Zeitpunkt in unserer Beziehung katastrophal deplatziert war, mich aber dazu brachte, ein Stück näher an sie heranzurücken und meinen Arm um ihre Taille zu schlingen.

Das hier interessierte sie. Irland interessierte sie.

Das Flattern in meiner Brust wurde stärker, und meine Stimme klang sogar in meinen eigenen Ohren etwas zu rau, während ich ihr von der beklemmenden Atmosphäre im Kilmainham Gaol und der außergewöhnlichen Architektur in der St. Patrick's Cathedral erzählte. »Wenn ich mich recht entsinne, hat das Trinity College in Dublin eine alte und riesige Bibliothek. Also, genau das Richtige für einen Bücherwurm wie dich.« Meine Welt stand für einen Augenblick still, als April zwischen meinen Augen und meinen Lippen hin- und hersah. »Du solltest hinfliegen, wenn du mal die Chance dazu bekommst.«

»Vielleicht. Irgendwann«, murmelte April, dann blinzelte sie hektisch. Und woher auch immer ihr Interesse gerade gekommen war, es war von der einen Sekunde auf die andere wieder weg, denn April schlug den Katalog zu und warf ihn mit einem lauten Knall zurück auf den Couchtisch. »Bist du so weit?«

Ich brauchte einen Moment länger, um den drastischen Stimmungswechsel verarbeiten zu können, stand dann jedoch auf, weil ich das Gefühl hatte, dass ich vermutlich besser nicht fragen sollte, was das gerade gewesen war. April war wie eine Katze. Sie würde von allein zu mir kommen, wenn sie wollte, aber wenn ich sie drängte, würde sie nur die Krallen ausfahren und nach mir schlagen.

»Fast. Ich muss noch aufräumen und abschließen.«

»Alles klar. Ich helfe dir.«

Wir arbeiteten Hand in Hand bei leiser Musik aus dem Radio, und obwohl ich es eigentlich hasste, am Ende des Tages alles wieder in Ordnung bringen zu müssen, machte es mir heute nichts aus, ein bisschen mehr Zeit im Reisebüro zu verbringen.

Zu zweit war der Laden schnell aufgeräumt, und als ich aus der Gasse zurückkehrte, in der ich in einem Blumentopf immer den Schlüssel vom Laden versteckte, nahm ich mir einen Moment Zeit, um April zu betrachten, die auf dem Gehweg stand und hopsend von einem Fuß auf den anderen wechselte. Schmunzelnd steckte ich die Hände in die Hosentaschen und lehnte mich mit der Schulter gegen den noch warmen Stein der Hausmauer hinter mir, während ich beobachtete, wie die goldenen Lichtstrahlen Aprils Haar in Wellen aus Lava und Feuer verwandelten, die zu dem lebhaften Funkeln in ihren Augen passten, das mich mit jedem Tag an ihrer Seite mehr und mehr in seinen Bann zog.

Ich räusperte mich und stieß mich von der Wand ab, bevor ich mich noch weiter in meinen Gedanken verlieren konnte, und ging zu ihr. »Was möchtest du essen, Zwerg?«

Als sie sich zu mir umdrehte und sofort die Hände nach mir ausstreckte, wurde mir fast schwindelig vor Glück.

»Wie wäre es mit Sushi? Das hatte ich ewig nicht.« Es war beinahe erschreckend, wie einfach ihre Finger zwischen meine glitten und wie schnell wir in einen Gleichschritt verfielen, während wir über den Bürgersteig schlenderten. So als wären wir Jahre und nicht erst Tage zusammen.

In Momenten wie diesem machte mir das, was ich für April empfand, beinahe Angst. Es war intensiver, als ich in Worte fassen konnte, und verschlang jeden noch so rationalen Gedanken. Aber ich ließ mich darauf ein. Ließ meine Gefühle für sie zu, ohne auch nur eine Sekunde lang zu zögern.

Denn wenn ich mit April zusammen war, konnte ich befreiter atmen, in dieser Stadt, die mich sonst zu ersticken drohte. Wenn sie mich ansah, vergaß ich völlig, wo ich gerade war. Selbst die alltäglichen Dinge, wie zur Uni zu gehen oder abends gemeinsam zu essen, bekamen einen neuen Reiz und gaben mir das Gefühl, eine Basis anstatt eines Gefängnisses gefunden zu haben. Und das war etwas, woran ich mich festhalten und das ich auf keinen Fall aufs Spiel setzen, sondern einfach genießen würde. Denn mit April fühlte ich mich frei. Und ich wusste, wie verdammt kostbar und selten das war.

»Was immer du willst, Däumeline.« Ich strich mit dem Daumen über ihren Handrücken und genoss die warmen Strahlen der Abendsonne. »Was auch immer du willst.«

23. KAPITEL

April

»Entschuldige, was hast du gesagt, Munchkin?«

»Soll ich lieber später noch mal anrufen?« Ich hielt das Handy näher an mein Ohr und rollte mich kleiner auf dem Sofa zusammen, auf dem ich es mir vor einer Weile bequem gemacht hatte, um mit Dad zu telefonieren, der aber bereits mehrfach von unzähligen Gästen unterbrochen worden war. »Es ist echt kein Problem, wenn du gerade keine Zeit hast.«

»Nein, es geht schon.« Dad klang abgehetzt, aber ich wusste auch, dass ich meine Sturheit von ihm geerbt hatte, weshalb es keinen Sinn hatte, ihn vom Gegenteil zu überzeugen. Ich hörte das leise Klicken einer Tür und dann, wie mein Dad schwer ausatmete. »Also, was hattest du gesagt?«

»Mein Auto hat den Geist aufgegeben.« Ich sah auf meine Hände hinab, um mich von dem schlechten Gewissen abzulenken, das ausgerechnet jetzt beschloss, anzuklopfen und mich daran zu erinnern, dass mein Auto schon satte drei Wochen hinüber war. »Es springt nicht mehr an. Also gar nicht mehr.«

Mein Dad stieß einen obszönen Fluch aus, für den er von meiner Mutter sicherlich einen mahnenden Blick kassiert hätte. »Hast du den Mechaniker angerufen, dessen Nummer ich dir gegeben habe?«

»Ja.« Ich knirschte mit den Zähnen, als ich mich an dieses fußballfeldgroße Arschloch erinnerte.

»Aber?«

»Nichts.« Natürlich hatte mein Vater meine Wut sofort rausgehört, also sparte ich mir diesmal den Filter. »Ich lasse mich nur ungern von chauvinistischen Arschlöchern wie ein Kleinkind behandeln.«

»So schlimm?«

»Du machst dir kein Bild.« Ich rollte mit den Augen, und mein Puls schnellte in die Höhe, als ich mich wieder an dieses grässliche Lachen und die süffisanten Spitzfindigkeiten erinnerte, die allesamt so was von daneben gewesen waren. Ich kämmte mir mit einer Hand durch die Locken und schüttelte mich, in der Hoffnung, dadurch den Klang seiner Stimme aus dem Ohr zu kriegen. »So oder so meinte er, dass es Stunden dauern würde, bis er da sein könnte, und dass er Spezialwerkzeug mitbringen müsste und –

»Das kostet immer extra«, unterbrach mein Dad mich, begleitet von einem schweren Seufzer.

»Genau.« Ich kicherte leise, als ich mir vorstellte, wie mein Dad mit miesepetriger Miene in der Lodge stand und innerlich den Kerl verwünschte, der uns den Polo damals verkauft hatte. »Also hab ich ihm gesagt, wo er sich sein Werkzeug hinstecken kann, und hab gedacht, ich ruf lieber dich an, bevor ich eine meiner Nieren auf dem Schwarzmarkt für eine simple Reparatur verticken muss.«

»Das hast du gut gemacht.« Ich wusste, es war dämlich, aber sein Lob ging runter wie Öl und war wie Balsam für meine von Schuldgefühlen zerfressene Seele. »Aber Munchkin, es wird eine Weile dauern, bis ich kommen und mir den Wagen anschauen kann.«

»Das macht nichts, Dad«, versicherte ich wie aus der Pistole geschossen. »Ich weiß doch, wie stressig es bis Ende November ist.«

Dad stockte, weil ihm vermutlich gerade einfiel, dass ich die Einzige in unserer Mädels-WG war, die ein Auto besaß. »Brauchst du den Wagen denn gar nicht?«

»Nein.« Ich hätte mein Auto in den letzten Wochen sowieso so gut wie nie benutzt, da ein gewisser Idiot mit seinem dämlichen SUV darauf bestand, mich durch die Gegend zu kutschieren. »Ich habe einen Chauffeur.«

»Du hast was?«, hakte mein Dad verwundert nach.

»Einen Chauffeur.« Ich spürte das Lächeln auf meinen Lippen, als ich an Tyler dachte. Raelyn und Kate zogen mich deshalb immer auf, aber das hatten sie noch gut bei mir, so oft, wie ich die beiden mit so was früher ständig aufgezogen hatte. »Aber das erzähle ich dir alles wann anders.«

»Okay, wie du meinst.« Kurz herrschte Stille, aber dann räusperte mein Dad sich, so wie immer, wenn er nicht wirklich wusste, was er sagen sollte. »Dein Chauffeur, behandelt er dich denn gut?«

»Ja, Dad. Er behandelt mich sehr gut.« Er behandelte mich vielleicht sogar ein bisschen *zu* gut, immerhin war zwischen uns beiden bisher nicht mehr passiert als ein paar Küsse, und Tyler reizte damit wirklich meine Geduld aus, auch wenn es beinahe niedlich war, dass er mir offensichtlich Zeit geben wollte. Das Ding war nur, dass ich diese Zeit gar nicht brauchte. Aber das war etwas, das ich eindeutig nicht mit meinem Dad besprechen würde. Weder jetzt noch sonst irgendwann. »Vielleicht stelle ich ihn dir irgendwann mal vor. Aber so weit sind wir noch nicht.«

»Okay. Verstehe.« Mein Dad wechselte schnell das Thema, und ich war ihm echt dankbar dafür. »Also, wie gesagt, die Lodge ist ausgebucht bis November.«

»Gar kein Problem. So lange kann ich warten.« Meine Finger fuhren über den Rand meiner grünen Kuscheldecke, unter der Tyler und ich letzte Nacht geschlafen hatten und der sein unverkennbarer Geruch noch anhaftete. »Wie wäre es, wenn du mich das nächste Mal abholst, wenn ich eh für ein Wochenende vorbeikommen würde? Dann können wir ihn zusammen nach Three Rivers abschleppen.«

»Klingt gut.« Mein Dad war ganz der Pragmatist, und ohne ihn zu sehen, konnte ich hören, wie die Rädchen hinter seiner Stirn zu rotieren begannen. »Aber ich frag mal rum, ob ich nicht irgendwo einen Autoanhänger herkriegen kann.«

»Geht klar. Aber mach dir bis dahin bitte keinen Stress, okay? Ich komm wunderbar ohne Auto klar.« Ich wollte nicht, dass mein Dad sich meinetwegen überschlug und in der gerade eh schon stressigen Zeit auch noch versuchte, die Sache mit meinem Auto zu klären. Denn auch wenn mein Dad es nicht wahrhaben wollte, wurde er nicht jünger, und jetzt, wo weder Noah noch ich da waren, um ihm in der Hochsaison zu helfen, machte ich mir echt ein bisschen Sorgen um ihn. »Konzentrier dich erst mal einfach nur auf die Lodge, in Ordnung?«

»In Ordnung, Munchkin.« Ich konnte förmlich hören, wie mein Dad, der nichts mehr hasste, als bevormundet zu werden, mit den Augen rollte, rechnete es ihm aber hoch an, dass er mir immerhin nicht wie sonst lautstark widersprach. »Wie geht es dir denn sonst so? Ich hab das Gefühl, ich hab ewig nichts von dir gehört.«

»Drei Wochen sind nicht ewig, Dad.«

»Kommt mir aber so vor.«

»Das liegt dran, dass du so eine Glucke bist.« Ich sah zur Uhr und stand auf, als ich feststellte, dass es schon fast vier war, denn Kate hatte mich darum gebeten, die Butter aus dem Kühlschrank zu nehmen, weil sie vorhatte, ein neues Rezept von ihrer Nanna auszuprobieren, was meine Waage sicherlich nicht erfreuen würde. Mal schauen, vielleicht würde ich ein

Stückchen für Tyler retten können, bevor Dean und Alec alles vertilgt haben würden. Als ich daran dachte, dass er heute nicht zum Essen kommen konnte, weil seine Chefs im Reisebüro eine kleine Willkommensparty für ihn feiern wollten, bekam meine Laune einen Dämpfer. Es war echt ekelhaft, wie schnell ich mich daran gewöhnt hatte, Tyler fast jeden Tag um mich zu haben. »Außerdem sind wir im Moment beide beschäftigt.«

»Womit du recht hast.« In meine Decke gehüllt watschelte ich zur Küche. »Wie läuft denn die Uni?«

»Gut. Die Kurse sind ein bisschen trocken, aber das ist ja meine eigene Schuld, weil ich den ganzen unangenehmen Kram bis ins letzte Semester aufgeschoben habe.« Ich nahm die Butter aus dem Kühlschrank und stibitzte mir dann eins von Raelyns Kakaotrinkpäckchen, ehe ich mich wieder aufs Sofa verzog. »Wie geht's Mom?«

»Der geht's gut. Du kennst sie doch. Deine Mom ist happy, solange sie jeden Tag in einem Park verbringen kann.«

»Stimmt wohl.« Die Verpackung gab ein leises Ploppen von sich, als ich mit dem Strohhalm hindurchstach, und ich starrte auf das nun entstandene Loch, während mein Mund eine Frage formte, die mein Hirn nicht abgesegnet hatte. »Dad, hast du Mom dafür je gehasst?«

Mein Dad stockte, genauso wie ich. »Wofür?«

»Dass sie ihren Job immer über alles gestellt hat?« Ich hatte keine Ahnung, warum ich meinen Dad das gefragt hatte, aber jetzt, wo die Worte einmal raus waren, konnte ich sie schlecht zurücknehmen. Noch weniger als die Frage verstand ich das Gefühl, das sich eisig in mir ausbreitete, während ich auf seine Antwort wartete. Ich hatte Angst vor seiner Antwort. Wieso auch immer.

»Manchmal.« Seinen Worten folgte Stille, bevor Dad zittrig einatmete, so als könnte er nicht fassen, dass er das gerade wirklich gesagt hatte. »Aber ich habe mich damals für deine Mom entschieden, und ich würde es immer wieder tun. Wie kommst du jetzt darauf?«

Schwer schluckte ich. »Einfach nur so.«

»Okay.« Dad war mit der Situation offensichtlich genauso überfordert wie ich, denn er wechselte schnell das Thema. »Wie lief eigentlich das Vorstellungsgespräch? Du hast gar nichts erzählt.«

Scheiße! Genau das Thema, das ich hatte vermeiden wollen. Auch wenn ich mir sicher war, das Richtige getan zu haben, war ich noch nicht annähernd so weit, mit meinem Dad darüber zu sprechen. Schon gar nicht am Telefon.

»War ganz okay, denke ich«, murmelte ich und hielt mich bewusst so vage wie nur irgendwie möglich. »Ist ja immer schwer zu sagen.«

»Hast du schon was gehört?«

»Nein, bisher noch nicht.« Die Lüge kam mir erschreckend leicht über die Lippen, und mir wurde übel, als ich realisierte, wie oft ich ihn in den letzten Monaten belogen hatte. »Aber du kennst das ja, erst wartet man hundert Jahre auf einen Termin und dann wartet man noch mal hundert auf eine Zu- oder Absage.«

»Das ist wohl so.« Ich konnte den Hauch eines Zweifels in seiner Stimme hören und biss die Zähne fest aufeinander. »Aber du meldest dich, sobald du was hörst?«

»Natürlich, Dad.«

»Okay gut. Sehr gut.«

Bleierne Stille folgte. Etwas, das es zwischen meinem Dad und mir noch nie zuvor gegeben hatte und das ich mehr hasste als alles andere auf der Welt. Ich rieb mir über die Brust, die mir auf einmal drei Nummern zu eng erschien, und schob den süßen Kakao von mir weg, der sich offensichtlich in Klebstoff verwandelt hatte. Würde es von jetzt an immer so zwischen uns sein? So ... steif – und voller Misstrauen? Gott, das wollte ich auf gar keinen Fall.

»Dad?«, fragte ich zögerlich nach einer Weile.

»Ja, Munchkin?«

Ich setzte mich auf dem Sofa etwas gerader hin und atmete tief durch, dachte an das, was Tyler zu mir gesagt hatte. Dass es Zeit wurde, für mich selbst zu kämpfen. Einen Versuch war es wert. »Was wäre, wenn ich die Stelle nicht bekomme?«

»Dann suchen wir dir, wie abgemacht, eine Ausbildung.« Seine Stimme klang deutlich schärfer als noch zuvor, auch wenn er sanfte Worte wählte. »Aber mach dich nicht verrückt, Munchkin. Die werden dich nicht ablehnen. Dafür bist du viel zu schlau.«

Ich ballte die Hände in meinem Schoß zu Fäusten, Frust stieg in mir auf. »Dad, es gibt eine Menge schlaue Menschen da draußen, die keinen Job finden.«

»Ich weiß, aber du wirst nicht einer davon sein.« Ich wusste, was jetzt folgte, und trotzdem war es wieder wie ein Schlag ins Gesicht. »Dafür werde ich sorgen.«

Das ist aber nicht deine Zukunft, sondern meine!

Die Worte waren zwar in meinem Kopf, aber ich brachte sie nicht über die Lippen. Kein einziges davon. »Dad, aber was, wenn –«

»Willst du schon wieder von dieser wahnwitzigen Spieleidee anfangen?«

Ich bemerkte erst, dass ich mir auf die Unterlippe gebissen hatte, als ich Blut schmeckte. »Die ist nicht wahnwitzig.«

»April –«

»Dad«, unterbrach ich ihn, bevor das alles eskalieren würde. »Lass uns da wann anders in Ruhe drüber sprechen, okay?«

»Da gibt es nichts zu reden.« Natürlich gab es das nicht. Wie jedes Mal, wenn ich nicht die gleiche Meinung hatte wie mein Dad. »April?«

Ich atmete zitternd ein, schon allein von diesem kleinen Wortgefecht ziemlich erschöpft, ohne auch nur einen Funken Veränderung bewirkt zu haben. Aber so ging es mir immer, wenn mein Dad und ich aneinandergerieten. Es fühlte sich jedes Mal so an, als würde die Schuld sich tief durch meine Adern fressen und mir jegliche Energie rauben, bis ich nur noch nachgeben konnte. »Du solltest zu den Gästen zurückgehen, Dad.«

»Munchkin, was ist heute los mit dir?« Sein Ton war vorwurfsvoll und ging mir direkt unter die Haut.

»Nichts ist los mit mir, Dad«, versicherte ich ihm, ohne es wirklich so zu meinen. »Ich hab nur schlecht geschlafen.«

»Ganz sicher? Du gefällst mir nämlich heute so gar nicht.«

Weil ich nicht deiner Meinung bin.

»Ja, ganz sicher. Und tut mir leid. Ich wollte nicht, dass du dir Sorgen machst.«

»Ich mache mir immer Sorgen um dich. Das ist der einzige Nachteil am Elternsein.« Mein Dad bemühte sich um einen lockeren Tonfall, aber er prallte einfach von mir ab. »Dahinter kommst du auch noch, wenn du eigene Kinder hast.«

»Bestimmt.« Ich ließ mich zurück in die Kissen des Sofas sinken, als hätte mir gerade jemand den Stecker gezogen. »So, und jetzt geh zurück zu deinen Gästen, bevor dich noch wer als vermisst meldet.«

»Die kommen auch mal fünf Minuten ohne mich aus.« Mein Dad sagte einen Moment lang gar nichts, als erwartete er, dass von mir noch irgendetwas kommen würde. Aber als ich schwieg, seufzte er nur und gab für heute anscheinend auf. »Bis dann, Munchkin. Ich hab dich lieb.«

»Ich dich auch, Dad. Bis dann.«

Ich legte auf und blieb in der Stille der leeren WG zurück.

Mit den Händen fuhr ich über das Display, das vor meinen Augen schwarz wurde, ehe ich mein Handy fest umklammerte, bis die Kanten sich in meine Haut drückten.

Warum zum Teufel konnte mein Dad mir nicht einmal zuhören? Wirklich so richtig zuhören? Und warum schaffte ich es nicht, mich einfach gegen ihn durchzusetzen? Ich war sonst auch nicht der Typ, der sich mundtot machen ließ. Frustriert schloss ich die Augen, unfähig, über irgendetwas anderes nachzudenken als dieses Telefongespräch. Ich wusste, dass ich meinem Dad sagen musste, dass ich das Volontariat abgesagt hatte, aber nicht jetzt. Und das war auch nichts, woran ich jetzt auch nur einen einzigen weiteren Gedanken verschwenden wollte.

Ich entsperrte das Handy und sah auf das Foto von Tyler und mir, das mich seit unserem ersten Date immer begleitete und für mich zum Sinnbild dessen geworden war, was ich sein konnte: glücklich. Und das fiel mir am leichtesten, wenn ich mit Tyler zusammen war, der mich alles andere vergessen und mich wissen ließ, dass ich gut so war, wie ich war.

Er war wie ein Pflaster für all die Wunden, von dessen Existenz ich bisher nichts gewusst hatte, und schon hatte ich unseren Chat geöffnet und dem Gefühl der Sehnsucht nachgegeben, die mich gerade erfasst hatte.

April [16:01]: Hey. Hast du morgen schon was vor?
Tyler [16:03]: Hey, Däumeline
Tyler [16:04]: Ich wollte morgen wandern, wenn das Wetter mitspielt. Lust, mitzukommen?
April [16:05]: Gern. Ich bin aber etwas eingerostet.
Tyler [16:06]: Kein Problem. Auf dich warte ich gern.
April [16:06]: Schleimer.
April [16:07]: Warte, musst du heute nicht arbeiten?
April [18:47]: Das heißt dann wohl Ja.

24. KAPITEL

April

Tyler war eindeutig ein Sadist. Niemand sonst stand freiwillig an einem Sonntagmorgen noch vor zehn Uhr auf, nur um wandern zu gehen. Aber ich hatte mir ja ausgerechnet einen Freund ausgesucht, der wohl mehr für Aktiv-Dates wie Surfen oder Wandern zu haben war. Und trotzdem würde ich ihn gegen keinen anderen tauschen wollen.

Bei diesem kitschigen Gedanken schüttelte ich mich und war froh, dass Gedankenlesen nicht wirklich existierte, ehe ich mir unauffällig die Augen rieb. Ich hatte gestern entschieden zu lange an einer Review gearbeitet, außerdem hatte mir das Telefonat mit meinem Dad noch zu tief in den Knochen gesteckt, um früh einschlafen zu können. Meine heiß geliebte Playstation und die kritische Auseinandersetzung mit dem Spiel waren eine willkommene Ablenkung gewesen.

Gut, dass ich auch heute keine Gelegenheit haben würde, darüber nachzugrübeln, wie bald Dad mich enterben würde. Denn so wie ich Tyler kannte, würde er einen atemberaubenden Trail herausgesucht haben, der mich an den Rand meiner Fähigkeiten treiben und damit von dem verworrenen Netz meiner Gedanken fernhalten würde.

Apropos.

Ich sah zum Wohnheim und runzelte die Stirn. Wir hatten ausgemacht, gegen halb zehn loszufahren, doch von Tyler fehlte jede Spur. Klar, er war ab und an mal zu spät, aber das kam, im Gegensatz zu früher, eher selten vor, und selbst wenn er sich verspätete, schickte er zumindest eine Nachricht. Na ja, er würde schon noch auftauchen, also lehnte ich mich entspannt mit dem Rücken gegen den Kofferraum des SUV und genoss die angenehme Brise. Der beginnende kalifornische Herbst zeigte sich glücklicherweise heute mal von der kühleren Seite.

Ich hatte hin und wieder noch immer Probleme damit, zu realisieren, dass das zwischen Tyler und mir tatsächlich passierte. Mir kam es mehr wie ein Fiebertraum vor, der eine neue Wirklichkeit in meinem Kopf erschuf, in der Tyler mich genauso sehr mochte wie ich ihn.

Drei Jahre.

Ich hatte drei Jahre lang damit zugebracht, für einen Mann zu schwärmen, in der tiefen Überzeugung, dass er niemals mir gehören würde. Aber plötzlich war er ganz mein, und ich konnte es nicht glauben, was sicherlich auch an all den Küssen lag, die mein Hirn in einen dichten Nebel tauchten, in dem es leicht war, sich selbst zu verlieren.

Allerdings war das auch alles, was zwischen uns geschah.

Ich hob die Hand an meine Lippen, als ich mir vorstellte, wie Tyler mich küsste, seine Lippen immer ungeduldig und hungrig auf meinen, bis er sich schwer atmend und mit verhangenen Augen von mir losriss und mich mit dieser Hitze in meinem Inneren allein ließ.

So langsam, aber sicher wurde es frustrierend.

Ich wusste, warum er es tat. All seine Worte, seine Berührungen und seine Date-Ideen zeugten von größter Sorgfalt und waren sehr überlegt, als wollte er die Dinge zwischen uns keinesfalls überstürzen. Und das war ja auch irgendwie niedlich. Aber er war die eine Sache in meinem Leben, die richtig lief. Die vollständig mir gehörte. Und ich war es leid, mit angehaltener Handbremse auf den nächsten Schritt zu warten.

Aber wenn er noch nicht so weit war, dann würde ich das müssen. Immerhin wollte ich das zwischen uns nicht erzwingen, denn das würde alles, was wir hatten, mit einem Schlag bedeutungslos machen.

Zitternd atmete ich aus und fischte in meiner Hosentasche nach meinem Handy, als es plötzlich zu vibrieren begann. Irritiert runzelte ich die Stirn und nahm den Anruf entgegen. »Ja?«

»Hey.« Tyler klang abgehetzt, und ich sah an der Fassade des Wohnheims hoch, obwohl ich nicht mal wusste, zu welcher Seite hinaus sein Zimmer lag. »Tut mir leid, aber würde es dir was ausmachen, noch einen Moment lang raufzukommen? Ich hab verpennt und bin noch nicht ganz fertig, will aber nicht, dass du draußen auf mich warten musst.«

Ich presste die Lippen aufeinander, um nicht laut loszulachen, weil es irgendwie schon wahnsinnig süß war, dass er sich wegen ein paar Minuten so einen Kopf machte. Aber so war Tyler einfach. Er mochte auf den ersten Blick egoistisch und unüberlegt wirken, aber er war einer der rücksichtsvollsten und aufmerksamsten Menschen, die ich kannte. »Klar, kein Ding.«

»Super, danke!«

»Kein Thema.« Ich hörte, wie irgendetwas bei ihm lautstark zu Boden krachte, während ich schon auf die Türen seines Wohnheims zuging und an der Säule den Knopf für sein Apartment drückte. Ich ging auf die großen elektronischen Türen zu, die ich von meinen unzähligen Besuchen bei Kate im letzten Jahr kannte und die sich sofort öffneten, als Tyler oben entsperrte, und ich huschte hindurch, das Handy noch immer am Ohr. »Und mach dir keinen Stress, Ty. Es ist nicht schlimm, wenn wir etwas später loskommen.«

»Okay, alles klar.« Kurz herrschte Stille in der Leitung, dann fluchte Tyler etwas auf Koreanisch, bevor er fragte: »Weißt du noch, welches Zimmer?«

Ich nickte, wurde mir aber gleichzeitig bewusst, dass er das ja gar nicht hören konnte. »Zweihundertsiebzehn, oder?«

»Genau.«

»Okay, dann bis gleich.« Ich legte auf und steckte das Handy zurück in meine Hosentasche, ehe ich die Treppen hinaufschlenderte, um Tyler noch ein bisschen mehr Zeit zu geben. Aber die zwei Stockwerke ließen sich nun mal nicht ewig hinauszögern, und als ich vor seiner Zimmertür ankam, hinter der es verdächtig polterte, konnte ich nur schmunzelnd die Hand heben und klopfen.

Es dauerte keine fünf Sekunden, bis Tyler die Tür aufriss. Das Lachen, gegen das ich angekämpft hatte, erstarb mit einem Mal, als ich sein verwuscheltes silbernes Haar und das viel zu große T-Shirt sah, das den Schwung seines Nackens und sein linkes Schlüsselbein gekonnt zur Schau stellte. Er trug zwar Jeans, aber es war offensichtlich, dass er gerade erst aus dem Bett gefallen war, und obwohl ich nicht damit gerechnet hatte, war das ein Look, der mir mehr als gefiel. Ich lehnte mich unauffällig an den Türrahmen, weil mir die Knie weich wurden. Der flüchtige Kuss, den er mir auf die Lippen hauchte, trug auch nicht gerade dazu bei, dass meine Knie sich weniger wackelig anfühlten.

Was war denn bitte los mit mir? Tyler hatte schon einige Male bei mir übernachtet, und ich hatte ihn schon öfters verschlafen und mit zerwühltem Haar gesehen. Aber heute kam es mir wie eine Reizüberflutung vor, und ich atmete unauffällig einmal tief durch, um mich von der Hitze abzulenken, die sich von meinem Bauch in meinem Körper ausbreitete und für die es entschieden zu früh am Morgen war.

»Morgen.« Verlegen strich er sich durchs Haar, was das Chaos in mir echt nicht besser machte, sondern dafür sorgte, dass ich es unter meinen Händen spüren wollte. »Tut mir leid. Ich hab den Wecker nicht gehört. Komm rein.«

Weil ich meiner Stimme nicht traute, räusperte ich mich einmal und trat dann über die Schwelle in Tylers Zimmer. »Kein Problem. Das passiert uns allen mal.«

»Trotzdem. Du bist immerhin extra früh aufgestanden.«

Da war es wieder. Diese Rücksicht, die mich wissen ließ, dass Tyler immer zuerst an mich dachte. Meine Fingerspitzen kribbelten, und ich schloss die Hände fester um die Riemen meines Rucksacks. Er drückte die Tür hinter mir zu, und ich blieb etwas zögerlich stehen, ehe Tyler mir andeutete, weiter reinzukommen.

»Setz dich.« Er nickte Richtung Bett und hastete zum Kleiderschrank. »Ich bin gleich so weit.«

Ich sah auf die zerwühlten, schlichten weißen Bettlaken mit den kaffeebraunen Kissen und beschloss, mich nicht dort hinzusetzen, wo der Stoff unter meinen Händen sicherlich noch warm sein würde. Stattdessen setzte ich meinen Rucksack ab und sah mich in aller Ruhe um. Ich kannte die Zimmer in Ginsburg Hall zwar, da Dean und Alec auch in diesem Wohnheim lebten. Doch es war das erste Mal, dass ich bei Tyler zu Gast war, obwohl wir schon ein paar Wochen zusammen waren.

»Mach dir nicht so einen Stress«, murmelte ich und ließ den Blick schweifen, »wir sind ja nicht auf der Flucht, oder habe ich was verpasst?«

Tyler murrte irgendetwas vor sich hin, schüttelte dann aber den Kopf. »Nein, eine Bonnie-und-Clyde-Nummer kann ich dir leider nicht bieten.«

Komisch, eigentlich hatte ich erwartet, unzählige Fotos seiner Reisen, diverse kleine Andenken oder zumindest einen personalisierten Kaffeebecher zu finden, aber … nichts. Tylers Zimmer war, mit Ausnahme seiner kaffeebraunen Kissen und der schwarzen, von der Uni gestellten Möbel, einfach nur weiß. Beinahe so, als wäre er gestern erst eingezogen und nicht bereits seit einer Weile hier.

»Na, so ein Mist aber auch. Dabei hatte ich mich so auf das Blutvergießen gefreut.« Ich trat ein paar Schritte weiter in den Raum hinein, während Tyler nur wenige Meter von mir entfernt vor dem Wandschrank stand und hastig durch seine Sachen kramte. Sein Koffer lag offen in einer Ecke, als würde er nur darauf warten, möglichst schnell wieder benutzt zu werden, und mein Blick blieb an den farbenfrohen Kofferanhängern hängen, die Tyler wohl nie abgemacht hatte und die jetzt den Griff zierten.

Er schmunzelte und nahm sich einen Pullover, hielt ihn sich kurz unter die Nase und warf ihn dann mit einem Schnauben in den Korb unten im Schrank. »Tut mir leid, dich enttäuschen zu müssen, Zwerg.«

»Ich denke, ich komme drüber weg.« Zögerlich ging ich auf das Bücherregal zu, in dem Tyler nur zwei Fächer nutzte, und inspizierte die farbenfrohe Pracht an Reiseführern. Sie brachen das sterile Weiß zumindest ein bisschen auf, von dem mir die Kehle eng wurde, ohne wirklich zu wissen, warum. Tylers Sammlung war wirklich beachtlich und reichte von kleinen, handlichen Taschenbüchern zu großen gebundenen Wälzern, die an die tausend Seiten haben mussten und die das Regalbrett sicherlich irgendwann durchbiegen würden, wenn er sich noch mehr von diesen Dingern anschaffte. In dem Fach darunter fanden sich seine Lehrbücher, von denen er nicht annähernd so viele hatte wie Reiseführer und die auch deutlich weniger lädiert aussahen.

Nach einem erneuten Geruchstest befand Tyler einen weinroten Hoodie für gut. »Da hab ich ja noch mal Glück gehabt.«

Als ich aus dem Augenwinkel sah, wie Tyler sich sein Shirt über den Kopf zog, nahm ich mir schnell eins seiner Lehrbücher und schlug es auf, in der Hoffnung, mich damit von der Tatsache ablenken zu können, dass Tyler halb nackt nur ein paar Meter von mir entfernt stand.

Es war auch nicht das erste Mal, dass ich Tyler oben ohne sah, immerhin waren wir, auch bevor er für zwei Jahre verschwunden war, unzählige Male gemeinsam am Strand gewesen. Aber heute, wo meine Emotionen offensichtlich ein ziemliches Chaos waren, traute ich mir selbst nicht, und ich wollte ihn weder begaffen noch anfallen, weshalb ich mich zwang, mich auf das Buch in meinen Händen zu konzentrieren.

Leider machte Tyler es mir nicht unbedingt leichter, denn anders als meine Bücher waren seine nicht mit farbenfrohen Post-its und interessanten Notizen gefüllt. Sie waren leer, mit Ausnahme von ein paar Bleistiftnotizen, die ein wildes Mischmasch aus Englisch und Koreanisch waren und die für mich so überhaupt gar keinen Sinn ergaben. Ich konnte schon anhand der Buchrücken der Reiseführer erkennen, dass Tyler diese deutlich häufiger aus dem Regal gezogen haben musste.

Unwillkürlich lächelte ich. Irgendwie war das typisch Ty.

»So, jetzt aber.« Ich sah überrascht zu Tyler, der plötzlich neben mir aufgetaucht war. Mit einem Grinsen betrachtete er mich, ehe er mir das Buch aus der Hand nahm, es zurück ins Regal legte und mich an sich zog. Der Kuss, der folgte, war sanft, langsam und bedächtig und sorgte dafür, dass der Funke in meinem Magen sich in meinem ganzen Körper ausbreitete. »Guten Morgen.«

»Guten Morgen.« Um mich von dem Drängen in meinem Inneren abzulenken, streckte ich die Hand aus und wischte ihm vorsichtig ein bisschen Schlaf aus den Augen. Ich sollte mich von ihm lösen, aber das brachte ich nicht über mich. Nach nur wenigen Wochen hatte ich mich so sehr an seine Nähe gewöhnt, dass ich sie brauchte. So als wäre seine Angewohnheit, mich ständig zu berühren, wie ein Anker, der mich erdete und mich daran erinnerte, dass ein Teil von Tyler immer an mich dachte. »Du bist wirklich gerade erst aufgestanden, oder?«

»So offensichtlich?« Er spähte an mir vorbei in den Spiegel über der Kommode, auf der ein Korb mit Duschzeug neben ein paar gefalteten weißen Handtüchern und einigen Cremes und Fläschchen stand. Alle davon waren Reisepackungen. Er fluchte, als er einen Blick auf sein eigenes Spiegelbild erhaschte, und fuhr sich mit einer Hand wieder durchs Haar, diesmal mit etwas mehr Erfolg als noch vorhin an der Tür. »Ich hab gestern noch mit Hyun-Sik geskypt und dabei die Zeit vergessen.«

»Das ist dein kleiner Cousin, oder?« Als Tyler nickte, musste ich grinsen. »Wie niedlich. Fehlt ihm sein Cousin Ty?«

»Tae-Il.«

»Huh?«

»Sein Cousin Tae-Il.« Tyler richtete sein Haar so lange, bis es wieder perfekt lag und meine Finger zum Zucken brachte, weil ich es wieder ruinieren wollte. »Das ist mein koreanischer Name.«

»Das wusste ich gar nicht.«

»Hab ich auch nie erwähnt.« Tyler legte die Hand an meinen Kiefer und drückte mir erneut einen Kuss auf die Lippen, ehe er mich losließ und zu seinem Bett hinüberschlenderte. Er zog einen Schuhkarton darunter hervor, den das Logo einer bekannten und teuren Marke für Wanderschuhe zierte, und ließ sich dann auf die Bettkante fallen. »Hast du eigentlich schon gefrühstückt?«

»Nee.« Da war es wieder, dieses Ziehen in meiner Magengegend, ausgelöst von einer simplen Frage, die mich wissen ließ, dass Tyler an mich dachte. Dass er immer daran dachte, was ich brauchte oder wollte. Dass er, selbst wenn er gerade erst aufgestanden war, schon mit einem Gedanken bei mir war, ohne von mir das Gleiche zu erwarten. Ich schluckte und sah dabei zu, wie er die Schuhe aus dem Karton holte und sie mit geübten Fingern aufschnürte.

»Dann lass uns unterwegs irgendwo anhalten.«

Ich trat einen Schritt näher ans Bett heran. »Hat dein Name eine bestimmte Bedeutung?«

Tyler zuckte mit den Schultern und schlüpfte in den rechten Schuh. »Weiß nicht. Müsste ich meine Mom fragen. Kommt alles auf die Hanjas an, mit denen mein Name geschrieben wird, und von denen habe ich so absolut keine Ahnung.« Als er mich ansah, lachte er leise, was mich wissen ließ, dass ich offenbar genauso fragend dreinschaute, wie ich befürchtet hatte, und er ließ die Schnürsenkel los. »Hanja ist das traditionelle Schriftsystem. Hat viel mit chinesischen Schriftzeichen zu tun und ist viel zu kompliziert für mein Erbsenhirn. Ich kenne ein paar, aber da hört es dann auch auf.«

»Verstehe.« Ich wechselte von einem Fuß auf den anderen, die Hitze in meinem Inneren mit jeder Sekunde schlimmer und drängender. Ich wusste, dass Tyler wandern ging, um sich weniger eingesperrt zu fühlen. Trotzdem war da dieses leise Wispern in mir, das ihn heute davon abhalten wollte – was einfach nur unfassbar egoistisch war. Er brauchte das, um der Enge dieses Ortes zu entfliehen. Um atmen zu können. Das sollte ich ihm nicht versauen, nur weil ich mich und meine Hormone heute nicht im Griff hatte.

Tyler beugte sich wieder zu seinem Schuh herunter, hielt dann aber plötzlich inne und sah zu mir auf. »Alles okay?«

»Ja, alles okay.« Ich begann an meinen Armbändern herumzuzupfen und seufzte beinahe laut auf, als Tyler mich musterte und sich sofort gerade aufsetzte. Seine ganze Aufmerksamkeit war jetzt vollkommen auf mich fokussiert, was einen Schauer über meinen Rücken jagte. »Es ist wirklich alles okay.«

»Sieht nicht so aus.« Er legte den Kopf schief, seine Augen wachsam wie immer, wenn er mich genauestens beobachtete und mir damit das Gefühl gab, als wäre ich der wichtigste Mensch in seinem Leben. »Was ist los?«

»Nichts.« Bevor ich mich stoppen konnte, überbrückte ich die Distanz zwischen uns und stellte mich direkt zwischen seine Beine und schlang meine Arme um seine Schultern. Kaum dass ich ihn berührte, spürte ich diesen Funken in meinem Inneren zu einer Flamme anwachsen, und ich ließ meine Hand durch sein Haar gleiten, wie ich es mir vorhin ausgemalt hatte, als ich zur Tür hereingekommen war. Es fühlte sich seidig an, und als ich mich hinunterbeugte und einen Kuss auf seinen Scheitel drückte, roch es unverkennbar nach dieser Mischung aus Bittermandel und Salbei, die ich der kleinen schwarzen Flasche auf Tylers Nachtschrank zuschrieb.

»Sicher?« Tyler legte die Arme um meine Taille und blickte zu mir auf.

»Ganz sicher.« Ich nickte und legte meine Hände an seine Wangen. Träge strich ich mit dem Daumen über seine hohen Wangenknochen, die in den letzten zwei Jahren noch stärker hervorgetreten waren, ehe ich an den zwei Schönheitsflecken innehielt, die den linken zierten.

Tyler dachte immer zuerst an mich. Dachte daran, was ich brauchte und was ich wollte. Nahm Rücksicht und kam, um mich zu unterstützen, wann immer ich ihn brauchte. Selbst dann, wenn ich ihn nicht rief, war er für mich da.

Dann würde er mir diesen Egoismus sicherlich verzeihen.

Ich beugte mich hinunter und küsste vorsichtig die zwei Muttermale, die ich schon immer gleichermaßen faszinierend wie schön gefunden hatte, und lächelte, als ich spürte, wie Tylers Hände meine Taille fester umfassten und er zischend die Luft einsog. Davon beflügelt kletterte ich kurzerhand rittlings auf seinen Schoß, was mir ein atemloses Fluchen einbrachte.

»Wie wäre es«, murmelte ich leise und küsste ihn auf die Lippen, die er sofort für mich öffnete, sodass ich eine Weile brauchte, um mich wieder von ihm loszureißen, »wenn wir nicht wandern gehen und stattdessen hierbleiben?«

»April.« Tyler sah mich eindringlich an, und ich strich mit den Fingerspitzen zärtlich über seinen Mund. »Wir haben alle Zeit der Welt. Wir müssen nichts überstürzen. Und du hast in letzter Zeit viel durchgemacht.«

»Wir überstürzen nichts, und ich finde, wir haben uns mehr als genug Zeit gelassen.« Ich rückte näher an ihn heran, bis meine Brust fest an seine gepresst war und ich spüren konnte, wie sein Herz heftig hinter seinen Rippen hämmerte. »Und das hier ist kein Ablenkungsmanöver für mich, Ty. Ich würde dich nie so benutzen. Genauso wenig, wie du mich jemals so benutzen würdest.«

Tyler stieß ein kehliges Geräusch aus, das beinahe nach einem Grollen klang und dafür sorgte, dass sich eine Gänsehaut auf meinem ganzen Körper ausbreitete. »Sicher?«

Ob ich mir sicher war, nachdem er mich wochenlang hingehalten hatte? Er machte wohl Witze. Allein bei dem Gedanken, was ich mit Tyler in diesem Zimmer und einem ganzen Tag Zeit anstellen konnte, wurde mir ganz heiß, und schnell nickte ich, bevor er mein Schweigen noch als Zögern deuten konnte. »Ja, ganz sicher.«

»Dann lass mich dir wenigstens Frühstück –«

Ich unterbrach ihn mit einem innigen Kuss, und als er nach Luft schnappte, ließ ich mich diesmal nicht zweimal bitten und erkundete seinen Mund mit meiner Zunge, ohne auch nur irgendetwas zurückzuhalten.

Ich spürte Tylers große Hand in meinem Nacken und stöhnte leise in den Kuss, als er fest zugriff, wehrte mich aber gegen seinen Versuch, die Kontrolle über den Kuss zu erlangen, was mir einen liebevollen Biss in die Unterlippe einbrachte, der mich am ganzen Körper erschaudern ließ.

Himmel, wenn ich bisher gedacht hatte, dass Tylers Küsse meinen Verstand vernebelten, dann hatte ich falschgelegen, denn die Art, wie seine Zunge jetzt meiner begegnete, sorgte dafür, dass mein Hirn gänzlich offline ging, während es vorher eher im Flugmodus gewesen war. Schamlos vergrub ich meine Hände in seinem Haar und küsste ihn so, wie ich es immer gewollt hatte, und bog mich ihm entgegen, meine Brust so dicht an seiner, dass kein Blatt mehr zwischen uns gepasst hätte.

Und trotzdem war es nicht nah genug.

Ich löste den Kuss, und meine Hände zerrten ungeduldig an seinem Hoodie. Tyler kam meiner unausgesprochenen Bitte sofort nach und hob die Arme über den Kopf, sodass ich ihm das lästige Stück Stoff vom Körper streifen und endlich seine nackte Haut berühren konnte, die unter meinen Fingerspitzen zu glühen schien. Ich ließ meine Hände über ihn wandern, erkundete jeden Zentimeter, den ich erreichen konnte. Harte Muskeln pressten sich gegen seidige Haut, und ich seufzte zufrieden, als ich spürte, wie seine Bauchmuskeln unter meinen Berührungen zuckten.

»April.« Tyler heftete seine Lippen auf meinen Hals, und ich keuchte und klammerte mich an seine Oberarme, als er zaghaft zubiss, aber nicht stark genug, um Abdrücke zu hinterlassen, auch wenn eine kleine Stimme in mir genau das wollte.

»Ty –« Meine Stimme war so rau, dass ich sie nicht wiedererkannte. Ich wollte ihm sagen, was ich brauchte, wollte ihn wissen lassen, dass ich seine Haut auf meiner spüren wollte. Aber meine Gedanken waren zu sehr auf seine Lippen an meinem Hals fixiert, als dass ich irgendeinen Satz hätte zustande bringen können, während drei Jahre an aufgestauten Gefühlen sich mit voller Wucht Bahn brachen.

Aber wie immer verstand Tyler, ohne dass ich ein Wort sagte, denn er nahm den Mund von meiner Haut, was ich mit einem unzufriedenen Murren quittierte, und zog mir das Shirt aus, seine Hände genauso ungeduldig und fahrig, wie ich mich in meinem Innersten fühlte.

Seine Finger fuhren über meinen Rücken, und er küsste sich meinen Hals hinab bis zu der Bralette aus schwarzer Spitze, für die ich mich entgegen jeder Vernunft heute Morgen entschieden hatte, und wieder hinauf, bevor seine Lippen wieder auf meine trafen.

Ich schien von innen heraus zu verbrennen, und mit jeder Berührung, mit jedem Kuss und mit jedem Laut schien es nur noch schlimmer zu werden. Die Ungeduld in mir zog sich zu einem festen und heißen Knoten zusammen, der tief in meinem Bauch ruhte, und ich ließ die Hüften kreisen. Ich stöhnte zufrieden und zittrig, als ich ihn selbst durch die Jeans hart unter mir spüren konnte.

Tyler löste ruckartig den Kuss und verbarg sein Gesicht an meinem Hals, als seine Hüften nach oben zuckten, während sich auf seiner Haut ein dünner Schweißfilm bildete. Offensichtlich übte er sich gerade in Zurückhaltung, sicherlich wieder, weil er zuerst an mich dachte, aber das war das Letzte, was ich jetzt von ihm wollte oder brauchte. Was ich jetzt wollte, war ihm nahe zu sein und ihn zu spüren.

Ich stand von seinem Schoß auf, und als Tyler mich aus verhangenen Augen betrachtete, kickte ich mir kurzerhand die Schuhe von den Füßen und schlüpfte mit einem Mal aus all meinen Sachen, bis ich vollkommen nackt vor ihm stand.

Der Hunger, mit dem Tyler mich ansah, als er atemlos meinen Namen murmelte, war genauso intensiv wie eine Berührung, und ich erbebte, ohne etwas dagegen tun zu können. Mit Freuden warf ich auch den letzten Rest Zurückhaltung über Bord und trat wieder zwischen Tylers Beine, aber diesmal ließ ich mich auf die Knie nieder und griff nach seinem Reißverschluss. Als ich seine Hose öffnete, ließ Tyler den Kopf mit einem Stöhnen in den Nacken sinken, und ich genoss diesen Anblick einen Moment lang, ehe das Drängen in meinem Inneren wieder das Denken für mich übernahm. Ich tippte Tyler gegen die Hüften, die er sofort anhob, und zog ihm die Jeans samt Boxershorts aus.

Das Stöhnen, das Tyler ausstieß, als ich meine Hand um seine Länge schloss, war mit Abstand eins der besten Geräusche, das ich jemals gehört hatte, und stieg mir direkt zu Kopf. Ich öffnete den Mund, doch bevor ich meine Lippen um ihn schließen konnte, hatte Tyler mich schon am Oberarm gepackt und mich wieder auf die Füße gezogen.

»Nicht jetzt«, flüsterte er mit einem Kopfschütteln, und ich verstand nicht wirklich, bis ich in seine Augen sah, die beinahe schwarz wirkten.

Ich nickte sofort und suchte sein Bett ab, doch Tyler legte sich schon auf den Rücken und zog die Schublade seines Nachtschranks auf, aus dem er ein Kondom fischte. Mit ungeduldigen Händen rollte er es sich über, und ich wusste nicht, wer von uns beiden zuerst nach dem anderen griff, aber ehe ich michs versah, saß ich wieder rittlings auf ihm, mit Tylers Lippen auf meinen, während ich mich Stück für Stück auf seine Länge sinken ließ, bis er endlich ganz in mir war.

Atemlos keuchte ich in den Kuss und hielt mich zitternd an Tyler fest, der sich genauso an mich klammerte, mir aber komplett die Kontrolle überließ und innehielt, bis ich so weit war, mich wieder zu bewegen. Meine Oberschenkel bebten, aber Tylers Hände hielten mich sicher, während er seine Stöße meinen Bewegungen anpasste, seine Hände, seine Lippen, überall auf mir. Unser Atem mischte sich, und ich konnte nichts weiter tun, als mich von ihm und von diesem Moment davontragen zu lassen, bis ich in einem Meer aus Farben versank und die ganze Welt vollkommen in den Hintergrund trat und nichts weiter als Tyler übrig ließ.

Tyler, der jetzt nicht nur jeden meiner Gedanken, sondern auch mich ganz ausfüllte und sich den Platz in meinem Herzen nahm, der von Anfang an ihm gehört hatte.

25. KAPITEL

Tyler

»Ach nein, willkommen, Loverboy.« Kate begrüßte mich mit einem Kuss auf die Wange und schneidendem Sarkasmus, der April Konkurrenz machen konnte, gepaart mit einem Lächeln, das mich wissen ließ, dass sie nichts von alldem wirklich ernst meinte. »Schön, dass man dich auch mal wieder zu Gesicht bekommt.«

»Jetzt sei nicht so, Kitty Kat.« Ich schob mich an ihr vorbei in den Eingangsbereich und zog die Wohnungstür der WG hinter mir zu. Wie immer begrüßte mich ein Chaos aus Schuhen, und ich überlegte ernsthaft, ob ich einfach einen Schuhschrank kaufen und aufstellen sollte, aber offenbar schien sich außer mir niemand an dem Durcheinander zu stören. »Du tust ja gerade so, als wäre ich wochenlang nicht hier gewesen.«

»Zwei Wochen.« Schmollend schob Kate die Unterlippe vor, und beinahe hätte ich mich schuldig gefühlt. Aber eben nur beinahe. »Ich hab weder April noch dich zu Gesicht bekommen, außer auf dem Campus, weil ihr euch verkrochen habt.«

»Wir haben uns nicht verkrochen. Wir waren nur bei mir.«

Ich grinste, als ich an die letzten zwei Wochen dachte, die wie im Flug vergangen waren. Ich hätte nie gedacht, dass es mir gefallen könnte, mich so sehr einem einzigen Menschen zu widmen, aber jede freie Minute mit April zu verbringen war für mich wie Atmen, einfach und zwingend notwendig. Und wenn ich ehrlich sein sollte, hatte ich sie auch mit niemandem teilen wollen. Hunter hatte durchaus recht, wenn er sagte, dass ich ein egoistischer Mistkerl sein konnte. Aber wenn es um April ging, konnte ich mit diesem Vorwurf sehr gut leben. Mit ihr vergaß ich alles um mich herum. Die Tatsache, dass ich in diesem Nest festhing, dass die Uni mir den letzten Nerv raubte und dass es kein Entkommen gab, bis ich den Abschluss in der Tasche haben würde. Das alles trat völlig in den Hintergrund, wenn die Tür hinter uns ins Schloss fiel und ich mit ihr allein war, ihre Lippen auf meinen und sie mir so nah, wie es nur irgendwie möglich war.

»Ich werde das unkommentiert lassen.« Kate verschränkte die Arme vor der Brust und bedachte mich mit einem Blick, der mich sicher sein ließ, dass sie ganz genau wusste, warum April die letzten Tage bei mir verbracht hatte. »Kann man wenigstens heute Abend damit rechnen, dass ihr beide uns mit eurer Anwesenheit beim Essen beehrt?«

»Wir wollten heute nach Santa Maria und eine Runde Paintball spielen. Ich hab keine Ahnung, wann wir zurückkommen.« Als Kate sich bedeutungsschwer räusperte, drückte ich ihr einen entschuldigenden Kuss auf die Wange. »Aber ich hab's auf dem Schirm, und wir versuchen es, okay?«

»Das klingt schon besser.«

Ich lachte leise. »Du hörst dich fast wie eine Mom an, die eifersüchtig auf ihre Schwiegertochter ist.«

Kate rollte nur mit den Augen und zog sich Turnschuhe an, die so strahlend weiß waren, dass sie nur neu sein konnten. »Wenn überhaupt, bin ich eifersüchtig auf meinen Schwiegersohn.«

Gespielt überrascht schnappte ich nach Luft. »Soll das heißen, April ist dir wichtiger als ich?«

Kate zog eine Augenbraue hoch und griff sich ihre große Handtasche vom Fußboden, die farblich, wie gewohnt, zum Rest ihres Outfits passte. »Kein Kommentar.«

»Aber, Mom!«

»Ach, halt den Schnabel, du Idiot, und geh zu deiner Angebeteten.«

»Geht klar.« Sie schob mich an der Schulter weiter in die Wohnung, und aus Angewohnheit schlüpfte ich aus meinen Schuhen, auch wenn ich eigentlich nur hergekommen war, um April abzuholen. »Viel Spaß in der Uni, Kitty Kat.«

»Ja, ja, du mich auch.« Sie verzog missmutig das Gesicht, als sie einen Blick auf ihre schlanke Armbanduhr warf. »Ich würde lieber mit euch Paintball spielen gehen.«

Ich zuckte mit den Schultern, mir meines schlechten Einflusses in diesem Augenblick vollkommen bewusst. »Dann lass die Vorlesung sausen und komm mit.«

»Führe mich nicht in Versuchung, Dämon. Ich versuche zumindest im letzten Jahr, eine vorbildliche Studentin abzugeben.« Kate machte die Wohnungstür auf und huschte hinaus, während sie die Hand schnell zum Gruß hob. »Bis dann, Ty.«

»Bis dann.«

Einen Augenblick sah ich Kate nach, bis die Tür hinter ihr ins Schloss fiel. Jetzt, wo ich meine beste Freundin gesehen hatte, wurde mir erst bewusst, wie sehr April und ich uns abgeschottet hatten. Vielleicht sollten wir heute Abend wirklich zusehen, mal wieder am gemeinsamen Abendessen der Clique teilzunehmen. Immerhin waren unsere Tage an der STU gezählt, und ich wusste, was April diese Abende bedeuteten, auch wenn sie es nie offen aussprach.

Ich ging weiter in den Raum hinein, auf der Suche nach meiner Freundin, und als ich sie auf dem Sofa fand, in ihre dunkelgrüne Decke gehüllt, sodass nur ihr Gesicht und ihr feuerroter Haarschopf hervorschauten, blieb ich einen Augenblick lang stehen. Man sollte meinen, dass ich mich langsam, aber sicher daran gewöhnt hatte, sie anzusehen, doch das Gegenteil war der Fall. Wenn sie nicht bei mir war, vermisste ich die Wärme ihrer Haut, den sarkastischen Unterton ihrer Stimme und die Art, wie ihre Lippen bebten, bevor sie sich zu einem Lächeln verzogen.

Mit April war es vollkommen egal, wie ich meine Zeit verbrachte, jeder Moment war auf seine Art kostbar, auch wenn ich nur den ganzen Tag mit ihr im Bett verbrachte und sie mit mir über Videospiele fachsimpelte, von denen ich immer noch nicht sonderlich viel verstand, nach denen ich aber süchtig wurde, weil April jeden meiner kläglichen Versuche mit Küssen belohnte.

Generell schien diese Frau wie eine Droge zu sein, die sich von meinen Lippen in meinem ganzen Körper ausbreitete und dafür sorgte, dass ich die Welt wie durch einen Filter wahrnahm, der alles weicher und weniger trüb erscheinen ließ.

Ich stockte, als ich ihre Augen bemerkte, die fest auf den Laptop gerichtet waren, der vor ihr auf dem Couchtisch stand, und ich runzelte die Stirn, da ich bemerkte, wie nachdenklich ihr Blick war, während ihre Zähne wieder einmal rücksichtslos ihre Unterlippe bearbeiteten. Offensichtlich war meine Freundin wieder in den Kaninchenbau ihrer eigenen Gedanken verschwunden. Und offensichtlich war es dort heute wieder ziemlich düster, so sehr wie sie ihre Unterlippe malträtierte, die schon ganz rot und geschwollen war, woran ich diesmal keinen Anteil hatte.

Ich ging zum Sofa und klopfte sanft auf den Couchtisch, als sie mich nicht bemerkte. Wie erwartet, zuckte sie heftig zusammen, und ihre Augen brauchten einen Moment, um mich zu fokussieren. Doch als sie mich schließlich erkannte, lehnte ich mich zu ihr hinunter und küsste sie sanft, ehe ich mich neben ihr auf das Sofa fallen ließ.

»Hey, Däumeline.«

»Hey, Ty.« Sie spähte zur Uhr und schälte sich aus ihrer Decke, unter der sie in einem alten Set Klamotten zum Vorschein kam, das sie sicherlich für unsere Nachmittagspläne angezogen hatte. »Sorry, ist es schon so weit? Ich hab die Zeit total vergessen.«

»Kein Thema. Wir haben ja keinen Termin.« Ich strich ihr sanft eine Strähne hinters Ohr und nickte in Richtung des Laptops, ohne auf das Display zu sehen. »Schreibst du gerade?«

»Nein. Ich …« Wieder gruben ihre Zähne sich in ihre Unterlippe, ehe sie meine Hand ergriff und ihre Finger mit meinen verknotete. Sie schob den Laptop mehr in meine Richtung und deutete ungeduldig darauf. »Ich überlege, ob ich mich hier bewerben soll.«

Ich lehnte mich näher in Richtung des Laptops und verengte ein wenig die Augen, um die Schrift besser erkennen zu können. *Master of Arts: Game Writing and Narrative Design.* Ich las die Beschreibung des Studiengangs, der offensichtlich darauf abzielte, seine Absolventen auf die Entwicklung von Videospielen vorzubereiten. Und auch wenn ich die Hälfte von dem ganzen Kram nicht verstand, weil viel mit Fachvokabular um sich geschmissen wurde, brauchte ich keine fünf Sekunden, um zu erkennen, dass das genau das war, wovon April mir im *Bloodhound* erzählt hatte. »Das klingt doch perfekt für dich.«

Unsicher sah sie auf unsere verschränkten Hände hinab. »Meinst du?«

»Auf jeden Fall«, versicherte ich, ohne zu zögern. »Du hast doch gesagt, dass du Narrative Design machen willst, oder nicht?«

»Ja. Schon.« Sie atmete tief durch und deutete dann auf den Schriftzug der Universität ganz oben auf der Seite. »Hast du gesehen, wo die Uni ist?«

»In Dublin.« Ich dachte an den Moment im Reisebüro zurück, wo sie ihre Nase tief in den Katalog gesteckt und mich interessiert nach der irischen Hauptstadt gefragt hatte. Dahinter hatte also viel mehr gesteckt als simpler Tourismus. Offensichtlich schleppte sie diese Überlegung schon seit Wochen mit sich herum, ohne auch nur ein Wort darüber zu verlieren.

»Ja.«

»Und?« Ich wartete einen Moment, ob sie etwas sagen würde, doch sie schwieg. »Dublin ist eine schöne Stadt.«

»Bestimmt. Aber sie ist sehr weit weg.« Aprils Finger begannen wieder die Uhr an meinem Handgelenk zu drehen, während sie ihren eigenen Gedanken nachhing. »Sehr weit weg von meiner Familie, meinen Freunden.« Ihre Finger stoppten, und sie sah mir fest in die Augen. »Sehr weit weg von dir.«

Langsam dämmerte mir, worum es hier wirklich ging. »Däumeline.«

Sofort schüttelte sie den Kopf und wandte den Blick ab. »Sorry, vergiss es einfach.«

»Hey, sieh mich an.« Ich legte ihr eine Hand unters Kinn und zwang sie, mir wieder in die Augen zu sehen, damit sie verstand, was ich ihr zu sagen versuchte. »Klar ist es weit weg, aber vergiss das alles doch einfach mal. Das sind nur ein paar tausend Meilen. Nichts, was Flugzeuge nicht überwinden könnten.« Ich wollte, dass sie nur einmal zuerst an sich selbst dachte und dann erst an alle anderen. »Würdest du diesen Studiengang machen wollen?«

»Ja«, gab sie sofort zu, »unbedingt.«

»Dann bewirb dich, und denk nicht daran, was alle um dich herum vielleicht wollen. Du musst in erster Linie an dich denken und daran, was dich glücklich machen würde.« Ich drückte ihr einen sanften Kuss auf die Lippen, während mich ein Gefühl von Wärme durchströmte. »Bewirb dich einfach. Über den ganzen anderen Kram kannst du dir den Kopf zerbrechen, wenn du den Platz bekommst.«

»Aber –«

»Kein aber, Däumeline.« Ich nahm die Hand von ihrem Kinn und nickte in Richtung des Laptops. »Bewirb dich. Um alles andere machen wir uns Gedanken, wenn es dazu kommt.«

Einen Moment lang schien sie noch mit sich zu ringen, ehe sie plötzlich nickte, die Unsicherheit von gerade nur noch ein kleines Glimmen in ihren sonst so entschlossenen Augen. »Okay.«

»Außerdem, wenn du den Platz bekommen würdest, hätte ich einen guten Grund, mal wieder nach Europa zu fliegen.« Ich zuckte mit den Schultern, die Entfernung, die dann zwischen uns liegen würde, war für mich absolut keine große Sache. »Mein letzter Besuch ist schon wieder viel zu lange her.«

Die Überraschung stand ihr ins Gesicht geschrieben, und ich wusste nicht, ob ich deshalb ein bisschen verletzt sein oder ob mich das erleichtern sollte, weil es bewies, dass zumindest einer von uns noch an der Realität festhalten konnte, die mir mit jedem Moment an ihrer Seite mehr und mehr zu entgleiten schien. »Das würdest du wollen?«

»Zwerg, es braucht schon ein bisschen mehr als ein paar Tausend Meilen, um mich loszuwerden.« Ich versuchte es mit Humor, aber in meinen Worten steckte nichts weiter als absolute Ehrlichkeit. Räumliche Distanz war für mich absolut bedeutungslos, und ich wusste tief in meinem Inneren, dass ich für April bis ans Ende der Welt ginge, wenn sie mich nur darum bitten würde. »Und wer weiß, vielleicht hast du mich bis dahin längst in den Wind geschossen und mir das Herz gebrochen.«

»Nie im Leben.«

Ich sah in ihre großen Augen, in denen so viel Zuneigung und Vertrauen lag, dass ich kaum atmen konnte. Keiner von uns hatte bisher die bedeutungsschweren drei Wörter ausgesprochen, und auch wenn sie mir auf der Zunge lagen und sie in ihrer Wahrheit unumstößlich waren, gab es da etwas anderes, das ich zuerst loswerden sollte. Denn egal ob April in Kalifornien blieb oder nach Europa ging, uns würden trotzdem unzählige Meilen trennen. Zumindest für sechs Monate.

»April?«

»Mhm?« Sie lehnte sich in meine Richtung, doch ihre Augen huschten immer wieder zum Laptop zurück, auf dem nach wie vor die Seite der Universität geöffnet war.

Ich konnte es ihr nicht sagen. Nicht jetzt, wenn wir uns um ihre Bewerbung kümmern mussten, mit der sie endlich nach der Zukunft griff, die sie sich in Wahrheit wünschte.

Ich würde es ihr sagen. Irgendwann. Nur eben nicht jetzt.

Ich beugte mich vor und drückte einen Kuss auf ihre Stirn, ehe ich zur Tagesordnung überging, die Worte auf meiner Zunge zu schwer, um sie auszusprechen. Ich vertrieb sie mit einem Räuspern und lehnte mich dann in Richtung des Laptops, während meine Augen wieder über die Beschreibung glitten. »Was für Kriterien haben die, und was brauchst du für die Bewerbung?«

April folgte meinem Beispiel, ohne eine weitere Frage zu stellen, aber ihre Hand ergriff meine fester, bevor auch sie zurück zu unserem ursprünglichen Thema fand. »Einen abgeschlossenen Bachelor, aber das Zeugnis kann man nachreichen. Dann brauchen die ein Portfolio mit all meinen bisherigen Veröffentlichungen, ein Empfehlungsschreiben von einem geeigneten Professor und eine fünfzehnseitige Kurzgeschichte, basierend auf dem Pitch, den die Universität in ihrem Bewerbungsportal hochgeladen hat.«

Das war eine beachtliche Liste, aber nichts, was wir nicht hinbekommen würden. »Alles klar.«

»Und die Bewerbungsfrist läuft schon nächste Woche ab.« Verdattert sah ich April an, deren besorgtes Stirnrunzeln diesmal durchaus angebracht war. Eine Woche. Das war nicht viel.

»Okay.« Ich ließ Aprils Hand los und schälte mich aus meiner Jacke, ehe ich die Ärmel meines Pullovers bis zu den Ellenbogen hochschob. »Dann sollten wir mit der Arbeit anfangen.«

April sah mich mit großen Augen an. »Wir?«

»Ja, Däumeline. Wir. Wenn ich Teil deiner Zukunft sein will, dann sollte ich auch meinen Teil dazu beitragen.«

»Du ...« Ihre Augen wurden für den Bruchteil einer Sekunde glasig, dann legte sie die Hände an meine Wangen und küsste mich lang und innig. »Gott, was soll ich nur mit dir machen?«

»Mich behalten wäre ein guter Anfang.« Ich zog sie dicht an meine Seite, bereit, mich dieser Herausforderung mit ihr zu stellen. »Also, wie kann ich helfen?«

26. KAPITEL

April

»Trink was.«

Ich sah von meinem Bildschirm auf, als ich etwas Kühles spürte, das sich gegen meine Handinnenfläche drückte, und musterte das Glas Wasser, das auf magische Weise in meiner Hand erschienen war. Erst jetzt bemerkte ich, dass ich tatsächlich durstig war, und trank es in gierigen Zügen leer, ehe Tyler es wieder wegstellte, ohne dass ich mich auch nur einen Millimeter von meinem Platz auf dem Bett wegbewegen musste.

»Danke«, murmelte ich abwesend, meine Gedanken noch immer halb bei der Bewerbung, die ich jetzt schon zum x-ten Mal gegenlas, um sicherzugehen, dass sich nirgendwo ein Fehler eingeschlichen hatte. Mir blieben nur noch wenige Stunden, um die Bewerbung abzuschicken, und es grenzte an ein Wunder, dass ich wirklich alles hatte zusammentragen können.

Wobei, mit einem Wunder hatte das Ganze eigentlich nichts zu tun, sondern vielmehr mit einem Mann, der alles stehen und liegen gelassen hatte, um mir zur Seite zu stehen, als ich ihn gebraucht hatte.

»Kein Thema«, murmelte Tyler, der es sich wieder neben mir auf meinem Bett bequem machte, seinen Laptop auf seinen Schoß stellte und offensichtlich selbst an irgendetwas arbeitete, was für tiefe Falten auf seiner Stirn sorgte.

Ich hatte echt keine Ahnung, womit ich jemanden wie Tyler verdient hatte. Fest stand allerdings, dass ich ohne ihn nie im Leben meine Bewerbung bis zur Deadline fertig bekommen hätte. Er hatte mich beim Schwimmtraining für diese Woche abgemeldet, mein Portfolio zusammengestellt, mein Empfehlungsschreiben abgeholt und die nötigen Dokumente und Übersichten zusammengestellt, die bewiesen, dass ich nur wenige Credits vom Abschluss entfernt war. Dadurch hatte ich Zeit gehabt, ungestört an der geforderten Kurzgeschichte zu arbeiten, an der ich in jeder freien Minute schrieb und die ich manchmal sogar während meinen Vorlesungen nicht hatte ruhen lassen können. Die letzten paar Tage fühlten sich generell ein wenig an wie ein Fiebertraum, und ich erinnerte mich kaum daran, was ich eigentlich genau wann gemacht hatte.

Woran ich mich allerdings ganz genau erinnerte, war, wie Tyler wie ein stützender Pfeiler bei mir gewesen war. Wenn er nicht bei seinen Vorlesungen oder im Reisebüro war, hatte er es sich zur Aufgabe gemacht, dafür zu sorgen, dass ich trotz der ganzen Arbeit vernünftig aß, jeden Morgen unter die Dusche sprang und genügend Schlaf bekam. Und wenn er selbst nicht dafür hatte sorgen können, hatte er unsere Freunde in die Pflicht genommen, die mit Übereifer sofort dabei gewesen waren. Während ich arbeitete, saß er stumm neben mir und ging seinem eigenen Kram nach, den er jedes Mal sofort liegen ließ, wann immer ich irgendwelche Ideen hatte durchsprechen wollen oder ihm eine weitere Seite zum Gegenlesen unter die Nase gehalten hatte. Er hatte sich kein einziges Mal beklagt, auch dann nicht, wenn ich wütend den Laptop von mir geschoben und an meinen eigenen Fähigkeiten gezweifelt hatte. Stattdessen war er mir mit Engelsgeduld begegnet, hatte mich durch jeden Zweifel hindurchgetragen und mich einfach in den Arm genommen, wann immer ich es gebraucht hatte.

Aber jetzt, wo die Bewerbung so gut wie durch war und der Stress langsam, aber sicher von mir abfiel, wurde mir bewusst, was Tylers bedingungslose Unterstützung für einen Preis hatte.

Denn auch wenn er ganz entspannt wirkte, so wie er neben mir auf dem Bett saß und seine Finger über die Tastatur jagten, hörten seine Beine nicht auf, unentwegt zu zappeln. Es erinnerte mich an den unausgeglichenen Tyler von damals, der immer auf dem Sprung und voller Unruhe war, die er einfach nicht in den Griff bekommen konnte. Ich wusste, dass es daran lag, dass er sich praktisch mit mir in diesem Zimmer eingeschlossen hatte. Er verließ es nur, wenn es unbedingt nötig war, und all die Energie, die dieser Mann hatte, summte ungenutzt direkt unter seiner Haut, die nach einer Woche ohne seinen üblichen Ausgleich in Form von Wandern, Surfen oder sonstigen wilden Aktionen ziemlich blass aussah.

Für manche mochte das keine große Sache sein, aber ich wusste, was das für Tyler hieß, und die Tatsache, dass er trotzdem an meiner Seite blieb, bedeutete mir die Welt.

Mein Herz zog sich schmerzhaft zusammen, und ich warf einen letzten Blick auf meine Bewerbung, ehe sich ein Entschluss in meinem Kopf formte. »Ty?«

»Mhm?«

»Musst du dieses Wochenende arbeiten?«

»Nein, ich hab frei.« Er rieb sich träge über die Augen, ehe er von seinem eigenen Bildschirm aufsah und mich anlächelte, offensichtlich bemüht, sich nicht anmerken zu lassen, dass die letzte Woche ihn ziemlich geschlaucht hatte. »Du musst also nicht allein in deinem Kämmerchen hocken und schreiben.«

»Na, da bin ich aber beruhigt.« Ich lehnte meine Schulter gegen seine und schmunzelte, als er sofort einen Arm um mich legte. »Aber deshalb frage ich nicht.«

Seine Augenbraue schnellte in die Höhe, während er mich skeptisch betrachtete, auf den Lippen sicherlich wieder eine Ansprache darüber, dass ich aufhören sollte, an mir selbst zu zweifeln, sondern stattdessen einfach schreiben sollte. »Wieso denn dann?«

Zeit, ihm ein bisschen von dem zurückzugeben, was er die letzten Tage für mich getan hatte. »Hättest du Lust, mit mir wegzufahren?«

»Klar«, antwortete er sofort, als wäre das nichts, worüber er länger nachdenken musste. »Aber du musst arbeiten, und ich werde nicht zulassen, dass du dich drückst.«

Bei seinem strengen, aber immer noch liebevollen Tonfall schmunzelte ich. »Und wenn ich fertig wäre?«

»Dann würde ich meine Sachen packen und das Auto holen.« Seine Finger zuckten wie elektrisiert, und Tyler ballte die Hände zu Fäusten, um es zu verstecken, während er sich größte Mühe gab, so lässig wie möglich zu klingen.

»Okay.« Ohne Zögern speicherte ich meine Bewerbung, die ich schon eine Million Mal gegengelesen hatte, ehe ich das Bewerberportal öffnete, sie hochlud und abschickte, ohne mir selbst die Zeit zu geben, darüber nachzudenken, was ich da gerade eigentlich getan hatte. »Dann pack unsere Sachen und hol das Auto.«

Tyler blinzelte noch mal, als ich mich ihm vollständig zuwandte. »Im Ernst jetzt?«

»Im Ernst.« Ich drehte den Laptop so, dass Tyler einen Blick auf das große grüne Häkchen werfen konnte, das den Eingang meiner Bewerbung bestätigte und das mir irgendwie den Magen umdrehte. »Ich hab sie gerade abgeschickt.«

»Ich bin stolz auf dich, Däumeline.« Achtlos schob er seinen eigenen Rechner von sich und schloss mich fest in die Arme, seine Lippen sofort auf meinen, und ich machte die Augen zu und ließ mich ganz in den Kuss sinken. Zumindest so lange, bis Tyler sich von mir löste und er mich besorgt musterte. »Sicher, dass wir wirklich wegfahren sollten? Willst du dich nicht lieber ausruhen?«

»Ty, ich will einfach nur diese Bewerbung vergessen, meinen verfluchten Laptop hierlassen und mit dir wegfahren.« Ich schob meine Unterlippe vor, weil ich wusste, dass das absolut immer zog, und machte innerlich drei Kreuze, als ein aufgeregtes Funkeln in seine Augen trat. »Muss ich echt erst bitte, bitte sagen?«

»Nein. Nein, musst du nicht.« Er schüttelte etwas zu energisch den Kopf, und ich musste mir ein Grinsen verkneifen, als Tyler plötzlich wirkte wie ein aufgeregter Welpe. »Wohin möchtest du denn?«

»Entführ mich einfach. Am besten irgendwohin, wo wir viel unternehmen können. Nach einer Woche in diesem Zimmer fühle ich mich wie in ein Korsett geschnürt.« Das entsprach zwar nicht ganz den Tatsachen, aber diese kleine Flunkerei war durchaus erlaubt. »Wofür date ich sonst einen durchgeknallten Frischluftfanatiker?«

»Okay.« Tyler sprang vom Bett auf und ging mit schnellen Schritten zu seiner kleinen Reisetasche, mit der er letzte Woche bei mir eingezogen war, damit er nicht zwischen seinem Apartment und meiner WG hin- und herlaufen musste. »Wann wollen wir denn los?«

Ich zuckte die Schultern. »Jetzt.«

»Jetzt?« Seine Hände stoppten, als er gerade dabei war, all seine Sachen in die Tasche zu stopfen. »Also, im Sinne von jetzt sofort?«

»Ja, im Sinne von jetzt sofort.«

Mein Freund ließ wieder mal ganz die Dramaqueen raushängen und starrte mich fassungslos und mit schreckgeweiteten Augen an. »Wer bist du, und was hast du mit meiner Freundin gemacht?«

Ich schnappte mir das Kissen, das für mich insgeheim schon zu Tylers Kissen geworden war, und warf es ihm an den Kopf. »Halt die Klappe, und geh deine Sachen packen.«

»Ay, ay, Feldwebel.« Er schulterte seine Tasche, und ich schaffte es so gerade noch, dem Kissen auszuweichen, als Tyler schon zu mir herüberkam und sich einen flüchtigen Kuss stahl. »Pack am besten einen Rucksack mit ein bisschen was von allem Möglichen, weil ich noch keine Ahnung hab, wohin es geht.«

»Mach ich.«

»Ich hole dich in einer Stunde auf dem Parkplatz ab, okay?«

Ich nickte und hielt ihn einen Moment länger am Arm zurück, was mir ein Lächeln und einen weiteren Kuss bescherte. »Okay. Und jetzt sieh zu, dass du Land gewinnst.«

Tyler löste sich von mir und hob seine Hand zum Gruß, ehe er sich auf den Weg raus aus meinem Zimmer machte. Die Aufregung stand ihm ins Gesicht geschrieben. »Bis gleich, *jagiya*.«

»Bis gleich.«

Ich sah ihm noch einen Moment nach, als er überstürzt, aber offensichtlich happy davonzischte, bevor ich mich langsam aus dem Bett erhob. Meine Muskeln fühlten sich steif an, was ich geflissentlich ignorierte, vor meinem Kleiderschrank in die Hocke ging und meinen Wanderrucksack hervorzog.

Ich sah zurück über die Schulter zu meinem Laptop und schluckte die aufkeimende Panik herunter, die in mir aufstieg, als ich realisierte, was ich da gerade getan hatte. Doch bevor die Angst und die Sorgen mich verschlucken konnten, begann ich meinen Rucksack zu packen und mich nur darauf zu konzentrieren, was vor mir lag:

Ein Wochenende allein mit dem Mann, der dafür sorgte, dass der Rest der Welt verblasste.

Okay, so hatte ich mir das Wochenende irgendwie nicht vorgestellt.

Ich stemmte die Hände in die Hüften und blieb vor dem umgestürzten Baumstamm stehen, die Augen auf den andauernden Anstieg gerichtet, der mich langsam, aber sicher in die Knie zwang. Die Szenerie mochte zwar wunderschön und beinahe schon malerisch sein mit all den saftig grünen, moosbedeckten Weiten, doch gerade war ich dafür irgendwie blind, was wohl daran liegen mochte, dass ich ziemlich aus der Puste war. Da hob es auch nicht unbedingt meine Laune, dass mein Freund, offensichtlich weder durch seine vom Rafting nassen Klamotten noch durch die schwere Campingausrüstung auf seinem Rücken gebremst, putzmunter und mit einem beherzten Sprung einfach einen Baumstamm überwand und mir mit meinen nicht mal einen Meter sechzig und dem fiesen Muskelkater gerade vorkam wie Goliath.

Was für ein Angeber.

Wirklich böse sein konnte ich ihm aber nicht, denn das Glück strahlte in Wellen von ihm ab, seitdem wir uns Donnerstagmittag ins Auto geschwungen hatten. Und wenn ich das Leuchten in seinen Augen sah, während wir durch den weiten Nationalpark wanderten, war das den Muskelkater, das Pennen im Zelt und das frühe Aufstehen allemal wert.

»Alles okay?«

Bei Tylers besorgten Worten winkte ich ab, die Hände in die Hüften gestemmt, während ich den Baumstamm anstarrte, als wäre er mein schlimmster Feind. »Gib mir einen Moment.«

Tyler sprang zurück auf den Baumstamm und streckte mir die Hand entgegen, auf seiner Haut ein feiner Schweißfilm, der ihn in dem weichen Licht, das durch die hohen Baumkronen fiel, beinahe unwirklich aussehen ließ. »Hier, nimm meine Hand.«

Ich sah auf seine langen Finger, irgendwo zwischen Alleinkämpferdrang und ehrlicher Rührung. »Ich kann das allein.«

»Weiß ich. Aber du musst es nicht.« Tyler lächelte mich wieder mit diesem Ausdruck in den Augen an, der mich wissen ließ, dass ich mich immer auf ihn verlassen konnte, und zu dem ich einfach nicht Nein sagen konnte. »Also, nimm meine Hand und lass dir helfen, Däumeline.«

»Musst du eigentlich immer so ein Traumprinzgefasel von dir geben?« Ich ergriff seine Hand und ließ mir von ihm auf den Baumstamm helfen, aber als Tyler wieder heruntersprang, nutzte ich meine Chance, endlich mal größer zu sein als er: Nachdem er sich zu mir umgedreht hatte, um mir herunterzuhelfen, schlang ich ihm die Arme um die Schultern und genoss es, dass er zur Abwechslung mal zu mir aufsehen musste. Mit einem zufriedenen Grinsen fuhr ich ihm mit einer Hand durch das silberne Haar, das schon länger einen beachtlichen schwarzen Ansatz zeigte. »Ich gewöhne mich irgendwann noch dran und leide dann an Realitätsverlust.«

Tyler legte den Kopf in den Nacken und lachte laut. Der Widerhall zwischen den Bäumen sorgte dafür, dass sich eine wohlige Gänsehaut auf meinem Körper ausbreitete. »Das kannst auch nur du.«

»Was?«

Tyler drückte mir einen Kuss auf die Wange, ehe er belustigt den Kopf schüttelte. »Mir ein Kompliment machen und dich gleichzeitig noch beschweren.«

Unzufrieden damit, dass er mich so leicht durchschaut hatte, kräuselte ich die Nase. »Wer hat gesagt, dass es ein Kompliment war?«

Skeptisch zog er eine Augenbraue hoch. »War es nicht?«

Ich lehnte mich zu ihm herunter, meine Lippen über seinen schwebend. »Vielleicht ein bisschen.«

Tyler kicherte tief in seiner Brust, ehe er sich einen Kuss stibitzte und über die Schulter zu dem endlos erscheinenden Wanderweg deutete. »Kannst du noch, oder sollen wir eine Pause machen?«

»Geht gleich wieder. Ich bin nur etwas aus der Puste.« Ich folgte dem Impuls und rieb meine Nase sanft an der von Tyler. »Meine letzte mehrtägige Wanderung ist schon eine Weile her.«

»Tut mir leid.«

»Braucht es nicht, Ty«, versicherte ich ihm schnell, weil ich genau sehen konnte, dass er sich ernsthaft Sorgen darüber machte, ob dieser Trip mich nicht vielleicht zu sehr gefordert hatte. »Es ist total schön.«

Zum Glück war Tyler recht leicht von seinen eigenen Sorgen abzulenken, und ich grinste zufrieden, als er näher kam und mir die Arme um die Hüften schlang. »Sicher, dass du das nicht nur wegen der phänomenalen Massage von gestern sagst?«

»Ganz sicher.« Ich steckte ihm spielerisch die Zunge raus und genoss es, wie ihm das wieder ein kleines amüsiertes Lachen entlockte. »Außerdem war die gar nicht so phänomenal.«

»Komisch, ich kann mich ziemlich gut an dein zufriedenes Seufzen erinnern.«

»Und ich kann mich sehr gut daran erinnern, wer danach über mich hergefallen ist, sodass die Massage für meinen Muskelkater faktisch so gar nichts gebracht hat.«

»Schuldig im Sinne der Anklage.« Als er mich diesmal küsste, war da wieder diese Hitze zwischen uns, die dafür gesorgt hatte, dass die Nächte im Zelt alles andere als kalt gewesen waren. Er verstärkte den Griff um meine Hüften und hob mich herunter. »Komm, wir sind fast da.«

Als Tyler losging, verschränkte ich unsere Finger miteinander und zwang ihn damit, sich ein bisschen mehr meinem Tempo anzupassen. »Sind wir schon am Ende vom Trail?«

»Siehst du gleich.«

Gleich war offensichtlich ein sehr dehnbarer Begriff, denn es dauerte noch eine satte Dreiviertelstunde, bis der Anstieg geschafft war und wir aus dem Wald heraustraten, der immer lichter geworden war, je höher wir auf dem Berg nach oben gekommen waren.

Ich blieb sofort stehen, als mein Blick auf ein kleines, aber modernes Hotel fiel, das sich vor uns auftat. Es war an die Landschaft angepasst und halb in den Berg gebaut worden. Eine wunderschöne Terrasse gab den Blick auf ein atemberaubendes Tal frei, in dem zwei Seen im Licht der untergehenden Sonne glänzten wie Saphire.

Tyler blieb mit mir stehen und legte mir locker einen Arm um die Schultern, ehe er mir einen Kuss auf die Schläfe hauchte und mich dicht an seine Seite presste. »Ich hab mir gedacht, nach der Woche, die du hinter dir hast, solltest du zumindest eine Nacht in einem weichen Hotelbett schlafen.«

Ich konnte nicht anders, als mit offenem Mund auf die Aussicht zu starren, die sich mir bot, während mir etwas dämmerte, das mir die Tränen in die Augen trieb: Als Tyler diesen Ausflug geplant hatte, der eigentlich dazu gedacht gewesen war, primär ihn glücklich zu machen, hatte er wieder nur an mich gedacht.

Tyler schmunzelte und hielt mich ganz nah bei sich. »Ich liebe es, dich sprachlos zu machen.«

Und ich liebe dich.

Die Worte lagen mir auf der Zunge, doch ich wagte es nicht,

sie auszusprechen. Stattdessen schlang ich die Arme um ihn und hielt ihn so fest, wie ich nur konnte, in der Hoffnung, er würde auch so verstehen, dass er mir die Welt bedeutete. Wir standen einfach nur da und schwiegen eine Weile, meine Augen fest auf den Horizont gerichtet, während Tyler mich sicher im Arm hielt, seine Hand tief in meinem Haar vergraben und sein Herz im Gleichtakt mit meinem.

»Danke, Ty«, murmelte ich nach einer Weile und schloss für einen Moment die Augen, um einfach nur den Mann zu fühlen, der mir mit jedem Tag eine neue Welt zu eröffnen schien, ohne mich jemals in eine Richtung zu drängen.

»Mit Freuden, Däumeline.« Ich lächelte, als er mir einen Kuss auf den Scheitel drückte, ehe er sich gerade weit genug von mir löste, um in Richtung des Hotels zu deuten. »Komm, lass uns einchecken.«

Ich nickte und ergriff Tylers Hand, als er mich über die Wiese auf das Hotel zuführte, und ich sah auf seine Hand, die ich schon unzählige Male gehalten hatte.

Ich war froh, dass ich auf mein Bauchgefühl gehört und mich auf Tyler eingelassen hatte. Dass ich mich auf das hier eingelassen hatte. Denn Tyler machte mich glücklich. Glücklicher, als ich in Worte zu fassen vermochte, und ich hoffte, dass ich seine Hand noch viele Jahre halten würde, in denen er mich aus meiner Komfortzone heraus und in eine Welt hineinführte, die vielleicht nicht immer perfekt durchgeplant und sicher war, aber in Milliarden von Farben erstrahlte, die ich nie wieder missen wollte.

27. KAPITEL

Tyler

Wie konnte ein einfaches Bett sich anfühlen wie die gesamte Welt? Ich vergrub meine Nase tiefer in Aprils Haar und atmete ihren vertrauten Geruch von Sonnencreme und Zitrone ein, der überall an mir und meinen Laken haftete und zusammen mit den Noten meines Parfüms schwer in der Luft lag, für immer vermischt und in meinem Gedächtnis eingebrannt, genauso wie die vergangenen Wochen und das Bild, das sich mir gerade bot.

April saß zwischen meinen Beinen mit dem Rücken zu mir und am Leib nichts weiter als meinen Hoodie, den ich oversized gekauft hatte und der ihr daher bis zur Mitte der Oberschenkel reichte. Die Ärmel hatte sie bis zu den Ellenbogen hochgeschoben, die Abdrücke meiner Finger auf ihren Handgelenken waren trotz ihrer unzähligen bunten Armbänder nicht zu übersehen. Auf ihren Oberschenkeln fanden sich lauter Male, und ich wusste, wenn ich ihr den Hoodie auszog, würde ich unzählige weitere auf ihren Brüsten und ihrem Bauch finden. Erst hatte ich ein schlechtes Gewissen gehabt, aber als ich gesehen hatte, wie April mit den Fingerspitzen darübergefahren war und wie ihre Lippen sich zu einem Lächeln verzogen hatten, hatte ich meine Moral mit Freuden begraben und sie wieder zwischen die Laken des Hotelbettes gezerrt, die vollkommen zerwühlt waren.

»Okay, ich bin dran.« April, deren Stimme etwas heiser klang, nahm einen Bissen von den hübsch angerichteten Snacks, die der Zimmerservice vor einer Weile gebracht hatte. Sie lehnte sich vertrauensvoll gegen meine Brust, was mein Herz zum Hämmern brachte, während meine Augen wieder zu ihren Oberschenkeln wanderten, die im Licht der sanften Deckenleuchten golden schimmerten. »Wenn du überall auf der Welt sein könntest, wo wärst du dann jetzt gerade am liebsten?«

»Genau hier«, sagte ich, ohne zu zögern, und meine Hand schnellte hervor, weil April zu husten begann und den Teller mit den Häppchen beinahe fallen ließ. Ich grinste schief, als ihre Wangen sich tiefrot färbten und ihren feuerroten Locken damit Konkurrenz machten. »Was? Nicht die Antwort, die du erwartet hattest?«

»Definitiv nicht«, würgte sie hervor und klopfte sich auf die Brust, was ich nur amüsiert beobachtete, während ich selbst einen Bissen von der Baguettescheibe nahm, die mit Lachs belegt war. »Bei dem Kitsch bekomme ich ja Karies.«

Das Lachen, das tief aus meiner Brust kam, war ehrlich und locker und ein Zeugnis dessen, wie unfassbar glücklich April mich machte, auch ohne mit mir um die Welt zu jetten. »Sorry, ich werde in Zukunft Rücksicht auf deine geringe Toleranz für schmalzige Schmeicheleien nehmen.«

»Danke. Sonst kriege ich noch Diabetes von dem ganzen Süßholz, das du raspelst.« April streckte kommentarlos die Hand aus, und ich legte den Teller wieder hinein, auf dessen Köstlichkeiten sie sich sofort wieder stürzte. Ich hätte wirklich Nein sagen sollen, als wir durch die Tür gekommen waren, doch als April ihre Lippen auf meine gepresst hatte, hatte es kein Zurück mehr gegeben. »Versuch es noch mal. Diesmal mit einer ernsthaften Antwort.«

Ich überlegte einen Moment und runzelte die Stirn, als ich realisierte, dass die Antwort, die ich, ohne großartig darüber nachzudenken, gegeben hatte, der Wahrheit entsprach. Ich wollte gerade tatsächlich nirgendwo anders sein als hier mit April in diesem Bett. »Tatsächlich will ich gerade nirgendwohin.«

April sah mich über die Schulter hinweg mit einem Ausdruck in den Augen an, den ich nicht zu deuten vermochte, und ich drückte ihr einen Kuss seitlich auf den Hals, in der Hoffnung, dass sie sich dann etwas entspannte, aber plötzlich räusperte sie sich. »Wow, muss ich gut im Bett sein.«

Ich schmunzelte und fuhr sanft mit den Händen über ihre Oberarme, die schön warm eingepackt waren. »Komisch, ich dachte immer, fantastischer Sex sei Teamarbeit.«

»Nein, dein Ego ist schon aufgeblasen genug.« Sie linste über die Schulter, auf den Lippen ein neckisches Grinsen, das ihre Augen zum Strahlen brachte. »Und ich möchte nur sehr ungern deine Überreste von den Wänden kratzen, wenn du platzt.«

»Wie aufmerksam von dir.«

»Was soll ich sagen?« Sie drückte mir einen kurzen Kuss auf die Lippen und widmete sich dann wieder ihrem Essen. »Deine liebenswürdige Art färbt offensichtlich auf mich ab.«

»Ich erinnere dich daran, wenn dir das nächste Mal einer die Vorfahrt nimmt.« Ich bettete mein Kinn auf ihren von der Dusche vorhin noch nassen Haarschopf, als mir plötzlich wieder Aprils Polo einfiel, der noch immer unrepariert auf dem Parkplatz stand. »Apropos, hast du jetzt eigentlich entschieden, was du wegen deines verrosteten Seelenverkäufers unternehmen willst?«

»Du elendiger Übertreiber. So schlimm ist mein Polo jetzt auch wieder nicht.« April bot mir noch etwas auf ihrem Teller an, doch ich schüttelte nur den Kopf und sah zufrieden dabei zu, wie sie auch den letzten Rest der Snacks verputzte, die wir zusätzlich zu der Portion Nudeln bestellt hatten. »Ich hab vor einer Weile mit meinem Dad telefoniert, und er will sich meinen Polo mal in Ruhe ansehen, bevor wir einen überteuerten Pfuscher da ranlassen.« Sie seufzte leise und stellte den leeren Teller auf dem Nachtschrank ab, ehe sie sich in meine Arme schmiegte. Genüsslich schloss sie die Augen, als ich meinen Rücken gegen das Kopfteil sinken ließ, damit sie es bequemer hatte, und ich lächelte unwillkürlich. »Im November wollte ich ihn eh besuchen, und dann holt er mich ab, und wir sorgen zusammen dafür, dass der Polo zurück nach Three Rivers kommt. Vorher klappt es einfach nicht. Die Lodge ist im Herbst immer ziemlich voll, und Dad kann sie nicht einfach irgendwem überlassen. Auch nicht für ein paar Stunden.« Sie seufzte leise. »Aber diesmal passt mir das eigentlich ganz gut.«

»Wieso?«

Zögerlich öffnete April die Augen, ehe sie schwer ausatmete. »Damit ich mich seelisch darauf vorbereiten kann, meinen Dad wiederzusehen.«

Ich hielt sie ganz fest, um sie wissen zu lassen, dass sie hier bei mir vollkommen sicher war. »Hast du vor, ihm von dem Volontariat zu erzählen?«

»Ja, ich muss.« April klang zwar fest entschlossen, doch die Art, wie ihre Finger wieder nervöse Muster auf meine Unterarme zeichneten, sprach eine andere Sprache. »Wenn ich das zwischen uns irgendwann wieder ins Lot bringen will, dann kann ich das nicht noch länger vor ihm geheim halten.«

Entfernt spürte ich mein schlechtes Gewissen anklopfen, doch ich wusste, dass jetzt nicht der richtige Zeitpunkt war, um mit April über meinen Job zu sprechen, also schluckte ich es herunter. »Ich bin stolz auf dich, Däumeline.«

»Noch hab ich es ihm nicht gesagt.« Ihre Finger stoppten und gruben sich mit einem Mal tief in meine Haut. »Und wenn ich ehrlich sein soll, dann hab ich wahnsinnige Angst davor.«

Ich schmiegte meine Wange seitlich gegen ihren Kopf. »Warum?«

»Weil ich keine Ahnung habe, wie er reagieren wird.« Ihre Stimme wurde leiser, zerbrechlicher, und ehrliche Sorge schwang in jeder einzelnen Silbe mit. »Ich hab Angst, dass er von mir enttäuscht ist und dass er kein Wort mehr mit mir spricht.«

»Sollen wir den Wagen zusammen nach Three Rivers bringen?«

April sah mich an. Der Ausdruck in ihren Augen war für mich nicht zu deuten, erinnerte mich aber entfernt an so etwas wie Unglauben oder sogar Panik, auch wenn ich keine Ahnung hatte, warum. »Ty, dafür müsstest du mit zu mir nach Hause kommen.«

Ich ließ den Satz einen Moment auf mich wirken und versuchte herauszufiltern, warum das so eine große Sache für sie war. Aber dann plötzlich machte es klick. Ihre Panik verstand ich dennoch nicht. »Und?«

Aprils Augen weiteten sich, und ich konnte nichts anderes mehr sehen als Haselnussbraun und Moosgrün. »Ty –« Sie brach ab und setzte sich auf, doch ich schlang nur wieder die Arme um sie, nicht gewillt, ihr den Abstand durchgehen zu lassen, den sie zwischen uns schaffen wollte. »Ty, das ist nicht dein Ernst.«

»Warum sollte es das nicht sein?« Ich zuckte mit den Schultern, bemüht, locker zu wirken, während ich sehen konnte, wie Tausende Gedanken in Aprils Kopf herumspukten.

»Dann musst du meine Eltern kennenlernen.«

April sah mich an, als hätte ich den Verstand verloren. Und vielleicht hatte ich das sogar ein bisschen. Wer bot immerhin freiwillig an, die Eltern der Freundin kennenzulernen, wenn ein Streit zwischen Tochter und Eltern vorprogrammiert war? Aber auch wenn das verrückt war, kam es mir verrückter vor, April allein in eine Situation zu schicken, vor der sie sich so offensichtlich fürchtete.

Ich nahm ihre Hände und zeichnete mit meinen Fingerspitzen ihre Linien nach. »Ist mir bewusst.«

»Du bist doch vollkommen verrückt.«

»Du hast Angst, und ich will dich damit nicht allein lassen«, erklärte ich schlicht und im Brustton der Überzeugung. »Ich finde das gar nicht so verrückt.«

April seufzte leise. »Ich schaffe das schon.«

»Ich weiß. Aber das musst du nicht.« Ich hob ihre Hand an meine Lippen und drückte einen Kuss auf ihre Handfläche. Ich versuchte, meine nächsten Worte mit Bedacht zu wählen, denn die Frau an meiner Seite war eine Kämpferin, und das Letzte, was ich wollte, war, dass sie sich fühlte, als würde ich sie bevormunden. »Es ist keine Schande, wenn man vor irgendwas Angst hat, April. Und es ist erst recht keine Schande, sich auf seinen Partner zu verlassen.« Als sie mich endlich ansah, hoffte ich, dass sie in meinen Augen die gleiche Ernsthaftigkeit erkannte, die auch in jedem meiner Worte mitschwang. »Du kämpfst immer wie eine Löwin für alle um dich herum. Lass mich einfach an deiner Seite sein, wenn du das erste Mal für dich selbst kämpfst, okay?«

Schweigen breitete sich in unserem Hotelzimmer aus, und während die Sekunden zu Minuten wurden, ließ ich April einfach die Zeit, die sie brauchte, um über mein Angebot nachzudenken. Ich wusste, ich konnte sie nicht zwingen, und mir lag auch nichts ferner als das. Stattdessen wollte ich, dass April mein Angebot von sich aus annahm. Dass sie zuließ, von mir unterstützt zu werden. Dass sie mir einen festen Platz an ihrer Seite einräumte, wenn die Lage schwierig wurde und sie –

»In Ordnung«, sagte sie nach einer Weile, und eine Welle der Wärme erfasste mich, als sie mich eindringlich ansah und unsere Lippen zu einem sanften Kuss verband. »Danke, Ty.«

»Immer, Däumeline.« Ich schlang die Arme um sie und hielt sie ganz fest, in der Hoffnung, ihr nur einen Funken von dem zurückgeben zu können, was sie mir gab, mit jeder Minute, die sie an meiner Seite war. »Immer.«

28. KAPITEL

April

»Sicher, dass du noch fahren kannst? Du siehst aus, als würdest du jeden Moment in Ohnmacht fallen.« Ein wenig besorgt beobachtete ich Tyler, der mit jeder Meile, die wir uns meinem Elternhaus näherten, immer stiller und blasser wurde. Als wir heute Mittag den Autoanhänger von der Leihstelle abgeholt hatten, war er noch die Ruhe selbst gewesen, aber jetzt, wo wir nur noch wenige Fahrtminuten von der Lodge entfernt waren, war es offensichtlich, dass er am liebsten umgedreht hätte.

»Ja, geht schon.« Tyler warf erneut einen Blick in den Rückspiegel, obwohl der Anhänger schon die ganzen drei Stunden Fahrt sicher auf der Straße gelegen hatte. »Du genießt das Ganze ein bisschen zu sehr, findest du nicht?«

»Vielleicht ein klitzekleines bisschen.« Ich schmunzelte, weil ich es tatsächlich genoss, mich auf Tylers Sorgen konzentrieren zu können, anstatt mich mit meinen zu beschäftigen, und löste mit Müh und Not eine von Tylers verkrampften Händen vom Lenkrad. »Entspann dich, Ty«, murmelte ich leise, als ich unsere Finger miteinander verflocht und spürte, wie schwitzig seine großen Hände waren, die mir immer so viel Sicherheit gaben. »Meine Eltern werden dich lieben.«

»Sagen das nicht alle, bevor man dann auf die Eltern trifft und bei lebendigem Leibe gefressen wird?« Tylers andere

Hand umklammerte das Lenkrad noch immer so fest, dass seine Knöchel weiß hervortraten.

»Keine Ahnung«, sagte ich ehrlich und zuckte mit den Schultern, als Tyler mir einen skeptischen Seitenblick zuwarf. »Ich habe noch nie einen meiner Freunde meinen Eltern vorgestellt.«

Überrascht keuchte ich auf, als unser Gespann an einer Kreuzung etwas zu abrupt zum Stehen kam. Alarmiert sah ich über die Schulter zurück, aber mein Polo lag noch immer sicher auf dem Autoanhänger, was diesmal nicht Tylers ungewöhnlich umsichtiger Fahrweise, sondern allein den massiven Spanngurten zuzuschreiben war, die Alec und Dean heute früh so gewissenhaft festgezurrt hatten.

»Du hast deinen Eltern noch nie jemanden vorgestellt?« Tyler sah mich aus weit aufgerissenen Augen an, seine Haut jetzt noch blasser als vor wenigen Sekunden, während hinter uns jemand laut hupte.

»Nein, noch nie.« Ich strich eine meiner rebellischen Locken zurück hinter mein Ohr und deutete mit meiner freien Hand auf die Ampel vor uns, die längst wieder grün war. »Könntest du vielleicht fahren?«

»Echt jetzt?«

»Wirklich.« Als jemand hinter uns ausscherte und wütend an uns vorbeibrauste, hob ich entschuldigend die Hand und deutete dann wieder auf die Ampel. »Tyler, du musst jetzt echt fahren.«

Tyler machte ein kehliges Geräusch, das beinahe ein wenig wie das Winseln eines Welpen klang, ehe er wieder auf das Gas trat und der SUV sich in Bewegung setzte, gerade noch rechtzeitig, bevor die Ampel zurück auf Rot sprang. »Scheiße.«

Ich blinzelte perplex und konnte mich gar nicht wirklich auf die wunderschöne Waldstraße konzentrieren, in die wir gerade abbogen und die uns, gesäumt von hohen, tiefgrünen Bäumen, zur Lodge führen würde. »Was ist denn los?«

»Ich hatte fest auf irgendeine Flachpfeife von Ex gebaut, die mich besser dastehen lässt. Und jetzt sagst du mir, dass ausgerechnet ich der erste Kerl bin, den sie kennenlernen werden.« Tyler trat aufs Gas, als der SUV mit dem Anhänger hinten dran beim Erklimmen der stetig ansteigenden Straße ein wenig ins Ächzen kam. »Das kann nur schiefgehen.«

Ich wollte mich wirklich zusammenreißen, weil Tyler die ehrliche Sorge deutlich ins Gesicht geschrieben stand, doch meine eigene Anspannung, die ich bisher so gut versteckt hatte, sorgte dafür, dass ich nicht anders konnte, als laut loszulachen.

»Du Spinner.« Ich hob unsere ineinander verschränkten Hände an meine Lippen und drückte einen Kuss auf seinen Handrücken, so wie Tyler es immer bei mir tat, wenn meine Gedanken mal wieder mit mir durchgingen. »Meine Eltern werden dir schon nicht den Kopf abreißen.«

»Da sei dir mal nicht so sicher.« Tyler seufzte schwer, die Augen auf die Straße vor uns gerichtet. »Ich rede ziemlich viel dummes Zeug, wenn ich nervös bin.«

»Oh, wirklich?«, fragte ich mit so viel neckischem Sarkasmus, wie ich in dieser Situation aufbringen konnte. »Das ist mir ja noch nie aufgefallen. Ich dachte eigentlich, dass dummes Zeug zu reden zu deinen Werkseinstellungen gehört.«

»Trotzdem hast du beschlossen, mich zu behalten.«

»Habe ich.« Ich lehnte mich zu ihm hinüber und drückte ihm einen Kuss auf die Wange, froh darüber, dass er bei mir war, obwohl ihm anscheinend mindestens genauso sehr die Nerven flatterten wie mir. Als wäre die Tatsache, dass er sich den Ansatz hatte nachfärben lassen und er sich heute noch besser angezogen hatte als sonst, nicht schon ein eindeutiges

Indiz gewesen. »Und das würde ich auch immer wieder tun.« Das schamlose Grinsen, das sich auf seinen Zügen ausbreitete, passte schon deutlich besser zu dem Tyler, den ich kannte, und ich ließ mich wieder zurück in den bequemen Beifahrersitz des protzigen Wagens sinken, an den ich mich deutlich mehr gewöhnt hatte, als ich jemals zugeben würde. »Schon allein deshalb werden meine Eltern dich mögen.«

Tyler wackelte übertrieben mit den dichten, dunklen Augenbrauen und entlockte mir damit ein belustigtes Schnauben. »Weil ihre Tochter ausgezeichneten Geschmack besitzt?«

Ohne zu zögern, nickte ich, froh um die Ablenkung, während uns das Navi von der kurvigen Waldstraße lenkte und in eine kleinere Straße einbiegen ließ, die uns immer näher in Richtung der Lodge führte. »Absolut.«

»Da hab ich ja noch mal Glück gehabt.«

»Freu dich nicht zu früh«, sagte ich mit einem Schmunzeln, als wir die letzte Kurve nahmen und die Lodge in Sicht kam, die noch immer in all ihrer wunderschönen hölzernen Pracht inmitten des dichten Waldes stand. »Willkommen in der *Kings Lodge*.«

Tylers Hand verkrampfte sich in meiner, die Augen geweitet, während er auf das alte Gebäude sah, das der Zeit trotzte und deutlich größer war, als man es vielleicht von einem kleinen Wanderhotel erwarten würde. »Oh, Fuck!«

»So hässlich ist sie jetzt nun auch wieder nicht«, scherzte ich und sah zufrieden dabei zu, wie Tyler sofort hektisch den Kopf schüttelte.

»Nein, das meinte ich nicht! Was ich meinte, war –«

»Du bist so niedlich, wenn du aufgeregt bist.« Ich deutete auf einen freien Platz auf der Kieseinfahrt vor dem Hotel und ignorierte, wie schnell mein Herz vor Aufregung zu schlagen begann. »Du kannst direkt hier vorn parken.«

»Okay.«

Ich wartete, bis Tyler den Wagen abgestellt hatte, ehe ich meine Hand aus seiner löste und aus dem Auto kletterte. Der vertraute, saubere Geruch von Bergluft, vermischt mit den holzigen Noten der Bäume, die uns umringten, stieg mir direkt in die Nase. Ich versuchte, die ganzen kitschigen Dekorationen zu ignorieren, die Dad mal wieder für das kommende Thanksgiving ausgepackt hatte, und steckte die Hände in die Hosentaschen meiner Jeans, während ich auf die Lodge zuschlenderte, die meinem Vater alles bedeutete. Gott, hatte er wirklich ein Truthahnschild am Eingang aufgehängt?

Bevor ich mir weiter Gedanken darüber machen konnte, was unsere Gäste wohl von dem farbenfrohen Ungetüm an der Tür halten würden, flog diese auch schon auf, und als ich meinen Dad sah, musste ich unwillkürlich lächeln, auch wenn mir das Herz in die Hose rutschte.

»Munchkin!« Mein Dad kam mit einem breiten Grinsen direkt auf mich zu, über die Schulter ein Geschirrtuch gelegt, was ein bisschen davon ablenkte, was für ein massiger Kerl er, gerade im Vergleich zu mir, war. Auf seinem Karohemd entdeckte ich auch aus der Entfernung unzählige Flecken, was mich wissen ließ, dass mein Dad in der Küche mal wieder das ein oder andere Experiment gewagt hatte. Bevor ich ihm auch nur einen halben Schritt entgegengehen konnte, war mein Dad schon die wenigen Stufen von der Veranda herunter zur Einfahrt gekommen, und als er mich in die Arme schloss, blieb mir kurz die Luft weg.

»Hey, Dad.«

»Tut das gut, dich zu sehen.« Mein Dad hielt mich eine Armeslänge von sich, der Größenunterschied zwischen uns beiden betrug immer noch mindestens frappierende vierzig Zentimeter. »Bist du gewachsen?«

»Das fragst du mich jedes Mal, und die Antwort lautet immer noch Nein.« Ich legte die Hände auf seine sehnigen Unterarme und drückte sanft zu, während ich zu ihm aufsah. »Mit einundzwanzig ist man für gewöhnlich mit dem Wachstum durch, Dad.«

»Ich hätte dir als Kind vielleicht doch Dünger in die Schuhe kippen sollen.« Er ließ die Hände von meinen Schultern sinken und tippte mir gegen die Stirn, auf seinen Lippen lag dieses väterliche Lächeln, das mich mein Leben lang begleitet hatte. »Obwohl, besser nicht. Du hattest auch so schon genug Mist im Kopf.«

»Na, vielen Dank auch.« Ich hörte ein leises Räuspern und sah zu Tyler hinüber, der unschlüssig ein paar Meter von uns entfernt stand und sein schwarzes Hemd immer wieder glatt strich. Ich trat einen Schritt auf ihn zu und legte ihm den Arm um die Taille, ehe ich auf ihn deutete, als mein Dad uns musterte. »Dad, das ist Tyler.« Ich schob meinen Freund näher in die Richtung meines Vaters und grinste, als er sich tatsächlich ein kleines Stück verbeugte und mein Dad seine Hand ergriff, um sie zu schütteln. »Tyler, das ist mein Dad, Neil King.«

»Freut mich, Sir.« Ich musste mir das schadenfrohe Kichern verkneifen, als ich hörte, wie Tylers Stimme kurz einen Tacken zu hoch rutschte.

»Die Freude ist ganz meinerseits, Junge. Kommt nicht alle Tage vor, dass meine Tochter jemanden mit nach Hause bringt.« Mein Dad ließ Tylers Hand los und klopfte ihm stattdessen auf die Schulter. Autsch. Das würde einen ordentlichen blauen Fleck geben. »Und du kannst mich übrigens Neil nennen.«

»Vielen Dank, Neil.« Tyler räusperte sich, und seine Finger gruben sich tief in meine Schulter, als würde er bei mir Halt suchen, auch wenn auf seinen Lippen ein scheinbar entspanntes

Lächeln lag, als er in Richtung der Lodge nickte. »Die Lodge ist wunderschön.«

»Danke schön! Kommt rein.« Aufgeregt ging mein Dad voraus, und Tyler schaffte es so gerade noch, unsere Taschen vom Rücksitz zu nehmen, bevor wir auch schon meinem Dad durch den warmen und lichtdurchfluteten Eingangsbereich der Lodge folgten. »Ich hoffe, mein Munchkin hat dir das Leben bisher nicht allzu schwer gemacht, Junge.«

»Nein, natürlich nicht, Sir.«

»Neil, schon vergessen? Und du brauchst nicht zu lügen. Ich kenne meine April und ihre spitze Zunge ziemlich gut, und ich entschuldige mich jetzt schon mal für sämtliche Spitzfindig-keiten.« Mein Dad lachte rau auf, und mir wurde warm ums Herz, als ich bemerkte, dass er sich größte Mühe gab, damit Tyler sich wohlfühlte. »Das grässliche Temperament hat sie von ihrer Mutter. Da hatte ich keine Aktien drin.«

»Stimmt. Du hast deins immerhin noch.« Ich nahm mir Ty-lers Arm und legte ihn wieder über meine Schulter, während wir auf die Treppe zusteuerten. Heute war nicht viel los, und der Eingangsbereich samt Empfangstresen war so gut wie leer. Nur eine Handvoll Leute saß auf den alten Ledersofas, die Dad und ich damals gebraucht gekauft hatten, weil sie zum Charme der in die Jahre gekommenen Lodge passten. »Ist Mom wieder auf Tour?«

»Ja, aber sie müsste gleich zurückkommen.« Mein Dad spähte in Richtung der großen Wanduhr, ehe er die Treppen in den zweiten Stock hochstieg, wir direkt hinter ihm. »Habt ihr Hunger? Der Braten ist schon im Ofen und müsste so in drei-ßig Minuten fertig sein.«

»Ich bin am Verhungern.« Ich presste mir die Hand auf den Magen, der ein protestierendes Knurren von sich gab, als mein Dad das Essen erwähnte. »Was ist mit dir, Ty?«

Tyler nickte etwas zu schnell. »Braten klingt gut.«

»Perfekt.« Wir kamen auf dem ersten Absatz an, und Tyler spähte neugierig die Treppe hinauf, die etwas schmaler war als die bisherigen und die uns in die dritte Etage und somit dorthin führen würde, wo meine Familie lebte und Gäste keinen Zutritt hatten. »Wollt ihr schon mal auspacken, dann würde ich –«

»Neil, hast du einen Moment?« Einer der Gäste, ein Mann in den frühen Fünfzigern, kam mit fragender Miene auf uns zu, und mein Dad blieb sofort stehen.

»Klar, ich bin sofort bei dir.« Mein Dad verzog entschuldigend das Gesicht, als er sich zu mir umdrehte. »Munchkin, kannst du vielleicht –?«

Ich winkte ab, noch bevor mein Dad seinen Satz überhaupt beendet hatte. Das waren Dinge, an die ich gewöhnt war. »Tyler und ich gehen hoch in die Küche und decken schon mal den Tisch. Kümmere du dich um deine Gäste.«

Ich lächelte, als er sich herunterbeugte, um mir einen Kuss auf die Stirn zu drücken, er es sich aber mit einem Blick auf Tyler anders überlegte. »Danke, Munchkin!«

»Kein Problem, Dad.« Ich sah ihm noch einen Moment nach, ehe ich Tyler mit mir die Treppe hinaufzog, die in den letzten Jahren ein wenig zu knarzen angefangen hatte. Ich führte ihn geradewegs in unsere Küche, die mit all dem Holz und dem rustikalen Gestein vielleicht ein bisschen dunkel, aber auch wahnsinnig heimelig wirkte. Ich zog Tyler einen der Stühle heraus und deutete ihm an, sich zu setzen, ehe ich zum Backofen ging und einen Blick auf den Braten warf, dessen Geruch mir das Wasser im Mund zusammenlaufen ließ und mich an unzählige Sonntage mit meinem Dad erinnerte. Dann sah ich über die Schulter zu Tyler, der zwar unsere Reisetasche abgestellt, sich aber nicht hingesetzt, sondern lediglich seine

Unterarme auf der Rückenlehne des Stuhls aufgestützt hatte. »Was ist los, hast du deine Zunge verschluckt?«

»Haha! Sehr witzig.« Mein Freund sah ein bisschen gestresst aus, und ich presste die Lippen fest aufeinander, um nicht lauthals loszulachen, während ich vier Teller auf den Tisch stellte. »Das kriegst du alles zurück, wenn du meine Eltern kennenlernst.«

Ich wusste nicht, warum, aber mich überkam taumelnde Freude, als ich daran dachte, Tylers Familie kennenzulernen, auch wenn da ein gewisses Gefühl der Nervosität mitschwang. Ich ging zu Tyler, der mich mit aufmerksamem Blick genauestens beobachtete, als würde er auf irgendetwas warten. »Du solltest vielleicht abwarten, ob du das Wochenende überhaupt überlebst. Ich mach mir ja ein bisschen Sorgen, dass du vor lauter Aufregung einen Herzinfarkt bekommst, alter Mann.«

Seine Augenbraue schnellte sofort in die Höhe. »Alter Mann?«

»Ja, alter Mann.« Ich zuckte mit den Schultern. »Siehst du, deine Haare sind auch schon ganz grau.«

»Wie lange hast du bitte darauf gewartet, dass du diesen saudämlichen Spruch reißen kannst?«

»Seitdem ich dich nach deiner Rückkehr bei uns in der Küche gesehen habe.«

»Ich bin enttäuscht, dass es so lange gedauert hat.« Bevor ich davonhuschen konnte, hatte Tyler die Arme von hinten um mich geschlungen und mich dicht an sich gezogen. »Sie verlieren ihren Biss, Miss King.«

»Meinst du?« Ich legte meine Hände auf seine Unterarme, die mich sicher hielten, und tätschelte sanft seine Haut, während ich es genoss, zu hören, wie seine Stimme, jetzt, wo wir allein waren, ganz entspannt klang. »Ich war wohl in letzter Zeit zu nett zu dir.«

»Sieht ganz so aus.« Er vergrub das Gesicht an meinem Hals, und ich seufzte leise, als seine Lippen federleicht über meine Haut strichen. »Aber ich könnte mich daran gewöhnen.«

»Besser nicht. Im Nettsein bin ich ganz, ganz miserabel.«

»Ist mir nicht entgangen.«

Tyler gab ein Grummeln ganz tief aus seiner Kehle zum Besten, und ich schmunzelte nur, als ich spüren konnte, wie jegliche Anspannung aus seinem Körper wich und er sich gegen mich sinken ließ. »Du warst wirklich nervös, oder?«

Tyler atmete schwer aus, und ich erschauderte, als sein Atem auf meine Haut prallte. »Du hast ja keine Ahnung.«

Ich konnte mir vorstellen, wie schwer das für ihn gewesen sein musste, zumal mein Dad mit seinen ein Meter neunzig und der massigen Statur echt einschüchternd aussehen musste. »Du hast das gut gemacht, Ty.«

»Danke.« Tyler löste sich gerade lange genug von mir, um mich zu sich herumzudrehen, und ich bekam weiche Knie, als er seine Stirn sanft gegen meine lehnte. »Wäre echt zum Kotzen, wenn ich einen schlechten Eindruck bei deinen Eltern hinterlassen würde. Könnte sonst die nächsten Jahre unangenehm werden.«

Mein Herz begann sofort zu flattern. »Jahre?«

»Mhm.« Tyler öffnete die Augen und grinste dann schalkhaft, als unsere Blicke sich begegneten. »Nach dem Stress musst du mich mindestens ein paar Jahre behalten.«

Das wollte ich. Mehr als alles andere. Aber ein bisschen konnte ich Tyler für dieses Geständnis durchaus arbeiten lassen. »Ach, wirklich?«

»Wirklich.« Er stahl sich einen flüchtigen Kuss. »Also, mindestens fünf Jahre müssen dafür drin sein. Immerhin hab ich allein durch den Stress gefühlt mindestens zehn verloren.«

»Du Dramaqueen.« Ich lachte auf und legte die Hände an seine Wangen, doch bevor ich ihm sagen konnte, dass ich vorhatte, ihn mindestens die nächsten zwanzig Jahre an meiner Seite zu wissen, sah ich aus dem Augenwinkel jemanden in der Tür stehen. Und dieser jemand war eindeutig zu klein und zu zierlich, um mein Dad zu sein. »Hey, Mom.«

»Hallo, April.«

Tyler machte so schnell einen alarmierten Satz rückwärts, dass er aus Versehen fast die Obstschale vom Tisch fegte. Zum Glück konnte er sie gerade noch festhalten, bevor sie zu Bruch gehen konnte, und mit Panik in den Augen stellte er sie zurück, bevor er sich tief verbeugte. »Tyler Young. Schön, Sie kennenzulernen, Ma'am.«

Meine Mom, die mir so wahnsinnig ähnlich sah mit ihren schwarzen Locken und den braunen Augen, und ich waren einen Moment lang völlig perplex, ehe ich laut zu lachen begann. Nie im Leben hätte ich gedacht, dass ich meinen sonst so vor Selbstbewusstsein strotzenden Freund mal derartig durch den Wind erleben würde.

»Mom, das ist Tyler, mein Freund«, brachte ich glucksend hervor, was mir einen wütenden Seitenblick von ebendiesem einbrachte. »Tyler, das ist meine Mom, Juliana King.«

»Freut mich, dich kennenzulernen, Tyler.« Meine Mom kam auf Tyler zu und umarmte ihn zur Begrüßung, als er sich wieder gerade hingestellt hatte. »Mein Mann ist schon seit Tagen völlig aus dem Häuschen, weil sein kleines Mädchen endlich mal einen Mann mit nach Hause bringt.«

Als sie von ihm abließ, kam meine Mom zu mir herüber, und ich drückte sie kurz etwas ungelenk an mich, nicht wirklich daran gewöhnt, sie zu umarmen. »Wie war deine Tour?«

Meine Mom rieb mir sanft über den Rücken und hielt mich einen Augenblick länger fest, als mir lieb war, ehe sie sich von mir löste und ihren Pferdeschwanz nachzog, ihren kurvigen Körper in diese grässliche Park-Ranger-Uniform gehüllt, die ich schon als Kind nicht hatte ausstehen können. »Recht ruhig, jetzt, wo die Hauptsaison vorbei ist.«

Ich nickte, und sofort breitete sich eine unangenehme Stille im Raum aus. So wie immer, wenn ich auf meine Mom traf. Ich wusste einfach nicht, worüber ich mit ihr sprechen sollte. Hatte ich noch nie. Die Distanz zwischen uns war mir immer wie der Grand Canyon vorgekommen, und ich biss mir verlegen auf die Unterlippe, während ich zwanghaft versuchte, etwas zu finden, worüber wir sprechen konnten.

Tyler warf mir einen Seitenblick zu, den ich nicht zu deuten vermochte, ehe er sein charmantes Lächeln aufsetzte, das ich schon unzählige Male gesehen hatte, wenn ich ihn im Reisebüro besucht hatte. »Mrs King – «

»Nenn mich bitte Juliana.«

»Vielen Dank.« Tyler zog meiner Mom einen Stuhl hervor, und sie setzten sich an den Tisch. »Also, Juliana, April hat mir erzählt, dass du als Park Ranger arbeitest. Wie ist das so?«

Ich überließ die beiden ihrem Gespräch und begann den Tisch zu decken, während ich hin und wieder prüfend zu ihnen hinübersah. Sie verstanden sich offensichtlich blendend, was vermutlich daran lag, dass meine Mom diesen Glanz in den Augen hatte, der dem von Tyler so ähnlich war, wenn er über seine Reisen sprach. Und bevor ich realisierte, was ich da tat, hatte ich mich dazugesetzt und hörte einfach nur zu, während die beiden sich über Flora, Fauna und all die Dinge unterhielten, denen ich noch nie etwas hatte abgewinnen können.

29. KAPITEL

April

»Herein.«

Ich lächelte, als die raue Stimme meines Vaters erklang, und schob die dunkle Tür zu seinem kleinen Arbeitszimmer auf, in dem sich, seitdem meine Eltern die Lodge gekauft hatten, wohl nur die Anzahl der Aktenordner verändert hatte. Wenigstens musste ich ihn nicht lange suchen, denn in das winzige Zimmer passten nur drei große Aktenschränke und ein Schreibtisch, hinter dem mein Vater mit seinen massigen Schultern und den prankenartigen Händen immer etwas deplatziert aussah. »Hey, Dad.«

Dad spähte über den Rand seiner Lesebrille, die er vor drei Jahren noch nicht gebraucht hatte, und ich schmunzelte, als sein Gesicht sich erhellte, auf dem gerade eben noch ein genervter Ausdruck gelegen hatte.

»Munchkin«, sagte mein Vater überrascht und warf die Rechnung auf den Tisch, als hätte er sich daran verbrannt. »Was machst du denn hier?«

»Ich wollte nur schauen, ob du was brauchst.« Ich schob mich ganz in das kleine Zimmer und schloss dann leise die Tür hinter mir, während mein Blick über die große Tischplatte glitt, auf der sich unzählige Ordner, diverse Rechnungen und ein paar leere Tassen türmten. »Du hast keinen Nachtisch gegessen, und ich dachte mir, dass du vielleicht gerade jetzt ein paar Kekse vertragen könntest, bevor das Zuckertief dich einholt.«

Mein Dad lachte rau auf und lehnte sich auf seinem Schreibtischstuhl zurück, der auch schon deutlich bessere Tage gesehen hatte, ehe er sich auf seinen Bauch klopfte, der noch sehr weit von einem ungesunden Bierbauch entfernt war. »Zu Keksen sage ich nie Nein.«

»Ich weiß.« Ich stellte den kleinen Teller mit den verschiedenen Keksen auf dem chaotischen Tisch ab und setzte mich dann auf die Kante.

Kaum hatte ich meinen Hintern auf der Platte geparkt, zog mein Dad eine seiner buschigen Augenbrauen hoch.

»Was?«

»Du bist nicht nur hier, um mir Kekse zu bringen.« Es war keine Frage, sondern eine einfache Feststellung.

Sofort fühlte ich mich ertappt. »Doch.«

»Munchkin, im Lügen warst du als Kind schon eine Niete.« Mein Dad lachte und griff nach einem der Kekse, doch anstatt ihn selbst zu essen, hielt er ihn mir hin. »Also, was ist los?«

»Nichts.« Ich nahm den Keks, der der größte auf dem Teller gewesen war, und brach ihn in der Mitte durch, doch bevor ich meinem Dad die andere Hälfte anbieten konnte, hatte er sich schon einen anderen Keks in den Mund gestopft. Ich nickte in Richtung des Zettelchaos auf dem Tisch, nicht gewillt, mich gleich wieder von ihm durchschauen zu lassen. »Sind das alles noch die Nachwehen der Hochsaison?«

»Ja.«

Ich ließ den Keks sinken und sah meinen Vater mahnend an. »Dad –«

»Du kennst das doch, Schätzchen.« Mein Dad zuckte mit den Schultern, als wäre es keine große Sache, dass ein paar der

Rechnungen offensichtlich wochenlang liegen geblieben waren. »Während der Hochsaison komme ich zu nichts.«

»Weshalb ich dir schon tausendmal gesagt habe, dass du eine Buchhalterin einstellen sollst. Zumindest für die Hochsaison.«

»Ach Quatsch. Brauche ich nicht.« Mein Dad winkte ab und mampfte einen weiteren Keks, ehe er etwas von seinem Wasser trank. »So, und jetzt spuck aus, was dir auf der Seele brennt.«

Ich sah auf meine Finger hinab, in denen ich noch immer meine beiden Kekshälften hielt, die unangetastet waren. »Mir brennt nichts auf der Seele.«

»Blödsinn.« Mein Dad nahm seine Brille ab und legte sie auf den Tisch, seine moosgrünen Augen beäugten mich wachsam. »Sonst hättest du die Tür nicht zugemacht.«

»Es ist wirklich nichts.« Ich rutschte auf dem Tisch herum. »Ich wollte nur …«

»… wissen, was ich von Tyler halte, richtig?«

Ich nickte, ohne dass ich mich stoppen konnte, und biss schnell von einer meiner Kekshälften ab, um mich von der Anspannung abzulenken, die sich in mir breitmachte, weil ich wieder der einen Sache aus dem Weg ging, die ich eigentlich hatte besprechen wollen.

»Du bist wirklich so leicht zu durchschauen, Munchkin.« Mein Dad lachte, und ich rang mir ein Lächeln ab. »Und ich hab mich schon gefragt, warum du ohne Romeo aufgekreuzt bist.«

»Das stimmt überhaupt nicht.« Ich schob meine Unterlippe vor, gleichermaßen dankbar wie frustriert über den Aufschub, den die Fehleinschätzung meines Dads mir bescherte. »Und nenn ihn bitte nicht so.«

»Ach komm.« Mein Dad stieß sanft mit der Hand gegen

meinen Oberschenkel und grinste, als ich wegsah. »Das ist das erste Mal, dass du einen Jungen mit nach Hause bringst. Da sei es mir doch bitte erlaubt, dich zumindest ein bisschen damit aufzuziehen.«

Ich verzog das Gesicht. »Dad, Tyler ist sechsundzwanzig.«

»Und?«

»Ich glaube nicht, dass er noch irgendwo als *Junge* durchgeht.«

»Na, da frag mal seine Eltern.« Mein Dad zwinkerte mir zu und griff nach noch einem Keks, den er schnell herunterschlang, bevor er sich ein paar der Krümel aus dem Bart strich. »Für uns werdet ihr immer Kids bleiben. Selbst noch mit fünfzig.«

»Ich glaube eher, dass das nur für dich gilt.« Ich schüttelte belustigt den Kopf, der Knoten in meiner Magengegend zog sich mit jeder Sekunde beklemmender zusammen. »Also, was hältst du von ihm?«

Das wissende Lächeln, das mein Dad mir zuwarf, sprach Bände. »Allein dass du mich das fragst, sagt mir schon, dass es eigentlich vollkommen egal ist, was ich von ihm halte.«

Für einen Augenblick wusste ich nicht wirklich, was ich darauf antworten sollte, ehe die Worte meines Vaters in meinem Hirn ankamen und mein Herz ins Stolpern brachten. »Ich mag ihn sehr, Dad.«

»Ich weiß, Munchkin, sonst hättest du ihn nicht mit nach Hause gebracht.« Mein Dad lächelte sanft und hielt mir seine Hand hin, die ich sofort ergriff. Wie immer fühlte seine Haut sich schwielig und rau an, aber das Gefühl war so vertraut, dass es mir Tränen in die Augen trieb. Was vermutlich auch daran lag, dass ich seit dem Sommer den Eindruck hatte, als wären wir meilenweit voneinander entfernt. »Macht er dich glücklich?«

Ich nickte, unsicher, ob ich auch nur ein Wort hervorbringen konnte, ohne in Tränen auszubrechen, während ich an all die Freude und das Glück dachte, die Tyler mit einem einzigen Kuss in mein Leben gebracht hatte. Wir mochten noch nicht lange zusammen sein, und vielleicht lag es auch an der rosaroten Brille, die man in den ersten Wochen aufhatte, aber ich wusste, dass ich noch nie für irgendjemanden so gefühlt hatte wie für ihn. Er hatte meine graue Welt in tausend Farben getaucht, und manchmal hatte ich Angst, dass mein wunderschönes Kaleidoskop in seine Einzelteile zerfallen könnte, aber dann sah ich Tyler an und vergaß völlig, warum ich mich überhaupt gefürchtet hatte. »Ja, sehr.«

»Das ist alles, was für mich zählt, Munchkin.« Dad drückte sanft meine Hand. »Okay?«

»Okay.«

Ich schluckte schwer, und mein Dad stand mit einem Schmunzeln auf, ehe er um den Tisch herumkam und die Arme ausbreitete. »Komm her, Schätzchen.«

Ich hüpfte vom Schreibtisch und strich mir über die Wangen, um sicherzugehen, dass ich nicht angefangen hatte zu flennen, aber meine Haut war staubtrocken, sodass ich mich beruhigt in die Arme meines Vaters sinken ließ, die immer meine Zuflucht gewesen waren. »Danke, Dad.«

»Kein Thema.« Er klopfte mir auf die Schulter und hielt mich einfach nur fest, während ich aus dieser Umarmung die nötige Kraft für das zu schöpfen versuchte, was nun folgen würde. »Aber falls es dir hilft: Ich mag ihn. In manchen Belangen erinnert er mich an deine Mom.« Ein Lachen schüttelte seine Brust. »Er redet zum Beispiel genauso viel wie sie.«

»Ty sabbelt vor sich hin, wenn er nervös ist.«

»War er nervös?«

Ich löste mich von meinem Dad und schmunzelte, als ich mich an die Fahrt hierher erinnerte. »Du machst dir kein Bild. Es ist ein Wunder, dass wir in einem Stück hier angekommen sind und er das Auto nicht in irgendeinen Graben gelenkt hat.«

Mein Dad lehnte sich mit dem Hintern gegen den Schreibtisch und verschränkte die Arme vor der massigen Brust, während er mich belustigt musterte. »Meine Güte, was hast du ihm denn von uns erzählt, dass er so einen Schiss hatte? Warte«, sagte mein Vater und zog eine Augenbraue hoch, »wo ist Romeo überhaupt?«

»Er wollte, dass wir einen Moment für uns haben, und ist deshalb in mein Zimmer gegangen, um unsere Taschen auszupacken.« Na ja, eigentlich hatte Tyler mir den Teller Kekse in die Hand gedrückt und mich bis kurz vor die Tür begleitet, ehe er auspacken gegangen war, aber das musste ich meinem Dad nun wirklich nicht verraten. »Und ich hab ihm nur erzählt, dass ich den besten Dad der Welt habe, der aber leider viel zu stur ist, um sich eine Buchhalterin zuzulegen.«

Er rollte zwar mit den Augen, aber seine Mundwinkel zuckten verräterisch. »Geht das wieder los.«

»Du hast selbst gesagt, du hättest so viel gearbeitet, dass du es nicht mal geschafft hast anzurufen.«

»Wo du recht hast.« Er zögerte kurz, ehe er ein so tiefes Seufzen hören ließ, als hätte er gerade die Schlacht bei Waterloo verloren. »Ich denke drüber nach, okay?«

Nicht das, was ich hören wollte, aber es war immerhin besser als das strikte Nein der letzten Jahre. »Okay.«

»Super. Dann erzähl mal, was gibt es so Neues?« Er runzelte die Stirn, ehe er die Augen aufriss. »Oh, Scheiße, dein Vorstellungsgespräch!« Er schüttelte den Kopf, als wäre er von sich selbst enttäuscht, während sich in meinem Magen ein Tumult ankündigte. Ich hatte gehofft, dass er es einfach vergessen hatte. Aber mein Vater vergaß niemals etwas. Nicht mal den Geburtstag von meinem ersten und auch letzten Goldfisch. »Haben sie sich endlich gemeldet?«

Jetzt oder nie, April. Jetzt oder nie!

Ich sah in seine hoffnungsvollen Augen, und bevor ich etwas dagegen tun konnte, huschte die Lüge einfach so über meine Lippen, obwohl ich eigentlich hergekommen war, um meinem Dad endlich die Wahrheit zu sagen. »Ich hab die Stelle nicht bekommen.«

Das erwartungsvolle Lächeln, das bis gerade noch auf seinen Lippen gelegen hatte, verschwand. »Was?«

»Nee, hat leider wieder nicht geklappt.« Ich zuckte mit den Schultern, um ruhige Gelassenheit bemüht, stattdessen tobte in mir ein Sturm aus allen möglichen Schuldgefühlen.

»Es hat nicht geklappt, oder du hast wieder etwas gefunden, das dir nicht gefallen hat?« Misstrauisch beäugte er mich, und irgendetwas in meinem Gesicht musste mich verraten haben, denn als er diesmal zu sprechen begann, klang seine Stimme wütend. »April King, kein Job dieser Welt ist perfekt.«

»Ja, ich weiß.« Ich hatte das Gefühl, als würde Säure meine Luftröhre hochsteigen, und ich klopfte mir auf die Brust, in der Hoffnung, das ätzende Gefühl vertreiben zu können, das sich durch mich hindurchfraß. »Aber das war nur ein Volontariat. Das ist ja dann auch nur befristet.« Ich sah auf meine Hände hinab, unfähig, meinen Dad anzuschauen, als ich die nächsten Worte mit Bedacht vorbrachte. »Ich denke, ich hätte bessere Chancen, wenn ich einen Master –«

»Kommt überhaupt nicht infrage.« Mein Dad schüttelte vehement den Kopf. »Wir hatten eine Abmachung, schon vergessen?«

»Nein, habe ich nicht, aber –«

»Du durftest Literatur studieren, aber nur unter der Bedingung, dass du dir nach dem Bachelor eine Stelle suchst.« Seine Stimme wurde mit jedem Wort eindringlicher, und ich hatte das Gefühl, nicht atmen zu können, als ich daran dachte, wie ich meinen Dad hintergangen hatte. »Wenn das nicht klappt, dann machst du eine Ausbildung.«

Die Schuld, die ich empfand, als ich an meine Bewerbung für Dublin dachte, machte mich vollkommen mundtot. »Ich weiß.«

Er seufzte schwer und strich sich fahrig über den Bart. »Waren das alle ausgeschriebenen Stellen in Kalifornien?«

Ich nickte, nicht fähig, irgendetwas zu sagen.

»Okay.« Er nickte mehrmals hintereinander, ehe er sich mit beiden Händen übers Gesicht fuhr. In seinen Augen konnte ich sehen, wie er eine Unzahl an Plänen formte, um mir eine Zukunft zu sichern, von der ich nichts wissen wollte. »Bis zu deinem Abschluss sind es ja noch ein paar Monate. Versprich mir, dass du es in den Nachbarstaaten versuchst. Und damit meine ich, es ernsthaft zu versuchen, April.«

Ich wollte den Mund öffnen und ihm sagen, dass ich nichts von alledem wollte, aber kein einziges Wort des Protests kam heraus. Stattdessen schlug ich den letzten Nagel in einen Sarg, von dem ich gewusst hatte, dass ich nie wirklich eine Chance hatte, aus ihm zu entkommen. »Versprochen.«

»Gut.« Mein Dad schien sich langsam wieder zu beruhigen, die roten Flecken auf seinem Hals waren nun schon kaum noch zu sehen, während sich auch die nervös zuckende Ader an seiner Stirn glättete. »Wenn das auch nichts wird, dann kommst du wieder her, und wir suchen dir eine Ausbildung, damit du die Lodge übernehmen kannst.«

Die Lodge übernehmen. Das klang sogar noch schlimmer, als den Rest meines Lebens die Geschichten anderer groß rausbringen zu müssen, während meine eigenen nie das Licht der Welt erblicken würden. »Okay.«

Mein Dad betrachtete seine schwieligen Hände, die von der harten Arbeit gezeichnet waren, bevor er hörbar ausatmete. »Du weißt, dass ich nur das Beste für dich will, oder, Munchkin?«

»Natürlich, Dad.« Es fühlte sich nur gerade absolut nicht so an.

»Ich will einfach nicht, dass du es dein ganzes Leben so schwer haben musst wie deine Mom und ich. Unser Leben ist erst besser geworden, als wir die Lodge gekauft haben.« Er stieß sich vom Schreibtisch ab und legte mir die Hand in den Nacken, doch als er mich diesmal an seine Brust zog, fühlte ich mich nicht beschützt und sicher. Ich fühlte mich eingesperrt. »Das verstehst du, oder?«

Ich ertrug es noch einen kurzen Augenblick, schob ihn aber dann von mir weg, unfähig, ihm in die Augen zu sehen, aus Angst, was er darin erkennen würde. »Ja, Dad.«

»Okay. Dann bin ich beruhigt.« Aus dem Augenwinkel sah ich, wie mein Dad sich unsicher mit den Händen über die Oberschenkel fuhr, ehe er sich räusperte. »Du solltest zu deinem Romeo zurück. Nicht dass er sich noch vernachlässigt fühlt. Morgen fahren wir dann gemeinsam zur Werkstatt, wie besprochen.«

Hölzern nickte ich. »Alles klar.«

»Gute Nacht, Schätzchen.«

»Gute Nacht, Dad.«

Mechanisch umarmte ich meinen Vater noch einmal, der mich diesmal liebevoller an sich drückte, ehe ich das Arbeitszimmer wie ferngesteuert verließ. Ich wusste weder, wie ich raus auf den Flur gekommen war, noch, wie ich die Tür hinter mir zugezogen hatte. Es überraschte mich, dass meine Füße sich überhaupt vorwärtsbewegten, denn ich hatte das Gefühl, dass ich noch immer in diesem beklemmenden Arbeitszimmer saß, in dem die Wände immer näher kamen.

Ich hätte mit allem leben können. Mit einem Tobsuchtsanfall, einem zornigen Wutausbruch oder einer hitzigen Diskussion. Aber diese Enttäuschung, die meinem Vater ins Gesicht geschrieben gestanden hatte, war mit Abstand das Schlimmste für mich. Ich wusste nicht, wie ich mit diesem Gefühl umgehen sollte, das alles von mir verschlang, bis nur ein einziger lähmender Gedanke übrig blieb, den ich nicht vertreiben konnte.

Mein Dad, der immer mein Held und das Zentrum meines Universums gewesen war, war enttäuscht von mir.

Ich hatte absolut keine Ahnung, wie ich jemals damit leben sollte. Und ob ich das überhaupt konnte.

30. KAPITEL

Tyler

Hallo, Tyler,

tut mir leid, dass ich mich jetzt erst melde, aber hier war die letzten Tage echt die Hölle los. Ich habe mir die Reisepläne angesehen, die du mitgeschickt hast, und was soll ich sagen? Ich wusste, dass du zu uns passen würdest. Ich gebe das Ganze jetzt an den Vorstand und an die Buchhaltung, die dann entscheiden, welches der beiden Projekte sie finanzieren können. Das wird sicherlich ein Weilchen dauern, aber sobald ich da was höre, melde ich mich sofort bei dir. Außerdem habe ich vorhin mit der Personalabteilung gesprochen. Dein Vertrag ist sicher bei uns angekommen, und jetzt kann ich es endlich ganz offiziell sagen:
Herzlich willkommen bei A Traveler's Pursuit.

Mit besten Grüßen

Zackary Harbsbourg
– Chefredakteur A Traveler's Pursuit *–*

Na, wenn das mal kein bescheidenes Timing war.

Ich schloss die Mail, die irgendwann heute Mittag eingetrudelt war, die ich aber bisher noch nicht gelesen hatte, und steckte mein Handy zurück in meine Hosentasche. Sofort fühlten meine Beine sich tonnenschwer an, und ich ließ mich auf einem der Liegestühle auf der weitläufigen Terrasse hinter der Lodge nieder, die von sanften Lichterketten erleuchtet wurde.

Ich war vollkommen allein, was sicherlich an den mittlerweile recht kühlen Temperaturen lag. Außerdem war die Lodge, wie Neil mir erklärt hatte, im Moment auch nicht ausgebucht, und da die meisten seiner Gäste Wanderer waren, waren sie nach den Trails im nahe gelegenen Nationalpark oft total geschlaucht und viel zu müde, um die Abende auf der Terrasse ausklingen zu lassen. Darum sparte er es sich, die große Feuerschale zu entzünden, die am Rand stand und zum gemütlichen Verweilen einlud. Auf den Liegen und den Stühlen lagen dicke Decken, um den Gästen die Kälte erträglicher zu machen, wenn sie sich doch dazu entschlossen, ein bisschen Zeit auf der wunderschön gestalteten Freifläche zu verbringen, die direkt an den dichten Wald angrenzte.

Eigentlich hatte ich gehofft, dass die frische, kalte Bergluft dafür sorgen würde, mich ein wenig zu entspannen. Mein Kopf fühlte sich nämlich so an, als würde er gleich platzen.

Was für eine kolossale Fehleinschätzung meinerseits.

Stattdessen schienen der verhangene Sternenhimmel und die gedämpften Lichter alles nur noch schlimmer zu machen, und ich rieb mir die Schläfen, um irgendwie den Druck zu lindern, der sich hinter meiner Stirn ausbreitete.

Ich musste es April sagen. Das wusste ich genau.

Allerdings hatte ich keine Ahnung, wann.

Jetzt war sicherlich nicht der richtige Zeitpunkt. Nicht, wenn April gerade hergekommen war, um ihrem Dad die Wahrheit zu sagen. Nicht, wenn ihre Zukunft noch derartig in der Luft hing. Nicht, wenn ich das erste Mal bei ihr zu Hause war und ihre Eltern kennenlernte.

April hatte genug am Hals. Da musste ich nicht einen weiteren unnützen Punkt hinzufügen, um den sie sich unnötig den Kopf zerbrechen würde. Denn mein Job änderte rein gar nichts. Zumindest nicht für mich.

Dennoch mussten wir darüber reden.

Irgendwann.

»Da bist du ja.«

Aprils Stimme riss mich aus meinen Gedanken, und sofort setzte ich mich etwas gerader hin, während ich mich nach ihr umsah.

Sie stand in der Terassentür, nur ein paar Meter von mir entfernt, und sah irgendwie verloren aus. Die Jogginghose und der Hoodie, den sie schon vor einer Weile von mir stibitzt hatte und der in die Tasche gewandert war, weil ich wusste, wie gern sie ihn mochte, verstärkten diesen Eindruck mindesten genauso wie die Hasenpuschen an ihren Füßen und ihre nervösen Finger, mit denen sie mal wieder an ihren Armbändern herumzupfte.

»Hey.« Ich streckte die Hand nach April aus, meine Augen fest auf ihr Gesicht gerichtet, als sie mit großen Schritten auf mich zukam. »Entschuldige, ich konnte der Terrasse nicht widerstehen.«

»Verstehe ich.« Ihre Hand fand meine, und ihr Griff war verzweifelt und verkrampft. »Hier draußen kann man echt den Rest der Welt vergessen.«

»Mhm.« Ihre Haut war noch kühler als sonst, und sofort begannen alle Alarmglocken in mir zu klingeln. Vergessen waren die Mail und all die Gedanken, die sie mit sich gebracht hatte. Meine Aufmerksamkeit galt allein April, die überall und doch irgendwie nirgendwo hinsah. »Du bist eiskalt. Sollen wir lieber reingehen?«

»Nein.« Die Antwort kam verräterisch schnell, und als April

energisch den Kopf schüttelte, wusste ich, wie das Gespräch gelaufen sein musste. Auch ohne sie zu fragen. »Lass uns noch ein bisschen hier draußen bleiben.«

»Okay, Zwerg.« Mit der freien Hand griff ich hinter mich und zog eine Decke hervor. Ich hielt sie April hin, die ihren Blick nur langsam von dem dunklen Waldrand löste und blinzelnd auf die Decke hinabsah, als wüsste sie nicht wirklich, was sie damit anstellen sollte. »Damit dir nicht kalt wird.«

»Danke.« April nahm die Decke mit dem Karomuster entgegen und strich über den weichen Stoff, ihre Augen noch immer vollkommen abwesend. »Bist du schon lange hier draußen?«

»Nein.« Als April keine Anstalten machte, sich die Decke umzulegen, stand ich auf und nahm sie ihr vorsichtig aus der Hand. Sanft schüttelte ich die Decke aus, bemüht, mich weder zu schnell noch zu stark zu bewegen, ehe ich sie ihr behutsam um die Schultern legte und ihr Haar und die Kapuze sorgfältig drapierte. »Vielleicht zehn Minuten. Maximal fünfzehn.«

»Verstehe.« April kuschelte sich tiefer in die Decke, ihre Augen blickten traurig drein, als sie zu mir aufsah. »Danke.«

»Kein Thema.« Ich rieb ihr sanft über die Arme, in der Hoffnung, sie damit etwas aufwärmen zu können, aber ich ahnte, dass die Kälte tief aus ihrem Innersten kam und nichts mit den kühlen kalifornischen Nächten zu tun hatte, die anscheinend besonders hier zu spüren waren. »Soll ich dir einen Tee machen?«

»Nein, danke. Aber ...« Als sie schwer seufzte, verspannte ich mich augenblicklich. »... kannst du mich vielleicht in den Arm nehmen?«

Okay, das Gespräch musste deutlich schlimmer gelaufen sein, als ich angenommen hatte.

»Natürlich.« Ohne zu zögern, setzte ich mich wieder auf die Liege und breitete die Arme aus. Ich war mir vollkommen bewusst, wie viel Überwindung diese schlichte Bitte sie gekostet haben musste, die anderen so leicht über die Lippen ging, aber jemandem wie meiner Freundin unfassbar schwerfiel. »Komm her, Däumeline.«

April sah sich einen Moment lang um, als wollte sie sichergehen, dass wir in diesem kleinen Moment der Schwäche wirklich allein waren, bevor sie sich auf meinen Schoß kuschelte. Ihre Arme schlangen sich sofort um meine Schultern, und sie vergrub ihr Gesicht an meinem Hals, während sie so nah an mich heranrückte, wie es nur irgendwie möglich war.

Ich zog die Decke so zurecht, dass April vollkommen darin versank, und steckte sie ein bisschen um sie herum fest, damit sie auch wirklich nicht fror. »Bequem so?«

»Ja«, murmelte sie leise an meiner Haut, und ich strich ihr über den Rücken, als ich hörte, wie brüchig ihre Stimme klang. »Können wir einfach ein bisschen so bleiben?«

»So lange du willst.«

Ich hielt sie fest, während Schweigen sich zwischen uns ausbreitete. Es war die Art von Stille, in der gleichzeitig alles gesagt war und doch so vieles unausgesprochen blieb. Die gleichermaßen leicht und angenehm wie schwer und erdrückend war. Aber ich unterbrach sie nicht, obwohl mir eine Million Fragen auf der Zunge brannten und es mindestens genauso viele Dinge gab, die wir zu besprechen hatten.

Aber das konnte warten. Das alles konnte warten.

»Danke«, murmelte April plötzlich, und ich runzelte die Stirn.

»Wofür?«

»Dafür, dass du nicht fragst.«

»Gar kein Problem, Däumeline.« Ich sah zu den Sternen auf, die trotz des wolkenverhangenen Himmels hin und wieder zu sehen waren. April verbarg ihr Gesicht noch immer an meinem Hals, als wäre das der sicherste Ort der Welt, ihre Hände mit jeder Minute etwas weniger verkrampft, während auch ihre Atmung ruhiger und langsamer wurde.

Ich hatte keine Ahnung, wie lange wir so draußen auf der Terrasse saßen, aber das alles trat für mich eh vollkommen in den Hintergrund, als April den Kopf hob und mir direkt in die Augen sah.

Sie hatte mich schon tausendmal angesehen. Auch so wie jetzt, in vollkommener Stille. Aber diesmal war irgendetwas anders. Ich spürte es bis tief ins Mark, und alles in mir war wie zum Zerreißen gespannt, während mein Herz aussetzte, als die Wärme in ihrem Blick mir vollkommen die Sprache verschlug.

»Ich liebe dich.«

Obwohl ich zuvor gespürt hatte, dass diese Worte schon seit einer Weile zwischen uns in der Luft lagen, trafen sie mich vollkommen unvorbereitet. Ich konnte nicht anders, als April anzustarren, während ich für einen Augenblick lang nichts weiter hörte als das laute Hämmern meines Herzens.

Sie hingegen sah mich vollkommen ruhig an, als hätte sie nicht gerade die Worte ausgesprochen, die so viel mehr wogen, als es drei Worten mit zwölf Buchstaben jemals gestattet sein sollte.

»Ich liebe dich, Tyler«, murmelte sie leise, bevor ich überhaupt etwas sagen konnte, und als ihre Lippen meine fanden, presste mir das fast genauso stark die Luft aus den Lungen wie ihr emotionales Geständnis, auf das ich offensichtlich stärker gehofft und gewartet hatte, als mir bewusst gewesen war. »Ich liebe dich. Alles an dir. Ich weiß, es ist sehr früh, das zu sagen. Und vielleicht ist es auch bescheuert. Aber es ist die Wahrheit.« Ihre Worte waren ruhig und klar, nicht überstürzt oder gehetzt, während sie mit ihren Lippen meine gesamte Welt auf den Kopf stellte. »Du musst es noch nicht sagen, wenn du noch nicht so weit bist, aber ich wollte einfach, dass du es weißt. Also fühl dich nicht verpflichtet, mir auch zu –«

Ich verschloss Aprils Lippen mit meinen, bevor sie auf noch mehr solche abstrusen Gedanken kommen konnte. Als ob ich nicht das Gleiche für sie fühlen würde. Als ob sie nicht das Einzige in meinem Leben wäre, das mich atmen ließ und mir das Gefühl gab, frei zu sein, selbst wenn ich an einen Ort geketet war, der mir vorkam wie ein beklemmender Schuhkarton. Als ob sie nicht der eine Mensch wäre, für den ich mehr empfand als jemals für jemand anderen auf dieser ganzen verfluchten Welt.

Ich konnte mich erst wieder von ihr lösen, als wir beide völlig außer Atem waren, und diesmal war es an ihr, mich aus großen Augen anzustarren.

»Ty –«

»Ich liebe dich«, sagte ich leise, während ich sie ganz dicht bei mir hielt, ihre Stirn an meiner. Mein Herz fühlte sich so an, als hätte es endlich die Gurte gesprengt, die ich seit unserem ersten Kuss darumgelegt hatte. »Ich weiß nicht, warum, aber seitdem wir beschlossen haben, zusammen zu sein, fühlt es sich so an, als wären wir es schon immer gewesen. Also ist es nicht zu früh, und es ist nicht bescheuert, und solange du mich liebst, könnte es mir auch nicht weniger am Arsch vorbeigehen, was der Rest der Welt dazu zu sagen hat, Däumeline. Ich liebe dich. Ich weiß nicht genau, seit wann, aber ich weiß, dass es so ist. Und der Rest ist mir vollkommen egal.«

April machte ein Geräusch, das beinahe wie ein kleines Schluchzen klang, ehe sie wieder die Arme um meine Schultern schlang und ihr Gesicht an meinem Hals vergrub.

Und so hielt ich sie einfach fest, ihren Körper dicht an meinen gepresst, während ich immer wieder die Worte murmelte, die ungehindert aus mir heraussprudelten, jetzt, wo April den Staudamm meiner Emotionen gesprengt hatte.

Gott, ich liebte diese Frau.

Mehr, als ich wirklich beschreiben konnte. Und vermutlich auch ein bisschen mehr, als gut für mich war. Denn alles, woran ich denken konnte, war, dass ich bereit war, alles zu opfern, um diese Frau an meiner Seite zu halten, die sich vertrauensvoll an mich schmiegte, als wäre ich genauso sehr das Zentrum ihres Universums wie sie von meinem.

31. KAPITEL

April

Bewerbung zurückziehen.

Mein Cursor schwebte über dem grauen Button auf dem Bewerberportal des *University College of Dublin*, mein Zeigefinger war wie gelähmt, während ich zum x-ten Mal in den letzten Tagen wieder an diesem Punkt angekommen war. Doch egal wie viele Bewerbungen ich auch an Verlage sendete, ich konnte mich nicht dazu bringen, diese einfache Sache zu tun. Dieser Klick auf *Bewerbung zurückziehen* würde doch ein für alle Mal das schlechte Gewissen beseitigen, das mich plagte und wie Backsteine auf meinen Schultern lastete, seitdem ich meinem Vater dieses Versprechen gegeben hatte.

Ich wusste, dass es das einzig Richtige war. Mein Dad, der alles für mich und meinen Bruder geopfert hatte, zählte immerhin auf mich. Warum also zum Teufel konnte ich nicht diesen letzten Schritt gehen, der mich für immer von diesem dummen Traum lösen würde, dem ich nachgejagt war, ohne an die Konsequenzen zu denken, die er mit sich bringen würde?

Scheiße, wie hatte ich überhaupt so egoistisch sein und diese Bewerbung abschicken können? Ich wusste, wie sehr es meinem Vater das Herz gebrochen hatte, meinen Bruder gehen zu lassen. Und dennoch hatte ich nur an mich selbst gedacht, ohne auch nur eine Sekunde lang zu überlegen, was das mit meinem

Vater machen würde, wenn ich nicht nur die Staaten, sondern auch eine sichere und stabile Zukunft hinter mir ließe, für die er so hart gearbeitet hatte. Dieser rücksichtslose Egoismus war eigentlich überhaupt nicht meine Art, und jetzt, wo ich mich mit der bitteren Realität konfrontiert sah, in der gebrochene Herzen und nasse Wangen vorprogrammiert waren, fragte ich mich, was da überhaupt in mich gefahren war.

Sicherheit vor Selbstverwirklichung.

Familie vor Egoismus.

Abmachungen und Versprechen vor haltlosen Lügen.

Wie hatte ich das vergessen können?

Ich atmete tief durch, die Finger auf dem Touchpad. Ein einfacher Klick, dann war das alles vorbei. Dann würde ich nicht wieder an diesen enttäuschten Blick denken müssen, der mir in den letzten paar Tagen den Schlaf geraubt und mein schlechtes Gewissen von einem kleinen Funken in ein glühendes Inferno verwandelt hatte.

Alles, was ich tun musste, war, meine Finger zu bewegen, und mein Verrat wäre nichts weiter als eine Erinnerung. Ein einziger Klick und –

Ruckartig zog ich die Hand zurück, als stünde mein Laptop in Flammen, den ich mit einem lauten Knall zuschlug. Wütende Blicke und mahnende *PSSSSSTs* folgten sofort und erinnerten mich daran, wo ich eigentlich war. Ich senkte den Kopf, bevor mir einfiel, dass ich gar nicht allein hier war.

Alarmiert sah ich zu Tyler, der schräg gegenüber von mir an dem langen Tisch ganz hinten in der Bibliothek saß und anders als abgemacht seine Nase nicht in sein Lehrbuch steckte. Na ja, zumindest nicht so, wie er sollte. Denn während alle anderen um uns herum fleißig lernten, um ihr wöchentliches Pensum zu schaffen, hatte Tyler sich einen zweiten Stuhl herangezogen, seine Schuhe ausgezogen und die Füße darauf geparkt, als wäre die Bibliothek der Universität sein Wohnzimmer. Wenn er in dieser tiefenentspannten Position wenigstens lesen würde, wäre das ja schon mal die halbe Miete, aber nein, mein schamloser Freund benutzte sein Buch stattdessen, um nicht von der Sonne geblendet zu werden. Seine Brust hob und senkte sich gleichmäßig, ein sicheres Zeichen dafür, dass er nicht einfach nur ein bisschen vor sich hindöste, sondern tatsächlich tief und fest schlief. Was zwar irgendwie niedlich, aber gleichzeitig auch unfassbar unverschämt war. Vor allem wenn alle anderen um uns herum so hart arbeiteten, dass das Klicken diverser Tastaturen zu einem lauten Chor angeschwollen war. Tyler hingegen schlief ganz entspannt, vollkommen unbeeindruckt von dem wütenden Klagelied der Verpflichtungen, das jedem Studenten nur allzu vertraut war.

Normalerweise hätte ich ihn geweckt und dazu gezwungen, zumindest ein Kapitel durchzuarbeiten, doch ich wusste, dass dieses Nickerchen allein auf meine Kappe ging, weshalb ich ihn gewähren ließ. Die letzten Nächte waren sehr unruhig gewesen, und Tyler, der arme Kerl, hatte nur kommentarlos neben mir in der Dunkelheit gelegen, während ich mich in seinen Armen von einer Seite auf die andere gerollt und damit uns beide wach gehalten hatte. Nur ein einziges Mal hatte er gefragt, was los war, aber als ich nicht geantwortet hatte, hatte er das Thema fallen gelassen und war mir stattdessen nicht mehr von der Seite gewichen. Seine Tage verbrachte er damit, mich auf andere Gedanken zu bringen, ohne zu wissen, wovon er mich eigentlich abzulenken versuchte, und in den Nächten hielt er mich ganz fest in seinen Armen, obwohl ich mir sicher war, dass er genauso übermüdet war wie ich und eine Nacht in seinem eigenen Bett sicherlich hätte vertragen können.

Ich hatte also kein Recht, ihn zu wecken. Schon gar nicht,

wenn ich es nicht mal schaffte, ihm zu sagen, was mich belastete, und meine Bewerbungen an diverse Verlage vor ihm geheim hielt, weil ich ganz genau wusste, was er davon halten würde. Ich hatte im Moment nicht die Kraft, noch jemanden zu enttäuschen, der mir so wahnsinnig wichtig war.

Und das war Tyler. Mehr, als ich in Worte fassen konnte.

Er war der einzige Grund, warum ich noch nicht den Verstand verloren hatte, seitdem wir aus Three Rivers zurückgekommen waren. Seine bloße Anwesenheit entspannte mich, und wenn er mich im Arm hielt, ließen meine kreisenden Gedanken mich für eine Weile in Ruhe. Dann gab es nur noch uns beide, und ich hatte das Gefühl, dass alles irgendwie in Ordnung kommen würde, solange ich nur an dem festhielt, was wir hatten.

Ein lautes Brummen ließ mich zusammenfahren, und schnell griff ich nach dem Handy, das mit dem Display nach unten auf dem Tisch gelegen hatte. Hektisch sah ich mich nach dem alten Bibliotheksdrachen um, seufzte dann aber erleichtert, als ich Mrs Sanchez nirgends entdecken konnte, die mich seit dem Homecoming im Freshman-Jahr auf dem Kieker hatte. Das Handy vibrierte munter weiter, und erst jetzt bemerkte ich, dass es nicht meins war. Es war zu groß, zu neu und die Hülle mit dem Flugticketdesign zu auffällig. Tyler und seine unverschämt großen Pranken. Wieso musste er auch ein Handy besitzen, das kaum in meine kleinen T-Rex-Händchen passte?

Schnell warf ich einen Blick aufs Display, doch ich erkannte bloß koreanische Schriftzeichen.

Verunsichert sah ich zu ihm hinüber, als sein Handy immer weiter klingelte. Ob ich ihn wecken sollte? Dabei war das eigentlich echt das Letzte, was ich wollte, so fertig, wie er heute Morgen ausgesehen hatte, als wir gemeinsam das Haus verlassen hatten, obwohl Tylers Vorlesung erst viel später angefangen hatte als meine. Aber was, wenn jemand aus seiner Familie anrief und es wichtig war? Andererseits konnte es auch durchaus sein, dass es nur sein Cousin war, der einfach nur ein bisschen plaudern wollte. Und wenn ich Tyler dafür aus dem Schlaf riss, den er so dringend brauchte, dann würde ich mir dafür ewig selbst in den Hintern treten.

Schnell stand ich auf und eilte mit hastigen Schritten zum Ausgang. Es war nicht das erste Mal, dass ich für ihn an sein Handy ging, und wenn es wichtig war, würde ich ihn einfach wecken, damit er sofort zurückrufen konnte.

Kaum dass ich vor die Türen getreten war und mich neben einen Getränkeautomaten zurückgezogen hatte, hob ich ab. Ich schickte ein Stoßgebet gen Himmel, dass die Person am anderen Ende der Leitung Englisch sprach, doch bevor ich auch nur ein Wort sagen konnte, erklang schon eine aufgeregte Stimme, die ich noch nie gehört hatte.

»Tyler, schön, dass ich dich endlich an die Strippe kriege. Du, ich hab super Neuigkeiten. China geht klar. Die Buchhaltung hat alles abgesegnet.« Der Anrufer fiel direkt mit der Tür ins Haus und musste Tyler offensichtlich gut genug kennen, um ihn beim Vornamen zu nennen. »Ich ruf auch nur an, damit wir die Details von deinem Reiseplan besprechen können. Hast du einen Moment?«

Ich runzelte die Stirn und nahm das Handy vom Ohr, erinnerte mich aber dann wieder an die Schriftzeichen, die ich nicht lesen konnte, und Frust machte sich in mir breit. China? Reisepläne? Wovon zur Hölle sprach dieser Kerl da überhaupt?

»Tyler?« Eine kurze Pause folgte, dann ein leises Murmeln. »Hab ich die falsche Nummer erwischt?«

Ich räusperte mich, in der Hoffnung, dass er sich wirklich verwählt hatte, wer auch immer er war.

»Das ist doch die Nummer von Tyler Brandon Young, oder nicht?«

Ich schloss die Augen. Dieser Mann hatte sich nicht verwählt. Er kannte sogar Tylers zweiten Vornamen, von dem er eigentlich niemals jemandem erzählte.

»Ja, ist es. Entschuldigen Sie bitte, aber Tyler ist gerade verhindert.« Ich atmete tief durch und umklammerte das Telefon fester, das sich mit einem Mal tonnenschwer anfühlte. Irgendetwas in mir schrie danach, einfach aufzulegen, doch meine Neugierde siegte gegen das aufkommende Gefühl böser Vorahnung, das in mir aufstieg. »Mit wem spreche ich denn gerade?«

»Oh, sorry.« Ein betretenes Lachen erklang am anderen Ende der Leitung, und ich presste die Lippen aufeinander. »Zackary Harbsbourg. Ich bin der Chefredakteur von *A Traveler's Pursuit* und Tylers Boss. Und Sie sind?«

»April King«, sagte ich, in meinem Kopf nur noch ein weißes Rauschen. Das Reisebüro, in dem Tyler arbeitete, hatte einen anderen Namen, und die Stimmen von Mr und Mrs Clarke waren mir mittlerweile recht vertraut. Was bedeutete, dass Tyler einen neuen Job hatte. Einen, von dem er mir nichts erzählt hatte. »Ich bin Tylers Freundin.«

»Ich wusste gar nicht, dass Tyler eine Freundin hat. Freut mich, Miss King.« Seine Stimme war fröhlich und freundlich, aber für mich klang sie gerade wie das Grollen eines gesichtslosen Monsters, von dessen Existenz ich nicht einmal etwas geahnt hatte. »Ich müsste die ein oder andere Sache mit ihm besprechen. Ist er wirklich gerade nicht greifbar?«

»Leider nicht. Er ist krank und schläft.« Die Lüge kam mir ganz automatisch über die Lippen, und ich war überrascht, wie überzeugend ich mich anhörte, obwohl meine Beine sich zittrig anfühlten. Das ungute Gefühl breitete sich von meiner Magengegend in meinem ganzen Körper aus. »Kann ich ihm irgendetwas ausrichten?«

»Oh. Ja, richten Sie ihm bitte gute Besserung aus.« Mr Harbsbourg schien einen Moment mit sich zu hadern, denn in der Leitung war nur das Rascheln von Papier zu vernehmen, ehe er leise seufzte. »Könnten Sie ihm bitte auch sagen, dass er mich zurückrufen soll, sobald es ihm besser geht? Es wäre echt wichtig, und die Zeit drängt jetzt ein bisschen, weil es im Mai ja schon losgehen wird, und mein Team braucht ein bisschen Vorlaufzeit, um alles zu buchen. Ein sechsmonatiger Aufenthalt will immerhin gut geplant sein, nicht wahr?«

»Natürlich.« Meine Stimme klang in meinen eigenen Ohren gedämpft, als wäre mein Kopf unter Wasser. »Ich richte es ihm aus, sobald er wach ist.«

»Vielen Dank.« Mr Harbsbourg schien total erleichtert zu sein, als hätte ich ihm gerade einen großen Freundschaftsdienst erwiesen. »Ich wünsche Ihnen noch einen schönen Tag, Miss King.«

»Den wünsche ich Ihnen auch, Sir.« Ich hatte keine Ahnung, wie ich es schaffte, diese Worte durch meine Zähne hindurchzupressen. Genauso wenig wusste ich, wie ich es hinbekam, aufzulegen, ohne das Handy fallen zu lassen. Meine Hände zitterten vollkommen unkontrolliert, als mein Hirn langsam, aber sicher ins Hier und Jetzt zurückkehrte, in dem nichts mehr so war wie vor wenigen Minuten.

Ich starrte auf das Display, ein Foto von unserem ersten Date starrte zurück, auf dem wir breit in die Kamera grinsten, und ein scharfer Schmerz durchfuhr mich, der dafür sorgte, dass ich kraftlos gegen den Getränkeautomaten in meinem Rücken sank.

Ich liebe dich, Däumeline.

Ich riss den Arm hoch, stoppte mich aber, kurz bevor ich

das Handy mit voller Wucht auf den Boden werfen konnte. Stattdessen sah ich wieder auf das Foto, das mich bisher immer zum Lächeln gebracht hatte, aber jetzt vor meinen Augen verschwamm. Ich atmete zittrig ein, meine Hände gaben bereits den Code ein, um Tylers Bildschirm zu entsperren. 160710 – das Datum, an dem er das erste Mal allein verreist war. Ich öffnete die Suchmaschine und tippte drei einfache Worte ein.

A Traveler's Pursuit.

Sofort bekam ich unzählige Aufrufe, doch ich las nur die Kurzbeschreibung, die meine Welt augenblicklich aus den Fugen brachte.

A Traveler's Pursuit, *Ihr zuverlässiger Partner für jede Reise. Mit unseren jungen, engagierten Reportern, für die keine Reise zu weit ist, und unserer stetig wachsenden Online-Community sind Sie bei Ihrem nächsten Urlaub immer auf der sicheren Seite. Egal ob abenteuerliches Backpacking, Pauschal- oder außergewöhnliche Luxusreise, durch unsere unabhängigen Berichte und Blogs wissen Sie immer ganz genau, worauf Sie sich einlassen.*

Ein bitteres Lachen entschlüpfte meinem Mund, als ich die letzte Zeile noch einmal las. Witzig. Offensichtlich war ich die Einzige, die nicht ganz genau gewusst hatte, worauf sie sich einließ.

»Däumeline?«

Ich sah auf, als ich Tylers Stimme hörte, der vor den Türen der Bibliothek stand, sich träge den Schlaf aus den Augen rieb und mit der anderen Hand über seinen Bauch kratzte, so wie immer, wenn er gerade erst aufgewacht war. Er lächelte mich gähnend an, bevor er mit einem Mal hellwach zu sein schien. Was immer er in meinem Gesicht gesehen hatte, versetzte ihn offensichtlich in sofortige Alarmbereitschaft, denn obwohl er sonst nach dem Aufwachen immer erst einen Moment brauchte, war er jetzt direkt an meiner Seite, seine Hände an meinen Wangen, als er die Tränen wegstrich, die ich nicht einmal selbst bemerkt hatte. »Was ist los?«

Ich schüttelte den Kopf, unfähig, ein Wort herauszubekommen, während meine ganze Welt um mich herum einzustürzen schien.

»Hey, sprich mit mir.« Er drückte mir einen Kuss auf die Stirn, seine Stimme war sanft und eindringlich, und mein Herz zog sich schmerzhaft zusammen. »Was ist los?«

»Dein Boss«, würgte ich hervor und hob sein Handy hoch, das ich noch immer in der Hand hielt. »Dein Boss hat angerufen.«

Tiefe Furchen erschienen auf seiner Stirn, sein Blick zuckte kurz zu seinem Handy, bevor er mich wieder ansah. Es war offensichtlich, dass er mir nicht ganz folgen konnte, und ich biss fest die Zähne zusammen, um nicht laut aufzuschreien.

»Du sollst ihn zurückrufen.« Ich atmete tief durch und nahm seine Hände von meinen Wangen, ehe ich ihm das Handy vor die Brust knallte, dessen lautes Vibrieren ich einfach hätte ignorieren sollen. »Es geht um deine Reise nach China.«

Schock. Das war das Erste, was ich in Tylers Augen sah, und für einen kurzen Augenblick hoffte ich, dass er mich fragen würde, was ich damit eigentlich meinte und ob ich jetzt vollkommen übergeschnappt sei. Doch dann schloss er für einen Moment gequält die Augen. Seine Schultern sanken herab, als er auf das Handy in seiner Hand starrte wie auf eine tickende Zeitbombe, deren Timer endgültig abgelaufen war.

Sag es nicht. Sag es bitte nicht. Sag bitte nicht –

»Es tut mir leid.« Er seufzte schwer und schaute mir dann in die Augen. »Ich wollte es dir sagen, ich wusste nur nicht, wann, und seit wir aus Three Rivers zurück sind, bist du eh völlig durch den Wind, und ich –«

»Wie lange?«, presste ich hervor, nicht fähig, die Frage vollständig auszusprechen, von der ich wusste, dass sie die Dinge zwischen uns für immer verändern würde. »Wie lange weißt du schon von diesem Job?«

Tyler wurde blass. »Ich hab die Bestätigung bekommen, als du dein letztes Vorstellungsgespräch hattest.«

Das war Mitte September gewesen. Jetzt hatten wir Ende Januar.

Achtzehn Wochen. Achtzehn Wochen, in denen er nicht einmal den Mund aufgemacht hatte, um mir zu sagen, dass er Pläne für seine Zukunft gemacht hatte. Pläne, in denen ich offensichtlich keine Rolle spielte und in die ich niemals hineinpassen würde. Ich wusste nicht, was ich erwartet hatte. Wusste nicht, was ich mir erhofft und an was für eine flauschige Fantasie ich mich heimlich geklammert hatte. Aber mit einem Mal war sie fort, und was zurückblieb, war die harte Realität, in der Tyler und ich beide unfähig waren, uns gegenseitig die Wahrheit zu sagen. Und die Frage nach dem Warum ließ mich schwanken.

Ich hatte geglaubt, dass Tyler mir gehörte. Dass es nichts gab, was zwischen uns stehen könnte. Dass er die eine Sache war, die ich niemals aufgeben müssen würde.

Was für ein dummer und naiver Trugschluss.

Ich presste mir die Hand auf den Magen. »Mir ist schlecht.«

Tyler streckte die Hand aus, doch als ich ihm einen eindeutigen Blick zuwarf, ließ er sie sofort sinken. »Komm, ich hol deine Sachen, und dann bringe ich dich nach Hause.«

»Nein.« Ich schob ihn an der Schulter rückwärts, bis ich mich an ihm vorbeidrücken konnte. Meine Schritte waren schwerfällig, als ich direkt auf die Türen der Bibliothek zuhielt. »Ich hole meine Sachen selbst.«

»April –«

»Ich kann dich jetzt gerade nicht um mich haben, Ty.« Die Worte klangen sogar in meinen eigenen Ohren unfassbar müde. »Und um ganz ehrlich zu sein, will ich das gerade auch gar nicht.«

»Okay.« Ich hörte, wie Tyler schwer einatmete. »Kann ich dich heute Abend wenigstens anrufen?«

»Nein.« Ich rieb mir mit beiden Händen übers Gesicht und spürte die sich ankündigenden Kopfschmerzen. »Gib mir ein paar Tage, okay?«

Ich wusste nicht, ob ein paar Tage ausreichen würden, um das Chaos in meinem Kopf zu ordnen oder den Tumult in meinem Herzen zu besänftigen. Ich wusste nur, dass ich Tyler jetzt gerade nicht ansehen konnte, das Gewicht seines wochenlangen Schweigens lag zu schwer zwischen uns und mischte sich mit dem leisen Flüstern meines Geheimnisses, was mir die Kehle zuschnürte.

Tyler sah mich unschlüssig an, die Angst stand ihm deutlich ins Gesicht geschrieben. Aber dann endlich nickte er. »In Ordnung.« Er fuhr sich mit einer Hand durch sein silbernes Haar, dass danach unordentlich in alle Richtungen abstand. »Es tut mir leid, April.«

»Ich weiß«, murmelte ich leise und zog die Türen zur Bibliothek mit einem Ruck auf, »aber das ändert nichts.«

Nein, das änderte nichts. Denn eine Frage blieb bestehen. Eine Frage, vor der ich nicht länger davonlaufen konnte, ganz egal wie sehr ich es eigentlich wollte.

Ich hatte geglaubt, dass alles in Ordnung kommen würde, wenn ich nur an dem festhielt, was Tyler und ich hatten.

Was aber, wenn stattdessen genau das das Problem war?

32. KAPITEL

Tyler

Ich hatte keine Ahnung, dass zweiundsiebzig Stunden so verdammt lang sein konnten. Die letzten drei Tage waren mir endlos vorgekommen, gefangen zwischen Warten, Bangen und Hoffen, während ich am liebsten einfach vor Aprils Tür aufgekreuzt wäre, um mit ihr zu reden.

Über meine Reise. Über mein Schweigen. Über uns.

Immer wieder hatte ich in meinem Zimmer gestanden, Schuhe und Jacke bereits angezogen, nur um mich dann wieder daran zu erinnern, dass April mich darum gebeten hatte, ihr Zeit zu geben. Also hatte ich meine Sachen wieder ausgezogen und stattdessen auf mein Handy gestarrt, das bis heute Mittag keinen Ton von sich gegeben hatte. Aber dann endlich hatte es geklingelt, und jetzt stand ich hier, in meinem Trenchcoat und mit den Händen in den Jackentaschen, während ich darauf wartete, dass die Türen der Schwimmhalle sich öffneten.

Seltsam, ich hatte April schon unzählige Male vom Training abgeholt, aber gerade kam es mir so vor, als wäre es das erste Mal, während ich nervös von einem Fuß auf den anderen wechselte, wobei ich das allein auf die flatterigen Nerven schob, die mich in den letzten drei Tagen fest im Griff gehabt und zur Flucht in meine Arbeit gezwungen hatten, damit ich nicht den Verstand verlor.

Aber April hatte sich gemeldet, und am Telefon hatte sie gefasst gewirkt. Ihre Stimme war ruhig gewesen, und auch wenn mir das ein bisschen Bauchschmerzen bereitete, versuchte ich es als gutes Zeichen zu werten. Wir beide würden uns einfach hinsetzen und in Ruhe über alles reden, und dann würden wir gemeinsam eine Lösung für das alles finden, bevor wir da weitermachten, wo wir aufgehört hatten.

Das war zumindest das, worauf ich hoffte, und ich verbot mir, auch nur für den Bruchteil einer Sekunde an etwas anderes zu denken.

Alles würde wieder in Ordnung kommen.

Die Türen zur Schwimmhalle schwangen auf, und ich hob lächelnd den Arm, als ich die dunkelgrüne Mütze entdeckte, unter die April normalerweise nach dem Training ihre roten Locken stopfte. Sie sah mich und winkte mir, und ich ging ihr entgegen, die Arme ausgebreitet, sobald sie in meiner Reichweite war. Dann zog ich sie fest an mich. Wie immer schlangen ihre Arme sich sofort um meine Taille, und sie schmiegte ihre Wange an meine Brust, während ich sie einen Moment lang ganz nah bei mir hielt.

Die letzten drei Tage ohne sie hatten mir zugesetzt, und ich genoss es, sie wieder in meinen Armen zu halten, unsere Körper so aneinander gewöhnt, als wären sie Puzzleteile, die nur zusammen ein Ganzes ergaben. Ich legte die Wange an ihre Mütze und sog ihren Geruch von Sonnencreme und Zitrone ein, dem jetzt auch ein Hauch von Chlor anhaftete, den ich mittlerweile nur allzu gut kannte und der für mich genauso zu ihr gehörte wie ihr leises Schnarchen.

»Hey«, murmelte ich leise und löste mich dann gerade weit genug von ihr, dass ich ihr ins Gesicht sehen konnte, das ungewöhnlich blass wirkte. »Wie war das Training?«

April sah zu mir auf. In ihren großen Augen lag ein Ausdruck, den ich noch nie gesehen hatte, und er sorgte dafür, dass sich mir die Nackenhaare aufstellten. »Es war okay.«

Ich räusperte mich und trat neben sie, den Arm fest um ihre Schultern geschlungen, als ich ihr wie üblich die Schwimmtasche abnahm und sie in Richtung ihrer Wohnung losging. »Nur okay?«

»Ja, nur okay.« Einen Moment lang schwiegen wir, ehe April plötzlich stehen blieb und auf die Parkbank deutete, die unter einer Weide und in direkter Nähe zu einer der Laternen stand, die den Campus auch zu dieser späten Stunde noch in zartes Licht tauchten, obwohl der Vollmond das heute sicherlich auch allein hinbekommen hätte. »Wollen wir uns setzen?«

»Es ist ziemlich kühl.« Meine Hand an ihrer Schulter verkrampfte sich, und alles in mir schrie danach, einfach weiterzugehen, während sich ein ungutes Gefühl in mir breitmachte. »Lass mich dich nach Hause bringen und dann – «

April ließ mich los und setzte sich auf die Parkbank, ihre Miene war genauso undurchdringlich wie ihre Augen, die sie nun niedergeschlagen hatte. »Komm, setz dich zu mir.« Sie klopfte auf den leeren Platz neben sich und lächelte mich schmal an. »Bitte.«

Meine Hand schloss sich fester um den Griff ihrer Tasche, und ich starrte auf die Maserung der Parkbank, die mir mit einem Mal instabil vorkam. Prüfend sah ich in Aprils Gesicht, doch sie hatte sich vor mir verschlossen, die Schultern hochgezogen, während ihre Hände den Rand der Sitzfläche fest umklammerten. Ihr Blick war auf ihre Schuhe gerichtet.

Irgendetwas stimmte nicht. Ganz und gar nicht.

»Okay.« Meine Beine fühlten sich steif an, als ich auf die Bank zuging und mich neben April setzte. Die Tasche stellte ich auf dem Boden ab, und sobald meine Hände frei waren, ergriff ich ihre, in dem verzweifelten Versuch, eine Verbindung zwischen uns herzustellen. Ich öffnete den Mund, um etwas zu sagen, schloss ihn aber wieder, als mir auffiel, wie April mit ihren Zähnen an ihrer Unterlippe herumzupfte. Das tat sie, wenn sie etwas sagen wollte, aber nicht wusste, wie sie es formulieren sollte. Also wartete ich, anstatt sie zu drängen, obwohl ich mit jeder Sekunde, in der ich nichts weiter hörte als das Rascheln der Blätter im Wind, mehr und mehr das Gefühl hatte zu ersticken.

Als April zitternd Luft holte, spannte mein ganzer Körper sich an, und in dem Moment, in dem unsere Augen sich begegneten, fiel ich ins Bodenlose. »Warum hast du mir nichts von deinem Job erzählt?«

»Ich wollte es dir sagen, aber irgendwie …«

»… gab es nie den richtigen Zeitpunkt dafür?«

»Doch.« Ich würde auf keinen Fall diese billige Ausrede benutzen, um mein Verhalten zu rechtfertigen. Es hatte unzählige Momente gegeben, in denen ich April von meinem Job hätte erzählen können. Doch ich hatte es nicht getan, auch wenn mir nicht wirklich klar war, warum. »Ich habe ihn nur immer wieder verpasst.«

April nickte, doch die Frage, die offensichtlich zwischen uns stand, kam prompt. »Warum?«

»Weiß ich nicht«, antwortete ich reflexartig, obwohl eine kleine Stimme mir zuflüsterte, dass das nicht der Wahrheit entsprach. Und so wie April mich ansah, wusste sie das auch.

»Ich denke, das weißt du genauso gut wie ich.« Sie schluckte und blickte auf meine Hand hinab, die ganz fest ihre hielt. »Deshalb haben wir auch nie ernsthaft über die Zukunft gesprochen, Ty. Weil wir beide von Anfang an wussten, dass es keine gemeinsame für uns gibt.« Als sie den Blick wieder hob, glänzten ihre Augen, was mir das Herz mindestens genauso herausriss wie ihre brüchige Stimme. »Deshalb hast du mir nichts von deinem Job und der Reise erzählt, die du machen wirst. Und deshalb habe ich dir nicht erzählt, dass ich eingeknickt bin und wieder angefangen habe, mich als Lektorin zu bewerben.« Sie lächelte traurig, und ich umschloss ihre Hände mit meinen nur noch fester, als würde ich April dadurch festhalten können. Dabei war es ziemlich offensichtlich, dass sie sich schon meilenweit von mir entfernt hatte. »Weil dein zukünftiges Leben und meins einfach nicht zusammenpassen und wir bisher so getan haben, als wäre das nicht wichtig, aber das ist es.« Sie hob den Blick gen Himmel und blinzelte ein paarmal hektisch, während sich ein schwarzes Loch in meiner Brust auftat. »Sehr wichtig sogar.«

»April –«

»Lass mich bitte ausreden.« Sie schwieg kurz und holte dann tief Luft. »Wir müssen einander gehen lassen, Ty.« Ihre Stimme war brüchig, und ich würde diesen Tonfall niemals vergessen, der so verletzlich und verloren klang. »Ich hab die letzten paar Tage damit verbracht, darüber nachzudenken, wie ich dich dazu bringen kann, deinen Job für mich aufzugeben. Deinen Lebenstraum für mich zu opfern. Ich hab immer wieder überlegt, was ich sagen kann, damit du einknickst und dich mit mir in diesen Käfig begibst, damit ich darin nicht allein sein muss. Und das bin einfach nicht ich. Bitte, Ty. Lass mich gehen, bevor ich zu jemandem werde, der ich nicht sein will.« Sie schüttelte heftig den Kopf, ihre Stimme klang so verzweifelt, wie ich mich fühlte. »Ich will nicht an dir festhalten und dich in ein Leben zwängen, das du nicht willst. Ich will nicht morgens aufwachen, dich ansehen und wissen, dass du dieses Leben hasst, das wir gemeinsam führen würden.«

Ich wollte den Mund aufmachen und ihr sagen, dass ich keine Sekunde mit ihr jemals hassen würde, doch als sie weitersprach, erstarben meine Worte noch auf meiner Zunge.

»Ich weiß, dass du nichts mehr hassen würdest, als jeden Morgen in der gleichen Stadt aufzuwachen, mit einem Haus, Kindern und einem Bürojob, der gerade genug abwirft, damit wir nicht in Schulden ertrinken.« Sie rückte auf der Bank etwas näher an mich heran, und ich wollte sie an mich ziehen, doch ich hatte Angst, ihre Hände loszulassen. »Und ich würde mir nie verzeihen können, wenn ich meine Sachen packen und mit dir um die Welt reisen würde, Ty. Ich gehöre hierher. Nach Kalifornien. Zu meiner Familie. Ich will das Leben führen, das mein Dad sich immer für mich gewünscht hat. Ich will, dass er endlich aufhören kann, sich Sorgen um mich zu machen, und sein eigenes Leben leben kann. Ich hab ihm ein Versprechen gegeben, und das muss ich halten.« Sie stoppte kurz und schloss die Augen, als sie tief einatmete, um Kraft zu sammeln. »Du hast in meinem zukünftigen Leben keinen Platz. Und ich nicht in deinem. Das ist eine Wahrheit, der wir beide ins Gesicht sehen müssen.« Sie sagte diese Worte mit so viel Nachdruck, dass sie selbst durch den dichten Nebel meiner Gefühle sickerten und zu meinem Gehirn durchdrangen, welches die schlichte, aber schmerzhafte Wahrheit dahinter erkannte.

April hatte recht. Und genau das war das Schlimmste daran. Denn es gab nichts, was ich dazu sagen konnte. Keine Gegenargumente, die ich vorbringen konnte.

Sie hatte recht. Und genau das brach mir das Herz.

»Ich will, dass das, was wir haben …« Sie hielt inne und schloss flatternd die Augen, bevor sie mit gepresster Stimme fortfuhr. »… was wir *hatten*, für uns beide für immer eine wunderschöne Erinnerung ist. Ich will, wenn ich irgendwo in einem kleinen Büro sitze, an dich denken und lächeln, in dem Wissen, dass wir einander gutgetan haben. Ich will nicht, dass wir einander wehtun, nur weil wir an etwas festhalten, das von Anfang an nicht funktionieren konnte.« Sie hob meine Hände an ihre Lippen und drückte einen Kuss auf meinen Handrücken, so wie ich es schon unzählige Male bei ihr getan hatte, und ich hatte das Gefühl, als würde man mich in tausend kleine Stücke reißen. »Bitte, Ty. Ich bitte dich, lass uns aufhören, bevor wir nicht mehr wir sind. Ich will …« Als die ersten Tränen über ihre Wangen rannen, schluckte ich schwer, um meine eigenen zurückzuhalten »Ich will, dass wir Freunde sein können. Du und ich. Ich will, dass du ein Teil meines Lebens bist, bis ich alt und runzelig bin und meinen eigenen Namen vergesse. Und das wird nicht gehen, wenn wir uns aneinanderklammern, bis wir einander hassen, weil wir den Absprung nicht geschafft und einander stattdessen kaputt gemacht haben.« Ihr Schluchzen machte ihre Worte beinahe undeutlich. Aber leider nur beinahe. »Ich will, dass du so bleibst, wie du bist, und dass ich so bleibe, wie ich bin. Und das geht nur, wenn wir nicht zusammen sind. Wenn du dort draußen bist und ich hier bin und jeder von uns das Leben führt, was uns glücklich macht.«

»Wirst du das denn sein?« Ich sah bestürzt auf ihre Tränen.

»Glücklich, meine ich.«

»Ich werde es auf alle Fälle versuchen.«

Ihren Worten folgte Stille. Die Art erdrückender Stille, die mit jeder Wahrheit kam, die ausgesprochen wurde und die man kaum akzeptieren konnte, weil sie einen mit ihrer Unumstößlichkeit in die Knie zu zwingen drohte.

Das hier war der Grund, warum ich ihr nichts von meinem Job erzählt hatte. Weil ich tief in meinem Innersten gewusst hatte, das es dann enden würde. Scheiße, ich hatte es schon seit dem Abend im *Ikigai* gewusst. Und trotzdem hatte ich mich nicht von ihr fernhalten können. Trotzdem hatte ich sie geküsst. Hatte sie im Arm gehalten. Hatte jede freie Minute, jeden Gedanken und jedes Glück mit ihr geteilt.

Und warum, wenn das Ende doch unvermeidbar gewesen war?

Ganz einfach: Weil ich sie liebte.

Weil ich sie schon geliebt hatte, lange bevor ich überhaupt gewillt gewesen war, mir meine Gefühle für sie einzugestehen. Weil sie der einzige Mensch war, mit dem die STU sich nicht wie eine Zwangsjacke angefühlt hatte. Weil sie die Frau war, der ich alles geben wollte, anstatt egoistisch alles an mich zu reißen. Aber da war die eine Sache, die ich nicht aufgeben konnte, und ich war nicht gewillt, sie dazu zu zwingen, die eine Sache aufzugeben, die sie nicht loslassen konnte. Und genau aus diesem Grund gab es auf ihre Bitte nur eine einzige Antwort, auch wenn ich keine Ahnung hatte, woher ich die Kraft nehmen sollte, dieses eine Wort über die Lippen zu bringen, das diesen einen Tag für immer in meinem Gedächtnis verankern würde.

»Okay.«

April sah mich an, die Augen rot und geschwollen, während sie leise schniefte. »Okay?«

»Okay.« Ich nickte und lehnte meine Stirn gegen ihre, unser Atem vermischte sich, als ich mich für das wappnete, was meinen Worten folgen würde. »Ich lasse dich gehen. Unter einer Bedingung.«

April stockte, entzog sich mir jedoch nicht. »Die da wäre?«

»Ich darf dich jetzt nach Hause bringen. Ein letztes Mal.« Wenn ich sie gehen lassen musste, dann wollte ich das so weit, wie es nur ging, hinauszögern. Ich wollte so lange, wie sie mich ließ, an dem festhalten, was wir hatten. Und wenn ich ehrlich war, dann brauchte ich noch einen Augenblick in ihrer Nähe, mit ihrer Hand fest in meiner, bis ich tatsächlich die Kraft aufbringen würde, die eine Sache zu beenden, die sich wirklich echt angefühlt hatte.

»Okay.« April nickte, und erst als ich mich von ihr löste, wischte sie sich hektisch mit den Ärmeln ihres viel zu großen Pullis über die Wangen. »Das kriege ich hin.«

»Sehr gut.« Ich stand auf und rang mir ein Lächeln ab, in der Hoffnung, Aprils Tränen damit zum Versiegen bringen zu können. Ich streckte die Hand nach ihr aus. »Komm, lass uns gehen.«

April sah zu mir auf und nickte. Sie legte ihre Hand vertrauensvoll in meine und ließ sich von mir auf die Füße ziehen. Ich verflocht unsere Finger miteinander und steckte unsere Hände in die Tasche meines Trenchcoats, dann gingen wir mit langsamen Schritten Richtung Campusausgang. Keiner von uns sagte ein Wort.

Ich nahm einige Umwege, aber April beschwerte sich nicht, während ich sie durch die leeren Straßen von San Teresa führte, die mir heute Abend noch leerer vorkamen als sonst. Dennoch klammerte ich mich an die bedrückende Leere, solange ich konnte, bis es keine Querstraßen mehr gab, die ich nehmen, und keine Hauptstraßen mehr, die ich meiden konnte. Bis ich die Stufen erklomm, jeder Schritt bedächtig und vorsichtig, ehe ich mich vor der Tür zu Aprils Apartment wiederfand, die mir mit einem Mal nicht mehr besonders einladend vorkam. Das dunkle Holz wirkte nicht länger warm, sondern düster.

Das hier war also das Ende.

April seufzte leise und machte einen Schritt vorwärts, doch ich hielt sie zurück. Ich hatte versprochen, ich würde sie gehen lassen, aber jetzt, wo es so weit war, wusste ich nicht, ob ich es wirklich konnte. Wie sollte ich sie verdammt noch mal gehen lassen, wenn es noch so viel zu sagen, so viele Küsse zu stehlen und Augenblicke zu teilen gab.

»Tyler.« Ich umfasste ihre Hand fester, als sie mit sanfter Stimme sprach. »Du musst mich jetzt loslassen.«

»Ich weiß.« Ich schluckte schwer, die Augen noch immer fest auf die schwarze Tür vor mir gerichtet. »Ich hab nur keine Ahnung, wie.«

April atmete zitternd ein, und ich schloss gequält die Augen, als mir klar wurde, wie sehr ich ihr gerade wehtat. »Dann sind wir schon mal zwei.«

Scheiße, so hatte das echt nicht laufen sollen.

Ich räusperte mich und zog unsere ineinander verschränkten Hände aus meiner Jackentasche. Ich versuchte, mir einzuprägen, wie ihre zierlichen Finger zwischen meinen verschwanden, wie ihre ockerfarbene Haut aussah und wie angenehm kühl ihre Hand sich anfühlte, die ich unzählige Male in meiner gehalten hatte. Komisch, ich war automatisch davon ausgegangen, dass ich ihre Hand noch unzählige Male halten würde, ohne auch nur einen einzigen Gedanken daran zu verschwenden, dass vielleicht irgendwann der Tag kommen würde, an dem ich das nicht mehr tun würde. Ohne es zu bemerken, war es total selbstverständlich geworden, April an meiner Seite zu haben. Dass sie dorthin gehörte, ohne Wenn und Aber.

Es wurde Zeit, aufzuwachen. Für uns beide.

Ich wandte mich April zu, die mich aus großen, glasigen Augen ansah. Ihre Wangen waren vom Weinen noch ganz gerötet, und ihre Unterlippe bebte, ein sicheres Zeichen dafür, dass sie wieder anfangen würde, sobald ich nicht mehr in Sichtweite war. Und vermutlich würde ich genau das Gleiche tun, sobald die Tür hinter ihr ins Schloss gefallen war.

»Ich liebe dich.« Aprils Stimme brach.

»Ich liebe dich«, murmelte ich in die Stille hinein.

Die Worte verhallten ein letztes Mal zwischen uns, ihre Wahrheit genauso erdrückend wie die Tatsache, dass sie hier enden würde. Hier enden musste.

Vorsichtig lehnte ich mich zu ihr herunter und legte meine Lippen auf ihre. Sanft und vorsichtig und ohne jegliche Eile, als hätten wir noch alle Zeit der Welt zusammen, obwohl uns tatsächlich nur noch wenige Augenblicke blieben. Zumindest nur noch wenige Augenblicke, in denen wir mehr sein konnten als nur Freunde. Ich löste mich von ihr und lächelte, auch wenn ich keine Ahnung hatte, wie ich das schaffte, bevor ich einen großen Schritt zurücktrat, bis nur noch unsere Hände einander berührten. Ein letztes Mal drückte ich fest zu, spürte, wie sich ihre zarte Haut an meine schmiegte, als wäre sie genau dafür gemacht, ehe ich das tat, worum April mich gebeten hatte.

Ich ließ los.

»Schlaf gut, Zwerg.«

April starrte auf ihre Hand, die bis vor wenigen Sekunden noch meine gehalten hatte. Dann nickte sie kurz, und ich reichte ihr die Tasche. »Du auch, Ty.«

Ich wartete, bis sie die Tür hinter sich geschlossen hatte, und selbst als das Schloss einrastete, blieb ich stehen, die Hände tief in meinen Taschen vergraben, und horchte aufmerksam in die Stille hinein.

»Hey, Pril. Wie war das Training?« Raelyns gedämpfte Stimme erklang hinter der Tür, und ich hielt die Luft an, als keine Antwort kam. »Pril? Was ist passiert?«

Das laute Schluchzen, das ich durch die Tür vernahm, zog mir beinahe den Boden unter den Füßen weg, aber ich zwang mich zu bleiben.

»Kate!«

»Was ist los?« Kates Stimme erklang, gefolgt von schnellen Schritten, dann wurde das Schluchzen kurz lauter, ehe es schließlich kaum noch zu hören war, und ich atmete erleichtert aus. »Wir sind hier, Pril. Wir sind hier.«

Fahrig wischte ich mir über die nassen Wangen und stopfte meine Hände wieder in meine Jackentaschen, bevor ich kehrtmachte und mit eiligen Schritten davonging.

April war nicht allein. Jemand war für sie da. Jemand war an ihrer Seite. Das war alles, was für mich in diesem Moment von Belang war.

Mein Handy klingelte, sobald ich über die Schwelle meines Zimmers trat, und ich hob ab, ohne auf das Display zu sehen. Ich wusste es auch so.

»Es ist vorbei.« Die Worte hallten in der Stille meines Zimmers nach und drangen in meinen Kopf, wo sie sich einnisteten und die Realität hineinließen, die ich bis gerade eben erfolgreich ignoriert hatte. »Es ist vorbei.«

»Ich weiß.« Hunters Stimme klang rau. »Es tut mir leid.«

»Ja.« Ich schluckte schwer und wischte mir mit dem Handrücken über die Wange, als ich wieder Nässe spürte. Und dann ließ ich einfach zu, dass der Schmerz mich verschlang. Ich setzte mich auf die Bettkannte und sackte zusammen, unfähig, mich aufrecht zu halten, während die Leere, die ich nicht mehr gefühlt hatte, seit ich April das erste Mal geküsst hatte, sich wieder eiskalt in meiner Brust ausbreitete. »Ja, mir auch.«

33. KAPITEL

April

Vier Wochen später

Ich hätte nicht herkommen sollen.

Das war eine Erkenntnis, die sich in mir breitmachte, als ich, in eine dicke Jacke gehüllt, raus auf die Terrasse ging, um den Augen meiner Eltern zu entfliehen, die mich, seitdem ich heute Morgen angekommen war, mit einer Mischung aus Mitleid und Sorge beobachteten, wovon mir ganz schlecht wurde.

Als mein Dad mich angerufen und gefragt hatte, ob ich nach Hause kommen wollte, um meinen Polo endlich abzuholen und das Wochenende mit ihnen zu verbringen, hatte ich geglaubt, dass ein Tapetenwechsel eine gute Idee wäre. Dass mir das Atmen leichterfallen würde, wenn ich einfach so tun würde, als wäre Tyler nie mehr für mich gewesen als ein guter Freund.

Aber meine Eltern ließen mich nicht.

Seitdem mein Dad mich in San Teresa abgeholt hatte, warf er mir ständig besorgte Blicke zu, mied das Thema Tyler aber gleichzeitig wie die Pest und fragte mich stattdessen nach dem Stand meiner Bewerbungen aus, was ich wiederum abblockte, weil das einfach das Letzte war, worüber ich sprechen wollte.

Generell wollte ich überhaupt nicht reden.

Ich wollte einfach nur hier sein und vergessen. Aber das

funktionierte nicht, wenn meine Eltern mich mit ihren Blicken an das erinnerten, was ich aufgegeben hatte.

Ich schaltete das Licht auf der Terrasse ein, auf der schon seit heute Mittag niemand mehr gesessen hatte, und zog die Tür fest hinter mir zu, als die abendliche Kälte mich wie ein hungriges Tier anfiel. Die Nächte hier waren deutlich kälter als an der Küste, und ich fröstelte, als die Minusgrade selbst durch meine dicke Jacke hindurchsickerten und einen Augenblick lang alles andere aus meinem Kopf verdrängten, während das Bedürfnis nach Wärme einfach übernahm.

Ich huschte zu der Kiste, in der Dad im Winter die Decken für die Gäste aufbewahrte, und zog schnell zwei heraus. Ich legte sie mir um die Schultern und suchte mir einen Platz an der kupferfarbenen Feuerschale, die ganz am Rand der Terrasse stand und damit weit genug von der Liege entfernt war, die mich magisch anzuziehen und mir süße Worte zuzuflüstern schien, an die ich nicht denken wollte.

Ganz automatisch machte ich mich an die Arbeit und holte Feuerholz aus dem Beschlag neben der Lodge, den mein Dad selbst gebaut hatte und der allen Jahreszeiten zum Trotz das Feuerholz immer schön trocken hielt. Ich klemmte ein paar Zeitungen unter den Arm, grapschte mir das lange Feuerzeug und nahm ein paar Scheite heraus. Weil ich keine Handschuhe trug, drangen sofort Holzsplitter in meine Haut, die ich aber ignorierte und mich vollbepackt zurück an die Feuerschale begab, die Dad eigentlich nur in der Hochsaison anfeuerte. Ich schichtete die Holzscheite und die Zeitungen geübt aufeinander, bevor ich alles anzündete.

Erst als die Flammen von dem Papier auf das Feuerholz übergingen, setzte ich mich auf einen der bequemen Holzstühle, die mein Dad damals gebaut hatte, als wir die Lodge eröffnet hatten.

Ich starrte in die Flammen, die orange und rot waren und sich durch das Holz fraßen, und ehe ich michs versah, verschwamm mir die Sicht, als Erinnerungen an ein gänzlich anderes Feuer mich an einen Strand in San Teresa katapultierten. Kates Geburtstag. Das Lagerfeuer. Unser erster Kuss.

Der Schmerz, der seit unserer Trennung ein ständiger Gast in meiner Brust war, breitete sich mit einer mir längst bekannten Wucht in meinem ganzen Körper aus, und ich schloss gequält die Augen und ließ ihn wüten, meine Atmung ruhig und gleichmäßig, weil ich längst wusste, dass es nur so zu ertragen war. Eine Lektion, die ich in den letzten vier Wochen gelernt hatte und die dem Wort *Trennungsschmerz* für mich eine völlig neue Bedeutung verlieh.

Klar, das hier war nicht meine erste Trennung. In der Highschool hatte ich, trotz meines Außenseiterstatus, den ein oder anderen Freund gehabt. Ich hatte natürlich ein paar Tränchen vergossen, wenn es dann vorbei gewesen war, war immer der festen Überzeugung gewesen, dass ich etwas Wichtiges verloren hatte, wann immer meine Zeit mit diesen Jungs abgelaufen war.

Aber keiner von ihnen war mit Tyler zu vergleichen.

Sie alle verblassten gegen das, was ich für Tyler empfand. Meine Gefühle für diese Jungs waren nichts weiter gewesen als kindische Verliebtheit, die mir damals zwar wichtig vorgekommen war, die aber heute nichts mehr bedeutete.

Tyler hingegen war meine erste große Liebe.

Und auch wenn das dramatisch klang, jetzt gerade fühlte es sich tatsächlich so an, als würde er auch meine letzte sein.

In den letzten vier Wochen hatte ich mir Mühe gegeben, so zu tun, als wäre alles okay. Als würde ich mich nicht vollkommen verloren fühlen. Unvollständig. Als wäre alles wie immer. Dabei hatte ich das Gefühl, in den Wellen meiner eigenen Gefühle zu ertrinken, wann immer Tyler mir an unserem Küchentisch gegenübersaß, so nah bei mir und doch meilenweit entfernt, während wir uns um eine Normalität bemühten, die es zwischen uns nicht mehr gab.

Es tat einfach nur höllisch weh.

Aber egal, wie oft ich nachts aufwachte und in Tränen ausbrach, weil seine Seite neben mir im Bett leer war, würde ich die Zeit, die ich mit Tyler gehabt hatte, gegen nichts auf der Welt eintauschen wollen. Selbst wenn ich damals an diesem Strand gewusst hätte, dass es so enden und dass es derartig wehtun würde, würde ich mich trotzdem noch mal dafür entscheiden, ihn zu küssen und mich auf ihn einzulassen.

Denn unsere Liebe war einzigartig. Es war die Art Liebe, für die es keine logische Erklärung und keine Rechtfertigung gab. Nicht jedem war das Glück vergönnt, so etwas zu erleben. Und ich hatte es gehabt, war dem Mann begegnet, der mir dieses Gefühl geschenkt hatte, das ich niemals vergessen und das mich mein Leben lang begleiten würde.

Diese Liebe war den Schmerz wert. Aber ich hoffte ehrlich, dass er irgendwann zumindest ein bisschen erträglicher werden würde. Ansonsten würde ich vielleicht wirklich irgendwann den Verstand verlieren.

Als ich hörte, wie die Terassentür aufgezogen wurde, wischte ich mir schnell mit den Händen über meine tränennassen Wangen, bevor ich mir ein Lächeln abrang, damit mein Dad mich nicht noch mehr in Watte packen konnte. Doch als ich über die Schulter sah, war es nicht mein Dad, der da dick eingepackt und mit zwei dampfenden Tassen in der Hand auf mich zukam.

»Hey, Mom.«

»Hey. Ich hab dir heiße Schokolade gemacht.« Ich streckte die Hand aus, als meine Mom mir die große Tasse mit dem Disney-Aufdruck hinhielt, in der ein paar kleine Marshmallows schwammen. »Ich hab mir gedacht, den kannst du vielleicht brauchen.«

Ich lächelte nichtssagend, plötzlich nicht mehr so sehr darauf versessen, so zu wirken, als wäre alles okay, und schaute in die Tasse. *Was ich brauche, ist eine ganze Flasche selbst gebrannten Bourbon.* »Danke.«

»Darf ich?« Meine Mom deutete auf den freien Stuhl direkt neben mir, und überrascht zog ich eine Augenbraue hoch.

»Klar.« Ich zuckte mit den Schultern und schloss meine kalten Finger um die warme Tasse. Ich konnte mich nicht daran erinnern, wann meine Mom das letzte Mal Zeit zu zweit mit mir verbracht hatte, und ich wusste nicht so recht, was ich jetzt davon halten sollte, aber wegschicken wollte ich sie auch nicht. »Ich bin allerdings gerade, glaube ich, keine sonderlich gute Gesellschaft.«

»Das macht nichts.« Mom zog den Stuhl ein kleines Stückchen zurück und ließ sich darauf fallen. »Gemeinsam zu schweigen kann auch sehr schön sein.«

»Wenn du meinst.« Ich sah zu meiner Mom hinüber, die zwar einen dicken Mantel und eine Mütze trug, meiner Meinung nach für die jetzigen Minusgrade aber nicht annähernd warm genug eingepackt war. Ich stellte meine Tasse auf dem Boden ab, stand auf, ging zu der Kiste hinüber und kramte noch zwei Decken heraus.

Als ich damit zu meiner Mom zurückkehrte und die Decken über ihren Beinen ausbreitete, bedachte sie mich mit einem sanften Lächeln. »Danke, April.«

Ich sagte nichts, sondern ließ mich wieder auf meinen Platz vor der Feuerschale sinken, in der die Flammen mit jeder Minute höher zu wachsen schienen. Ich beugte mich zu meiner Tasse hinunter und legte den Kopf schief, als ich auf den Kakao sah. Ich hatte echt keine Ahnung, wann ich das letzte Mal eine heiße Schokolade getrunken hatte. Ich blieb eigentlich lieber bei Tee. Wenn ich ehrlich sein sollte, roch der Kakao auch ein bisschen seltsam, aber ich würde mich sicherlich nicht beschweren, wenn meine Mom sich extra die Mühe gemacht hatte.

Ich trank einen Schluck und begann sofort wie wild zu husten, als der starke Rum sich brennend in meiner Kehle bemerkbar machte. Etwas fassungslos starrte ich auf die große, bauchige Tasse und dann zu meiner Mom hinüber, die nur schmunzelnd einen Schluck aus ihrer eigenen Tasse nahm.

»Ich hab gedacht, das kannst du vielleicht brauchen. Ist ein Rezept von einer Gruppe Deutscher, die im Januar hier waren.« Sie fuhr mit dem Finger über den Rand ihrer Tasse, damit kein einziger Tropfen verloren ging, während sie sich entspannt in ihrem Stuhl zurücklehnte, als hätte sie nicht gerade gefühlt eine halbe Flasche Rum in meinen Becher gekippt. »Verrat es aber nicht deinem Vater. Ich hab mir dafür seinen Überseerum stibitzt.«

Ich klopfte mir auf die Brust. »Der, den er zum Flambieren nimmt?«

»Genau den.« Als sie mich angrinste, blinzelte ich irritiert, und ich bemerkte die kleinen Fältchen um ihre Nase und ihre Augen, die ihr Gesicht plötzlich so viel weicher erscheinen ließen, als ich es in Erinnerung hatte. Vielleicht lag es auch daran, dass sie ihr langes schwarzes Haar heute mal ausnahmsweise offen trug, obwohl sie es sonst für ihren Job zu einem strengen Dutt zusammenband. Oder vielleicht waren es die Flammen, die sanfte Schatten auf ihre Haut zeichneten. Ich wusste nur, dass ich meine Mom schon länger nicht mehr wirklich betrachtet hatte, und jetzt, wo ich neben ihr saß, hatte ich das Gefühl, nicht damit aufhören zu können, während mir immer mehr Gemeinsamkeiten auffielen. Von ihrer kleinen, geraden Nase über die Farbe und Form ihrer Augen bis hin zum Schwung ihrer Lippen.

Hatte ich meiner Mom schon immer so wahnsinnig ähnlich gesehen und das bisher nur geflissentlich ignoriert?

»Mom?«

Meine Mutter löste ihren Blick von der Feuerschale und sah mich direkt an. »Ja, Spatz?«

Ich stockte, als sie den Kosenamen benutzte, den ich zuletzt als Kind von ihr gehört hatte, und unwillkürlich erinnerte ich mich an das Leuchten in den Augen meiner Mutter, das dem von Tyler so ähnlich war und das ich um jeden Preis beschützen wollte. »Warum war dir dein Job eigentlich immer so wichtig?«

Meine Mom guckte mich überrascht an, so als wäre das kein Thema gewesen, mit dem sie gerechnet hatte. Weshalb sie vermutlich auch einen Moment brauchte, um mir zu antworten. »Weil er mich glücklich macht.«

Ihre Antwort war so unfassbar simpel, dass sie mich beinahe wütend machte. Aber eben nur beinahe. »So glücklich, dass du bereit warst, alles andere dafür aufzugeben?«

»Fast.« Meine Mom hielt einen Augenblick lang inne, in dem nur das Knistern des Feuers zu hören war. »Bis auf meine Familie. Ihr drei kommt für mich immer an erster Stelle.«

Ich schnaubte, bevor ich es zurückhalten konnte, und ich bereute es sofort, als ich sah, wie meine Mom verletzt zusammenzuckte. »Tut mir leid.«

»Schon okay. Ich weiß, wie es für dich ausgesehen haben muss. Immerhin war ich nie da und hab immer nur gearbeitet.« Sie trank einen großen Schluck aus ihrer Tasse und fuhr danach wieder gedankenverloren mit den Fingerspitzen über den Rand. »Aber das war leider alles, was mir übrig blieb.«

»Warum?« Ich schluckte die Tränen herunter, die in mir aufzusteigen drohten, während ich meine Mom abwartend ansah.

»Weil ich deinem Vater damals versprochen habe, dass wir um jeden Preis in Kalifornien bleiben würden. Also hab ich jedes andere Angebot abgelehnt und stattdessen jeden Job angenommen, den ich hier kriegen konnte. Auch wenn sie immer nur befristet und bescheiden bezahlt waren.« Sie sah mich von der Seite her an, auf den Lippen ein entschuldigendes Lächeln. »Dein Dad hat alles aufgegeben, um mit mir zusammen zu sein. Er hat seine Werkstatt zugemacht, seine Familie verlassen und seinen Job an den Nagel gehängt, um euch beide großzuziehen, nur damit ich weiterhin das tun konnte, was ich liebe, weil er genau gewusst hat, dass ich nicht mehr ich gewesen wäre, wenn ich meinen Job als Park Ranger aufgegeben hätte. Das Mindeste, was ich tun konnte, war, ihm nicht auch noch den Bundesstaat wegzunehmen, in dem er verwurzelt ist.« Sie seufzte und schaute auf ihre Hände. Unter ihren Nägeln war wie immer noch eine dünne Schicht Dreck, die sie nie ganz wegbekam, ganz egal wie lange sie ihre Finger auch schrubbte. »Ich habe immer geglaubt, dass die Zeit, die ich mit Überstunden verbringen muss, damit es am Ende des Monats ansatzweise reicht, ein geringer Preis dafür ist, dass ich weiterhin meine Arbeit machen kann. Eine Arbeit, die die Natur und damit den Planeten schützt, auf dem Noah und du noch lange leben werdet, auch dann noch, wenn dein Vater und ich nicht mehr sind. Und gegen alles, was dein Vater für mich aufgegeben hat, war es das auch. Ein geringer Preis, meine ich. Aber mir ist erst klar geworden, wie viel ich versäumt habe, als ich endlich eine Festanstellung bekommen habe, für die es Jahre zu spät war. Ich hab weder von deinem Bruder noch von dir so wirklich viel mitbekommen, weil ich immer nur gearbeitet habe. Und egal wie wichtig mir mein Job ist, und egal wie sehr ich ihn liebe, das ist etwas, das mir niemand zurückgeben kann. Als ich das realisiert habe, habe ich tagelang nur geweint und dein Dad hat es einfach stumm ausgehalten, obwohl es ihm genauso wehgetan hat, euch beide in die Welt hinausspazieren zu lassen, nachdem wir euch nicht das Leben geben konnten, das wir uns für euch gewünscht haben.« Sie trank ihre Tasse aus und stellte sie auf dem Boden ab, ehe sie sich mit den Händen übers Gesicht fuhr. »Aber ich würde es trotzdem immer wieder genauso machen. Denn ich kann mir mein Leben ohne meinen Job genauso wenig vorstellen wie ein Leben ohne euch.« Sie lächelte mich an, in ihren Augen eine Mischung aus Glück und tiefem Bedauern, die ich niemals in Tylers Augen sehen wollte. »Deinen Vater zu lieben und deinen Bruder und dich zu bekommen war die beste Entscheidung, die ich in meinem Leben jemals getroffen habe, April. Und das wird auch immer so bleiben.«

Ich merkte erst, dass ich weinte, als meine Mom mir die Hände an die Wangen legte und mit ihren Daumen versuchte, die Tränen wegzustreichen, die nicht mehr versiegen wollten, jetzt, wo ich zu begreifen begann, dass mein Vater nicht der Einzige war, der Opfer für diese Familie gebracht hatte.

Ich hatte immer nur meinen eigenen Schmerz gesehen. Hatte mich immer nur auf das konzentriert, was ich nie gehabt oder verloren hatte. Und dabei hatte ich die eine Frau völlig vergessen, die nicht annähernd so egoistisch war, wie ich immer geglaubt hatte.

Sofort tauchte Tylers Gesicht vor meinem inneren Auge auf. Tyler, der mich immer an die erste Stelle gesetzt hatte. Tyler, der immer aufpasste, dass es mir gut ging, bevor er an sich selbst dachte. Tyler, der mich liebte, mich aber hatte gehen lassen, als ich ihn darum gebeten hatte.

»Mom«, würgte ich zwischen zwei Schluchzern hervor, die meinen ganzen Körper erschütterten. »Mom, ich vermisse ihn so fürchterlich.«

»Oh, Spatz. Ich weiß.« Meine Mom stand von ihrem Stuhl auf und trat an mich heran. »Komm her.«

Ich schlang die Arme um die Taille meiner Mutter und vergrub mein Gesicht an ihrem Bauch, während ich einfach nur weinte und zuließ, dass sie mich mit gemurmelten Worten tröstete, in der Hoffnung, damit zumindest eine ihrer Wunden heilen zu können, während für das klaffende Loch in meiner Brust keine Besserung in Sicht war.

34. KAPITEL

Tyler

»Tyler? Hey, Mann, hörst du mir überhaupt zu?«

Ich zuckte zusammen, als Zackary an meiner Schulter ruckelte und mich damit aus meinen Gedanken riss, die, wie schon zu oft in den letzten Wochen, um feuerrote Locken, braune Augen und tränennasse Wangen kreisten.

»Sorry.« Ich räusperte mich und zog am Kragen meines Shirts, auch wenn ich wusste, dass das nicht gegen das beklemmende Gefühl helfen würde, das mich immer heimsuchte, sobald ich an April dachte. »Was hast du gesagt?«

Zackary runzelte die Stirn und hockte sich auf die Kante des großen Konferenztisches, auf welchem unzählige Karten und Kataloge ausgebreitet lagen, mit denen wir schon den ganzen Vormittag beschäftigt waren. »Tyler, ist alles okay?«

»Ja«, beeilte ich mich zu sagen, während ich mich um ein Lächeln bemühte, das dem freudigen Anlass meines Besuches in San Francisco gerecht wurde. »Ich bin ein wenig angeschlagen. Das ist alles.«

»Und ich hab mich schon gefragt, warum du so blass um die Nase bist.« Mein neuer Boss musterte mich besorgt, und sofort meldete sich mein schlechtes Gewissen. »Sollen wir lieber eine Pause einlegen?«

»Nein, es geht schon.« Allein bei dem Gedanken, wieder mit meinen Erinnerungen allein zu sein, wurde mir übel. Es hatte schon so seine Gründe, warum ich darauf bestanden hatte, nach San Francisco hochzukommen, obwohl wir diese Besprechung auch über Skype hätten erledigen können. Ich hatte einfach aus San Teresa rausgemusst, weg von den Erinnerungen, die an jeder Ecke darauf lauerten, mich anzuspringen, um mir zu zeigen, was ich verloren hatte. Jetzt, wo April nicht mehr jeden meiner Tage erfüllte, kam mir die Küstenstadt wieder winzig und eng vor, und ich hatte keine Ahnung, wie ich es noch drei lange Monate dort aushalten sollte, ohne den Verstand zu verlieren. Aber zum Glück würden die Abschlussarbeit und die letzten Vorlesungen mich zumindest ein bisschen ablenken, sodass ich nicht auf noch mehr dämliche und vollkommen egoistische Ideen kommen konnte, die sich in den letzten Tagen wie ein Virus in meinem Hirn eingenistet hatten. »Lass uns die ganze Nummer abschließen, damit die Buchungen rausgehen können. Immerhin fliege ich schon Mitte Mai.«

»Was allein auf deinem Mist gewachsen ist, wenn ich anmerken darf.« Zackary schüttelte verständnislos den Kopf. »Ich meine, direkt am Tag deiner Abschlussfeier abzuhauen, ist schon ziemlich Hardcore.«

Ich biss die Zähne fest aufeinander, als ich an all die Mails zurückdachte, die zwischen uns hin- und hergegangen waren, bis ich das frühestmögliche Abreisedatum hatte durchsetzen können, obwohl das Team eigentlich Ende Mai angepeilt hatte. »Je schneller ich im Flieger sitze, desto besser.«

»Bist du dir sicher, dass du heute noch weiterarbeiten willst?« Zackary, der mit seinem pechschwarzen Haar und der modernen, rahmenlosen Brille deutlich jünger aussah, als er war, deutete hinter sich auf all die Unterlagen, die wir noch zu sichten hatten. »Das wird noch eine Weile dauern, und wenn du krank bist, bist du krank.«

»Ich weiß deine Sorge zu schätzen, aber es geht wirklich. Außerdem ist morgen Samstag, und weder du noch ich haben da wirklich Bock zu arbeiten, oder?« Ich lächelte meinen neuen Boss an, der mit mir heute wirklich eine Engelsgeduld bewies und für dessen kumpelhaften Führungsstil ich unfassbar dankbar war, weil mich jeder andere sonst sicherlich schon gefeuert hätte. Ich musste mich echt ganz dringend wieder auf die Aufgabe konzentrieren, die vor mir lag, anstatt in Gedanken immer wieder zu der Frau abzudriften, die zwar das Richtige getan, mir damit aber trotzdem das Herz gebrochen hatte. »Also, was hattest du gesagt?«

»Ich hatte gesagt, dass es besser wäre, mehr Zeit für noch weniger bekannte Stopps einzuplanen. In deiner Reiseroute sind zwar die Greatest Hits wie Peking, Fenghuang und Guilin dabei, aber ich denke, dass unsere Leser sich vor allem für Bereiche von China interessieren würden, über die sie eben noch nicht tausend Beiträge gelesen haben.«

»Klar. Klingt gut.« Ich streckte mich auf dem Stuhl, auf dem ich schon viel zu lange saß, ehe ich mich wieder über die ganzen Übersichten, Wetterdaten der letzten fünf Jahre und Anmerkungen von anderen Mitarbeitern des Magazins beugte. »Konntest du schon klären, ob das mit dem Dolmetscher klappt?«

»Ja, das klappt. Wir sind gerade noch in Verhandlungen und Diskussionen darüber, wer es letztendlich werden soll, weil der Dolmetscher bestenfalls mit dir mithalten können sollte. Gerade weil es Backpacking ist, was nicht jedermanns Sache ist.« Zackary verzog grübelnd das Gesicht. »Ich schick dir die Liste der Kandidaten, sobald wir das Ganze eingegrenzt haben, und dann sagst du mir, wen du dir am ehesten vorstellen kannst. Immerhin musst du ja sechs Monate mit denen durchs Land reisen.«

»Stimmt, aber ich bin ein umgänglicher Typ, der eigentlich mit jedem klarkommt.« Ich zuckte gleichgültig mit den Achseln, weil es mir wirklich scheißegal war, wer mit mir auf diese Reise ging, solange derjenige seinen Job gut machte. »Von mir aus könnt ihr einfach irgendjemanden aussuchen.«

»Okay, behalte ich im Hinterkopf. Ich schicke dir die Liste trotzdem.« Zackary warf mir einen Blick zu, den ich nicht zu deuten vermochte, bevor er schwer ausatmete. »Soll ich jetzt eigentlich noch anfragen, ob du jemanden auf eigene Kosten mitnehmen könntest, oder hat sich das erledigt?«

»Brauchst du nicht. Das hat sich erledigt.« Ich biss die Zähne fest aufeinander, als ich an meine wahnwitzige Idee dachte, die ich damals gehabt hatte, und zog blind eine Seite aus dem Stapel mit Sehenswürdigkeiten hervor, um mich abzulenken.

Wuzhen. Eine wunderschöne und alte Wasserstadt, die in den Neunzigern vor dem Verfall bewahrt worden war und die jedes Jahr Unmengen von Touristen anzog. Ein beeindruckender Ort, dessen erste Aufzeichnungen bis ins Jahr 872 zurückreichten und der ganz oben auf meiner Liste an Orten stand, die ich in China besuchen wollte.

Warum also fühlte ich rein gar nichts, während ich auf die Fotografie sah, die Wuzhen in all seiner Pracht zeigte?

Ich legte die Seite zurück und rieb mir über den Brustkorb, in der Hoffnung, die Leere darin vertreiben zu können, während ich die nächste Seite vom Tisch nahm.

Huang Shan, eines der fünf berühmtesten Gebirge und UNESCO-Weltnatur- sowie Weltkulturerbe. Ein Ort wie aus einem Fantasyfilm und das Vorbild unzähliger wunderschöner Malereien.

Wieder rein gar nichts.

Das Herz in meiner Brust stand still, war unfähig höherzuschlagen, während es nur dumpf und mühsam seinen Dienst verrichtete und mich mit jedem Moment an den Schmerz erinnerte, der in Wellen von diesem grässlichen Muskel durch meinen ganzen Körper fuhr.

Fassungslos starrte ich auf das Stück Papier, das mich eigentlich vor Vorfreude hätte durch die Decke gehen lassen sollen. Ich schmiss es zurück auf den Tisch, wofür ich einen besorgten Blick von meinem Boss kassierte.

»Ich brauche frische Luft«, verkündete ich plötzlich und sprang von meinem Platz auf, als ich dieses verräterische Brennen in meinen Augen bemerkte, das mich schon seit vier Wochen begleitete. »Können wir zehn Minuten Pause machen?«

»Natürlich.« Zackary musterte mich auf meinem Weg zur Tür eindringlich. »Soll ich mitkommen?«

»Nicht nötig. Aber danke.« Ich stieß die Tür zum Konferenzraum mit etwas mehr Wucht auf, als notwendig gewesen wäre, ehe ich mit großen Schritten auf das andere Ende des Großraumbüros zusteuerte. Ich spürte genau, wie die Leute zu mir herübersahen, wie ihre Augen mir folgten, während ich wie ein gehetztes Tier den langen Mittelgang entlangging, aber das alles konnte mir gerade nicht weniger am Arsch vorbeigehen. Als ich die Fahrstühle erreichte, hämmerte ich auf einem der Knöpfe herum, bis die Türen sich endlich öffneten, und ohne auch nur einen Moment länger darüber nachzudenken, wählte ich die Dachterrasse, und der Fahrstuhl setzte sich in Bewegung.

Die nervtötende Fahrstuhlmusik drang überdeutlich zu mir hindurch und zerrte an meinen Nervenenden, während ich die Augen schloss und versuchte, das Gefühl der Leere zu ignorieren, das sich immer weiter in mir auszubreiten drohte.

Es war ein schreckliches Gefühl, das sich eiskalt und fremd anfühlte. Es nahm meinen ganzen Körper in Beschlag und erstickte jeglichen Funken Freude schon im Keim.

Die Türen glitten auf, und ich stolperte hinaus auf die Terrasse, die einen phänomenalen Blick über San Francisco bot, an dem ich mich sonst nicht hätte sattsehen können. Aber jetzt gerade hatte ich absolut keinen Sinn für die Schönheit der Stadt, die ich dank Hunter ziemlich gut kennengelernt hatte.

Ich hatte kaum Augen für die kunstvolle Grünanlage, die hier künstlich geschaffen worden war, sondern strebte nur auf die nächstbeste Parkbank zu, auf die ich mich fallen ließ, als meine Knie endgültig nachgaben.

Wieder zerrte ich am Kragen meines Shirts, als Panik in mir aufstieg, die ich ebenso zu unterdrücken versuchte wie das Gefühl der Leere, das mich ergriff, wann immer ich meine Zukunft plante, bei der April keine Rolle mehr spielte.

»Fuck!« Ich schloss die Augen und atmete zitternd ein und wieder aus. »Nicht jetzt, verdammt noch mal.«

In den letzten vier Wochen hatte ich Momente wie diesen hier immer wieder erlebt. Wann immer ich einen Schritt auf mein baldiges Leben als Reisejournalist zu machte, hatte ich das Gefühl, nicht atmen zu können, während mir der kalte Schweiß ausbrach und sich mir der Magen umdrehte, sodass ich kurz davor war, mich übergeben zu müssen. Es war beinahe so, als würde mein Körper sich physisch gegen den Gedanken wehren, dass April und mich von nun an so viel mehr trennen würde als ein paar Tausend Meilen. Scheiße, selbst wenn wir uns am Esstisch in der WG gegenüberaßen, kam es mir so vor, dass ganze Sonnensysteme zwischen uns standen. Wir waren beide nicht wirklich da, gefangen in diesem luftleeren Raum, in dem wir Freunde und Fremde zugleich waren, unfähig, zu dem Moment zurückzukehren, in dem wir mehr gewesen waren, als ich in Worte fassen konnte.

Immer wieder hatte ich versucht, den Mund aufzumachen und etwas zu sagen, irgendetwas zu sagen, das uns wieder zueinander führen würde. Zurück in eine Normalität, in der ich April begegnen konnte, ohne mich zu fühlen, als würde ein elementarer Teil meiner Selbst fehlen.

Aber diese Normalität gab es nicht mehr.

Jetzt gab es nur noch traurige Konjunktive und Wunschvorstellungen, an die ich mich klammerte, um die Augenblicke, in denen sie mich angesehen hatte, als wäre ich der wichtigste Mensch auf diesem Planeten, mit der Realität zu verbinden. Mit einer Realität, die April entgegen ihren eigenen Träumen an Kalifornien band und mich in eine Welt hinausschickte, die sich nicht mehr anfühlte wie mein Zuhause, obwohl sie das mein Leben lang gewesen war.

Ich legte die Hände auf meine Oberschenkel und versuchte, mich aufs Hier und Jetzt zu konzentrieren. Aber meine Gedanken drifteten immer wieder zu dieser einen Erkenntnis ab, die ich nicht länger leugnen konnte, auch wenn ich mir alle Mühe gegeben hatte, sie so weit wie möglich von mir zu schieben, weil ich wusste, dass es kein Zurück mehr gab, wenn ich erst einmal zuließ, dass sie sich in mir ausbreitete.

Ohne April fühlte sich alles, was ich tat, bedeutungslos an.

Sie war der eine Mensch, dem ich alles erzählen wollte. Der eine Mensch, den ich anrufen wollte, wenn in meinem Leben etwas Weltbewegendes passierte, vollkommen egal, ob gut oder schlecht. Sie war der eine Mensch, zu dem ich zurückkommen wollte und der mich vergessen ließ, dass ich nirgendwo so richtig dazugehörte, weil es bedeutungslos war, solange ich zu *ihr* gehörte.

April war mein Zuhause. Und das würde sie immer sein.

Ich atmete schwer aus und ließ den Rücken gegen die Lehne der Parkbank sinken, den Blick gen Himmel gerichtet, der heute wolkenverhangen war und sich bereits in diverse Schattierungen von Rot, Orange, Blau und Violett zu färben begann.

Und während die Sonne über der Bucht von San Francisco unterging, kam ich nicht umhin zu bemerken, wie schön der Himmel über Kalifornien aussehen konnte, wenn man sich nur einen Moment Zeit nahm, ihn zu betrachten.

Es war ein Anblick, an den ich mich gewöhnen könnte. Ein Anblick, mit dem ich meinen Frieden machen könnte. Zumindest für ein paar Monate im Jahr. Für ein paar Monate im Jahr konnte ich in einem winzigen Büro sitzen, Artikel recherchieren und über die Abenteuer anderer berichten. Solange ich am Ende des Tages in ein paar braune Augen mit moosgrünen Flecken sehen würde, warme, schlanke Finger zwischen meinen spürte und den Geruch von Sonnencreme und Zitrone in der Nase hätte.

Ohne auch nur eine Sekunde länger über den Plan nachzudenken, den meine Gedanken da gerade austüftelten, sprang ich auf die Füße und eilte mit langen Schritten in Richtung der Fahrstühle. Und zum ersten Mal seit Wochen fühlte mein Hirn sich nicht wie in Watte gepackt, sondern vollkommen klar an.

April hatte mich gebeten, sie gehen zu lassen, und genau das hatte ich getan. Sie hatte aber mit keinem Wort erwähnt, dass ich nicht wieder einen Schritt auf sie zu machen konnte, sobald die Zukunft sich veränderte. Und das hatte sie gerade. Und zwar drastisch.

Ich drückte auf den Fahrstuhlknopf und trat ein, als die Türen sich öffneten. Bevor sie sich wieder schlossen, warf ich einen letzten Blick auf den kalifornischen Himmel, und als ich das dunkle Rot der Abendsonne bemerkte, das mich an wilde Korkenzieherlocken erinnerte, lächelte ich.

Zeit, nach Hause zurückzukehren.

Vorausgesetzt, April hatte noch nicht die Schlösser ausgetauscht.

35. KAPITEL

April

»April, kann das nicht bis nach dem Frühstück warten?«

Ich sah nicht einmal vom Display auf, um dem sicherlich vorwurfsvollen Blick meiner Mom zu begegnen, sondern schüttelte nur den Kopf, während ich mit der anderen Hand nach dem Sandwich griff und hineinbiss.

»Die Deadline für die Bewerbung ist heute Abend«, murmelte ich mit vollem Mund und tippte. Ich war mir vollkommen bewusst, wie unhöflich es war, während einer Mahlzeit an einer Bewerbung herumzudoktern, aber die Liste der Verlage, die mein Dad herausgesucht hatte, war lang, und bei einigen von ihnen lief mir die Zeit davon. »Die darf ich nicht verpassen.«

»Lass sie, Schatz.« Aus dem Augenwinkel sah ich, wie mein Dad die Hand meiner Mom ergriff und sanft drückte. »Ist doch super, wenn sie sich so reinhängt.«

»Ist es auch. Aber nicht beim Frühstück.« Meine Mom schob die Hand von meinem Dad fort, und ehe ich michs versah, verschwand der Laptop direkt vor meiner Nase.

»Mom!«

»Vergiss es, April King.« Meine Mutter schüttelte den Kopf und klappte den Laptop beherzt zu, was bei mir zu einem halben Herzinfarkt führte, bis mir wieder einfiel, dass mein Laptop davon nicht ausging. »Das ist das letzte Frühstück, das ich mit dir habe, bevor du zurück zur Uni fährst. Ich habe das ganze Wochenende nichts dazu gesagt, dass du jeden Tag mit der Nase vor dieser Kiste gehangen hast, um irgendwelche Bewerbungen zu schreiben, aber jetzt ist Schluss.« Als ich den Mund aufmachte, um zu protestieren, warf meine Mutter mir einen eindeutigen Blick zu, der keine Widerworte duldete, ehe sie auf mein Sandwich deutete, das mein Dad mir extra gemacht hatte. »Iss dein Frühstück. Danach kannst du die Bewerbung immer noch fertig schreiben und dich dann auf den Weg zur STU machen.«

Ich warf einen flüchtigen Blick auf die Uhr und seufzte, als ich feststellte, dass es erst halb sieben war. Da ich die Vorlesungen an diesem Montagmorgen eh hatte sausen lassen, machte es nun wirklich keinen Unterschied mehr, wann ich von hier losfuhr, und meiner Bewerbung fehlte auch nicht mehr viel, bevor ich sie abschicken konnte. Es gab also eigentlich keinen vernünftigen Grund, mich hinter meinem Display zu verstecken, außer den, dass ich den besorgten Blicken meiner Eltern aus dem Weg gehen wollte, was genau der Grund war, warum meine Mom darauf bestand, dass ich meinen Laptop weglegte.

»Okay«, sagte ich kleinlaut und griff wieder nach meinem Sandwich. Erst jetzt bemerkte ich, dass mein Dad seinen superleckeren hausgemachten Eiersalat für mich zubereitet hatte, den ich so gern mochte, und sofort bekam ich ein schlechtes Gewissen. Den hatte ich nicht mal herausgeschmeckt, als ich eben abgebissen hatte. »Danke für das Sandwich, Dad.«

»Kein Thema, Munchkin.« Er deutete auf meine Tasse. »Möchtest du noch Kaffee?«

Intuitiv wollte ich nicken, doch als mir dämmerte, dass ich schon seit zwei Stunden hier am Küchentisch saß und vollkommen den Überblick darüber verloren hatte, wie viel Kaffee ich bereits von vier Uhr früh bis jetzt geschlürft hatte, schüttelte ich schnell den Kopf. Mein Herz raste auch so schon genug, da musste ich nicht auch noch Öl ins Feuer gießen. »Besser nicht.«

»Gute Entscheidung.« Meine Mom musterte mich eindringlich, und ich spürte genau, wie ihr Blick an den dunklen Schatten unter meinen Augen hängen blieb, die ich heute selbst schon im Spiegel bemerkt hatte und die offensichtlich nicht blasser geworden waren, so wie sie mich ansah. »Bist du sicher, dass Dad und ich dich nicht heute Abend nach San Teresa fahren sollen?«

»Ganz sicher.« Ich seufzte erneut und aß einen weiteren Bissen von meinem Sandwich, das leider noch immer nach absolut gar nichts schmeckte. »Ich schaff das schon. Es ist ja nicht weit.«

Meine Mom nickte. »Okay, ganz wie du meinst, Liebling.«

»Dreieinhalb Stunden können sehr lang werden«, mahnte mein Dad und biss von seinem Marmeladentoast ab. Das Geräusch, als er darauf herumkaute, erschien mir unerträglich laut. »Du, deine Mom und ich fahren dich heute Abend.«

Ich legte das Sandwich zurück auf meinen Teller und versuchte, die ätzende Übelkeit herunterzuschlucken, die sich in mir breitmachte. »Ich schaffe das schon.«

»Du siehst aus wie der wandelnde Tod.«

»Na und?« Ich ballte die Hände neben meinem Teller zu Fäusten, wütend über diese Selbstverständlichkeit, mit der mein Vater das Ruder übernahm und Entscheidungen für mich traf, die ich durchaus allein fällen konnte. So wie er es immer tat. Besonders dann, wenn es um mein Leben und meine Zukunft ging. »Ich bin erwachsen, Dad. Ich kann durchaus selbst einschätzen, ob ich noch Auto fahren kann oder nicht.«

»Offensichtlich ja nicht.« Mein Dad schüttelte den Kopf, seine Stimme sanft, aber missbilligend, als würde er mit einem

Kleinkind sprechen, das die Tragweite des Problems nicht verstand, dem man aber nicht wirklich böse sein konnte, weil das Kind es eben nicht besser wusste. »Wir haben den Polo nicht reparieren lassen, damit du ihn um den nächsten Baum wickelst.«

»Gibt es in meinem Leben eigentlich irgendetwas, das ich allein entscheiden darf?«

Mein Dad sah mich mindestens genauso überrascht an wie meine Mom, die sich leise räusperte und ihr Haar glatt strich, obwohl nicht eine einzige Strähne aus ihrem perfekten Dutt herausstand.

»Munchkin, wir machen uns nur Sorgen –«

»Das müsst ihr aber nicht. Ich komme sehr gut klar«, fauchte ich und wischte mir genervt über die Wange, als ich spürte, wie sich eine Träne davonstahl.

»Ach ja? Deshalb weinst du dich auch jede Nacht in den Schlaf, isst kaum und redest nur, wenn man dich anspricht!« Die Stimme meines Dads donnerte durch die Küche, und ich war mir sicher, dass die wenigen Gäste, die wir momentan hatten, uns hören konnten, während sie sich ein Stockwerk unter uns für das Frühstück fertig machten, das um acht serviert wurde und für das mein Dad schon viel zu spät dran war. »Ich verstehe ja, dass du Liebeskummer hast, aber –«

»Glaubst du allen Ernstes, ich weine mich nachts in den Schlaf, nur weil Tyler und ich uns getrennt haben?« Ich lachte bitter auf, und meine Mom ergriff unter dem Tisch meine Hand, doch ich schüttelte sie ab, unfähig, die Worte zu stoppen, die mir auf der Zunge lagen, die ich aber nie gewagt hatte, auszusprechen. »Ich weine mich nachts in den Schlaf, weil ich das Gefühl habe zu ersticken, Dad! Ich weine mich nachts in den Schlaf, weil ich nicht weiß, wie ich dir sagen soll, dass du mich mit deiner Sorge erdrückst! Ich esse kaum, weil ich keinen Bissen herunterbekomme, wenn ich daran denke, in einem kleinen Büro zu versauern, um mein Leben lang Geschichten anderer zu veröffentlichen, wenn ich eigentlich nur selbst schreiben und Welten erschaffen will. Ich esse nicht, weil mir kotzübel wird, wenn ich mir das nur vorstelle.« Ich sprach so schnell und hitzig, dass meine Worte sich überschlugen, und ich strich mir hektisch die Tränen von den Wangen, die jetzt flossen, ohne dass ich etwas dagegen tun konnte – ihr Strom genauso unaufhaltsam wie der reißende Fluss meiner Worte, der nicht enden wollte, weil der Staudamm, den ich um mein Herz gezogen hatte, mit einem Mal brach. »Und ich rede nicht, weil ich weiß, dass du mir nicht zuhörst! Ich hab immer wieder versucht, dir zu sagen, wie ich mich fühle, und du hast nie zugehört, Dad! Nie! Selbst als ich dich angelogen habe und du es rausbekommen hast, hast du mir nicht zugehört oder hinterfragt, warum ich das alles getan habe! Du hast mich nur weiter in die Richtung geschoben, von der du überzeugt bist, sie wäre die einzig richtige, ohne mich zu fragen, ob ich das überhaupt will!«

»Munchkin.« Mein Dad wurde leichenblass, seine Augen waren weit aufgerissen, und er starrte mich an, als wäre ich eine Fremde. »Ich dachte, du wärst einverstanden mit unserer Abmachung. Ich verstehe nicht, wieso du plötzlich –« Er brach ab und verengte die Augen. »Hat dieser Junge dir diese Flausen in den Kopf gesetzt?«

»Tyler hat mir keine Flausen in den Kopf gesetzt. Er ist der Einzige, der an mich glaubt und der mich unterstützt hat.« Vor lauter Frust warf ich die Hände in die Luft, nicht gewillt, meinem Dad diese Worte durchgehen zu lassen.

»Aber bevor du ihn hergebracht hast, hast du mit keinem Wort erwähnt, dass –«

»Weil ich dich nicht enttäuschen wollte. Ich will keine Lektorin werden, Dad. Das wollte ich noch nie. Das war nur ein

Kompromiss, auf den ich mich eingelassen habe, weil ich wusste, dass du mich sonst nie im Leben studieren lassen würdest. Und ich will auch keine Ausbildung machen und die Lodge übernehmen. Ich bin nicht wie du und will hier nicht Wurzeln schlagen und mich um irgendwelche fremden Gäste kümmern, die mir eigentlich vollkommen egal sind. Das habe ich nur gemacht, weil ich dir helfen wollte.« Als ich endlich die Worte aussprach, die ich all die Jahre zurückgehalten hatte, schien mein Herz zu explodieren, und ich presste mir die Hände fest auf die Brust, um meine Einzelteile irgendwie zusammenzuhalten. »Ich will einen Master machen und Game Writing and Narrative Design in Dublin studieren, auch wenn ich dafür in Schulden ertrinken und dich damit verletzen werde und ich nicht den blassesten Schimmer habe, ob ich wirklich eine Chance habe, angenommen zu werden. Ich will Videospiele kreieren, von einem Studio zum nächsten wechseln, immer neue Herausforderungen meistern und mich immer wieder neu entdecken, um herauszufinden, wer ich bin und wie weit ich es bringen kann. Ich will den Leuten mit meinen Geschichten eine virtuelle Heimat bieten, wenn ihre eigene um sie herum zusammenfällt. Ich will Kindern wie Noah und mir einen Ort schenken, an den sie sich zurückziehen können, wenn sie das Gefühl haben, sonst nirgendwo dazuzugehören. Und ich will …« Ich schluckte, als das Bild des Mannes vor meinem inneren Auge erschien, der mich so akzeptierte, wie ich war. »Ich will mit Tyler zusammen sein und mit ihm um die Welt reisen, Dad. Ich will an seiner Seite sein, wenn er mich braucht, ich will mit ihm streiten und Kompromisse machen und mit ihm alt werden.« Als meine Mom diesmal meine Hand ergriff, hielt ich sie ganz fest und verließ mich zum ersten Mal in meinem Leben darauf, dass sie mich halten würde, selbst wenn mein Dad mir diese Wahrheit, die ich so lange in mir verschlossen gehalten hatte, nie verzeihen würde. »Ich weiß, dass du nur das Beste für mich willst, Dad. Aber das Beste für mich ist, mein eigenes Leben und meine eigenen Träume zu leben und darauf vertrauen zu können, dass du hinter mir stehst und dich darauf verlässt, dass ich das Richtige tue. Was ich brauche, ist kein beschissener Bürojob. Was ich brauche, ist, dass mein Dad an mich glaubt und dass er mich auffängt, wenn ich falle. Was ich brauche, ist, dass du mich liebst, ganz egal, was ich mache. Auch wenn das, was ich mache, nicht das ist, was du dir gewünscht hast.« Ich schluchzte, während das Gewicht meiner Worte, die ich so lange zu verleugnen versucht hatte, mit einem Mal von mir abfiel und ich das Gefühl hatte, zum ersten Mal wirklich durchatmen zu können. Und das, obwohl die Angst, meinen Dad durch meine Worte zu verlieren, mich fest im Griff hatte. »Ich brauche dich, Dad! Aber falls ich dich nur haben kann, wenn ich das Leben führe, das du dir für mich ausgemalt hast, dann …« Ich schluckte und sah meinen Vater durch den Schleier meiner Tränen an. »Dann werde ich lernen müssen, ohne dich klarzukommen, obwohl das das Letzte ist, was ich will.«

Stille legte sich über die Küche, während die Wanduhr unaufhörlich weitertickte und es sich so anfühlte, als wäre die Zeit stehen geblieben. Reglos saßen wir da, eingefroren in diesem Moment, der unleugbar alles zwischen uns dreien für immer verändern würde. Keiner wagte, sich zu bewegen, so als würde alles so bleiben wie bisher, solange niemand sich rührte und wir so taten, als wäre die Wahrheit nie ausgesprochen worden.

Aber das war sie. Und von jetzt an gab es kein Zurück mehr.

Meine Welt, die bisher auf festen Pfeilern gestanden hatte, war mit einem Mal ins Wanken geraten. Mein Leben hatte von jetzt auf gleich eine völlig neue Richtung eingeschlagen. Und alles, woran ich denken konnte, war, dass es niemanden in meinem Leben gab, den ich in diesem Augenblick lieber an meiner Seite gehabt hätte als Tyler.

Gott, wie hatte ich nur so viel Zeit verschwenden können?

Ich ließ die Hand meiner Mom los, die mich mit einem Nicken bedachte, ehe ich mit den Ärmeln meines Pullis meine Wangen trocken wischte und aufstand. Meine Beine fühlten sich genauso zittrig an wie das Herz in meiner Brust, und ich hielt mich einen Moment an der Tischkante fest, bevor ich mich nach meinem Rucksack bückte, den ich gestern Abend gepackt und heute früh mit in die Küche genommen hatte.

»Wo willst du hin?«, fragte Dad mit brüchiger Stimme, als ich von meiner Mom den Laptop entgegennahm und ihn in meinen Rucksack steckte.

»Ich fahre zurück nach San Teresa.«

»Jetzt?« Dad presste die Lippen fest aufeinander, und ich ließ den Kopf hängen, als ich den wütenden und enttäuschten Blick bemerkte, mit dem mein Dad mich ansah. »Aber du kannst doch nicht einfach –«

»Geh, Spätzchen.« Mom stand auf und legte mir die Hände auf die Schultern. Ihr Griff war sanft und stark zugleich, sodass ich mich automatisch ein Stück gegen sie sinken ließ, dankbar dafür, dass sie mich in diesem Moment festhielt, in dem ich nicht allein sein wollte. »Ich rede mit deinem Dad.«

»Juliana –«

»Jetzt geh schon.« Sanft, aber bestimmt schob meine Mom mich in Richtung der Küchentür, dann ließ sie mich los und legte mir die Hand an die Wange. Zärtlich strich sie darüber. »Ich kümmere mich um ihn. Versprochen.«

»Danke, Mom.« Ich sah an ihr vorbei zu meinem Dad, der auf seinem Küchenstuhl zusammengesunken war und sein Gesicht in seine Hände stützte. Sofort kamen mir wieder die Tränen, doch ich schluckte sie herunter, als ich an das dachte, was Tyler vor so vielen Monaten im *Bloodhound* zu mir gesagt hatte.

Du bist keine schlechte Tochter, nur weil du deine Zukunft selbst bestimmen willst, Däumeline.

Ich drückte den Rücken durch und blickte auf die massigen Schultern meines Vaters, die mir immer unzerstörbar vorgekommen waren und die jetzt kraftlos herabhingen. Ich war keine schlechte Tochter. Ich hatte ein Anrecht auf mein eigenes Leben. Auf meine eigene Zukunft. Und es wurde Zeit, dass wir das lernten und verinnerlichten. Sowohl mein Dad als auch ich. »Dad?«

Ich sah genau, wie die Muskeln in seinen Schultern sich verspannten, aber auch wenn es einen Augenblick dauerte, drehte er sich doch noch zu mir um und schaute mir in die Augen. »Ja, April?«

Ich rieb mir über die schmerzende Brust, als er meinen Namen sagte, der aus seinem Mund so unendlich fremd klang. »Ich hab dich lieb, Dad.«

Mein Vater guckte mich überrascht an, bevor er sich räusperte, und als er den Blick abwandte, wäre ich am liebsten wieder in Tränen ausgebrochen, während das Herz in meiner Brust sich anfühlte, als würde es zu Eis erstarren. Hilfe suchend sah ich zu meiner Mom, die mir ein trauriges Lächeln zuwarf, ehe ihre Lippen ein lautloses *Gib ihm etwas Zeit* formten und sie zu meinem Vater hinüberging und ihm die Hände auf die Schultern legte, ohne ein Wort zu sagen.

Würde ich wirklich lernen müssen, ohne ihn klarzukommen? Ohne meinen Felsen von Gibraltar, der immer –

»Ich hab dich auch lieb, Munchkin«, murmelte mein Dad und räusperte sich noch mal. »Fahr vorsichtig. Und ...« Er brach ab und atmete schwer aus. »Und melde dich, sobald du was aus Dublin gehört hast.«

Ich hatte die wenigen Meter von der Küchentür bis zu meinem Dad in dem Bruchteil eines Augenblicks überbrückt, ehe ich die Arme von hinten um ihn schlang und ihn fest an mich drückte.

»Danke, Dad«, wisperte ich. »Vielen, vielen Dank.«

Mein Dad sagte nichts, sondern legte mir lediglich die schwere Hand auf den Unterarm und drückte sanft zu. Worte waren vollkommen überflüssig, und ich begann zu begreifen, dass mein Dad immer bedingungslos hinter mir stehen würde.

Manchmal brauchte er nur einen Moment.

36. KAPITEL

Tyler

Kate [23:54]: Sie ist zu ihren Eltern gefahren und kommt erst Montagabend wieder. Wieso, was ist denn?
Tyler [23:55]: Sag mir bitte Bescheid, sobald sie wieder da ist, okay?
Kate [23:55]: Natürlich. Aber ist alles okay?
Tyler [23:59]: Ja. Alles okay.
Tyler [00:00]: Es gibt da nur etwas, dass ich ihr dringend sagen muss.
Kate [00:03]: Ich hoffe, es beinhaltet die Worte »Ich war ein Idiot« und »Ich liebe dich«.
Tyler [00:06]: Auch.
Kate [00:13]: Sehr gut. Hat lange genug gedauert. Ich sag dir Bescheid, sobald sie zurück ist.

Ich atmete schwer aus und ließ mein Handy zurück auf die Matratze fallen, auf der ich mich immer noch herumwälzte, obwohl ich seit vier Uhr früh einfach nur in der Dunkelheit lag und an die Decke starrte, während das Licht sich mit der Zeit immer tiefer in mein Zimmer geschlichen hatte.

Ich hatte keine Ahnung, warum ich die Augen zu so einer unchristlichen Zeit aufgeschlagen hatte. Ich war einfach wach geworden, ohne Wecker oder lästige Nachbarn, dafür aber mit ungutem Gefühl im Bauch und einem Ziehen in der Brust.

Fuck, ich hätte nach Three Rivers fahren sollen.

Am besten gleich als Kate mir gesagt hatte, wo April steckte. Ich hätte darauf scheißen sollen, was ihre Eltern von mir hielten, und hätte ihr einfach mein Herz offenlegen sollen wie ein heroischer Protagonist, der direkt in die Höhle des Löwen reitet, um die Prinzessin zu befreien.

Aber ich war kein Held, April keine Prinzessin und ihre Eltern keine Löwen.

Und auch wenn ich nicht wusste, warum sie zu ihren Eltern gefahren war, wusste ich doch ganz genau, dass das nicht der richtige Ort war, um mit April über all die Dinge zu sprechen, die zwischen uns standen und die ich mit aller Macht überbrücken wollte, solange sie noch genauso für mich empfand wie ich für sie.

Wenn das hieß, dass ich dafür die Füße stillhalten musste, bis sie zurück war, dann würde ich das tun. Jetzt gerade drohte ich allerdings den Verstand zu verlieren.

Oh Mann, ich hatte ganze vier Wochen gewartet. Was waren da noch ein paar Stunden mehr oder weniger?

Ach, wem wollte ich was vormachen? Diese paar Stunden waren eine halbe Ewigkeit, und es war einfach nur zum Kotzen.

Und davon hatte ich noch ein paar Stunden vor mir.

Fantastisch.

Als mein Handy klingelte, ging ich dran, ohne einen Blick aufs Display zu werfen. Wer auch immer das war, würde mich ablenken. Und das war genau das, was ich gerade brauchte.

»Young«, murrte ich ins Telefon und schloss die Augen, während ich ein Stoßgebet gen Himmel schickte, dass wer auch immer am anderen Ende der Leitung war, entweder lange reden wollte oder zumindest ein ernsthaftes Problem hatte.

»Ty?«

Sofort flogen meine Augenlider auf, und ich saß senkrecht im Bett. »April?«

Ihre Atmung klang gehetzt, als wäre sie gerannt. »Mach die Tür auf.«

Ich blinzelte verdattert und nahm das Handy vom Ohr, nur um sicher zu sein, dass es wirklich April war, die da anrief, ehe ich mir das Telefon wieder ans Ohr hielt. »Was?«

»Ich stehe unten an der Tür.« Sie klang angespannt, und sofort waren alle meine Nervenenden auf Empfang gestellt. »Mach auf.«

»Okay.« Ich sprang aus dem Bett und stolperte in Richtung Tür. »Ist alles in Ordnung?«

»Mach bitte einfach die Tür auf, Ty.« Aprils Stimme brach, und mir wurde schwindelig. »Bitte.«

Meine Finger flogen regelrecht zum Summer, und als ich das Signal der elektrischen Türen unten hören konnte, riss ich schon meine Zimmertür auf, ehe ich das Handy sinken ließ, weil ich bemerkte, dass April aufgelegt hatte.

Scheiße, was war in Three Rivers passiert? Hatte Sie mit ihren Eltern gestritten? Hatte ihr Dad von der Bewerbung in Dublin erfahren und sie rausgeworfen? War ihrer Mom etwas zugestoßen?

Während meine Gedanken Achterbahn fuhren, wechselte ich unruhig von einem Fuß auf den anderen, dann hielt ich einen Moment inne und atmete tief durch.

Falls bei April wirklich etwas nicht in Ordnung war, dann würde es ihr kein bisschen helfen, wenn ich wie ein Flummi von einem Fuß auf den anderen hüpfte. Also zwang ich mich zur Ruhe, kontrollierte meine Atmung und wartete direkt an der Tür auf sie, in der Hoffnung, dass es alles nur falscher Alarm war und dass es sowohl April als auch ihren Eltern gut ging.

Mit meiner Ruhe war es allerdings augenblicklich vorbei, als April aus dem Treppenhaus herausstürmte, ihre roten Locken wehten wie ein Feuerschweif hinter ihr her, als sie in meine Richtung rannte. Als sie zum Stehen kam, war sie völlig außer Atem, und ohne auch nur eine Sekunde darüber nachzudenken, zog ich April zu mir ins Zimmer.

»Was ist los?« Ich legte April die Hände an die Wangen und betrachtete eindringlich ihr Gesicht, ehe ich einen Schritt zurücktrat, um sie richtig anschauen zu können. Sie war blass und sah aus, als hätte sie mehrere Tage nicht vernünftig geschlafen. Ihre Haare waren ein einziges Chaos, und sie hatte zwei verschiedene Schuhe an den Füßen, sodass ich mich fragte, ob sie so schon bei ihren Eltern losgefahren war oder ob sie einen Zwischenstopp in der WG eingelegt hatte, bevor sie zu mir gerannt war. Mein Blick flog zur Uhr an der Wand. Halb zehn. Kate hatte erst in dreißig Minuten eine Vorlesung, und Raelyn schlief noch, wenn sie nicht arbeiten musste. Okay, irgendwas stimmte hier nicht. »Ist was passiert? Kate hat mir gesagt, dass du bei deinen Eltern bist. Ist mit ihnen alles – «

April legte ihre Hände über meine, ihre Augen waren weit aufgerissen und voller Funken, während sie mich ansah und noch immer wie wild nach Luft schnappte. »Ich habe meinen Eltern gesagt, dass ich nach Dublin gehen will.«

Okay. Definitiv nicht das, was ich erwartet hatte. Weil ich gerade nicht sonderlich auf meine eigene Zurechnungsfähigkeit vertraute, beschloss ich, auf Nummer sicher zu gehen. »Wie bitte?«

»Ich habe meinen Eltern endlich gesagt, dass ich nach Dublin gehen will. Und das werde ich. Entweder dieses Jahr, vorausgesetzt ich kriege den Platz, oder eben nächstes Jahr oder übernächstes oder danach. Aber ich gehe nach Dublin, und ich werde diesen Master machen, komme, was wolle.«

Ich konnte nicht umhin, stolz zu lächeln, während ich auf April hinabsah, die jetzt mehr einem aufgeregten Kind am Weihnachtsmorgen glich als einem panischen Reh im Scheinwerferlicht. Gott, ich wusste, was sie das gekostet haben musste, und jeder Muskel in meinem Körper spannte sich an, weil ich nur daran denken konnte, meine Lippen auf ihre zu pressen, aber ich hielt mich davon ab. »Das sind tolle Neuigkeiten, Däumeline. Was haben sie gesagt?«

»Danke. Du warst der Erste, dem ich davon erzählen wollte«, platzte sie heraus, und ich konnte sie nur anstarren, während sie meine ganze Welt ins Wanken brachte, als sie die Worte sagte, die ich so dringend hören wollte, die aber bis gerade eben noch unerreichbar erschienen. »Mein Dad war nicht begeistert, aber er wird mithilfe meiner Mom schon darüber wegkommen. Da bin ich mir sicher. Kurz bevor ich gefahren bin, hat er mir sogar gesagt, dass ich mich melden soll, wenn ich was aus Dublin höre. Das ist vermutlich das Nächste zu einer Zustimmung, was ich jemals von ihm kriegen werde.«

Ihr Optimismus war ansteckend, und ich ließ mich für einen Moment mit davontragen, die Euphorie eine willkommene Abwechslung zu der gespenstischen Leere, die sich in den letzten Wochen wieder in mir breitgemacht hatte. »Das ist doch fantastisch, April. Ich freue mich wahnsinnig für dich.«

»Danke. Ich hab mit ihnen am Küchentisch gesessen, es ihnen gesagt, und alles, woran ich denken konnte, warst du.« Sie nahm ihre Hände von meinen und legte sie mir stattdessen auf die Brust, krallte die Finger tief in mein Schlafshirt, mit einer verzweifelten Eindringlichkeit, die entwaffnend war. »Generell kann ich nur an dich denken. Du bist mein erster Gedanke, wenn ich morgens aufstehe, und der letzte, bevor ich abends einschlafe. Du bist der einzige Mensch auf dieser Welt, mit dem ich alles teilen möchte, Ty. Die guten Dinge, die schlechten und alles dazwischen.«

»April –«

Sie unterbrach mich, indem sie heftig den Kopf schüttelte, ihre wilden Locken wie ein Inferno, als sie energisch ihre Mähne hin und her warf. »Ich hab keine Ahnung, wohin die Reise geht, Ty. Ich weiß nicht, ob ich den Studienplatz bekommen hab oder ob ich noch warten muss. Ob ich wirklich in der Videospielindustrie Fuß fassen kann oder ob ich scheitern werde wie so viele andere auch. Aber ich weiß, dass ich bei jedem Schritt auf diesem Weg dich an meiner Seite haben will.« Ihre Finger krallten sich fester in mein Shirt, und ich schwankte in ihre Richtung, als sie an mir zog, bis ihre Brust sich gegen meine presste und ich automatisch den Kopf senkte, um meine Stirn an ihre zu legen. »Ich hab zwar keine Ahnung, wie das gehen soll mit deinem Job und meinem Studium, aber ich will einen Weg finden, wie es für uns beide funktionieren kann, ohne dass wir füreinander unsere Träume aufgeben müssen. Ob du mit mir nach Dublin kommst oder ich erst mit dir nach China, oder ob es eine Möglichkeit gibt, dieses Studium mit so wenig Präsenz wie möglich durchzuziehen, damit ich dich begleiten kann.« Ihr Atem traf heiß auf meine Lippen, während sie so schnell sprach, dass ihre Worte sich überschlugen. Sie zog an mir, als wäre ich ihr nicht annähernd nah genug, während sie mit ihren süßen Worten all die Möglichkeiten in die Luft zeichnete, die ich seit drei Tagen in meinem Kopf umwälzte, ohne zu wissen, ob sie überhaupt noch mit mir zusammen sein wollte, nachdem ich sie einfach so hatte gehen lassen. »Ich liebe dich, und ich will mit dir zusammen sein, auch wenn das heißt, nicht jeden Tag an deiner Seite sein zu können.«

Jetzt schwankte ich tatsächlich. »April –«

»Bevor du fragst: Ja, ich bin mir sicher. Und ja, ich weiß, dass es manchmal Monate dauern kann, bis wir uns wiedersehen, aber das ist mir vollkommen egal, solange du zu mir zurückkommst und solange du mich liebst.« Sie atmete zitternd ein, ehe sie die Augen aufriss und mich entsetzt ansah. »Oh Gott, du liebst mich doch noch, oder?«

»Als ob ich damit jemals aufhören könnte«, murmelte ich leise, ehe ich mich zu ihr herunterbeugte und meine Lippen auf ihre legte. Diese Lippen, von denen ich geglaubt hatte, dass ich sie nie wieder würde küssen können. Diese Lippen, die jeden meiner Gedanken beherrschten. Diese Lippen, von denen ich diese Worte hatte hören wollen, ohne es wirklich zu realisieren, bis es beinahe zu spät gewesen wäre.

Sie schmeckte noch genau so, wie ich es in Erinnerung hatte, und das Herz in meiner Brust, das in den letzten Wochen so verräterisch still gewesen war, schlug mit einem Mal mit doppelter Geschwindigkeit weiter, bis ich mich von April lösen musste, um nach Luft zu schnappen, weil ich mich ein wenig benommen fühlte.

Ob es an dem Kuss, der Erleichterung oder dem Glück lag, das mich durchströmte, vermochte ich nicht zu sagen. Aber es war mir auch vollkommen egal. Es gab nur eins, das wirklich zählte.

»Ich liebe dich, April King.«

»Gott sei Dank.« April japste, genau wie ich, nach Luft, und meine Augen hefteten sich automatisch auf ihre geschwollenen Lippen, die zu zittern begannen. »Ich liebe dich.«

Ich legte meine Hand auf ihren Nacken und hielt sie dicht bei mir, während ich einfach zuließ, dass ihr Atem sich mit meinem mischte und ihr Geruch von Sonnencreme und Zitrone sich in meinem Zimmer ausbreitete und mich und den Raum vollständig erfüllte.

»April?«

»Mhm?« Sie stellte sich auf die Zehnspitzen und rieb ihre Nase zärtlich an meiner.

»Wir finden einen Weg«, sagte ich entschlossen und grub meine Finger fester in ihre zarte Haut, die ich genauso sehr vermisst hatte wie den Glanz in ihren Augen, ihren Geruch von Sonnencreme und Zitrone und den Klang ihrer Stimme. »Ich will nicht ohne dich sein. Und wenn ich dafür in irgendeinem Büro hocken oder die Reise sausen lassen muss, dann soll mir das recht sein. Kein Ort dieser Welt kann so schlimm sein wie die letzten Wochen ohne dich.«

Die Erinnerung an die Leere in meiner Brust würde mich für immer begleiten, und das war etwas, das ich nie wieder fühlen wollte. Ohne April war ich unvollständig. Und dieses Loch konnte auch keine Reise dieser Welt jemals füllen.

»Ich will einfach nur mit dir zusammen sein, Däumeline. Völlig egal, wo auch immer das sein wird.«

»Und ich will mit dir zusammen sein.« April lächelte an meinen Lippen, ehe sie sich einen weiteren Kuss stibitzte. »Bis wir alt und grau sind?«

»Bis wir alt und grau sind.« Ich hatte keine Ahnung, woher ich diese Überzeugung und diese Sicherheit nahm. Ich wusste nur, dass ich sie bis tief in mein Innerstes spürte. Solange April und ich uns liebten und solange wir bereit waren, Kompromisse einzugehen und Lösungen zu suchen, würde das hier funktionieren.

Sicher, es würde vermutlich oft verdammt schwierig sein. Wir würden streiten, weinen, scheitern und einander vermissen, nur um irgendwie unsere beiden Leben unter einen Hut zu bekommen, da meines mich immer in die eine und ihres sie in die andere Richtung ziehen würde.

Aber solange wir bereit waren, das in Kauf zu nehmen, um zusammen zu sein, würde es schon funktionieren.

Irgendwie.

Vermutlich – nein – sicherlich nicht perfekt, dafür aber auf Aprils und meine Art und in dem Wissen, dass wir zusammen sein wollten, auch wenn es manchmal verflucht schwierig werden würde.

Aber ich würde mich immer für tausend schwierige Tage mit April an meiner Seite entscheiden als einen einzigen perfekten Tag ohne sie.

Das hier würde klappen, und zwar aus einem einfachen Grund: weil ich sie liebte. Und weil ich sie schon geliebt hatte, lange bevor ich es selbst gewusst hatte.

EPILOG

April

Graduation Day – Drei Monate später

»Du hast die Augen schon wieder zu!« Dean ließ die Kamera sinken, während er ein frustriertes Schnauben hören ließ, weil er schon zum x-ten Mal versuchte, ein vernünftiges Abschlussfoto von uns allen zu schießen, was offensichtlich alles andere als ein leichtes Unterfangen war, wenn man bedachte, wie oft das jetzt schon schiefgegangen war.

»Sorry, die Sonne hat mich geblendet.« Alec verzog entschuldigend das Gesicht, aber das Schmunzeln, das seine Lippen umspielte, strafte seine Worte Lügen.

»Es ist bewölkt, du Vollpfosten!«

Ich stemmte die Hände in die Hüften und sah zu Alec, der unsere Fotos bisher am häufigsten sabotiert hatte, obwohl Hunter dicht dahinter lag. »Könnten wir das Ganze jetzt bitte einfach hinter uns bringen?«

»Ich bin dafür.« Raelyn linste an Kate und Alec vorbei und verzog ihre Lippen zu einer witzigen Grimasse, die mich fast die Medaille um ihren Hals vergessen ließ, die jeden daran erinnerte, dass dieses Streberchen mit den türkisfarbenen Haarspitzen allen Ernstes ihren Abschluss mit *summa cum laude* gemacht hatte. »Gott, ich hab das Gefühl, mir fallen gleich die Mundwinkel ab.«

Hunter schmunzelte nur und ergriff die Hand seiner Freundin etwas fester. »Und ich hab das Gefühl, dass ein gewisser Jemand seinen Flug verpassen wird.«

»Ach, das wird schon.« Ich schwankte, als Tyler seinen Unterarm auf meiner Studentenkappe abstützte und sie damit fast vollständig zerdrückte, während er locker abwinkte, wie immer komplett die Ruhe selbst. Ich wurde langsam unruhig, zumal der Dekan bei seiner Abschlussrede echt ordentlich ausgeholt hatte und wir eine Weile gebraucht hatten, um es von der Traube aus Studenten zu einem Teil des Campus zu schaffen, an dem es nicht von Absolventen, Professoren und Angehörigen wimmelte.

»Du bist entschieden zu entspannt.«

»Ach, dann musst du halt ein bisschen mehr aufs Gas treten, Däumeline.«

Kate warf Tyler einen vorwurfsvollen Blick zu. »Du sollst sie nicht immer zum Rasen anstiften!«

»Dafür braucht sie keinen Anstifter.« Dean zuckte mit den Schultern und senkte den Blick auf seine Kamera, die er noch immer auf uns gerichtet hielt. »Das kann April auch allein, jetzt, wo sie ständig den SUV durch die Gegend fährt.«

Alec nickte, als müsste er auch noch allen Ernstes seinen Senf dazugeben, nur um mir heute auf den Wecker zu gehen. »Denk nur dran, dass du auch in Irland den Lappen los bist, wenn sie dich erwischen. Amerikanerin hin oder her.«

Ich pustete mir die Quaste meiner Studentenkappe aus der Stirn und rollte die Augen. »Ich hab da nicht mal ein Auto, ihr Genies.«

Alec zuckte nur die Achseln, auf den Lippen ein schiefes Grinsen, an das ich mich in den letzten Jahren so sehr gewöhnt hatte. »Diebstahl ist immer eine Option.«

»Du hast echt zu viel kriminelle Energie.«

»Hab ich mir von dir abgeguckt.«

»Wie sollen wir das nur jeden Tag ohne das Gekeife der beiden aushalten?« Kate unterbrach unseren kleinen Wortwechsel mit ihrem hellen Kichern, während sie zu Raelyn hinübersah, die uns mit einem wissenden Lächeln bedachte.

»Ich hab keine Ahnung.«

Dean lachte rau auf. »Wie wäre es mit einem Hörspiel für die ganze Clique?«

»Ich passe.« Hunter schüttelte sich, als wäre das sein schlimmster Albtraum. »Ich bin mir sicher, dass ich mir deren Rumgestänker noch oft genug anhören muss.«

»Spätestens im Dezember zu Weihnachten«, sagte Raelyn mit einem Schmunzeln und erinnerte mich daran, dass es diesmal wirklich so lange dauern würde, bis wir sieben wieder an einem Ort sein würden. Eine Tatsache, die ich bisher eigentlich ganz gut verdrängt hatte.

»Habt ihr zwei eigentlich mittlerweile mal eine Bude?« Dean ließ die Kamera sinken, vermutlich weil er aufgegeben hatte, und steckte die Hände in die Hosentaschen seiner Jeans, seinen Talar locker über die Schulter geworfen, während er uns alle gezwungen hatte, diese grässlichen Roben zumindest fürs Foto anzulassen. »Sonst sieht das mit Weihnachten in Dublin für uns alle ziemlich finster aus.«

»Jup. Tylers Vater ist gerade da und finalisiert den ganzen Papierkram für uns.« Ich nahm die Hände von den Hüften und dachte mit einem Lächeln an das kleine, aber feine Apartment, das wir im Internet aufgetan hatten und das ganz in der Nähe der Universität lag, die ich bald besuchen würde. Der Gedanke war irgendwie immer noch ein wenig seltsam, und das, obwohl ich schon vor einer Weile für den Master in *Game Writing and Narrative Design* an dem *University College Dublin* zugelassen worden war. »Ich fliege dann im August mit Dad hin und mache alles einzugsbereit, bevor im September meine Kurse starten.«

Alec zog eine Augenbraue hoch und sah Tyler an, der sich immer noch auf meinem Kopf abstützte, als wäre ich die bequemste Armlehne, die ihm in seinem Leben je begegnet war. »Und du setzt dich dann im November ins gemachte Nest, oder was?«

»Aus China lässt es sich schlecht zum Renovieren nach Dublin fliegen, meinst du nicht?«, schoss Tyler unbeeindruckt zurück und nahm den Arm von meinem Kopf, nur um ihn mir auf die Schulter zu legen. »Außerdem flieg ich ja erst mal nur alle paar Wochen hin, bis ich zur Außenstelle in Europa wechseln kann.«

Dean legte den Kopf schief und sah zwischen Tyler und mir hin und her. »Du fliegst dann also alle paar Wochen von San Francisco nach Dublin, nur um deine Angebetete zu sehen?«

»Jup.«

Alec klopfte mir bewundernd auf die Schulter. »Muss das schön sein, einen stinkreichen Schwiegervater zu haben.«

»Nick ist nicht mein Schwiegervater!« Ich spürte, wie mir die Hitze in die Wangen stieg, und Hilfe suchend sah ich zu Tyler, der mir nur ein schalkhaftes Grinsen zuwarf.

»Jetzt nennst du CEO Young schon beim Vornamen?«

»Ach, fahr zur Hölle.« Um das Thema so schnell wie möglich zu wechseln und dem schallenden Gelächter meiner Freunde zu entkommen, nachdem Hunter mich mit seinen Worten ein bisschen aus dem Konzept gebracht hatte, nickte ich ungeduldig in Richtung von Deans Kamera. »Können wir jetzt langsam mal das Foto machen?«

Dean zuckte mit den Achseln und schaltete die Kamera ab. »Schon längst passiert.«

»Was?« Kate schüttelte sofort vehement den Kopf. »Nein, Dean, du musst mit drauf!«

»Kommt nicht infrage. Der Fotograf steht nie selbst vor der Linse.« Er sah auf die Uhr an seinem Handgelenk, und ich verspannte mich sofort, als seine Mundwinkel sich merklich nach unten verzogen, ehe er zuerst Tyler und dann mich anschaute und mit den Schultern rollte, als versuchte er, ein unangenehmes Gefühl abzuschütteln. »Außerdem müssen die zwei los, oder nicht?«

Ich drehte Tylers Handgelenk zu mir und sah auf seine Armbanduhr, meine Augen schockgeweitet, als ich bemerkte, dass es schon weit nach zwei Uhr mittags war, und wir noch bis nach San Francisco hochmussten, bevor heute Abend Tylers Flieger nach Peking abhob. »Oh, Fuck!«

Kate löste sich von Alec und schob mich ungeduldig in Richtung des Parkplatzes. »Na los, seht zu, dass ihr wegkommt, sonst verpasst Ty echt noch seinen Flieger.«

Schnell lasen wir alle unsere Sachen auf und huschten zu Tylers SUV, den wir heute Morgen zum Glück auf dem nächstgelegenen Parkplatz abgestellt hatten. Der Wagen war bis unters Dach vollgepackt, was mehr an all meinen Sachen lag als an Tylers. Er hatte seine Backpacking-Ausrüstung einfach auf den Rücksitz geschmissen, wo sie so gerade noch genug Platz neben all den Dingen hatte, die ich aus der WG mit nach Hause nehmen würde.

Ein ganzer Wagen voller Erinnerungen, und doch war es nicht annähernd genug, um das einzufangen, was ich die letzten vier Jahre hier erlebt hatte. Aber es waren weniger die Dinge als die Menschen, die ich mit ihnen verband. Und genau von diesen Menschen musste ich jetzt für eine Weile Abschied nehmen.

Und ich hatte keine Ahnung, wie ich das machen sollte.

Ich lächelte schwach, als Tyler mich auf die Schläfe küsste, ehe er beiseitetrat und sich von unseren gemeinsamen Freunden zu verabschieden begann. Doch ich konnte mich gar nicht wirklich auf das konzentrieren, was jeder Einzelne von uns sagte, während ich einfach nur versuchte, meine Tränen herunterzuschlucken. Was mir auch einigermaßen gelang.

Zumindest bis Kate und Raelyn vor mir standen.

»Scheiße«, murmelte ich und rieb mit den Händen über den luftigen Stoff des Faltenrocks, den Kate gestern noch für mich herausgesucht hatte. »Irgendwie hab ich mir das leichter vorgestellt.«

Raelyn blinzelte hektisch, und auch mir verschwamm die Sicht, als ich ihr trauriges Lächeln sah. »Ich mir auch.«

Ich atmete zitternd ein, als mir bewusst wurde, dass mir nur noch wenige Augenblicke mit den beiden in unserer kleinen Welt blieben, in der es keine Abschiede, aber dafür viel Gelächter, viele Tränen und unzählige Erinnerungen gegeben hatte. »Ganz im Ernst, wie soll ich das ohne euch aushalten?«

»Das musst du ja zum Glück nicht.« Raelyn stieß mich mit der Schulter an. »Wir sind immer nur einen Anruf entfernt.«

»Und nur weil wir nicht mehr in der gleichen Wohnung leben, heißt das nicht, dass du uns jetzt los bist.« Kate legte mir die Hände an die Wangen und lächelte, obwohl ihr die Tränen genauso in den Augen standen. »Wir sind eine Familie, schon vergessen?«

»Ach, Scheiße!« Ich sah zu Raelyn, die ein Schniefen hören ließ. »Ich wollte nicht zuerst heulen.«

»Gott sei Dank.« Kate klang unfassbar erleichtert, und ehe ich michs versah, liefen auch ihr die Tränen über die Wangen und hinterließen Spuren auf ihrem makellosen Make-up. »Dann bin ich es wenigstens nicht gewesen.«

»Kommt her, ihr zwei«, brachte ich unter Tränen hervor, während ich die beiden in die Arme nahm und mich in der Wärme meiner Freundinnen verlor, die mir Zuflucht, Mitbewohnerinnen und Schwestern in einem gewesen waren. »Danke für die letzten vier Jahre.«

Einen Augenblick lang hielten wir einander einfach nur fest, die Stille lediglich unterbrochen von leisem Schluchzen und gemurmelten Wünschen für die Zukunft, während wir versuchten, diesen Moment anzuhalten, der nie zurückkommen würde.

Wenn wir uns losließen, dann war es vorbei. Und ich wusste, dass ich dafür noch nicht bereit war. Aber das würde ich auch nie. Ich würde nie bereit dafür sein, mich von meiner Zeit an der STU zu verabschieden. Aber zum Glück musste ich das auch nie wirklich, denn meine Zeit an der San Teresa University würde ich für immer bei mir tragen.

Unvergesslich, einzigartig und so viel besser, als ich mir jemals hätte ausmalen können.

»Däumeline?« Ich hob den Kopf von Kates Schulter, als Tyler mich mit sanfter Stimme ansprach. »Wir müssen los.«

»Okay.« Ich schniefte und wischte mir mit den Ärmeln meiner Robe übers Gesicht, die jetzt von meinem Make-up lauter Flecken hatten. »Ich hab euch lieb.«

»Wir dich auch.« Kate küsste mich auf beide Wangen, ehe sie mich losließ und sich gegen Alec sinken ließ, der sofort hinter ihr war, die Arme fest um ihre Taille geschlungen. »Ruf an, sobald ihr am Flughafen angekommen seid, okay?«

Hunter zog Raelyn an seine Seite, die ihr Gesicht an seiner Brust verbarg, ehe er in Tylers Richtung nickte, seine Augen genauso glasig wie die meines Freundes, der den Arm um meine Schultern legte, um mir Halt zu geben und gleichzeitig bei mir Halt zu suchen. »Und ruf erst recht an, sobald du den Idioten durch das Gate geschickt hast, damit wir sicher sein können, dass er auch wirklich weg ist.«

»Wird gemacht.« Ich konnte nicht anders, als leise aufzulachen, und tatsächlich tat es gut, zur selben Zeit zu lachen und zu weinen. Denn genau so war der Abschied von der STU. Bittersüß und voller Tränen, aber eben auch geprägt von Wärme, Gelächter und unglaublich viel Liebe.

Tyler führte mich langsam zum Wagen, doch als ich die Fahrertür aufziehen wollte, schüttelte er nur den Kopf und hielt mir die Hand hin. »Lass mich fahren.«

Unschlüssig zog ich den Schlüssel aus meiner Rocktasche. »Aber –«

»Lass mich fahren, Zwerg.«

»Okay.« Ich überließ ihm den Schlüssel und kletterte auf den Beifahrersitz. Und als ich im Seitenspiegel unsere Freunde erblickte, die auf dem Parkplatz standen und uns zuwinkten, wusste ich genau, warum Tyler darauf bestanden hatte zu fahren.

Ich seufzte dankbar, als Tyler den Wagen anließ und dann sofort unsere Finger miteinander verflocht, er wie immer der Quell meiner Ruhe und Kraft war, wenn ich nicht mehr aus mir selbst schöpfen konnte. Als der SUV sich in Bewegung setzte, konnte ich nicht verhindern, dass meine Tränen wieder zu fließen begannen, und ich sah im Seitenspiegel zu, wie die Menschen, die mich zu der gemacht hatten, die ich heute war, immer kleiner wurden, bis sie letztendlich ganz verschwanden. Und als wir über die Stadtgrenze fuhren und in die warme und beruhigende Gegenwart des jeweils anderen gehüllt waren, versiegten meine Tränen tatsächlich, auch wenn es einen Moment dauerte.

Denn mit Tyler an meiner Seite gab es nichts, vor dem ich mich fürchten, keine Trauer, in der ich ertrinken musste, und keine Dunkelheit, in die ich abdriften konnte.

Völlig egal, wo er war. Völlig egal, wo ich war. Völlig egal, wohin das Leben uns verschlug oder welche Zukunft auf uns wartete.

Diese Liebe, die wir teilten, die würde sich nie verändern.

Und das Gleiche galt auch für unsere Freunde. Denn auch wenn unsere gemeinsame Zeit an der STU vorbei war und wir unsere Freunde von nun an nur noch selten sehen würden, waren diese fünf Menschen unsere Familie. Und vollkommen egal, wo auf der Welt wir alle waren, wir würden uns für immer eins sein:

Nah.

DANKSAGUNG

Liebe Leser:innen,

hier endet also unsere gemeinsame Zeit an der San Teresa University, und ich kann das alles noch gar nicht wirklich begreifen. Ich habe das Wort *ENDE* unter das Manuskript gesetzt, habe das Lektorat hinter mich gebracht und gebe diese Geschichte jetzt vertrauensvoll in die Produktion.

Gerade fühle ich so viele Dinge auf einmal, dass ich sie gar nicht wirklich in Worte zu fassen vermag. Und genau deshalb möchte ich mich diesmal auch kurzfassen.

Danke, Katharina Larue. Ich weiß nicht, was ich anderes sagen soll als das. Du warst während FOREVER CLOSE so viel mehr als meine Lektorin. Du warst mein Fels in der Brandung, an den ich mich vertrauensvoll lehnen konnte und der mich davor bewahrt hat, mich selbst zu verlieren. Ohne dich hätte ich mich selbst wieder einmal hintenangestellt und alles riskiert. Du hast auf mich aufgepasst, als ich es selbst nicht konnte, und dafür werde ich dir immer unendlich dankbar sein.

Danke auch dir, liebe Steffi Janek. Deine Ruhe, deine Gelassenheit und dein Vertrauen haben mir geholfen, durch dieses Projekt hindurchzukommen, ohne den Glauben an mich selbst zu verlieren. Ich hoffe, dass ich noch in unzähligen Projekten auf deine Stärke und deine Bestärkung vertrauen kann, die so viel mehr wert sind, als ich je zum Ausdruck bringen könnte.

Mein Dank gilt diesmal auch ganz besonders den Menschen vom LYX-Team, die mir immer den Rücken frei halten und die mir immer wieder gesagt haben, dass es vollkommen in Ordnung ist, FOREVER CLOSE zu verschieben, auch wenn ich selbst kaum mit dieser Entscheidung fertiggeworden bin. Danke, dass ihr mich 2016 so liebevoll aufgenommen habt und mir seitdem das Gefühl gebt, angekommen zu sein. Ich hoffe, dass ich noch lange ein stolzer Teil von *#TeamLYX* sein darf.

Noch jemand, dem ich an dieser Stelle danken möchte, ist meine Sensitivity Readerin Dong-Hee Maeng, die mir beratend zur Seite gestanden und meinen Horizont erweitert hat.

Besonderer Dank geht auch raus an Anna Savas und April Dawson, die mir beide mit unzähligen Nachrichten, aufbauenden Telefonaten und liebevoller Bestätigung zur Seite gestanden haben. Sobald Messen wieder erlaubt sein werden, schulde ich euch beiden mindestens einen Kaffee. Oder abends eine ungesunde Menge an Wein. Je nachdem, was euch lieber ist.

Und wie immer danke ich meiner Familie und meinen Freunden, die mich aushalten, meine Tränen trocknen, mich lieben und mich akzeptieren, wie ich nun mal bin. Besonders Raina, Frauke und Saskia. Ihr drei haltet dieses Chaoskind am Laufen. Jeder von euch auf seine Art. Und ich weiß nicht, wie ich euch jemals all das zurückgeben soll, was ihr mir so bereitwillig schenkt.

Aber am meisten möchte ich euch danken, liebe Leser:innen.

Danke, dass ihr dieser Geschichte ein Zuhause gegeben habt. Danke für all die Liebe, die ihr Raelyn, Hunter, Kate, Alec, Dean, April und Tyler geschenkt habt. Und vielen Dank, dass ihr euch mit mir an die STU begeben habt, die ich mit einem lachenden und einem weinenden Auge hinter mir lasse.

Ich werde diese sieben vermissen und sie für immer in meinem Herzen tragen. Denn sie sind alle ein Teil von mir. Jeder von ihnen auf seine Art. Und ich werde ihnen auf ewig dankbar dafür sein, dass sie zu mir gekommen sind und mir einen der wichtigsten Schritte meines Lebens erlaubt haben.

Aber jetzt ist es Zeit, loszulassen. Für mich und auch für euch.

Aber das Schöne ist, dass wir immer die Seiten der *San Teresa University*-Reihe aufschlagen können, um an die sandigen Strände Kaliforniens und zu diesen sieben Chaoten zurückzukehren.

Danke für alles.

Kara Atkin
Osnabrück, 25. April 2021

KARA ATKIN

BLUE SEOUL NIGHTS

도망치다 = *weglaufen*

»Kannst du gefälligst Mal nur fünf Sekunden stehen bleiben?«

»Dafür hab ich keine Zeit.« Ich ließ meinen besten Freund links liegen, als ich aus dem Bad kam, und steuerte zielstrebig auf einen der großen Müllbeutel zu, die überall in der kleinen Zweizimmerwohnung herumlagen, in der es nach Tapetenlöser und Desinfektionsmittel roch. »Der Flieger geht heute Abend und davor muss die Wohnung leer sein.«

Ich hörte Chris' hektische Schritte, als er mir durch die enge Schneise folgte, die ich zwischen den alten Anziehsachen meines Vaters, der Kiste mit Aktenordnern voller Krankenhausberichte und einem Sack gefüllt mit Mahnungen, Rechnungen und leeren Pillenpackungen freigeräumt hatte. »Ich weiß, aber die Beerdigung ist noch keine-«

»Chris, entweder du hältst den Mund und packst mit an, oder du hörst auf mir im Weg zu stehen und verschwindest.« Ich pfefferte das schwarze Etuikleid, das ich in meinem Leben nie wieder anziehen, geschweige denn berühren wollte, in den Müllbeutel mit fleckigen Laken und richtete meinen übergroßen Pullover, der zumindest ein bisschen was gegen die betäubende Kälte ausrichten konnte, die dem Februar in London anhaftete und mir durch jede Ader zu fließen schien. »Deine Entscheidung.«

Unbeholfen wechselte der junge Mann, den ich schon mein Leben lang kannte, von einem Fuß auf den anderen, während seine Augen durch das Apartment huschten, das ich die letzten paar Tage schon auf Links gekrempelt hatte und das jetzt nichts mehr mit dem Zuhause gemein hatte, in dem er unzählige Nachmittage verbrachte hatte. »Ich will doch nur helfen.«

»Es hilft mir aber nicht über meinen toten Vater zu reden, Christopher.« Grob band ich mein langes Haar zu einem Pferdeschwanz zusammen und zog ihn so fest, dass meine Kopfhaut spannte. »Das ganze Gequatsche ändert nämlich nichts an der Tatsache, dass er jetzt in einer Holzkiste zwei Meter unter der Erde liegt, bald von Maden zerfressen wird und schon mit Mitte Vierzig meinen Großeltern im kalten Boden Gesellschaft leistet, anstatt jemals seine eigenen Enkelkinder kennenzulernen.« Ich stemmte die Hände in die Hüften, nicht in der Lage auch nur eine weitere Träne zu vergießen, deren Quelle bis vor kurzem noch so unerschöpflich wie die Themse gewesen war. Aber seitdem mein Vater tot war, waren sie versiegt, so als hätte mein Köper beschlossen, dass es genug und meine Tanks endgültig leer waren. »Was mir allerdings sehr wohl helfen würde, wäre, wenn du mit mir das Sofa runtertragen könntest, damit die Müllabfuhr morgen den ganzen Krempel abholen kann. Ich kann es ja schlecht in meinen Koffer packen und nach Seoul mitnehmen, meinst du nicht?«

»Jay-Jay«, begann Chris eindringlich und legte mir die Hand auf die Schulter, die ich entschlossen abschüttelte, und stattdessen steif zum Sofa stakste, auf dem ich die letzten vier Jahre gelebt hatte, »irgendwann wirst du dich mit deiner Trauer auseinandersetzen müssen.«

»Irgendwann. Aber nicht jetzt.« Ich starrte auf das durchgelegene braune Leder mit seinen unzähligen Rissen und schluckte schwer ehe ich in die Hocke ging. »Und jetzt hilf mir bitte das Ding unten an die Straße zu stellen.«

»Weißt du«, Chris zerrte sich das schwarze Sakko von den Schultern und warf es achtlos in eine Ecke ehe er die Krawatte löste und auf der anderen Seite des Sofas in die Hocke ging, »ich hab dir nicht von diesem Job erzählt, damit du vor dir selbst davonlaufen kannst.«

»Und ich hab nicht die letzten vier Jahre meines Lebens meinen Vater gepflegt, nur damit er stirbt.« Ich ächzte als wir gemeinsam das Sofa anhoben, auf dem ich so oft wachgelegen und auf ein Wunder gehofft hatte. Gemeinsam manövrierten wir es durch die viel zu schmale Wohnungstür und trugen es die vier Stockwerke hinunter, ehe wir es zu den anderen Sachen an die Straße stellten. »Manchmal kriegen wir halt nicht das, was wir uns wünschen. Find dich damit ab.«

»Sieht ganz so aus« sagte Chris und wischte sich die Hände an er Anzughose ab, seine Miene verschlossen, als er mit der Hand über das edle Holz der Standuhr fuhr, die nach dem Tod meines Grandads der ganze Stolz meines Vaters gewesen war. »Ich würde mir nämlich wünschen, dass du bleibst.«

Ich wandte mich ab und ging schnell zurück ins Haus um der Sonne zu entkommen, die auf dem Friedhof schon mit ihrem sanften, goldenen Licht dafür gesorgt hatte, dass sich mir der Magen umgedreht hatte. »Du meintest doch es wäre eine gute Idee.«

»Ich weiß.« Ich musste nicht über die Schulter sehen, um zu wissen, dass mein bester Freund mir folgte. Er hatte mich noch nie im Stich gelassen. Kein einziges Mal. »Aber ich hätte nicht damit gerechnet, dass du das wirklich durchziehst.«

»Du weißt, dass ich mit meinem Bachelor hier keinen Job

bekomme.« Wieder in der Wohnung griff ich mir den nächsten Müllbeutel, der in der gespenstischen Stille leise knisterte, und begann die Anziehsachen meines Vaters hinein zu stopfen, ohne der Sentimentalität in meiner Brust auch nur einen Millimeter Raum zu geben. Das meiste davon hatte er eh nicht mehr getragen, weil er von der Chemo so abgemagert gewesen war, dass ihm nichts mehr gepasst hatte. Die wenigen Sachen, die ich behalten wollte, wie zum Beispiel seinen marineblauen Lieblings-Fleecepullover, hatte ich längst in meinen Koffer gepackt, der abflugbereit direkt neben der Wohnungstür stand. »Und ich brauche das Geld. Dringend. Die Beerdigung war schweineteuer und die Schulden fangen langsam an mich aufzufressen.« Der Kredit für mein Studium, die Behandlungskosten für meinen Dad, die Medikamente und die Miete hatten mein Konto weit ins Minus getrieben und ich konnte von Glück reden, dass die Bank sich darauf eingelassen hatte, dass ich meine Schulden, von denen ich auch einen beträchtlichen Batzen geerbt hatte, nach und nach abstotterte. Der Verkauf der Wohnung hatte da durchaus geholfen, ebenso wie der glückliche Zufall, dass mein Sachbearbeiter ausgerechnet ein ehemaliger Stammkunde von meinem Dad war, dem er mehr als einmal für kleines Geld seinen geliebten Jaguar repariert hatte. »Als Lehrerin in Seoul bekomme ich eine Wohnung von der Schule gestellt und dann zahlen sie mir auch noch ein solides Gehalt. Davon kann ich zwar keine Luftsprünge machen, aber es reicht zum Leben und um den ganzen Kram abzubezahlen.«

»Was wäre denn, wenn du vielleicht nach-«

»Chris, von dieser Frau hat seit meiner Geburt niemand mehr was gehört. Sie wird nicht plötzlich wie die gute Fee in einem Disneyfilm auftauchen und sich für Dad oder mich interessieren, wenn sie sich die letzten dreiundzwanzig Jahre meines Lebens keinen Deut um uns geschert hat.«

»Okay, okay.« Er hob abwehrend die Hände und zog die dürren Schultern hoch. »Ich hab nur gehört, dass sie wohl einen stinkreichen Typen geheiratet haben soll.«

»Das ist nur Hörensagen. Niemand weiß, wo sie ist.« Ich knirschte mit den Zähnen als ich an die wilden Gerüchte dachte, die sich um meine Mutter rankten. Die Waschweiber im East End hatten halt nichts Besseres zu tun, als ihre Köpfe zusammen zu stecken und über das Leben eines alleinerziehenden Vaters zu mutmaßen, der nie geheiratet hatte. Ich drückte Chris einen Müllbeutel in die Hand und deutete nachlässig auf den Stapel mit Dads alten Oldtimer Magazinen, die ich ihm zum Schluss hatte vorlesen müssen, weil er zu schwach gewesen war sie selbst zu halten. »Vergiss das einfach, okay?«

»In Ordnung.« Er schnalzte leise mit der Zunge, aber welchen Kommentar er auch immer hatte ablassen wollen, er schluckte ihn herunter. »Weißt du schon, wie du heute Abend zum Flughafen kommst?«

»Mit der U-Bahn. Ich hab ja nicht so viel Zeug, das ich mitnehmen muss. Die drei Kartons mit sperrigem Kram hab ich gestern schon zur Post gebracht, damit sie verschifft werden können.«

Missbilligend verzog er das Gesicht und als sich seine Nase kräuselte verstand ich sogar ein wenig, warum die meisten uns für Geschwister hielten, obwohl wir uns mit Ausnahme von den blonden Haaren, den blauen Augen und der eher zarten Nase kein bisschen ähnlich sahen. »Das dauert dann doch ewig, bis die da sind, oder?«

»Drei Monate. Aber das macht ja nichts. Ich bin ja erstmal mindestens ein Jahr da und dann sehen wir weiter.« Ich hatte keine Ahnung wohin die nächsten Wochen und Monate mich führen würden, aber wenn ich ganz ehrlich sein sollte, war es mir auch egal. Hauptsache weg aus London. Weg aus dem East

End. Weg aus diesem Apartment, in dem mich eh alles nur an Dad erinnerte, für den ich zwar wie verrückt gekämpft, ihn am Ende aber doch verloren hatte. Ich zurrte meinen Müllbeutel zu und half dann Chris dabei seinen zu füllen, bis auch der aus allen Nähten platzte. »Das ist ja das Schöne an dieser Vermittlungsorganisation. Ich kann mir jedes Jahr aufs Neue überlegen, wohin es gehen soll.«

»Klingt nicht verkehrt.« Er stellte den Müllsack zu den anderen und steckte die Hände in die Hosentaschen, ehe er sich umsah. Ich wusste nicht, was er dachte als er die kargen Wände betrachtete, von denen ich die Tapete abgerissen hatte, direkt nachdem der Leichenwagen abgefahren war. »Auch wenn ich immer noch nichts davon halte, dass du so überstürzt verschwindest.«

Ich schnaubte leise, als er wieder mit diesem Tonfall um die Ecke kam, der verdächtig nach der Autorität eines großen Bruders klang, obwohl Christopher nur drei Tage älter war als ich. »Sag doch einfach, dass ich dir fehlen werde.«

Ich hatte einen bissigen Kommentar erwartet. Eine lockere Nichtigkeit. Doch als er kein einziges Wort sagte, fühlte ich die Leere des Apartments mit einem Mal genauso überdeutlich wie die Schwere und Endgültigkeit dieses Abschieds.

»Du wirst mir fehlen, Vierauge« murmelte Chris leise und zog mich an sich. Seine knochigen Arme schlangen sich um mich und ich erwiderte seine Umarmung, in der Hoffnung ihm den Halt geben zu können den er brauchte, um mich gehen zu lassen. Und während seine Tränen meinen Pulli durchnässten, blieben meine Augen trocken. Den Schmerz spürte ich trotzdem, als mir mit einem Mal klar wurde, dass ich keine Ahnung hatte, wann ich Chris wiedersehen würde.

Ich hielt ihn noch etwas fester, wie die letzte Erinnerung an meinen Dad vor der Diagnose und atmete tief durch, während die Zeit immer weiter voranschritt und mich wissen ließ, dass sie auch diesmal keine Gnade mit mir haben würde und mir ein weiterer Abschied bevorstand, für den ich nicht bereit war.

»Du mir auch, Hasenzahn. Du mir auch.«

Weil jedes Ende auch ein Anfang ist ...

Kara Atkin
BLUE SEOUL NIGHTS

ISBN 978-3-7363-1657-7

Nach dem Tod ihres Vaters hält Jade nichts mehr in London. Sie nimmt einen Job als Englischlehrerin an einer Grundschule in Seoul an, um ihr altes Leben hinter sich zu lassen und ab sofort nur noch ihre eigenen Träume zu verwirklichen. Nie wieder will sie ihr Glück von jemandem anderen abhängig machen. Doch dieser Plan gerät gehörig ins Wanken, als sie den attraktiven Hyun-Joon kennenlernt ...

»Ich habe das Setting, die Story und die Charaktere geliebt. Die Geschichte hat so süchtig gemacht, dass ich gar nicht mehr aufhören konnte.« MARENVIVIEN über FOREVER FREE

LYX